다락방에서
남편들이

내려
와

다락방에서 남편들이 내려와

THE HUSBANDS

홀리 그라마치오 소설

김은영 옮김

북폴리오

테리,
내가 가장 좋아하는 남편을 위해

1

꽤 늦은 밤이었다. 그녀는 친구 엘레나의 결혼 축하 모임을 즐기고 집에 막 도착한 참이었다. 현관문을 여니 계단 위에서 웬 키 큰 남자가 그녀를 맞이했다.

"악!" 그녀가 외마디 비명을 지르며 뒤로 물러섰다. "당신 누구야!"

남자가 한숨을 내뱉으며 말했다. "재미있었어?"

그녀의 시선이 계단에 깔린 카펫을 따라 남자를 지나쳐 어두컴컴한 2층 문에 닿았다. 분명 자신의 집이 맞았다. 직접 열쇠로 열고 들어오지 않았던가! 아무리 취했어도 집을 못 찾을 정도는 아니었다. 낯선 남자에게 시선을 고정한 채 한 발짝 뒤로 물러나며 손으로 스위치를 더듬어 찾았다.

딸깍. 스위치를 누르는 순간 내부가 환해졌다. 계단의 각도, 크림색 벽지, 하물며 손가락 끝에 느껴지는 스위치의 감촉과 한 번에 켜지지 않는 것까지 자신의 집이 맞았다. 모든 정황이 내 집이라고 말해 줬다. 정체를 알 수 없는 저 남자만 빼고.

"로렌, 안 올라오고 뭐 해? 빨리 와. 차 한잔 끓여줄게."

짙은 머리칼이 한껏 헝클어진 남자가 자신의 이름을 불렀다. 그렇다면 몇 달 전쯤인가 집에 데려왔던 그 남자일까? 아니다. 그 남자는 금발에 수염이 있었다. 그렇다면 도둑놈일까? 도둑이라면 내 이름을 알 리 없지 않은가.

"당장 나가! 안 나가면 경찰 부를 거야." 말은 그렇게 했지만, 나가든 나가지 않든 신고할 생각이었다. 손을 뒤로 뻗어 문손잡이를 잡았다. 오늘따라 손잡이가 한 번에 돌아가지 않았다. 그렇다고 등을 보일 순 없었다. 맙소사! 남자가 계단을 내려왔다. 로렌은 문을 열고 복도를 따라 비틀거리며 걸어가 건물 출입문 손잡이를 꽉 움켜잡고 확 열어젖혔다. 후텁지근한 여름 공기가 그녀를 덮쳤다. 밖에는 빗방울이 후드득 떨어지고 남자와의 거리는 얼마 남지 않았다.

남자가 복도를 가로질러 출입문 앞까지 왔다. 등 뒤로 비치는 불빛에 남자의 모습이 선명히 드러났다.

"자기야, 왜 그래?" 남자가 물었다.

"경찰, 경찰 부를 거야." 휴대폰 배터리가 제발 남아있기를 바라며 가방을 뒤졌다. 하지만 있어야 할 휴대폰은 보이지 않고 낮에 공방에서 만

다락방에서 남편들이 내려와

든 작은 선인장 화분만 떡하니 가방을 차지하고 있었다. 그때 화분 밑에서 불빛이 깜박거렸다. 가방을 마구 헤집어 휴대폰을 꺼냈다.

순간 휴대폰 잠금화면이 로렌의 시선을 사로잡았다.

해변을 배경으로 선 자신, 그리고 자신의 허리를 감싸 안은 한 남자. 그 남자가 바로 눈앞에 서있었다.

휴대폰이 다시 한번 깜박이더니 배터리가 1로 바뀌었다. 정신을 차리고 사진 속 남자의 얼굴을 들여다봤다. 틀림없었다. 눈앞에 있는 남자였다. 그리고 자신.

여차하면 던질 요량으로 다른 손으로 선인장 화분을 움켜잡았다. "한 발자국도 움직이지 마."

"알았어. 여기 가만히 있을게." 남자가 신발도 신지 않은 채 몇 발자국 걸어 나오다가 그 자리에 멈춰 섰다. 로렌은 휴대폰 화면 속 남자와 눈앞에 선 남자를 번갈아 쳐다봤다. 눈앞의 남자는 회색 티셔츠에 타탄 체크 무늬 바지를 입고 있었다. 맙소사! 바지도 아니다. 파자마였다.

"좋아. 밖으로 나와." 그녀의 말에 남자가 한숨을 쉬며 몇 발 앞으로 움직였다. 남자는 출입문을 지나 몇 걸음 더 나와 맨발로 포장도로 위에 섰다. 로렌이 그 틈을 타 블라인드가 내려진 1층 창문을 지나 출입문 쪽으로 후다닥 뛰어갔다. "움직이지 마!" 그녀가 뒤쪽으로 소리쳤다. 남자는 그런 그녀를 가만히 바라봤다. 로렌은 출입문으로 들어간 다음 타일로 된 복도에 서서 미심쩍은 눈으로 내부를 살폈다. 문이 닫힌 1층 토비와 마리암 부부의 집, 2층으로 들어가는 문. 틀림없는 자신의 집이었다.

"로렌." 남자가 부르는 소리에 냅다 비명을 질렀다. 그러자 남자가 멈칫했다. 움직이지 말라고 했는데 남자가 그녀를 향해 다가왔다. 로렌은 건물 출입문을 쾅 닫고 잽싸게 뛰어 현관문을 잠그고 2층으로 올라갔다. "로렌." 그녀를 부르는 소리가 들렸다. 경찰을 부르려고 휴대폰을 열자 남자의 얼굴이 화면에 떠올랐다. 그러곤 이내 사라져 버렸다. 배터리가 바닥났다.

이런, 빌어먹을!

"로렌, 문 열어." 남자가 현관문을 두드렸다. 충전기를 찾기 위해 주방 이곳저곳을 둘러봤다. 아래층에 사는 토비든 아니면 누구든 일단 전화부터 해야 했다. 그때 발소리가 들렸다. 젠장! 남자가 계단을 올라오더니 집 안으로 들어왔다. 도대체 어떻게!

몸을 홱 돌려 주방 입구 쪽으로 후다닥 뛰어가 남자를 향해 소리쳤다. "당장 이 집에서 나가!" 선인장 화분을 꽉 움켜잡았다. 조금만 더 가까이 오면 던져버릴 심산이었다.

"진정해, 로렌." 남자가 계단을 다 올라와 서더니 말했다. "물 좀 가져다줄게." 남자가 움직이자 로렌이 냅다 화분을 던졌다. 화분이 남자를 비껴나 벽에 부딪혀 튕겨 나갔다. 퉁! 퉁! 퉁! 퉁! 화분이 계단으로 굴러 떨어지더니 탁 하고 현관문에 부딪히며 멈춰 섰다.

"도대체 왜 그러는 거야?" 남자의 손에 열쇠가 들려있었다. 열쇠를 훔친 게 분명했다. 그게 다가 아니다. 컴퓨터를 해킹해 로렌의 휴대폰을 마음대로 바꾸어 놓은 게 틀림없다. 그렇지 않고서야 휴대폰 화면에 남

　　　　　　　　　　　　　　다락방에서 남편들이 내려와

자의 사진이 있을 리가 없다. 하지만 그게 가능하다고? "제발 잠깐 앉자."
남자가 말했다.

남자가 계단 쪽 불을 끄고 복도 쪽 불을 켰다. 그러자 방으로 이어지
는 넓은 복도가 눈에 들어왔다. 하루에 열두 번도 더 지나다니는 회색의
넓은 공간.

그런데 어찌 된 일인지 복도는 회색이 아니라 파란색이었다.

더군다나 처음 보는 카펫까지 깔려있었다. 아니, 웬 카펫이 여기에?

하지만 집 구경이나 하고 있을 겨를이 없었다. 남자가 그녀를 향해 다
가왔다. 로렌이 거실 쪽으로 뒷걸음질 쳤다. 신발 밑으로 도톰하고 폭신
한 카펫이 느껴졌다. 거실 바로 밑이 토비와 마리암의 침실이다. 비명을
지르면 그들에게 들릴 것이다. 거실은 어두워서 잘 보이지 않았다. 그런
데도 어딘가 모르게 달라 보였다.

스위치를 더듬어 찾았다.

딸깍.

불이 켜지자 낯선 물건들이 눈에 들어왔다. 아침에 나갈 때만 해도 분
명 초록색이었던 소파가 갈색으로 변했고, 벽에 걸린 시계에는 숫자 대
신 VII, VIII, IX 같은 로마 숫자가 박혀있었다. 로렌은 로마 숫자를 싫어했
다. 똑바로 읽으려면 눈을 가늘게 뜨고 봐야 한다. 선반에 놓인 오래된
꽃병에는 튤립이 꽂혀있고, 그녀가 좋아하는 부엉이 그림은 보이지 않
았다. 책의 종류도, 꽂힌 위치도 달랐다. 창문에 커튼은 온데간데없고
딱딱한 셔터가 설치돼 있었다. 사진도 대부분 처음 보는 것들이었다. 그

때 사진 하나가 유독 눈에 띄었다. 결혼사진! 로렌은 코가 닿을 만큼 아주 가까이 사진 앞으로 다가갔다. 사진 속에 자신이 있었다. 그리고 지금 집에 있는 남자도.

자기를 따라 거실로 들어온 바로 저 남자.

저 남자는 다름 아닌 남편이었다.

로렌이 돌아서자 남자가 물이 가득 담긴 유리컵을 건넸다. 컵을 받아 드는데 자신의 손에 전에 없던 반지가 보였다.

물컵을 오른손으로 옮겨 들고 왼손을 펼쳐봤다. 손바닥을 뒤집어도 보고, 주먹을 쥐어도 보고, 엄지손가락 끝으로 만져도 봤다. 세상에! 정말 반지였다.

"앉아서 물 좀 마셔."

로렌이 소파에 앉았다. 색은 달라졌어도 모양은 그대로였다. 앉았을 때 푹 꺼지는 느낌까지도.

자신의 남편으로 추정되는 남자가 안락의자에 앉았다. 얼핏 봐선 남자의 손에 결혼반지가 없는 것 같았다. 그런데 남자가 몸을 앞으로 기울이자 반지가 반짝였다. 남자가 로렌을 빤히 쳐다봤다. 로렌 역시 남자를 빤히 바라봤다.

난 지금 취했어. 그래서 정신이 오락가락하는 게 분명해. 생전 처음 보는 남자가 갑자기 나타나 물을 건네준 것도 모자라 남편이라니, 정신을 똑바로 차려야 해.

"잠시 물 좀… 마실게…." 로렌이 천천히 또박또박 말했다. 평소 말하

12   다락방에서 남편들이 내려와

는 습관에 비해 길게 말한 것 같다고 생각했다.

"그래."

하지만 이 남자가 진짜 남편이라면 침대에 있어야 할 시간이었다. "왜 아직 안 잤어?"

남자가 한숨을 내뱉으며 말했다. "자고 있었지. 그런데 당신이 워낙 요란스레 들어왔어야지."

"당신이 있는 줄 몰랐으니까!"

"그게 무슨 말이야? 얼른 물 마셔. 그리고 옷 갈아입고 자자. 지퍼 내리는 거 도와줄까?"

"아니!" 쿠션을 잡아당겨 몸을 가렸다. 처음 보는 남자 앞에서 옷을 벗으라니 황당하기 짝이 없었다.

"알았어, 알았으니까 물이나 마셔." 남자가 더 이상 실랑이를 벌이고 싶지 않은지 살짝 당황한 얼굴로 말했다. "됐지?"

"응." 로렌이 잠시 뜸을 들인 후 말했다. "나는 여기서 잘 거야. 그러니까…내 말은, 나 신경 쓰지 말고 가서 자."

"빈방에 가서 잘래? 내가 이불 깔아줄게."

"아니. 아니야. 여기가 좋아."

"그래. 그럼 잠옷이랑 이불 가져다줄게."

로렌은 남자가 다시 올 때까지 긴장의 끈을 놓지 않은 채 등을 꼿꼿이 세우고 앉았다. 남자가 가져온 잠옷은 자신의 것이 맞았다. 세인즈버리 마트에서 산, 무민 캐릭터가 그려진 낡은 잠옷. 하지만 이불은 처음 보는 거였다. 짙은 파란색과 옅은 파란색의 사각형 무늬가 서로 교차해서 마치 패치워크를 한 것처럼 보이는 이불. 로렌의 취향은 아니었다.

"이 이불 안 좋아하는 거 알아. 그런데 이렇게 생각해 보면 어때? 자기가 혹시라도 여기에 토를 하면 이참에 핑계 삼아 버리는 거지."

'이참'에라니, 처음 보는 이불인데 어이가 없었다. 하지만 모든 게 혼란스럽고 머리가 지끈거려서 말꼬리를 잡고 싶진 않았다. 묘한 긴장감이 거실에 맴돌았다.

"알았어." 두 사람은 아까부터 계속 알았다고 말하고 한숨을 쉬거나 기다리는 일을 번갈아 했다. 경험해 본 적은 없지만 이런 게 결혼 생활인가 싶기도 했다.

남자가 스탠드와 거실 스위치를 차례대로 껐다. "괜찮아? 토스트라도 먹을래?"

"안주 먹어서 괜찮아." 아직도 입 안에 그 맛이 느껴졌다. "치킨도 먹었어." 로렌은 채식주의자였다. 하지만 술을 마실 때면 얘기가 달라졌다.

"알았어." 남자가 또 '알았어'라고 했다. 그러곤 문을 닫으려다 말고 덧붙였다. "물 마셔." 남자가 주방에 들렀다가 침실로 들어가는 소리가 들렸다. 그러곤 아무 소리도 나지 않았다.

문 쪽으로 다가가 잠시 귀를 기울였다. 복도에도, 집 전체에도 정적이 흘렀다. 그제야 마치 이곳이 학교 탈의실인 양 천천히 조심스레 잠옷으로 갈아입었다. 원피스 밑으로 짧은 잠옷 바지를 먼저 입은 다음 원피스를 위로 벗어 올렸다. 그러곤 잠옷 상의를 입고 안으로 손을 집어넣어 브래지어 훅을 풀고 팔을 한 쪽씩 꼼지락거려 브래지어를 끄집어 빼냈다. 그러다가 그만 균형을 잃고 소파에 털썩 주저앉았고, 그 바람에 휴대폰이 바닥으로 떨어지며 요란한 소리를 냈다.

그 자리에 얼어붙었다. 남자가 다시 오면 어쩌나 불안했다. 하지만 남자는 오지 않았다.

덜컹거리는 소리가 났다. 아마도 트럭이나 버스가 지나가는 모양이었다.

다시 자리에 앉았다.

덜컹, 또다시 소리가 들렸다. 지나가는 차 소리거나 아니면 기차 소리일 것이다. 하긴 기차가 지나가기에는 좀 늦은 시간이긴 했다. 어쩌면 이 소리마저도 꿈일지 모른다고 생각했다. 갑자기 눈앞에 남편이 나타난 것처럼.

이 상황이 꿈이 아니라면 낯선 남자가 집에 들어온 것이다. 로렌은 비틀대며 자리에서 일어나 거실 한 편에 놓인 테이블로 살금살금 걸어갔다. 그러곤 의자를 들고 천천히, 아주 천천히 문 쪽으로 다가갔다. 영화에서 보면 밖에서 문을 열지 못하도록 문 앞에 의자를 받쳐두곤 했다. 그런 장면을 수도 없이 봤지만 정작 자신이 그 장면을 따라 하게 될 줄은 몰랐다. 들고 있던 의자를 내려 이리 돌리고 저리 돌려 의자 등받이가 손잡이 아래쪽으로 딱 들어가 맞도록 집어넣었다. 혹시나 손잡이가 돌아갈까 봐 한 번 더 확인한 후에 소파에 앉아 앞으로 어떻게 해야 할지 고민에 빠졌다. 그러다가 깜빡 잠이 들었다.

2

잠에서 깼다. 숙취로 죽을 것만 같았다.

창문 셔터 사이로 따뜻한 햇볕이 들어와 거실이 온통 노란색으로 물들었다.

로렌은 자리에서 일어나 주변을 둘러봤다. 거실은 잠들기 전과 다를게 없었다. 어젯밤 문 앞에 가로막아 두었던 의자는 제 역할을 하지 못하고 옆으로 벌러덩 넘어져 있었다. 쿵쿵, 달그락달그락. 반쯤 열린 문 사이로 소리가 들렸다.

남편이다.

속이 좋지 않았다. 휴대폰을 집어 들고 넘어진 의자를 바로 세웠다. 그런 다음 밖을 빼꼼 내다봤다. 소리는 주방에서 났다.

다락방에서 남편들이 내려와

후다닥 복도를 가로질러 살금살금 화장실로 들어가 문을 잠갔다. 볼일부터 볼까, 토부터 할까 잠시 망설이다가 결국 후자를 택했다. 얼굴을 변기에 처박고 속에 있는 걸 한바탕 게워냈다.

그제야 두통이 가라앉고 메스꺼움도 좀 누그러들었다. 20분쯤 지났을까, 자기 앞에 놓인 엄청난 문제가 생각났다. 변기 물을 내리고 입 안을 헹궜다. 양치를 하려고 보니 세면대 위에 낯선 칫솔 두 개가 눈에 띄었다. 하나는 노란색, 또 다른 하나는 초록색. 어쩔 수 없이 손가락에 치약을 짰다.

이렇게 죽도록 마신 건 정말 오랜만이었다.

"로렌?" 밖에서 남자가 부르는 소리가 들렸다. 제법 가까운 거리였다.

"…아. 저기, 잠깐만."

"아침 준비할게."

남자가 주방으로 돌아갈 때를 기다리며 가만히 문을 응시했다. 자리를 뜨는 소리가 들리자 얼굴에 남은 반짝이와 마스카라를 닦아내고 세수를 했다. 그런 다음 잠옷 상의를 벗고 수건으로 얼굴과 어깨, 가슴 아래쪽, 겨드랑이를 닦아냈다. 일단 상황 파악이 먼저다. 샤워는 그 다음이다.

빨래 바구니에 어젯밤에 벗어 던진 옷가지들이 있었다. 자신이 잠든 사이 남자가 거실로 들어와 치운 모양이었다. 드라이클리닝을 맡겨야 하는 원피스마저 빨래 바구니에 있었다. 원피스를 집어 들었다. 그러자 그 밑에 어젯밤에 벗어 던진 브래지어, 남자의 셔츠와 팬티, 자신의 회색 스웨터와 처음 보는 레깅스가 있었다. 브래지어를 하고 스웨터를 입은 뒤 잠옷 바지를 레깅스로 갈아입고 거울을 들여다봤다.

컨실러라도 할까? 아니면 마스카라? 데이트도 아닌데 쓸데없는 짓은 말자. 일단 문밖의 남자가 왜 여기 있는지 그것부터 알아내야 했다. 그렇다면 세수만으로 충분했다.

로렌이 화장실 문을 열었다.

바지에 카디건을 걸친, 남편으로 추정되는 남자가 주방에 있었다. 로렌이 기억하는 주방은 노란색이다. 하지만 지금 그녀 눈에 보이는 주방은 복도와 같은 파란색이다. 토스터기는 그대로였고, 커피머신과 벽 쪽에 붙여놓은 작은 테이블과 스툴 두 개는 난생처음 보는 것들이었다. 가스레인지 위에서 지글지글 소리가 들렸다.

"안 죽고 살았네." 로렌이 주방으로 들어서자 남자가 커피를 건네며 말했다. "마셔." 그러곤 뒤돌아 커피를 한 잔 더 내리며 말했다. "베이컨이 거의 다 돼가."

"난 채식주의잔데…" 로렌이 말끝을 흐렸다.

"원래 전쟁터에 나가면 다들 신을 찾는 법이지." 남자가 말했다.

충전기 코드가 벽 콘센트에 꽂혀있고 충전기 선은 동그랗게 말린 채 테이블 위에 놓여있었다. 로렌이 한쪽 스툴에 앉아 휴대폰에 충전기 선을 연결했다. 남자가 그녀 앞에 샌드위치를 밀어 놓았다.

만약 이 남자가 살인범이라면 어젯밤에 이미 자신을 살해하고도 남

다락방에서 남편들이 내려와

았을 것이다. 세상에 어떤 살인범이 아침까지 기다린 것도 모자라 베이컨 샌드위치를 만들어 대령하냐고! 샌드위치를 한 입 베어 물었다. 맛이 제법 좋았다. 아니, 좋은 정도가 아니라 훌륭했다. 빵 가장자리는 바삭하고 짭짤한 맛과 버터의 풍미가 느껴질뿐더러 신선한 빵과 브라운소스의 톡 쏘는 맛이 일품이었다. 로렌은 채식주의자가 되기 이전에도 돼지고기는 잘 먹지 않았다. 하필이면 돼지의 지능이 세 살짜리 아이에 버금간다는 이야기를 들은 그날, 조카 카일럽의 세 번째 생일 파티에 갔기 때문이다. 그렇지만 지금 이 맛있는 샌드위치를 먹지 않는다고 해서 죽은 돼지가 살아나나? 그건 아니지! 천천히 샌드위치를 먹다 보니 한결 기분이 나아졌다.

남자가 샌드위치를 들고 맞은편에 앉으며 물었다. "잘 잤어?"

어제는 참으로 멋진 시간을 보냈다. 낮에는 친구들과 작은 공방에 들러 화분을 만들었다. 화분에 각자 그림을 그리고 그림이 마르는 동안 술을 마셨다. 그러곤 저녁을 푸짐하게 먹고 노래방에 갔다가 칵테일바에 들러 춤을 추고 또 술을 마셨다. 마지막으로 치킨집에 가서 짭조름하고 기름진 치킨을 입에 집어넣었다. 엘레나는 투명한 타일 벽을 배경으로 사진을 찍어댔다. 밤공기는 선선했고 가게의 불빛은 따뜻하게 빛났다. 엘레나는 자신이 결혼하더라도 로렌을 저버리지 않겠다고 약속했다. *너 알지? 난 널 절대 모른 척하지 않을 거야.* 노우드로 가는 심야버스 2층에서 바라본 커다란 달, 여름비가 후두두 떨어지던 런던의 풍경, 신호등, 낯선 사람들, 케밥, 넓은 다리, 고요해진 도시를 벗어나 한참

동안 외곽으로 달리던 버스. 모든 게 로렌의 기억 속에 있었다.

그런데 집에 왔더니 난데없이 남편이 등장했다.

"저기." 로렌은 아내와 남편이 어떤 대화를 주고받는지 알지 못했다. "당신은? 어제 뭐 했어?"

"수영 갔다가." 남자가 말했다. "집도 좀 치우고, 토비가 창문을 고치길래 도와줬어. 집주인이 난리 치기 전에 선수를 치는 거지." 남자가 토비를 알았다. "그리고 드디어 상자들을 다락방에 올려다 뒀어. 오늘은 마당 텃밭을 갈아엎을까 생각 중이야."

남자는 제법 부지런한 사람인 것 같았다. 하지만 그녀의 집 마당엔 텃밭이 없다. 어쩌면 남자가 텃밭을 만들었는지도 모른다. 집 안이 온통 다른 그림 찾기 퍼즐 같았다. 요리책이 많아졌고 문을 세게 열다가 파인 벽 자국도 사라졌다. 전구 하나가 소켓에서 삐죽 삐져나온 것은 여전했다. 창틀에는 어제 공방에서 만든 화분이 있고, 그 안에 선인장이 한쪽으로 비뚤어져 있었다. 남자가 계단에서 주워 가져다 놓은 듯했다. 남자는 그런대로 괜찮은 사람 같았다.

하지만 아무리 그렇대도 낯선 남자와 한집에 있는 건 신경 쓰이는 일이다.

자신이 집을 비운 사이 남자가 나타났다. 그렇다면 다시 집을 나갔다가 돌아오면 모든 게 원래대로 돌아올지 모른다.

"저기… 잠시 바람 좀 쐬고 올게. 정신을 좀 차려야 할 것 같아서."

"같이 갈까?"

"아니, 괜찮아." 머릿속이 뒤죽박죽이었다. 바깥 공기를 쐬면 이 상황이 이해될지도 모르겠다.

양말을 찾아 신고 신발을 신었다. 열쇠를 집어 들다가 아차 싶어 주방에 들어가 휴대폰을 챙겼다. 30퍼센트 정도 충전돼 있었다. 남자는 식탁에 앉아 기분 좋게 샌드위치를 마저 먹었다. 로렌은 숙취 해소를 위한 콜라가 필요했다. 냉장고 문을 열었다. 하지만 콜라는 없고 자몽 맛이 나는 물뿐이었다. 어쩔 수 없이 자몽 맛 물을 집어 들었다.

계단을 거쳐 출입문 밖으로 나와 집을 둘러봤다. 어제 처음 본 셔터도 그대로였다.

집 주변 도로, 이웃집, 큰길 중간쯤에 놓인 텅 빈 쓰레기통, 나무와 푸른 잎사귀. 로렌은 스무 걸음쯤 걷다가 뒤를 돌아봤다. 셔터가 여전히 그대로였다.

길모퉁이에 다다르니 어젯밤 내린 버스정류장이 보였다. 언제나와 같았다. 정류장 뒤로 주유소가 있고, 그 앞에선 아이들이 자전거를 벽에 기대어 둔 채 재잘거렸다. 길을 건너 버스정류장으로 걸어가 기울어진 벤치에 앉아 휴대폰을 꺼냈다.

잠금화면에는 여전히 남자와 자신이 바다를 배경으로 나란히 서 있었다. 화면을 터치하자 비밀번호 입력 화면이 떴다. 틀릴까 봐 걱정하며 오랫동안 써온 번호를 눌렀다. 다행히도 잠금화면이 해제됐다.

일단 사진첩을 열어 어젯밤 사진부터 쭉 훑었다. 버스정류장, 치킨집, 술집, 그리고 또 다른 술집, 화분이 줄지어 늘어선 도자기 공방, 다이아몬드 패턴이 들어간 엘레나의 화분과 남자 성기처럼 생긴 무늬를 우아하고 길쭉하게 여럿 그려 넣은 노에미의 화분. 자신이 찍힌 사진만 보이도록 필터링한 후 빠르게 사진들을 훑어 내려갔다. 혼자 찍은 사진보다도 집에 있는 남자와 찍은 사진이 더 많았다. 쏟아지는 햇살에 눈살을 찌푸린 채 사진을 계속 넘겼다. 사진 중간중간 남자가 있었다. 어떤 사진엔 수염이 있고 어떤 사진엔 없었다. 언덕 위에서 찍은 사진, 나무 옆에서 찍은 사진, 백조 앞에서 찍은 사진. 백조 앞에서 찍은 사진에서는 자신이 두 사람을 향해 다가오는 백조에게 먹이를 주었고, 백조의 표정은 떨떠름했다.

사진을 보고도 믿을 수가 없었다. 고개를 들었다. 날씨가 화창했다. 주유소 앞에서 수다를 떨던 아이들은 어느새 인도로 나와 플라스틱병을 차고 놀았다. 택시 한 대가 길 건너편에 멈춰 섰고 손님이 내렸다. 메시지함을 열었다. **사랑해. 넌 정말 행복할 거야!** 엄청난 하트를 쏟아부으며 엘레나에게 보낸 문자, **우리가 너무 예뻐서 어떡하지?** 치킨집에서 찍은 사진에 엘레나가 덧붙인 문자, **고ㄷ 드러갈게 지베 곧 진짜루 금방** 맞춤법도 틀려가며 자신이 마이클에게 보낸 문자.

마이클. 그 남자, 아니, 남편의 이름인 것 같았다. 문자들을 쭉 내렸다. **레몬향 주방 세제 좀 부탁해, 고마워.** 자신이 이틀 전에 보낸 문자.

툭 튀어나온, 큼지막한 눈알이 박힌 배 모양의 이모티콘. 남자가 보낸 이모티콘.

5시에 거기서 봐. 그보다 먼저 남자가 보낸 문자.

다락방에서 남편들이 내려와

메시지 검색창에 '마이클'을 입력했다. 이럴 수가! 자신이 여기저기에서 마이클을 언급했다. **마이클이 출장 중이야, 마이클이 하프 마라톤 경기를 앞두고 있어서 오늘 술 약속엔 못 갈 것 같아, 마이클이 바비큐 파티에 판자넬라를 가져갈 거야.** 마이클이 이렇게 할 거야, 저렇게 할 거야. 쉬지 않고 마이클에 대해 떠들어댔다. 하지만 누구 하나 마이클이 누구냐고 묻는 사람이 없었다.

친구들이 마이클을 안다는 얘기다. 그렇다면 이 상황을 설명해 줄 수 있을지도 모른다.

연락처에 토비의 이름이 보였다. 오늘 아침에 남자가 토비를 언급했었다. 더군다나 토비는 아래층에 산다. 틀림없이 이 상황을 알 것이다.

토비, 나 결혼했어? 토비에게 문자를 보냈다.

그러자 바로 답장이 왔다. 내가 알기론. 키 크고 잘생기고. 너랑 사는, 네가 아는 그 남자랑.

그래? 언제 결혼했는데?

4월 14일. 이거 퀴즈야? 나 맞혔지?

4월 14일. 올해? 그렇다면 결혼한 지 얼마 되지 않았다. 하지만 사진 폴더에는 결혼사진이 보이지 않았다. 문자를 뒤졌다. 엄마에게 보낸 문자가 있었다. **일단 몇 장만 보낼게. 나머지는 사진관에서 한두 달 안에 보내준대.**

엄마에게 보낸 네 장의 사진이 있었다.

첫 번째는 단체 사진이었는데 거실에서 본 바로 그 사진이었다. 좋아리 중간 정도에서 쫙 퍼진 플레어에 소매가 긴 드레스, 핑크색 하이힐, 장미처럼 생긴 이름 모를 핑크색 꽃으로 장식한 부케, 베일을 쓰지 않은 머리. 남편으로 추정되는 마이클은 짙은 갈색 정장을 입고 있었다. 엄마도 보였다. 나탈리와 엘레나, 그리고 누군지 알 수 없는 여자가 색이 조금씩 다른 초록색 드레스를 입고 들러리를 섰고 처음 보는 마이클의 가족과 친구들도 있었다.

두 번째 사진에서는 자신과 마이클이 마주 보며 춤을 추었다. 마이클은 웃고, 자신은 심각한 표정이었다.

세 번째 사진에서는 둘이 서류에 서명을 했다.

마지막 사진에서는 자신과 마이클이 입을 맞추었다. 로렌은 자신의 입술을 만져봤다. 건조했다.

사진이 로렌의 결혼을 알려줬다.

결혼을 했다. 남편이 있다. 그리고 남편이 지금 내 집에 있다.

때마침 확인 사살이라도 하듯 휴대폰 화면에 문자가 떴다. **자기야, 올때 전구 하나만 사와. 눌러서 끼우는 거 말고 소켓에 돌려서 끼우는 걸로.**

염탐하다가 들킨 사람처럼 화들짝 놀라 하마터면 휴대폰을 떨어뜨릴뻔했다. 마음을 진정시키고 여느 아내들이 보낼 법한 답장을 보냈다. **그렇게.**

괜찮게 대답한 것 같았다. 메일함을 열어 마이클을 검색했다. 마이클 칼리바우트. 마이클의 성은 칼리바우트다.

그렇다면 난 칼리바우트 부인이네. 생각해 보니 스트릭랜드보단 나은 것 같았다.

구글 검색창에 남편의 이름을 입력했다. 검색 결과가 너무 많아서 '런던'을 추가했다. 그러곤 이미지 창을 쭉 내렸다. 마침내 마이클로 보이는 남자를 발견했다. 마이클은 실제로 존재했다. 사진 속 마이클이 돌로 된 구조물 앞에서 정면을 바라보고 있었다. 마치 화면 너머로 그녀를 바라보는 것처럼 느껴졌다.

출처를 찾아보니 어느 건축회사의 웹페이지였고, 마이클의 사진은 회사 소개란 중간쯤에 있었다. 회사의 웹사이트에는 교회, 도서관, 전시실, 박람회장 등의 사진이 게재돼 있었는데 회사가 실제로 지은 건물인지 아니면 컴퓨터로 설계한 모형인지 구분할 수 없었다.

건축가라니! 남편의 직업으로 딱 좋았다. 야망이 있으면서도 현실적이고, 예술적이면서도 실용적이고, 화려하지만 마약 문제 따위 없는 그런 직업이었다. 그제야 주방 벽에 파인 자국을 메운 것도, 마당에 텃밭을 만든 것도 이해가 됐다. 그럼 내 직업은 뭐지? 로렌은 자신의 직업이 궁금해졌다. 모든 게 달라졌다면 자신의 직업도 달라졌을 수 있다. 하지만 그녀는 여전히 창업지원센터에서 어드바이저로 일하며 크로이던 지역의 기업 유치와 지역 주민들의 창업을 돕고 있었다. 달라진 것이 있다면 예전에는 일정 표시를 초록색으로 했는데 지금은 파란색이라는 점. 회의도 순서만 달라졌을 뿐 성격은 크게 달라지지 않았다.

직업 말고는 많은 것이 달랐다. "로렌 칼리바우트." 자신의 이름을 크게 한 번 불러봤다. 그러곤 자몽 맛 물 캔을 따서 한 모금 마셨다. 뭔지 모를 기분 나쁜 금속 맛이 올라왔다. 아무 맛도 없는 것 같으면서도 묘하게 신맛이 났다. 그래도 한 모금 더 마셨다. 문득 이것이 내가 맞이한 새로운 삶이 아닐까 싶었다. 그녀는 자몽 맛 물을 마시는 사람이 됐다.

주유소에 들러 전구를 산 뒤 천천히 집으로 발걸음을 옮겼다. 일부러 느릿느릿 걷다가 길모퉁이에 서서 모든 게 원래대로 돌아가기를 기다렸다. 하지만 집에 거의 다 도착하도록 창문에 있던 커튼은 다시 나타나지 않았고, 새로 생긴 셔터가 로렌을 기다렸다.

집에 도착했지만 들어갈 엄두가 나질 않아 집을 빙 둘러 걸었다. 쓰레기통을 지나 집 뒤편으로 가서 침실과 주방 쪽을 올려다봤다. 창문 안쪽으로 식기류가 가득 담긴 도자기 수저통이 보였다.

마당도 조금 달라졌다. 하지만 낮은 울타리 너머로 보이는 토비와 마리암 부부 쪽은 달라진 게 없었다. 그 둘은 처음엔 열의를 가지고 마당 관리를 시작하더니 이내 시들해졌다. 그런데 내 쪽, 아니 나와 마이클 쪽인가, 어쨌든 이쪽은 완두콩과 상추를 심은 작은 텃밭이 보였다. 울타리를 따라 핑크빛 꽃들이 줄지어 늘어섰고 수도꼭지 옆에는 고양이 사료가 반쯤 담긴 그릇이 있었다. 내가 고양이를 키우나? 아니면 마이클이? 그것도 아니면 둘이 함께?

토비, 우리 집 고양이 이름이 뭐야? 토비에게 문자를 보냈다.

나탈리에게도 문자를 보냈다. **언니, 그냥 물어보는 건데 언니가 보기엔 나 결혼해서 잘살고 있는 것 같아?**

엘레나에게도 보냈다. **어젯밤 집에 도착해서 별일 없었어?**

나탈리에게서 바로 전화가 왔다. 하지만 전화를 받아보니 카일럽이었다. 아마 나탈리의 휴대폰을 가지고 놀고 있었던 모양이다.

"이모! 나 가라테 하는 것 좀 볼래?" 전화기 너머로 휙휙, 얍, 쿵 소리가 들렸다.

"카일럽." 로렌이 말했다. "카일럽, 옆에 엄마 있니?"

"아니! 엄마는 지금 마그다를 목욕시키는 중이야. 내가 발차기 다시 해볼게."

로렌은 어른과 통화하고 싶었다. "그럼 다른 엄마는?"

"둘 다 마그다를 목욕시켜야 한대. 내 발차기 소리 들려?"

카일럽은 사랑스러운 조카지만 지금은 재롱을 받아줄 여유가 없었다. "카일럽. 이모가 지금 급해서 그러는데 엄마한테 전화기 좀 가져다 주면 안 될까? 엄마보고 이모한테 전화 좀 하라고 전해줘. 그리고 가라테 하는 건 동영상으로 보내주고, 알았지?"

"이모가 이모부를 바꿔주면 나도 엄마한테 전화기를 줄게." 카일럽이 말했다. "이모부는 맨날맨날 내 얘기 잘 들어주는데."

맙소사! 어쩌면 카일럽이 도움이 될 수도 있었다. "정말? 카일럽, 이모부에 대해 얘기 좀 해줄래?"

"이모부는 내가 멋진 발차기를 보여주면 엄청 좋아해." 카일럽이 확신에 찬 목소리로 말했다. "이모부가 제일 좋아하는 공룡은 트리케라톱스야. 제일 좋아하는 새는 백조고."

"이모부를 자주 만나?"

"이모부는 조카 중에 나를 제일 좋아해!"

"카일럽. 이모 결혼식 생각 나? 이모랑 이모부랑 결혼했을 때 말이야."

"재미없었어." 카일럽이 말했다. "내가 발차기 보여줄 거니까 이모부한테 전화하라고 말해." 카일럽이 전화를 끊었다.

로렌이 전화기를 들여다봤다.

"무슨 일 있어?" 토비가 울타리 너머로 물었다. 그는 휴대폰을 손에 든 채 뒷문 쪽 계단에 앉아있었다. 차분한 목소리, 깊게 팬 보조개, 어울리지 않는 헐렁한 티셔츠, 토비는 예전 모습 그대로였다. 달라지지 않은 것도 있어서 다행이었다.

"저기, 그게 말이야. 내가 어제까지만 해도 남편이 없었거든. 그런데 오늘 나한테 남편이 생겼어. 그것도 생긴 지 몇 달 됐대. 남편이 조카의 발차기 동작 보는 걸 좋아한대. 아주 유쾌한 사람인가 봐."

"사람 참 괜찮지." 토비는 상황에 빨리 적응하는 재주가 있었다. 코로나19 봉쇄 기간에 이 둘은 각자의 마당에서 같이 많은 시간을 보냈다. 마리암이 병원에 나가고 없을 때면 차를 마시며 도란도란 이야기를 나누기도 했다. 토비는 믿을 만한 사람인 데다 차분하고 침착해서 팬데믹이라는 낯선 상황에서 그녀에게 위안이 됐다. 로렌은 자신에게 일어난 일을 소리 내어 말하고 나니 한결 기분이 나아졌다.

"그리고 놀라운 게 뭔지 알아? 우리 집에 고양이가 있대."

"맞아."

"이름이 뭐야?"

"글래드스턴." 토비가 말했다.

"총리랑 이름이 똑같네?"

"응. 구레나룻 때문에 그렇게 부르기로 했다던데?"

로렌은 글래드스턴 총리의 구레나룻이 어떤지 몰랐다. 총리가 어떤 일을 했더라? 인종차별주의자였나? 아니면 고양이가 말썽꾸러기인가? 하지만 이런 것들은 지금 당장 급한 문제가 아니었다.

"내가 마이클이랑 얼마나 만났어?"

"로렌, 정말 기억이 안 나? 어디 다친 건 아니고? 마리암을 불러줄까?"

"아니, 괜찮아. 의사는 필요 없어. 그냥 농담해 본 거야. 신경 쓰지 마. 괜찮아."

로렌이 출입문 앞에 서서 또다시 머뭇거렸다. 출입문, 타일이 깔린 복도, 1층 현관 그리고 계단.

"나 왔어." 잠시 망설이다가 외쳤다. 그러자 계단 꼭대기에서 남자가 고개를 삐죽이 내밀었다. "어서 와. 산책은 잘했어?"

"응, 그럼." 로렌이 계단을 하나씩 하나씩 올라갔다.

"전구는?" 남자가 물었다.

"그거." 가방을 뒤적거려 전구를 내밀었다. "여기."

그녀는 누구에게라도 자신에게 일어난 일을 말하고 싶었다. 심지어 이 남자, 아니 남편에게라도 말하고 싶었다. 하지만 그보다 먼저 좀 앉고 싶었다. "차 마실까?" 로렌이 말했다.

"좋지. 그런데 잠깐만. 어제 보니까 다락방에 전구가 나갔더라고. 생각난 김에 전구 좀 갈고 올게."

"그래. 알았어." 로렌이 주방으로 들어갔다. 사다리를 내리는 소리가 들렸다. 이 집에 오래 산 사람만이 알 수 있는, 사다리를 한쪽으로 확 잡아 뺄 때 나는 소리였다. 냉장고를 열었다. 귀리 우유, 캐슈너트 우유, 일반 우유, 우유가 세 가지 종류나 있었다. 남편은 차에 우유를 넣지 않을 수도 있다. 남편은 건축가다. 잠시 망설이다가 우유를 넣는지 물어보기로 했다. 남편이 이상하게 생각하겠지만 지금으로선 어쩔 도리가 없었다. "우유 넣을까?" 로렌이 파란색 머그잔을 들고 다락방을 올려다보며 물었다.

"뭐라고?" 전혀 다른 남자가 다락방에서 내려오며 물었다.

다락방에서 남편들이 내려와

3

두 번째 남자는 첫 번째 남자보다 키가 크고 체격이 좋았으며 머리가 짧았다. 젊은 나이에 탈모가 진행 중인지 이마가 살짝 벗겨졌고 예민해 보였다. 하지만 끝내주게 잘생긴 외모였다. 날렵한 광대, 매끈한 올리브 색 피부, 몸에 딱 붙는 짙은 초록색 티셔츠.

"어?" 로렌의 시선이 남자의 얼굴에서 어마어마한 팔뚝으로 이어졌다. 이 남자 역시 결혼반지를 끼고 있었다.

"그거 내 거야?" 남자가 머그잔을 보며 물었다. 튀르키예식 억양이랄까? 악센트가 약간 다르게 느껴졌다. 그녀가 들고 있던 파란색 머그잔은 가느다란 선이 들어간 노란색으로 바뀌어 있었다.

"…어, 그게."

"고마워." 남자는 짙은 속눈썹을 가지고 있었다.

로렌은 그 자리에 얼어붙었다.

"괜찮아?" 튀르키예인일 것 같은 어마어마하게 잘생긴 남편이 물었다. 남자는 걱정스러운지 완벽한 눈썹을 찡그렸다. 그녀가 다락방을 올려다보며 마이클을 찾았다. 그러곤 다시 주변을 둘러봤다. 회색이었다가 파란색이었던 벽이 이제는 흰색으로 바뀌어 있었다. 뒤로 한 걸음 물러나 거실을 들여다봤다. 결혼사진이 온데간데없이 사라졌다.

"당신, 아직 술이 덜 깬 거 아니야?" 남자가 물었다.

"그런가 봐." 로렌은 거짓말로 둘러댔다. 그러곤 관심을 돌려 남자에게 물었다. "방금까지 다락방에 있었어?"

"무슨 소리야? 당신도 봤잖아."

"다락방에 다른 사람은 없었어?"

"어디? 다락방에?"

로렌이 어두운 다락방을 쳐다보며 물었다. "다락방에 마이클… 아니 당신 말고 뭔가 있지 않았어?"

"뭐, 다람쥐 같은 거? 아니면 쥐? 못 봤는데. 확인해 볼까?" 남자가 로렌에게 머그잔을 넘기고 한 손을 사다리에 올리며 걱정 반 짜증 반으로 물었다. 머그잔엔 아직도 따뜻한 기운이 남아있었다.

"응."

"당신 정말 괜찮아?"

"괜찮아. 다락방 좀 확인해 줄 수 있어?"

남편이 매끈한 입술을 굳게 다문 채 사다리를 올라갔다. 한 발. 두 발. 굳은살 하나 없이 매끈한 그의 발이 시야에서 사라졌다. 부스럭거리는 소리가 들리고 마치 기차의 창문으로 햇살이 쏟아져 들어오듯 다락방에 불이 켜지는가 싶더니 탁탁, 지지직 소리가 났다.

잠시 후 다락방 입구에 파란색 털 실내화가 나타났다. 그리고 등장한 또 다른 남자.

세상에!

세 번째 남자는 처음 두 남자에 비해 매력이 덜했다. 네모난 얼굴형에 햇볕에 그을린 피부, 얼굴 정중앙에 자리한 창백한 코, 더군다나 붉은색 머리칼이 사방으로 삐죽삐죽 삐져나와 있었다. 로렌은 여전히 머그잔을 들고 있었다. 하지만 이번에는 핑크색으로 변했다. 손이 뜨거워 다른 손으로 옮겨 들었다. 남자는 보라색 반점에 검은 발톱이 그려진 슬리퍼를 신고 있었다. 〈몬스터 주식회사〉에 나오는 몬스터들이 신을 법한 슬리퍼였다.

"다락방 청소 좀 해야겠어." 남자의 억양으로 보아 웨일즈 사람인 것 같았다. 남자는 가방을 바닥에 던져놓더니 로렌의 말은 듣지도 않고 다락방으로 올라갔다. 사다리를 반쯤 올라가서는 다락방 입구에 두었던 또 다른 가방을 가지고 내려와 바닥에 내려놓고 다시 올라갔다. 그러자 다락방 전구가 번쩍하고 꺼지더니 알 수 없는 소리가 들렸다. 잠시 후 새로운 목소리가 들렸다. 이젠 놀랍지도 않았다. "로렌, 로렌, 내가 뭘 찾았는지 봐." 마치 시트콤 속 캐릭터가 큰 소리로 상류층 특유의 대사를 내뱉는 것 같았다. "당신이 보면 기절할걸. 어마어마해."

이번엔 맨발이 보이고 맨다리와 놀랍도록 새하얀 엉덩이가 로렌 앞에 모습을 드러냈다. 그녀는 재빨리 뒤로 두 발자국 물러났다. 엉덩이 주인이 바닥에 내려와 그녀를 향해 돌아서며 두 팔을 활짝 펼쳤다. 이번에 등장한 남편은 이전 남편들에 비해 키가 작고 비쩍 말랐다. 놀랍도록 새하얀 엉덩이와 툭 튀어나온 정강이, 눈에 보이는 앙상한 갈비뼈, 그리고 얇고 길쭉한 물건을 가지고 있었다. 남자는 자신의 성기를 두 손으로 가리키며 말했다. "짜잔, 바로 이거야!"

남자를 가만히 바라봤다. 이 남자 역시 손에 결혼반지를 끼고 있었다. 아무것도 걸치지 않은 채.

"웃기지? 자기야, 나 아무것도 안 걸쳤어!" 로렌이 아무런 반응을 보이지 않자 남자가 잠시 멈칫하더니 사뭇 흥분된 어조로 다시 외쳤다. "이것 좀 보라고!" 남자는 손가락을 쫙 펼쳐 자신의 성기 옆에 가져가 반짝반짝 흔들더니 그다음에는 성기를 이리저리 휘둘러댔다.

로렌이 머그잔을 꽉 움켜쥐었다. 남자가 가까이 다가오면 뜨거운 차를 확 끼얹어 버릴 생각이었다.

"명품숍에 내놓을 만하지 않아?" 남자가 성기를 흔들며 말했다. "최상품이지. 모양도 예쁘고 상태도 아주 좋아. 크기는 두말할 것도 없고." 솔직히 두께는 모르겠고 길긴 길었다.

로렌은 다락방을 들여다보고 싶은 마음과 다락방이 됐건 벌거벗은 남자가 됐건 가까이 가고 싶지 않은 마음 사이에서 갈피를 잡지 못하고

다락방에서 남편들이 내려와

갈팡질팡했다. 결국 아무것도 하지 않기로 했다.

"아주 특별한 작품이지, 안 그래?" 남자는 굴하지 않았다. "자기가 이 게 재미없다면 잠깐 기다려. 내가 더 특별한 걸 찾았거든. 가지고 올게." 남자가 다시 다락방으로 올라갔다. 이 남자가 다음엔 어떤 농담을 해댈 지 몰라도 듣지 않아도 돼서 다행이었다. 다락방에선 다시 윙윙거리는 소리와 함께 빛이 번쩍였다. 30초 후, 또 다른 남자가 청바지와 티셔츠 를 잘 갖춰 입고 내려왔다. 남자가 돌아섰다. 이번에는 '요리하는 페미니 스트'라고 적힌 앞치마까지 하고 있었다. 머리카락 끝을 핑크색으로 염 색한 점이 마음에 들지 않았지만 헤어스타일이야 얼마든지 바꿀 수 있 으니까.

"아무것도 없는데." 남자가 말했다.

로렌은 여전히 손에 머그잔을 들고 있었다. 남자가 다가오자 본능적 으로 잔을 내밀었다.

"짠 할까?" 남자가 잔을 받아들며 말했다. "근데 우유 다 떨어졌어?"

"깜박했어." 시간이 느리게 흐르는 것 같았다. 도대체 어찌 된 영문인 지 머릿속이 복잡했다. 집 안이 또다시 달라졌다. 발밑을 내려다봤다. 카펫이 바뀌었다. 남편이 달라질 때마다 인테리어도 바뀌었다. 모두 자 신의 등 뒤에서 일어났다. 눈앞은 그대로인데 돌아보면 마치 누군가가 카드를 뒤집은 듯, 아니면 레버를 잡아당겨 세상을 바꿔놓은 듯 주변이 바뀌어 있었다.

앞치마를 두른 남편이 컵을 들고 주방으로 갔다. 냉장고 문을 여는 소리가 들렸다. 거실을 둘러봤다. 또다시 달라진 벽지와 소파, 그리고 책.

"괜찮아?" 남편이 복도로 나오며 물었다. 이번 벽지는 옅은 오렌지색이었다.

로렌이 다락방을 올려다봤다.

"무슨 소리가 나길래." 그녀가 덧붙였다. '다람쥐가 있나 봐." 속눈썹이 진하고 팔뚝이 인상적이었던 남편을 흉내 내며 아주 뻔뻔하게 말했다. "당신이 올라가서 좀 봐줄 수 있어?"

"이런 젠장, 정말이야? 이번엔 쥐가 아니었으면 좋겠는데." 남자가 우유를 넣은 차를 난방기 위에 올려놓고 사다리를 타고 올라가다가 중간에 멈춰 서서 물었다. "소리가 어땠어?"

"뭔가 찌르륵거렸어." 로렌이 확신에 찬 목소리로 말했다. '다람쥐인 것 같아."

"다람쥐들이 찌르륵거리진 않을걸." 남자가 미심쩍다는 투로 말했다.

남자가 다락방으로 올라갔다. 그러자 묵직한 백색 소음이 들렸다. '빠르고 저렴한 매틀록을 타고 편안한 휴가를 떠나세요.' 로렌은 옅은 오렌지색 벽에 걸린 기차 광고의 문구를 뚫어져라 쳐다봤다. 인테리어가 바뀐다면 이번엔 절대 놓치지 않을 생각이었다.

등 뒤 거실에서 한 남자 가수의 오래된 노래가 흘러나왔다. 하지만 시선을 돌리지 않았다. 심지어 다락방 입구 쪽에서 누군가 움직이는 바스락 소리가 들리고, 얼핏 무늬 있는 바지가 내려오는 게 보여도 시선을 벽에 고정한 채 움직이지 않았다. 집 안이 바뀌는 모습을 반드시 포착하고

다락방에서 남편들이 내려와

싶었다. 하지만 사다리를 올리는 소리에 자신도 모르게 남자 쪽으로 시선을 돌리고 말았다. 이번에 내려온 남자는 피부색이 짙고 날씬했으며 안경을 썼고 초록색 체크무늬 바지를 입고 있었다. 로렌이 후다닥 시선을 돌려 포스터를 쳐다봤지만 이미 형광색 아이스크림콘이 그려진 액자로 바뀌어 있었다. 이번 벽지는 아이보리색이었다.

"사다리 올리지 말고 그냥 둬." 로렌이 셔츠 소매를 걷어붙인 새 남편에게 말했다. 이번 남편은 결혼반지가 보이지 않았다. 아마도 집안일을 하느라 잠시 빼둔 모양이었다.

"알겠어." 남자가 사다리를 다시 내렸다. "그래도 일 끝나면 꼭 다시 올려야 해. 위가 덥거든. 설마 집 전체가 더워지는 걸 바라는 건 아니지?"

"그래, 그럼." 로렌이 휴대폰을 열었다. 이번엔 잠금화면에 조카들 사진이 있었다. 복도 입구에는 작은 테이블이, 테이블 위에는 편지 대신 지갑이 하나 놓여있었다. 지갑을 열어보니 그 안에 장기기증 카드가 보였다. 앤서니 밥티스트, 카드에 남편의 이름이 적혀있었다.

"앤서니." 로렌이 남자의 이름을 불렀다.

"응?" 남자가 거실에서 대답했다.

다락방 앞으로 걸어가 사다리를 만졌다.

"왜? 무슨 일인데?"

남편이 다락방에 올라가고 다른 남편이 내려오는 장면을 영상으로 찍어야겠다고 생각했다. 증거가 필요했다.

"다락방을 한 번만 더 봐줘." 로렌이 차분하게 말했다.

"왜? 무슨 일인데? 머리 위로 물이 떨어지기라도 해?"

"아니, 그게 아니라, 그냥 한 번만 봐줘."

"왜 그러는데?"

"그게, 깜짝 선물을 준비했어. 잠시 후면 알게 될 거야." 그녀가 미소를 지어 보이며 다락방에 엄청난 선물이 있는 것처럼 말했다.

"커다란 고무 거미 같은 건 아니겠지? 당신도 알겠지만, 난 깜짝 놀라는 거 별로야."

사실 로렌은 남자들이 긴장할 때 매력을 느꼈다. 자신감이 넘치거나 아니면 그와 정반대로 겁이 많은 사람이 좋았다. 자신이 무엇을 원하는지 정확히 알고 그것을 얻을 수 있다고 확신하거나 그 반대로 얻지 못할까 봐 전전긍긍하는 남자가 좋았다. 어쩌면 이 남자가 그런 남자일지도 몰랐다.

"그런 거 아니야. 당신이 무척 좋아할걸. 고무 거미는 절대 아니야." 로렌은 거짓말로 스스로를 궁지로 몰아넣었다. 하지만 지금까지 상황으로 봐서는 약속을 지킬 필요가 없을 것 같았다. "당신이 정말 좋아할 거야." 그녀는 아주 뻔뻔하게 말했다. "내가 몇 달 동안 준비한 거거든."

앤서니가 당황한 듯 어색한 미소를 지으며 다락방을 올려다봤다. 그러곤 머그잔을 그녀에게 건네고 사다리를 올라가 다락방 안으로 머리를 들이밀었다.

"뭐가 있다는 거야?" 그의 몸이 반쯤 다락방 안으로 사라지더니 이내 거의 보이지 않았다. 로렌이 휴대폰을 눌러 촬영을 시작했다.

"잘 찾아봐. 당신이 그걸 볼 생각을 하니 행복해 미치겠어. 내가 그동안 준비한 것 중에 최고야."

한 발 그리고 또 한 발. 마침내 남아있던 발 한쪽마저 시야에서 사라졌다. 다락방 안이 환해졌다. 전등갓도 없이 대롱대롱 매달린 전구가 불빛을 뿜어내는 게 보였다. 불빛이 번쩍이며 지붕을 바치는 나무 서까래를 환히 비추더니 이내 사그라들었다.

"보여?" 로렌이 다락방을 향해 소리쳤다. 이번엔 또 어떤 남자가 나올까 궁금했다. 뒤로 한 발짝 물러서며 돌아서는데 이미 새로운 세상이 등 뒤에서 모습을 드러냈다. 카메라를 계속 들이대고 있었는데도 벽지 색은 어느새 달라져 있었다. 정신이 번쩍 들었다. 숙취가 사라진 건지, 아니면 상황이 조금씩 이해되기 시작해서 그런 건지 머리가 맑아지는 기분이었다. 다락방에서 소리가 들렸다.

"위에 뭐 없어?" 로렌이 물었다. 어떤 남자가 나올지 궁금했다.

4

"다락방이 다락방이지. 뭐가 있겠어?" 남자가 대답했다. 다락방 입구에서 수건 여러 장이 휙 날아오더니 사다리에 맞고 바닥으로 떨어졌다.

로렌은 사다리를 타고 다락방에서 내려오는 남편의 뒷모습을 지켜봤다. 여섯 번째나 일곱 번째쯤 된 것 같았다. 운동화 차림에 운동복 바지, 티셔츠, 팔에는 운동할 때 쓰는 웨어러블 암밴드를 차고 있었다.

피부색이 밝고 키가 컸으며 무언가에 화가 난 듯했다. 남자가 수건을 집어 들더니 개어 빈방으로 가져갔다. 남자를 쫓아갔다. 남자가 방에서 나오려다가 그녀를 발견하곤 비키라며 턱을 앞으로 내밀었다.

"두 장 더 필요해." 로렌이 비켜서며 말했다. 이 남자를 다시 다락방에 올려보내고 화 내지 않는 남편을 맞고 싶었다.

다락방에서 남편들이 내려와

"이건 내 수건이야." 남자가 말했다. "몇 장 있는진 내가 알아."

"여섯 장 있을걸."

"틀렸어."

다른 핑곗거리가 필요했다. "음… 식탁보도 가져와."

"뭐라고? 이젠 식탁보를 쓰시겠다."

별다른 생각 없이 식탁보 얘기를 꺼냈다. 하지만 식탁보가 남편의 성질을 건드린 것 같았다. 하긴 이 남편은 뭐가 됐든 그냥 발끈하는 것 같았다. 그녀가 꼬드긴다고 들을 것 같지 않았다. 다락방에서 소리가 나는 것 같으니 확인해 달라는 것도, 상자를 좀 올려달라는 것도, 깜짝 선물을 준비했다는 것도 통하지 않을 것 같았다.

더 이야기했다간 싸움으로 번질 태세였다. 남자가 화장실로 들어갔다. 확실한 핑곗거리를 찾기 위해 주변을 둘러봤다. 남자가 화장실에서 나와 문도 닫지 않은 채 곧바로 주방으로 갔다. 냉장고 문을 열고 물을 꺼내더니 다시 복도로 나오며 물었다.

"언제 온대?"

"글쎄. 몰라."

"그럼, 알아봐." 남자가 그렇게 말하곤 터벅터벅 계단을 내려갔다. 곧이어 문이 쾅 닫히는 소리가 들리고 이어서 출입문 닫히는 소리도 들렸다. 로렌은 거실로 갔다. 시선이 닿는 곳마다 못 보던 물건들이 있었다. 창문을 내다봤다. 남자는 걷는 듯하더니 점점 속도를 높여 달렸다. 그러곤 이내 집에서 멀어졌다.

집이 원래대로 텅 비었다. 하지만 모든 게 마음에 들지 않았다. 거실에 있던 소파가 다시 나타났지만, 중고 가게에서 12달러에 사서 정말 뿌듯했던 커피 테이블은 사라지고 없었다. 주방 벽에 팬 자국도 다시 돌아왔다. TV는 작아졌고 쿠션은 처음 보는 것들이었다. 새로운 남편의 수백 가지 자잘한 흔적들. 이번 남편에겐 조금도 마음이 가지 않았다.

문자를 살펴보니 남편의 이름은 키어런이었다.

하지만 새로운 남편이 등장할 때 찍은 동영상이 보이지 않았다. 그뿐만이 아니었다. 어제 공방과 술집에서 찍은 사진은 있었지만 두 번째로 간 술집과 치킨집에서 찍은 사진은 보이지 않았다. 이번 생에서는 아마도 어제 집에 일찍 들어온 모양이다. 그래서 머리가 맑은가?

문자를 쭉 내렸다. 어젯밤 늦게 엘레나가 보낸 문자가 보이지 않았다. 심지어 엘레나의 문자가 몇 주에 걸쳐 없었다. 마리암도 택배가 잘못 배송됐다는 문자 말고는 아무것도 보내지 않았고, 심지어 토비랑도 문자를 주고받지 않았다. 회사 동료인 자라에게 보낸 문자 몇 통과 나탈리와 주기적으로 주고받은 문자가 다였다. 하지만 나탈리는 충고도, 잔소리도 하지 않았고 꼭 읽어보라는 링크도 보내지 않았다. 그저 **고마워, 곧 보자** 정도의 형식적인 문자나 조카들 사진이 전부였다.

거울에 자신의 모습을 비춰봤다. 여름이 되면 핼쑥해지긴 했어도 유난히 안색이 좋지 않았다. 심지어 상태가 어제보다 더 심각했다. 동그랗게 말아 올려 묶은 머리라니. 로렌은 머리를 풀어 헤쳤다. 평소 같으면 어깨 정도 길이였겠지만 지금은 그보다 10센티는 더 길었다. 거울에 비

　　　　　　　　　　　　　　다락방에서 남편들이 내려와

친 모습에 너무 놀라 뒤로 물러섰다. 이 상황을 참을 수가 없었다. 숙취도 없는데 머리가 지끈거렸다. 손이 벌벌 떨리고, 소름이 돋았다. 위가 뒤틀리듯 조여오고 토할 것 같았다.

머리를 다 쥐어뜯어 버리고 싶었다. 주방 가위로 잘라버리려다가 다시 묶었다. 남편은 곧 사라질 것이고 남편이 달라지면 헤어스타일도 달라질 테다.

물론 결혼 생활이 늘 좋을 수만은 없겠지. 때로는 서로에게 소리를 지르기도 할 것이다. 하긴 나라면 엘레나의 말처럼 소리를 지르기보다 냉소적이거나 단답형으로 비꼬는 쪽일 것이다. 그동안 아모스와 가장 오래 만났다. 그리고 4년 전 조용히 헤어졌다. 로렌의 집으로 들어오기로 했던 날 아모스는 이사 대신 이별을 택했다. 그는 앨턴 타워의 롤러코스터 앞에서 같이 살기엔 너무 빠른 것 같다고 말했다.

어쨌거나 아무리 그래도 이번 결혼은 좋아 보이지 않았다.

한시라도 빨리 이번 남편을 보내버리고 싶었다. 이번 생에는 무슨 일이 일어났는지 궁금해할 시간도, 이 상황을 믿어야 할지 말지 고민할 시간도, 꿈은 아닌지 자신을 꼬집어 볼 시간도, 친구들에게 전화를 걸어볼 시간도 아까웠다.

이제 어느 정도 상황이 파악됐다. 자신에게 남편이 생겼고, 남편이 다락방에 들어갈 때마다 다른 남편으로 바뀐다. 하지만 남편이 어디에서 오는지, 얼마나 많은지는 모른다. 심지어 어떤 남편은 이름도 모른다.

하지만 그건 나중 문제였다. 기본적인 틀은 분명해졌다. 그리고 이번 남편은 남편으로서 아웃이라는 것도.

복도로 나갔다. 다락방이 위협적으로 느껴졌다. 하지만 로렌에겐 계획이 있었다.

주방으로 가서 스피커를 찾았다. 회색 원통형 스피커를 휴대폰에 연결하고 블루투스를 켠 뒤 '기기 정보 저장하지 않음' 버튼을 눌렀다. 남편이 언제 돌아올지 몰라 문 열리는 소리에 귀를 기울이며 작업을 진행했다. 4분? 5분? 작업이 끝났다.

2단계 작업으로 돌입했다. 한 손에 스피커를 들고 한 발짝, 두 발짝 사다리를 올라갔다. 두려운 마음을 잠재우기 위해 계속 괜찮다고 중얼거렸다. 남편이 다락방 안으로 완전히 들어가야 바뀐다. 다른 손으로 사다리 마지막 칸을 꽉 움켜잡고 숨을 크게 들이마셨다. 그러곤 캄캄한 다락방 안으로 머리를 들이밀었다.

다락방은 예전과 다르지 않았다.

어두컴컴한 다락방에는 가구와 상자들이 있었다. 순간 형체를 알 수 없는 물체에 흠칫 놀랐지만 다시 보니 반쯤 정리하다가 처박아 둔 크리스마스트리였다. 다락방 안에는 마이클도, 동그란 엉덩이를 가진 벌거벗은 남자도, 앤서니도, 놀란 듯한 얼굴의 잘생긴 남자도 없었다. 벽에 기대어 놓은 냉동 남편도, 남편들이 사라지고 나타나는 황금문도, 빛이 번쩍이는 초록색 연기도, 포커를 치며 다락방을 빠져나갈 기회를 노리는 유령도 없었다. 서까래에 박쥐처럼 거꾸로 매달린 형체도, 일제히 숨을 들이쉬고 내쉬는 괴물들도, 한꺼번에 우르르 살아나는 시체 무더기도 없었다.

다락방은 예전 모습 그대로였다. 전구만이 다락방을 희미하게 비출 뿐이었다.

일단 급한 불부터 꺼야 했다.

키어런이 집을 나간 지… 10분, 아니 12분쯤 지났지. 그럼 내게 주어진 시간은 얼마나 될까?

로렌은 안으로 더 들어가지 않고 팔을 쭉 뻗었다. 전구가 다락방을 비췄다. 스피커를 바닥에 내려놓자 지지직 소리가 났다. 스피커를 다락방 안으로 밀어 넣었다. 그것만으론 부족한 것 같아 우산을 가져다가 있는 힘껏 팔을 뻗어 다락방 깊숙이 밀어 넣었다. 다시 한번 지지직 소리가 났다. 이제 다락방 안으로 들어가지 않고선 스피커를 꺼낼 수 없었다.

고개를 돌려 숨을 들이마셨다. 전구의 불빛이 희미해졌다.

사다리를 타고 내려와 휴대폰으로 음악을 틀고 음악 소리가 스피커를 통해 잘 나오는지 확인했다. 어제 만난 엘레나의 친구들이 플레이리스트에 추가해 준 노래들이 다락방에서 흘러나왔다.

이제 적당한 소리를 찾기 위해 유튜브를 열었다.

원하는 소리를 찾았다.

다시 거실로 돌아와 키어런이 오는지 밖을 내다봤다. 이번 생에선 휴대폰에 결혼사진이 있는지조차 찾아보지 않았다. 물은 이미 엎질렀다.

이제 엎지른 물을 수습해야 한다. 고민할 필요도 없었다.

15분, 20분, 25분, 시간이 흘렀다. 로렌은 달리기가 싫었다. 사람들의 시선, 차량들, 앞질러 달려가는 사람들 때문에. 그래서 달리기가 얼마나 걸리는지 잘 가늠이 되지 않았다. 아무리 그래도 올 때가 된 것 같았다. 길 위쪽에서 나타날 수도 골목길에서 나타날 수도 있었다.

드디어 남편이 보였다. 그는 집과 골목길 사이에서 나타났다. 다락방에서 나온 다음 잠깐 본 게 전부라서 한 번에 알아보진 못했다. 로렌은 창백한 얼굴로 달려오는 사람을 쳐다보았다. 남자는 서서히 걷다가 무릎에 손을 대고 몸을 숙이더니 이내 시뻘겋게 달아오른 얼굴로 허리를 폈다. 이제 집 안으로 들어오기까지 1분, 어쩌면 2분 정도 남았다.

로렌은 침착함을 유지했다. 계획대로 잘될 것이다. 하지만 다락방이 작동하지 않으면 어쩌나 걱정이 되기도 했다. 만약 내가 만나게 될 남편이 〈백설 공주〉에 나오는 일곱 난쟁이처럼 일곱 명으로 정해져 있다면, 그래서 키어런이 마지막 남편이라면?

그럴 리가 없어. 로렌은 이미 다리를 건넜다. 지금은 다락방을 믿는 수밖에 달리 방법이 없었다. 그녀는 '수도관이 터져 물 흐르는 소리 2시간 재생'이라는 제목을 클릭했다. *'헬로우 프레쉬는 돈이 아깝지 않을 거예요!'* 광고가 흘러나왔다. 재빨리 건너뛰기 버튼을 눌렀다. 그러자 다락방 입구로 물 흐르는 소리가 흘러나왔다. 집 전체에 소리가 들리도록 소리를 키웠다. 똑똑, 쪼르륵쪼르륵, 콸콸.

로렌은 침실로 후다닥 달려가 문을 닫았다. 침대 밑으로 들어가려 했

다락방에서 남편들이 내려와

지만 침대가 바뀌어서 들어갈 공간이 없었다. 옷장 문을 열었다. 옷장에는 키어런의 옷들이 있었다. 낯선 세탁세제 냄새가 났지만 그런 걸 따질 겨를이 없었다.

옷장으로 들어가 자리를 잡고 앉아 코트를 끌어당겨 몸을 숨겼다. 자세를 잡은 다음 문을 닫고 쥐가 나지 않도록 한쪽 다리를 앞으로 뻗었다. 문틈 새로 빛이 스며들어 옷장 안이 어슴푸레했다. 또렷하진 않아도 다락방에서 흘러나오는 물소리가 들렸다. 그리고 마침내 1층 현관문을 여닫는 소리가 들리고 계단을 올라오는 발소리가 들렸다. 그리고 이어진 거칠고 빠른 숨소리. 남편이 계단 끝에 섰다.

5

"짜증 나게 다락방 문은 왜 열어둔 거야?" 남편이 소리를 질렀다. 그가 주방으로 들어가는 소리가 들리고 수도꼭지를 틀었는지 수돗물 소리와 다락방에서 나는 물소리가 한데 뒤섞여 들려왔다.

"로렌." 침실 문을 여는 소리가 들렸다. 하지만 남자는 들어오지 않았다. 로렌은 소리에 집중하려고 노력했다. 방문이 열려서 그런지 소리가 더 크게 들렸다. 삐걱삐걱 사다리를 오르는 소리가 났다. 그가 다락방으로 올라가는 듯했다. 혹시라도 남편이 바뀔 만큼 다락방 안으로 충분히 들어가지 않으면 어떡하나, 안을 들여다보지 않으면 어떡하나 걱정이 됐다. 만에 하나 블루투스 스피커 불빛이 모든 걸 망치면 어떡하나 불안했다.

"로렌." 또다시 그녀를 부르는 소리가 들렸다. *이봐, 다락방에서 물소리가 나잖아. 다락방에 올라가!* 로렌이 마음속으로 외쳤다. 그때 휴대폰에 불이 들어오며 옷가지들과 그녀의 손, 옷장 내부를 비췄다. 남자가 그녀에게 전화를 건 것이다. *따르르르릉, 따르르릉.* 다락방에 설치한 스피커를 통해 벨소리가 온 집 안에 울려 퍼졌다. 빌어먹을, 망했다.

전화기 불빛을 감추기 위해 휴대폰을 무릎 위로 뒤집었다. 하지만 소리가 멈추지 않았다. 휴대폰을 다시 뒤집어 소리를 끄려고 했지만, 손이 말을 듣질 않았다.

"씨발, 로렌." 문밖에서 남자의 소리가 들렸다. 벨소리가 지지직 탁탁소리와 함께 스피커를 통해 울려 퍼졌다. 겨우 벨소리를 끄고 물소리를 다시 재생한다는 게 버튼을 잘못 눌러 엘레나의 결혼 축하 모임 때 들었던 베로니카스의 노래가 울려 퍼졌다.

후다닥 정지 버튼을 누르고 꼼짝도 하지 않고 가만히 있었다. 뒤이어 남자가 뭐라고 또 욕을 하더니 다시 사다리를 올라가는 소리가 들렸다. 몇 발자국 올라가다가 중간에 멈추더니 다시 올라갔다.

한 발짝. 그리고 또 한 발짝.

지지직지지직, 탁탁. 소리가 평소보다 더 크게 들렸다. 그리고 누군가 사다리를 내려오는 소리가 났다.

계획이 통했다.

"여보." 로렌을 부르는 소리가 들렸다. 틀림없이 다른 사람의 목소리였다. "로렌, 어디 있어?" 복도 쪽에서 또다시 소리가 들렸다.

모음 소리와 목소리에서 느껴지는 리듬, 틀림없이 다른 사람이었다. 새로운 남편. 로렌은 옷들을 헤집고 비틀거리며 옷장에서 나왔다. 그 바람에 낡은 코트 하나가 바닥에 떨어졌고 셔츠와 드레스들이 흐트러졌다. 옷가지 하나가 옷장 밖으로 딸려 나왔다. 침실도, 복도도 또다시 바뀌었다. 로렌이 새 남편을 세게 끌어안았다. 새 남편은 키가 그녀와 비슷하거나 약간 작은 듯했다. 셔츠를 벗고 있어서 한쪽 어깨에 담쟁이 무늬 문신이 보였다. 그는 로렌이 가슴을 만진 첫 번째 남편이었다. 로렌의 머리카락은 원래대로 어깨 정도 길이였고 발밑으로 매끄러운 나무 바닥이 느껴졌다.

"여기 있었네." 남편이 웃으며 말했다. 뒤로 물러나 남자를 쳐다봤다. 눈가에 주름이 있고 머리는 짧은 곱슬머리여서 마치 한 무더기의 꽃처럼 보였다. 청바지에 캔버스화, 단단한 몸에 그을린 피부. 그에게서 흙냄새와 햇볕 냄새가 났다. 눈가를 봐선 로렌보다 나이가 많아 보였지만, 정확하게 가늠이 되질 않았다. 남편이 바뀐다고 날씨까지 바뀔 리 없겠지만 마룻바닥 때문인지, 아니면 새로 바뀐 노란색 벽지 때문인지 복도가 환하게 빛났다.

"안녕." 로렌이 미소를 지으며 말했다.

"커피 마실래?" 남편도 그녀를 보며 미소 지었다.

"좋지." 생각해 보니 지금껏 어떤 남편과도 차를 마신 적이 없었다.

남편이 또다시 웃었다. 이번 남편은 자신이 기뻐하면 같이 기뻐하는 사람 같았다. 키어런을 보내버리다니! 로렌은 기쁨을 감추려 했지만 참을 수가 없었다. 다락방이 키어런을 데려가고 커피를 내려주는 다정한 남편을 선물해 줬다. 그녀가 살짝 부끄러워하며 남편의 맨가슴을 밀어 냈다.

"마당에 나가서 마실까? 커피 내려서 마당으로 가져갈게."

"좋아." 마당이라니! 그녀는 늘 마당을 더 잘 활용하고 싶었다.

한 발자국 더 물러나 집을 쭉 둘러봤다. 전보다 밝아졌지만, 전체적으로 지저분했다. 주방 카운터에는 종이들이 너저분했고, 구석에 놓인 의자에는 수건들이 널려있었으며, 전선들도 여기저기 널브러졌고, 바닥에는 빈 캔들이 담긴 상자가 재활용 통으로 갈 때만을 기다리고 있었다.

"자기야. 다락방에 올라가지 않을 거지?" 로렌이 고갯짓으로 다락방을 가리키며 물었다.

"당연하지. 다 처리했어. 미안, 다락방 문을 닫았어야 했는데." 남자가 말했다.

"아니야." 그녀가 다락방 사다리를 치웠다. "이제 가지 마. 다시 안 올라간다고 약속해."

남자가 로렌을 보며 물었다. "왜?"

"그냥. 오늘은 다락방에 올라가지 마. 내일도, 왠지 모르게 올라가다가 떨어질 것 같아. 그러니까 오늘은 다락방 근처엔 얼씬도 하지 마."

그가 웃음을 터트렸다. "약속할게. 다락방 금지!"

계단에 있던 카펫은 사라졌지만, 그 대신 계단 중간에 기다란 초록색 깔개가 있었다. 로렌은 밖으로 나와 집 뒤편으로 갔다. 아치형 장미 덩굴이 나타났다. 그곳을 지나 마당으로 들어갔다.

꽃과 풀, 나무로 만든 테이블이 있었다. 마당으로 들어가자 열두 마리쯤 되는 갈색의 작은 새들이 푸드덕 날아올랐다. 구석에는 가지로 얼기설기 엮어 만든 커다란 상자가 놓여있고 찌르레기 한 마리가 상자의 구멍을 쪼아댔다. 로렌의 마당과 마리암네 마당 사이에는 나무로 된 격자 모양의 높은 울타리가 있었다. 초록색 덩굴이 울타리를 온통 뒤덮었고 덩굴 사이로 자그마한 흰색 꽃들과 길쭉길쭉하게 늘어진 자주색 줄기들이 군데군데 보였다. 그리고 울타리 가운데에는 두 집의 마당을 연결하는 문이 있었다.

휴대폰을 확인했다. 어젯밤 광란의 시간을 보내고 친구들에게 보낸 문자가 고스란히 남아있었다. 심지어 버스 대신 우버를 타고 집에 온 기록도 있었다. 잠깐, 우버를 타고 올 정도라면 이번 생은 경제적으로 여유가 있다는 말일까? 지금 사는 집은 할머니가 돌아가시면서 로렌과 나탈리에게 물려준 집이다. 그래서 반만 그녀의 소유다. 물론 다른 친구들에 비하면 여유가 있다고 봐야 한다. 친구들 앞에서 돈이 없다고 불평할 정도로 생각이 없진 않았다. 하지만 런던 시내에서 4구역까지 45파운드나 되는 택시비를 내고 집에 오다니 경제적으로 여유가 있지 않고서는 쉽지 않은 일이다.

식물들이 싱그럽게 자란 마당과 의자, 나무와 덩굴을 사진에 담았다.

그때 마리암이 세탁 바구니를 들고 주방 옆문으로 나와 수건이 걸린 빨랫줄로 향했다.

"마리암, 안녕!" 마리암에게 인사를 건넸다. "날씨가 정말 좋아!"

"응, 안녕! 날씨가 정말 좋네." 마리암이 하늘을 쳐다보더니 놀랍다는 표정을 지었다. 마리암의 저런 모습이 토비와 잘 맞는다고 생각했다. 토비는 주변을 세심하게 잘 살피고 마리암은 행동파다.

"마리암, 내가 고양이를 키웠어?"

"글쎄, 그럴 것 같긴 해."

"아니, 여기에 사는 동안 말이야."

마리암이 수건을 걷다가 불현듯 멈췄다. 마리암은 산만한 편이다. 그런 마리암이 갑자기 집중할 때가 있는데 그럴 때 상대방은 세상에서 가장 중요한 사람이 된 것 같은 기분이 든다. 로렌이 지금 그랬다. 마리암이 로렌 쪽으로 시선을 돌리며 당황한 듯 물었다. "그게 무슨 말이야? 고양이 키운 적 없잖아, 아니야?"

스스로 생각해도 어이없는 질문이었다. "맞아. 키운 적 없어."

마리암이 인상을 찌푸렸다. 하지만 마리암은 더 이상 묻지 않고 수건을 들고 집 안으로 들어갔다. 그렇다면 결론이 뭘까? 글래드스턴은 존재하지 않았던 걸까?

의자에 앉아 다리를 쭉 뻗었다. 얼굴은 그늘에 있었지만, 몸은 오후의 햇살 아래 있었다.

햇살이 로렌의 다리털을 비추었다. 무릎 아래쪽으로 얼마 되지 않는 다리털이 몽실몽실 뭉쳐있었다. 유부녀가 되더니 제모에 소홀해진 모양이다. 자신의 의지와 상관없이 몸도 마음도 이렇게 계속 달라지다니

탐탁지 않았다. 의자를 잡아당겨 다리를 테이블 아래로 집어넣으며 꼭 제모를 하리라 다짐했다. 주방 쪽을 올려다봤다. 잘 보이지는 않았지만 뭔가 흐릿한 형체가 이리저리 움직였다.

테이블 위에는 데이지 화분이 놓여있었다. 꽃 하나를 꺾어 꽃잎을 하나씩 떼어 냈다. 꽃잎을 절반가량 떼어냈을 때 티셔츠를 입고 쪼리를 신은 남편이 아치형 장미 덩굴 아래에서 쟁반을 들고 나타났다. 쟁반 위에는 작은 컵 두 개와 반쯤 먹고 봉해 둔 초콜릿 다이제스티브 과자 봉지가 있었다. 가까이 다가올수록 남편의 모습이 자세히 보였다. 크고 둥그런 눈, 미간까지 이어진 두꺼운 눈썹, 한쪽으로 약간 기울어진 코, 여전히 나이는 가늠하기가 어려웠다. 밖에서 보니 눈가의 주름이 크게 눈에 띄지 않았다. 아마 자신과 비슷한 나이이지 않을까 싶었다. 남편이 로렌을 향해 미소를 지어 보였다.

왠지 이번 남편과는 한동안 함께 살 수 있을 것 같았다.

다락방에서 남편들이 내려와

6

새와 곤충, 저 멀리 지나가는 차 소리, 남편이 과자 씹는 소리. 모든 게
나쁘지 않았다. 키어런을 해치웠다는 생각에 마음이 놓였다. 아직 해결
해야 할 문제는 산적해 있지만 잠시 쉬어가고 싶었다. 로렌이 남편의 두
툼한 손가락을 힐끗 쳐다봤다.

"마당이 참 예뻐." 로렌이 말했다.

"응. 수국이 제법 자랐어."

"그…러네."

"저기 좀 봐." 남편이 수국을 가리켰다.

"나도 알아."

"그럼, 당연하지."

남편은 기분 나빠하지 않았다. 아마 그들은 이런 식으로 농담을 주고받는 모양이었다. 부부가 오랜 시간 함께하려면 일상에서 소소한 즐거움을 찾아야 한다. "난 저기 있는 험부르거가 좋아." 로렌이 시험 삼아 존재하지도 않을 꽃 이름을 던졌다. 그는 미소만 지어 보일 뿐 아무 말도 하지 않았다. 또다시 침묵이 흘렀다.

곁눈질로 남편을 흘끗 쳐다봤다.

그가 손바닥으로 모기를 때려잡았다.

커피를 한 모금 더 마셨다.

"커피가 맛있네." 로렌이 대화를 시도했다.

"그렇지? 그때 카페에서 받은 건데 다 먹고 이게 마지막이야."

이름도 모르는 남편과의 대화라니 쉽지 않았다. 다행히도 아직은 이름을 부를 만한 상황이 일어나지 않았다. 남편은 마당에 앉아 커피를 마시며 행복해했다.

"참, 배관공한테 수리비 줬어." 남편이 말했다.

"잘했어." 그렇게 말해야 할 것 같았다. "처리해 줘서 고마워." 시험 삼아 또 한 번 던졌다.

기분 좋은 얼굴로 뭔가 생각에 잠긴 듯한 남편을 보니 저절로 미소가 나왔다. 그녀가 웃자 남편 역시 미소로 화답했다.

남편은 집 안으로 들어가고 로렌은 마당에 남아 휴대폰을 꺼내 나탈리에게 전화를 걸었다. "로렌, 왜? 무슨 일 있어? 괜찮아?" 그녀와 나탈리는 일이 있어야 전화를 주고받는 자매였다. 어찌 보면 나탈리가 그렇게 묻는 게 당연했다.

구름이 태양을 가렸지만, 날씨는 여전히 따뜻했다.

"별일 없어. 그냥 잘 있나 해서."

"내일 다시 통화할래? 카일럽을 데리러 가라테 학원에 가야 해. 지금 마그다를 차에 태우는 중이야. 마그다ㅡ." 나탈리가 갑자기 목소리를 낮췄다. "오늘 아침에 마그다가 나를 물었지 뭐야. 물론 마그다를 사랑하지."

"그래, 그건 알지." 로렌이 심호흡을 하고 물었다. "근데 언니, 내 남편 알아?"

잠시 침묵이 흘렀다.

"제이슨?"

남편의 이름은 제이슨이었다. 왠지 제이슨처럼 생겼더라니.

"언니는 제이슨이 마음에 들어?"

"뭐래. 당연하지. 왜?"

"그냥, 궁금해서." 가끔 말보다 확신에 찬 말투가 더 중요할 때가 있다. "혹시 제이슨한테 내가 모르는 단점이 있어?"

"음식 먹을 때 쩝쩝거리는 거. 뭐 그 정도. 저번에 한 번 얘기했잖아. 마그다, 안 돼!" 전화기 너머로 바스락거리는 소리가 들렸다. "마그다가 열쇠를 먹으려고 해. 내가 너한테 얘기했나? 어린이집에서 퇴원 처리당했다고."

쩔쩔맨다고? 그게 무슨 소리지? "아니, 그런 얘기한 적 없어."

"이제 겨우 18개월밖에 안 됐는데! 다음 주에 휴가를 내야 할까 봐. 여기저기 보낼 데를 찾아보고 있는데 죄다 대기자 명단에 올려놓으라고 하네. 대기자라니! 얘는 방에 앉아 레고나 빨아야 하나 봐. 로렌, 나 이제 가봐야 해."

"그런데 언니." 로렌이 급하게 끼어들어 물었다. "하나만 물어볼게. 우리 집 다락방에서 뭐 이상한 낌새 같은 거 느낀 적 없었어?"

"아니. 왜? 무슨 일 있어? 물탱크 고장 났어? 내가 말했잖아. 이상한 소리가 나면 바로바로 배관공을 불러야 한다고. 그러다가 터진단 말이야. 로렌, 그런 건 이제 네가 처리해라. 나는 너의 집주인이 아니란다."

"그럼 이제 언니한테 집세를 안 줘도 된다는 말이야?" 남편이 나오기 이전 생에서는 매달 나탈리에게 돈을 보냈다. 혹시나 이번 생에선 상황이 달라졌나 싶어 물었다.

하지만 아니었다. "웃기시네. 나는 물지 않는 아이를 데리러 가야 해. 내일 다시 전화할게."

나탈리와 통화를 끝내고 엘레나에게 전화를 걸었지만 받지 않았다. 숙취로 자고 있을 게 뻔했다. 토비에게 문자를 보냈다. **토비, 내가 고양이를 키웠어?** 남편들은 자신들이 나타났다가 사라진다는 사실을 모른다. 마리암은 글래드스턴에 대해 아는 바가 없었다. 토비는 오늘 아침 그들이 나눈 대화를 기억할까?

다락방에서 남편들이 내려와

집에 들어와 주방에 놓인 고지서들을 보고 남편의 이름이 제이슨 파라스케보풀로스라는 걸 알았다. 정치적 이유에선지 아니면 남편의 성이 어려워서인지 로렌은 결혼 전 성을 그대로 사용하고 있었다.

"머리가 아직도 지끈거려." 로렌이 컵을 헹구며 어둠이 내려앉은 마당을 내려다봤다. 숙취가 아직 남아서인지 새 소리가 평소보다 유난히 시끄럽게 느껴졌다.

"어제 술을 너무 많이 마셔서 그래?" 제이슨이 물었다.

"잘 모르겠어. 좀 다른 것 같기도 하고." 자연스럽게 보이려고 애쓰며 잠자리를 따로 준비했다. 제이슨이 마음에 들지만 같은 침대를 쓰기에는 아직 일렀다. 아직은 자신이 누군가의 아내라는 사실을 받아들이기가 어려웠다. "감기가 아니면 좋겠는데." 로렌이 말했다.

제이슨은 감기가 아닐 거라고 생각했지만, 그렇다고 가능성을 아주 배제할 순 없었다. "지난번엔 내가 아프더니 이번엔 자기 차례인가 봐." 그가 따뜻하게 말했다. "하루나 이틀 지나면 괜찮아질 거야."

"그러게. 이번엔 내 차례인가 봐."

제이슨이 로렌에게 감기약을 가져다주며 카레를 주문할 건데 늘 먹던 걸로 먹겠냐고 물었다. 카레가 배달되는 동안 두 사람은 〈마인드 헌터〉를 봤다. 벌써 4화째였다. 재미가 없었다. 아마도 중요한 내용을 모르기 때문일 것이다. 중간쯤 보고 있을 때 카레가 도착했다. 그녀가 평소에 먹던 카레는 병아리콩 카레였다. 사실 치즈가 들어간 파니르가 오기를 바랐지만 그래도 채식 요리라서 다행이었다.

혼자 생각할 시간이 필요했다. 언제쯤 잔다고 해야 이르지 않을까? 배달 음식을 먹고 치웠더니 해가 졌다. "오늘은 빈방에서 잘게. 좀 뒤척일 것 같아서."

"그건 안 돼. 당신은 아픈 사람이잖아. 내가 그 방에서 잘게. 오늘까지 처리해야 할 메일들도 좀 있고 내일은 월요일이라서 일찍 나가야 해."

제이슨이 페퍼민트 차를 끓여다 주고 내가 읽고 있다는 버섯의 역사에 관한 책을 펼쳐줬다. 차도, 책도 고맙다고 말했다. 견디기 힘든 10분이 흐르고 그는 더 이상 말을 걸지도, 필요한 게 있냐고 묻지도 않았다. 이쯤에서 잔다고 해도 될 것 같았다.

"잘 자." 로렌이 말했다.

그가 문에 기댄 채 입을 맞추려고 몸을 기울였다. 남편의 곱슬머리와 미소에 그녀는 입을 맞춰도 될 것 같다고 빠르게 판단하고 얼굴을 가져갔다. 하지만 그 순간 남편이 얼굴을 피하며 말했다. "아차, 당신이 아프니까 오늘은 참는 게 좋겠어."

"맞아. 그러네." 그제야 감기 같다고 했던 게 생각났다. 하지만 살짝 아쉬운 마음이 들었다.

남편이 문을 닫고 나갔다.

제이슨이 아직 문밖에 있었다. 화장실에 갔다가 주방에서 무언가를 꺼내는 것 같았다. 이제 침실엔 로렌뿐이었다. 스탠드 불빛에 뭔가 비밀스러운 기분이 들었다.

다락방에서 남편들이 내려와

바닥엔 아까 옷장에서 나올 때 떨어진 옷가지들이 널려 있고 엘레나의 결혼식 때 입을 들러리용 드레스가 보관용 비닐에 든 채 구겨져 있었다. 드레스를 집어 들었다. 아직 결혼식까지는 2주나 남았다. 다림질할 시간은 충분했다. 나머지 옷들은 그냥 쓸어 담아 옷장 속에 처박고 문을 닫았다. 정리는 아침으로 미뤄두기로 했다.

침대 양옆에는 서로 짝이 맞지 않는 테이블이 있었다. 머리 끈과 충전 케이블이 있는 쪽이 그녀 자리인 것 같았다. 천천히 침대에 누워 스탠드를 껐다.

어둠 속에서 이제야 마음이 편안해졌다. 달빛이 방으로 제대로 쏟아져 내렸다.

잠을 청하지 않았다.

일단 휴대폰을 꺼내 예전 사진들을 쭉 훑어 내려갔다.

대부분 익숙했다. 직접 찍지 않은 사진도 있었지만 대체로 익숙했다. 건물 사이로 빛나는 황홀한 일몰, 피크닉 돗자리에 앉아 조그마한 얼굴로 잔뜩 노려보는 마그다, 그런 마그다를 흐뭇하게 쳐다보는 나탈리의 아내 아델. 붉은색 빅토리아 앤 알버트 박물관을 배경으로 분수대에 발목을 담그고 선 나탈리와 카일럽. '피시코테크라'라는 피쉬앤칩스 가게. 다른 듯 비슷해 보이는 치즈 모둠.

처음 보는 사진도 있었다. 가본 적 없는 레스토랑, '달걀 스물네 개가 필요해' 지하철 바닥에 그려진 그라피티. 특히 언덕 사진이 반복해서 등장했다. 울퉁불퉁한 언덕, 안개가 자욱한 언덕 위에 펼쳐진 소풍 도시락,

언덕 위 가시덤불 속에 있는 커다란 새, 언덕 위에 있는 나, 언덕 위에 있는 나와 남편, 그리고 나와 낯선 사람들. 나는 취미 생활로 하이킹을 즐기는 모양이었다.

3~4년 동안의 사진들을 훑어보며 내 원래 기억과 비교해 봤다. 아장아장 걸어 다니는 카일럽, 공원에 선 나와 아모스, 나와 엘레나, 런던을 떠나기 전의 패리스. 스탠드를 켜고 버섯 책 뒷장에 지금까지 만난 남편의 이름들을 적어 내려갔다.

마이클

잘생긴 남편

슬리퍼를 신은 남편

벌거벗은 남편

앤서니

키어런

제이슨

명단을 가만히 바라보다가 벌거벗은 남편 앞인가 뒤에 앞치마를 하고 나타났던 페미니스트 남편이 생각났다.

하지만 이 정보로는 무엇을 어떻게 해야 할지 알 수가 없었다. 그건 나중에 생각해 보기로 했다.

일단 지금까지 알아낸 것들을 써 내려갔다.

다락방에서 남편들이 내려와

다락방에 들어가면 남편이 바뀐다.

불이 켜지고 소리가 난다.

남편이 바뀌면 이전의 것들도 바뀐다.

하지만 상황이 이해되지 않는 건 마찬가지였다.

휴대폰을 다시 열고 이메일을 훑으며 일상에 중요한 변화가 있는지 살폈다. 이런 제기랄! 그녀는 더 이상 구청에서 일하지 않았다. 이번 생에는 길 아래에 있는 대형 철물점 겸 정원용품점에서 관리직으로 일했다. 철물점이라니! 정말 생뚱맞았다. 로렌은 필립스 헤드 드라이버가 십자드라이버인지 일자드라이버인지도 몰랐다. 필립스 드라이버가 있다는 건 알지만 그게 전부였다.

내일은 월요일이다. 메일함을 뒤져 6개월 전에 쓴 병가 신청 메일을 찾았다. 그리고 같은 사람에게 식중독에 걸려 출근하기가 어렵다는 내용의 메일을 보냈다. 그다음 날은 그때 가서 걱정할 생각이다.

다시 조사에 착수했다. '제이슨 파라스케보풀로스'를 검색창에 넣었더니 정원 디자인 및 유지 관리라는 웹사이트가 떴다.

왓츠앱 메시지와 디스코드도 샅샅이 뒤졌다. 인스타그램 계정도 있었지만, 마지막으로 올린 사진이 18개월 전인 데다가 그나마 안개가 자욱한 묘지 사진이었다. 그보다 2개월 전에는 사나몬롤 사진을 올렸다. 팔로우하는 사람들을 쭉 훑어봤지만 대부분 모르는 사람들이었다. 로렌은 왠지 모를 자유로움을 느꼈다. 그리고 더 이상 찾아볼 필요가 없겠다고 생각했다.

    토요일 오후에 집을 나설 때만 해도 엘레나의 결혼 축하 모임이 이렇게 시시하게 묻힐 줄은 꿈에도 몰랐다. 새벽 3시에 심야버스를 탄 지 24시간도 채 지나지 않았다. 침대에서 일어나 복도로 나가 남편이 자는 방 쪽으로 걸어갔다. 문이 살짝 열려있었다. 문을 조금 더 밀고 방 안을 들여다봤다. 침대 위에 시꺼먼 형체가 보였다. 문을 조금 더 열고 안으로 반 발자국 더 들어갔다. 남편이 가슴팍에 베개를 꼭 껴안고 쌕쌕대며 자고 있었다.

다락방에서 남편들이 내려와

7

남편이 오가는 소리에 7시도 채 안 돼 잠에서 깼다. 조용히 침대에서 일어나 까치발로 살금살금 걸었다. 그러고는 마치 문손잡이를 놀라게 하지 않으려는 듯 아주 조심스럽게 돌렸다. 소리는 주방에서 들렸다. 제이슨이 아직 있을까?

"일어났네! 몸은 좀 괜찮아? 잠은 푹 잤고?" 그가 로렌을 바라보며 웃었다. 눈가 주름은 여전했다.

"그럭저럭."

"이번 주는 엄청 바빠. 당신은 오늘 안 나가?"

"응. 하루 쉬려고."

제이슨이 출근하는 모습을 거실 창문으로 내려다봤다. 그는 길가에 주차된 밴에 올랐다. 밴 가운데에 나무가 그려진 커다란 로고가 있었다. 밴이 도로 끝까지 가더니 우회전을 했다. 그제야 잔뜩 올라갔던 어깨가 내려오고 온몸에 긴장이 풀렸다.

드디어 집에 혼자 남았다.

소파에 등을 대고 앉아 눈을 감았다. 괜찮아. 다 괜찮아.

10시 반쯤 일어나 개운하게 샤워를 하고 머리를 말리고 다리 제모를 했다. 다리가 예전보다 조금 두꺼워진 것 같았고 근육도 생겼다. 변기 위에 한쪽 다리를 올려 허벅지를 확인해 봤다.

옷장을 열어보니 지퍼와 토글이 잔뜩 달린 재킷과 하이킹 부츠가 있었다. 오랫동안 입은 바지도 있고 대학 시절부터 입던 티셔츠도 보였다. 살까 말까 고민하다가 너무 비싸서 포기했던 셔츠도 있었다. 셔츠를 꺼내 입었다.

다락방 사다리를 내리려는데 속이 메스꺼웠다.

결국 사다리를 도로 집어넣었다.

뭐라도 좀 먹어야 했다. 빵을 구워 그 위에 땅콩버터를 발랐다. 평소에 먹던 브랜드가 아니라서 그런지 너무 진하고 달았다. 땅콩버터가 입천장에 들러붙었다. 아무렇지 않은 것 같다가도 무언가 마음이 불안했다. 토스트를 한 입 베어 물고 내려놓았다. 휴대폰을 집어 들고 계단을 내려갔다.

문 앞에 서서 계단 중간에 깔린 초록색 깔개를 한 번 올려다보곤 문을 닫았다.

다락방에서 남편들이 내려와

밖으로 나오니 기분이 한결 나았다. 숨을 깊이 들이쉬며 걸었다. 버스 정류장은 그 자리 그대로였다. 언젠가 꼭 한번 공연을 보러 가리라 다짐했던 아트센터, 하늘, 도로, 차, 나무, 주유소, 하물며 지금 걷는 언덕길의 경사까지 달라진 게 없었다. 걸음의 속도를 높였다.

누군가에게 지금 이 상황을 말하면 병원에 가보라고 할 게 뻔했다. 하지만 모든 증거가 자신의 결혼을 말하고 있었다. 토요일 밤에 갑자기 유부녀가 됐다는 사실을 반박할 만할 증거는 어디에도 없었다. 하지만 다락방이 남편을 만들어 주고 계속 바꿔준다고 말하면 어디 아프냐, 집에 가스가 샜냐, 엘레나 축하 모임에서 무슨 일이 있었길래 아직도 정신을 못 차리냐고 할 게 뻔했다.

병원에 가고 싶지 않았다. 차라리 밖에 나가 커피를 마시는 게 더 나았다.

평평한 길로 접어들자 길모퉁이에 술집이 보였다. 햇살 가득한 테이블에 앉아 맥주나 한잔할까 싶었다. 지금은 월요일 오전 11시 30분이다. 평소 같으면 월요일이나 오전 11시 30분에는 술을 마시지 않는다. 하지만 예외도 있는 법이다. 안 하던 짓을 해보느냐 아니면 집에 가느냐, 둘 중 하나를 선택해야 한다면 당연히 집에 가지 않는 쪽이었다.

술집에는 사람이 없었다. 종업원에게 칵테일 종류가 뭐가 있냐고 물었다.

"네?" 종업원이 바 안으로 들어가 뒤적이더니 코팅된 종이 한 장을 가져왔다. 화려한 유리잔에 담긴 반짝이는 술들. 이 집에 이런 술잔은 없을 것이다.

잠시 메뉴판을 살펴보다가 말했다. "메리 베리 페시네이션 한 잔이랑 플랫 화이트 한 잔 주세요."

종업원이 바 안으로 들어가더니 칵테일 레시피가 적힌 파일철을 가져와 넘기며 물었다. "이거 말씀하시는 거죠? 금방 가져다드릴게요."

"감사해요." 로렌이 미소를 지으며 대답했다. "저는 밖에 앉을게요."

햇빛을 등질 수 있는 자리에 앉아 문이 열릴 때를 기다렸다. 종업원이 커피와 와인 잔에 담긴 밝은 핑크색 칵테일을 가져왔다. "장식용 미니 우산이 다 떨어졌지 뭐예요." 그녀가 미안해하며 말했다.

"감사합니다." 메리 베리 페시네이션은 달콤한 탄산주에 사과 한 조각도 들어있었다.

사거리 쪽을 쳐다봤다. 한 남자가 쇼핑백을 들고 서있었다. 세상은 아무 일도 없다는 듯 평온했다. 스페인이 지금 몇 시인지 확인하고 엄마에게 문자를 보냈다. **엄마, 잘 지내죠? 이상한 질문인 거 아는데 제이슨을 어떻게 생각해요?**

몇 분이 지났을까 엄마에게 답장이 왔다. **딸, 잘 있지? 네가 문자를 다 보내고, 웬일이니? 제이슨 괜찮지. 엄마가 보기엔 제이슨이 널 무척 아껴. 그나저나 제대로 된 티백이랑 마마이트 좀 보내줄래?**

나탈리나 토비에게 다시 전화해 볼까 싶었다. 아니면 제이슨에게 모든 것을 털어놓을까도 싶었다. 하지만 그건 좋은 생각이 아닌 것 같았다. 제이슨은 자신의 말을 믿지 않을 것이다. 그리고 말도 안 된다며 다락방에 올라가 보겠다고 할 것이다. 아니면 오히려 자신의 말을 믿고 다락방에 다시는 올라가지 않으려고 할 수도 있다. 그게 더 최악이다. 제이슨이 마음에 들긴 했지만, 확신이 들 정도까지는 아니었다.

결국 엘레나에게 털어놓기로 마음먹었다.

제이슨에게 문자를 보냈다. **오늘 저녁에 엘레나네 다녀올게. 엘레나가 결혼 준비로 힘든가 봐.**

그러곤 엘레나에게 문자를 보냈다. **엘레나, 할 얘기가 있어. 잠깐 들러도 될까?** 문자를 보내고 나서야 엘레나에게 다른 일정이 있으면 어떡하지 싶었다. 하지만 월요일 밤이고 결혼이 2주밖에 남지 않았다. **내가 풍선 부는 것 좀 도와줄까?**

만보기 앱을 확인했다. 하이킹을 해서 그런지 2만 8300보 혹은 3만 5600보까지 걸은 날도 있었다. 번개 그림이 그려진 앱을 열어 날씨를 확인했다. 서쪽 지역에 빨간색 점과 노란색 점이 여럿 보였다.

엘레나에게 답장이 왔다. **7시에 보자. 아몬드 포장하는 것 좀 도와줘. 네가 재미있어할 거야.**

오후 2시, 검색할 만한 것들은 다 해봤다. *다락방에서 나타난 남자들*(집 내부에 숨겨진 공간에 대한 뉴스들), *다락방의 변신*(비싼 리모델링), *사라진 남편들*(관련 기사 많음. 다수의 이중 결혼 사례. 내 상황과 정반대의 경우). 마법처럼 남편이 다락방에서 등장했다가 다시 들어가면 남편이 바뀐다고 검색해 봤다. 그러자 다락방에 연인을 숨겨둔 여자, 학대하는 남편, 남편이 동성애자라는 것을 알고 조언을 구하는 글, 《다락방의 꽃들》이라는 소설의 줄거리까지 여러 사례가 떴다.

사다리를 내리고 다락방 안을 직접 살펴봐야 할 것 같았다.

집에 돌아오니 남편의 밴이 주차돼 있었다. 정원사는 근무 시간이 일정하지 않았다. 다락방을 살펴볼 수 없게 됐다. 한편으론 자신을 짓누르는 이 문제를 외면할 수 있어서 안도감과 고마운 마음이 들었다. 심지어 행복하기까지 했다. 제이슨이 한 번 더 자신을 구해준 셈이었다.

집 안으로 들어가자 제이슨이 속옷 차림으로 화장실에서 나왔다. 그의 팔뚝을 휘감은 담쟁이덩굴 문신이 눈에 들어왔다. 머리가 젖은 걸 보니 방금 샤워를 마친 모양이었다. 그는 늘 웃는 얼굴로 로렌을 맞았다.

"어디 갔나 했어."

"잠깐 산책 다녀왔어. 일찍 들어왔네. 기쁘게도 몸이 훨씬 나아졌어."

"그래?" 제이슨이 로렌 쪽으로 가까이 다가왔다. "정확히 얼마나 좋아졌는지 한번 볼까?"

"아주 많이." 그의 의도를 알아차렸다.

제이슨이 나쁘지 않았다. 더군다나 다락방에 올라가지 않아도 돼 다행이었다. 결혼한 지 몇 달이 지났으니 괜찮을 것 같았다.

"꽤 좋아." 로렌이 한 발자국 다가갔다.

제이슨이 속옷을 벗었다.

침실로 이동하면서 이건 자연스러운 일이라고 되뇌었다. 제이슨이

다락방에서 남편들이 내려와

알몸으로 로렌 앞에 섰다. 당연한 일이다. 로렌이 셔츠를 벗었다. 이것 역시 자연스러운 일이다. 남편에게 수도 없이 알몸을 보였을 것이다. 하지만 나에겐 처음 있는 일이다. 그리고 이 사실을 아는 건 나뿐이다.

바지를 벗고 침대 끝에 앉았다. 기대가 불안으로 바뀌었다. 남편을 올려다봤다. 남편은 환하게 웃었다. 남편, 자신과 같이 사는 남자. 이전에 만난 남자들과 잠자리를 한 적이 있지만 그것과는 경우가 달랐다. 이 남자는 남편이다. 남편과 잠자리를 해본 적은 없다.

제이슨이 신이 나 침대로 뛰어드는 바람에 얼떨결에 뒤로 누워버렸다. 무언가를 말하려고 했지만, 제이슨이 곧장 그녀의 사타구니에 머리를 들이밀었다.

자신도 모르게 다리를 벌렸다. 좀 더 부드럽게 애무해 주기를 바랐다. 제이슨의 머리가 로렌의 위에서 부지런히 움직였다. 제이슨의 머리 너머로 자신의 몸을 바라봤다. 단단한 그의 혀가 열정적이고 현란하게 움직였다. 몸이 점점 달아오르면서 마음의 문도 열렸다. 그래, 이 사람은 남편이야. 한 손으로 남편의 헝클어진 머리칼을 쓰다듬었다. 3분, 아니 4분쯤 됐을까. 로렌은 더 이상 참지 못하고 그의 어깨너머로 다리를 쭉 뻗었다. 하지만 머릿속은 여전히 복잡했다. 남편은 우리가 섹스를 자주 한다고 생각할까? 그제야 그녀 쪽 테이블에 놓인 스탠드의 전등갓 색이 달라졌다는 것을 알아차렸다.

제이슨이 미소를 머금은 채 무릎을 꿇고 앉아 고갯짓으로 자신의 성기를 가리켰다. 마치 그녀에게 초콜릿 다이제스티브를 먹어보라고 하는 것 같았다. 로렌이 고개를 끄덕였다. 그러자 이번엔 자기 차례라는 듯 그가 몸을 꿈틀거리기 시작했다.

남편이 오르가슴을 느끼기까지는 10분이 넘게 걸렸다.

하. 이게 결혼 생활이구나.

옷가지를 챙겨 들고 화장실로 가서 샤워를 하고 옷을 입었다. 나와 보니 남편이 벌거벗은 채 주방에서 로렌이 아침에 먹다가 남긴 샌드위치를 먹고 있었다.

"내가 아침에 먹던 거야. 만든 지 오래돼서 맛 없을 텐데."

"버리기 아깝잖아."

그가 입을 벌리고 샌드위치를 우걱우걱 씹어댔다. 나탈리가 말한 게 바로 이거구나 싶었다. 로렌은 섹스 후에 제이슨에 대한 애정이 줄었다고 느꼈다.

"엘레나한텐 언제 갈 거야?"

하마터면 깜박 잊을 뻔했다. 시계가 3시 30분을 가리켰다. 남편과 아직 두서너 시간을 더 보내야 했다.

"같이 〈마인드헌터〉나 볼까?" 그가 말했다. 치아 사이에 낀 토스트 조각이 보였다.

"안 될 것 같아. 가는 길에 살 게 좀 있어. 저녁은 엘레나네서 먹을게. 기다리지 말고 먼저 먹어."

"나 오늘 당신 옆에서 자도 돼?" 집을 나서는데 남편이 소리쳤다.

안 될 건 없었다. "그래, 이제 다 나은 것 같아."

"오케이, 어젯밤에 당신을 얼마나 안고 싶었다고."

제이슨은 정말이지 열정이 넘쳤다.

월섬스토우에 도착하니 4시 30분이었다. 아직 2시간 반이나 남았다. 카페에 앉아 또다시 휴대폰을 열었다. 하지만 봐도 별 의미가 없을 것 같아 자리에서 일어나 카페를 나왔다. 이곳저곳을 빠른 걸음으로 걸어 다녔다. 알록달록 색색의 문, 전당포, 검은 쓰레기통 뚜껑 위에 앉아 몸을 녹이는 고양이, 이 도시를 번화가로 바꾸어 놓은 벽화들을 지났다. 유명한 프랜차이즈 맛집인 난도스 앞에는 배달 오토바이들이 줄지어 늘어서 있었다. 벽에 기대 놓은 매트리스에는 지워지지 않는 마커로 '매튜, 쓰레기 무단투기는 범죄야'라고 쓰여있었다.

디저트 가게에 들러 로즈워터와 민트초코칩 아이스크림을 각각 한 스쿱씩 주문했다. 종업원이 초콜릿 조각을 무료로 세 개나 얹어주며 말했다. "원하시면 더 드릴게요. 유통기한이 살짝 지난 거라 무료로 드려요." 아이스크림을 먹고 또다시 걸었다. 하이킹이나 다름없었다. 2시간을 걸었는데도 물집이 잡히거나 다리가 아프지 않았다.

마침내 7시가 돼 엘레나의 집에 도착했다. 모든 게 그대로여서 반가웠다. 식탁에는 결혼식 자리 배치표와 하객들의 이름표가 가득했다. 결혼식이 얼마 남지 않아서인지 집은 더 엉망이었지만 벽지라든가, 가구, 접시들은 예전 그대로였다.

"미쳐버리겠어." 엘레나가 소파에 털썩 주저앉으며 말했다. "장난 아니야. 이렇게 준비할 게 많은지 미리 말 좀 해주지. 하긴 네가 말하긴 했지. 그래도 좀 더 강하게 어필했어야 했어."

"그러게." 지난 몇 달간 엘레나는 꽃이며 드레스며 이런저런 결혼 준비에 관해 이야기했다. 로렌은 원래 생에서는 싱글이었던 데다 자신과 전혀 다른 사람의 결혼 준비를 돕다 보니 재미가 있으면서도 낯설었다. 하지만 남편이 있는 지금은 좀 다르게 느껴질 수도 있지 않을까?

"저녁은 준비 못 했어. 너도 주방 상태를 봐서 알겠지? 면 요리를 주문하자."

"그래, 좋아."

"밥 먹고 아몬드를 포장해야 해." 엘레나가 덧붙였다. "미안. 먼저 무슨 일인지 말해 봐. 내가 정신이 좀 없어. 머릿속이 온통 결혼식 생각으로 가득 차서 그래. 내가 왜 답례품 놓을 테이블 위치 같은 걸 고민해야 하냐고! 장식용 꼬마전구는 불빛이 따뜻한 게 좋을지, 차분한 게 좋을지 그런 것까지 고민해야 하지 뭐야? 아무래도 따뜻한 게 좋겠지?"

"응. 당연히 따뜻한 게 낫지." 로렌이 단호하게 대답했다.

"아휴! 또 내 얘기만 했지? 무슨 일인데?" 엘레나가 어서 이야기해 보라는 듯 자세를 고쳐 앉았다. 그러곤 몸을 앞으로 기울여 휴대폰을 커피 테이블에 밀어 놓았다.

하지만 막상 이야기하려니 선뜻 말이 나오지 않았다. 대뜸 '우리 집 다락방이 마법을 부려'라고 말할 순 없는 노릇이었다.

다락방에서 남편들이 내려와

"있잖아. 우리 집 다락방이 이상해. 마법을 부리는 것 같아. 남편을 잔
뜩 만들어 내. 어떻게 해야 할지 모르겠어."

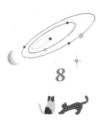

8

"아, 그래. 뭐, 한 백 명 아니면 천 명쯤 나와?" 엘레나가 물었다.

맙소사! 이 상황이 어이가 없었다. "여덟아홉쯤. 그나마 한 번에 하나 씩 나오긴 해."

"다행이네. 마침 집에 방이 하나 남잖아. 하긴 그건 좀 그렇지?"

엘레나의 반응은 로렌이 원했던 '와, 별 희한한 일도 있네. 네가 거짓 말을 할 리도 없고, 좀 자세히 말해 봐'도 아니었지만, 그렇다고 듣고 싶 지 않았던 '로렌, 당장 병원에 가봐야겠는데'도 아니었다.

"이게 도대체 무슨 일인지 모르겠어." 로렌이 말했다.

"그러게. 너랑 내가 대학 때 전공은 달랐지만 둘 다 마법의 다락방 같 은 건 배운 적 없는 것 같은데 말이지."

다락방에서 남편들이 내려와

둘의 우정은 늘 이런 식으로 이어졌다. 엘레나가 결정하고 로렌은 그 말에 따랐다. 대학에 입학하고 얼마 지나지 않아 로렌은 엘레나를 만났고 마음의 안정을 얻었다. 엘레나는 로렌이 어떻게 해야 하는지 아는 척했고, 로렌이 우물쭈물할 때면 나서서 결정해 줬다. 엘레나는 산미가 무엇인지, 로렌이 그 맛을 좋아할지 아닐지도 모르면서 특정 맥주를 주문했다. 사실 엘레나가 주문한 맥주는 별로였다. 밤에 놀러 나갈 때면 운동화가 제격이라고 주장했다. 그건 엘레나 말이 맞았다. 로렌을 끌고 닉이 지나다닐 법한 테이블 주변을 어슬렁거리면서 "와, 여기가 공부하기에 딱 좋아. 닉 때문에 그러는 거 아니거든"이라고 말했다. 하지만 어디까지나 닉 때문이었다. 대학 졸업 후 나탈리가 독립하자 엘레나가 그녀의 방을 차지했다. 둘은 성인으로서 지켜야 할 생활 규칙들을 함께 만들었다. 하지만 누구 하나 '아니, 그건 아니지. 그렇게 하면 안 돼'라고 말하지 않았다. 그들의 우정은 그렇게 유지됐다.

물론 엘레나는 내 말을 믿지 않는다. 그런데도 내 말에 대꾸를 해줬다. 엘레나가 내 말을 믿는 것과 대화를 이어가는 것, 둘 중 무엇이 더 중요할까?

"너라면 도와줄 수 있을 것 같았어." 로렌이 말했다. "혹시 내가 제이슨을 어디에서 만났는지 알아?"

"노에미네 파티에서 만났잖아. 아니야? 그것도 아모스랑 헤어지자마자 바로."

4년 전이다. 정황상 휴대폰에서 본 사진들과 맞아떨어졌다.

"내가 그 사람 어디에 반했을까?"

"음, 헤어스타일? 아니면 제이슨네 엄마가 만든 치즈케이크 때문에? 아니면 제이슨이 디즈니 공주들처럼 새나 꽃에 둘러싸여 살아서? 너, 피자 익스프레스에서 있었던 일 생각나? 제이슨이 무당벌레를 살려줬잖아. 난 아직도 제이슨이 너한테 잘 보이려고 일부러 무당벌레를 거기에 둔 것 같단 말이지. 하긴, 잘 보이고 싶은 게 나쁜 건 아니니까. 그 정도 정성은 보이는 게 맞지."

로렌이 화제를 돌렸다. "내 결혼 축하 파티를 끝내고 집에 돌아왔을 때 뭐 이상한 일은 없었어?"

"이상한 일?"

"아니면 나랑 제이슨이랑 함께 만났을 때는 어땠어? 내가 이상해 보인다든가 하진 않았어?"

"뭐야? 왜 그러는데?"

"내가 제이슨에 대해 말한 적 있어?"

"당연하지. 결혼 생활이 행복해 죽겠다고 쉬지 않고 떠들었잖아. 나한테도 결혼하면 좋을 거라며. 무슨 일인데?"

좀 더 직설적으로 말해야 할 것 같았다. "있잖아, 이상하게 들리겠지만, 마법의 다락방이 진짜 있어. 우리 집 다락방에서 남편들이 나와."

"그래, 그 얘긴 아까 했잖아." 엘레나가 여전히 심드렁하게 대답했다.

"정말이야. 어떻게 해야 할지 모르겠어." 여기서 얼마나 더 직설적으로 말해야 할지 알 수가 없었다.

다락방에서 남편들이 내려와

엘레나가 무슨 걱정이냐는 듯 쳐다봤다. "최고의 남편을 만날 때까지 한 명씩 살아봐. 섹시하고, 돈 많고, 재미있고, 요리도 잘하고, 가족들이랑도 사이 좋고, 그 사람 가족이 너랑도 잘 맞으면 좋지. 웬만한 영화의 액션 감독 정도면 생활력도 있고 전문성도 있으니 좋을 것 같은데."

"그렇지."

"로렌, 결혼식이 정말 코앞이야. 네가 이 결혼을 뜯어말리고 싶어서 그렇게 돌려 말하는 거라면 그냥 솔직하게 말해."

"그렇지 않아. 그런 게 아니고, 그게…." 로렌은 더 말하지 않았다.

강하게 주장할 수 있었다. 소리를 칠 수도 있었다. '아니야. 농담이 아니라고. 정말이야. 어이없고 황당한 거 알아.' 다시 한번 말할 수도 있었다. 그러면 엘레나가 곧이곧대로 믿지는 않더라도 적어도 자신의 말이 농담이 아니라는 것쯤은 눈치챌 것이다.

하지만 그랬다간 엘레나가 여기저기 전화를 할 테고 내가 이미 찾아본 것들을 검색하며 걱정할 것이다. 그러곤 내가 자기 결혼을 앞두고 감정적으로 힘들어서 그러는 거라고 생각할 게 뻔했다. 그리고 오늘 일은 내가 망상에 사로잡혀 말도 안 되는 말을 해댔다는 꼬리표가 돼 평생 따라다닐 것이다.

"아니. 결혼은 당연히 해야지."

"내 말이. 그런데 오늘 농장에서 전화가 왔는데 빨간색 의자 커버가 백 개밖에 없다지 뭐야. 그래서 다른 색으로 바꾸든가, 아니면 빨간색과 흰색을 반반 섞어야 한대. 그래도 괜찮겠지? 세상에, 이런 것까지 신경 써야 하다니! 미안, 우리 저녁 시키자. 음식이 올 때까지 아몬드를 포장하는 건 어때?" 엘레나가 바닥을 가리켰다. 그곳에는 망사 주머니와 리본, 설탕을 입힌 알록달록한 아몬드가 큼지막한 비닐봉지에 담겨 나뒹굴고 있었다.

로렌은 금세 요령을 터득했다. 빨간색, 오렌지색, 핑크색, 흰색, 금색의 아몬드를 망사 주머니에 담은 뒤 리본으로 묶었다. 아몬드를 포장하는 내내 엘레나는 어떤 시를 낭독하면 좋을지, 농장의 닭들을 걸리적거리지 않게 닭장에 가두는 게 나을지 아니면 목가적인 풍경 연출을 위해 풀어두는 게 나을지, DJ가 절대 틀지 말아야 할 노래 목록에 어떤 것을 추가하면 좋을지 이야기했다. 로렌은 그런 엘레나의 이야기를 반쯤 흘려들었다.

주문한 면 요리가 도착했다. 하객 자리표가 식탁 한가운데를 차지하고 있어서 한쪽 귀퉁이에서 먹어야만 했다. 언뜻 자리표를 보니 자신과 제이슨의 자리는 왼쪽이었다.

평소 엘레나에게 자신은 가장 친한 친구라기보다 그저 들러리 같은 존재였다. 그래서 아주 조금은 속상하기도 했다. 그런데 자리표에서도 달라진 게 없었다. 자신이 그저 들러리라고 생각하니 살짝은 실망스러운 마음이 들었다. 하지만 한편으론 축사를 할 필요도 없고, 주빈석에 앉아 입을 쩍 벌린 채 음식을 우걱우걱 씹어대는 제이슨의 모습을 보지 않아도 되니 다행이라는 생각도 들었다.

다락방에서 남편들이 내려와

옆자리에는 누가 앉는지 살펴봤다.

"아모스와 릴리랑 같이 앉아도 괜찮지?" 엘레나가 자리표를 가리키며 말했다. "걔네 부부는 둘 다 아는 사람이 아무도 없잖아. 애들이랑 같이 오는 손님들을 위한 자리를 마련하다 보니 그렇게 됐어. 네가 싫다면 걔네 부부를 그 사람들과 같이 앉게 할게. 걔네가 좀 힘들겠지만."

"아니야. 괜찮아. 너 편할 대로 해. 인사도 하고 좋지 뭐."

좋지 않았다. 연인이 비판적인 사람일 때는 좋은 점이 있다. 하지만 어디까지나 그가 당신을 좋아할 때나 그렇다. 연인이 세상에 대해 비판적이지만 그 화살이 당신을 향하지 않는다면 둘의 관계가 특별해질 수 있다. 아모스를 사귈 때 두 사람 모두 사람을 놓고 저울질하는 걸 좋아했다. 로렌은 그런 방식으로 사람들을 걸러냈다. 자기는 레시피 따윈 보지 않는다고 자랑하는 사람, 별로. 자신이 마신 빈 병을 카운터에 가져다 놓지 않는 사람, 별로. 심지어 빈 병을 돌려놓아 직원이 보고 직접 가져가게 하는 사람, 진짜 별로. 아모스는 특히 기차가 지연될 때 한숨을 푹푹 쉬어대는 사람들을 싫어했다. "기차에 자기만 있는 거 아니잖아. 자기만 특별한가? 기차가 지연되는 게 뭐 그렇게 힘든 일이라고." 청록색 스타킹을 신은 사람, 벨벳을 입은 사람, 영화관에서 향수 냄새를 풍기는 사람, 문패가 걸린 집, 카메라가 달린 초인종, 탄산수, 새들의 금속 재질 물통을 싫어했다. 이유는 몰랐다. 탐탁지 않은 것을 찾아 평가하고 같이 험담하는 일이 재미있었다.

하지만 심판의 대상이 되는 건 조금도 즐겁지 않은 일이다. 아모스와 헤어지고 자주 보지는 않았지만, 만날 때마다 자신도 모르게 새로 만들어진 규칙을 어긴 것 같은 기분이 들었다. 그가 예전에 하던 못돼먹은 농담을 이젠 자신을 놓고 할 것만 같았다.

제이슨이 있어서 다행이었다. 혼자 덩그러니 앉아 예전 남자친구와 그의 아내가 결혼해서 얼마나 좋은지 모른다고 떠들어대는 소리를 듣지 않아도 되니 말이다.

자정이 지나서야 집에 도착했다. 제이슨은 아침형 인간이었다. 제이슨이 깰까 봐 계단을 살금살금 올라갔다.

친절하게도 제이슨이 주방에 불을 켜두었다. 침대에 눕자 그녀가 왔다는 것을 알아차리기라도 한 듯 제이슨이 작게 푸 하고 숨을 내쉬었다. 로렌은 그의 체온이 느껴질 만큼 바싹 다가가 담쟁이 덩굴 문신이 휘감은 어깨를 살포시 만졌다.

그러자 제이슨이 편안하고 따뜻한 소리를 내며 그녀 쪽으로 몸을 돌려 누웠다. 정말 자는 건지 알 수가 없었다. 로렌은 팔로 그를 안으며 품 안으로 파고들었다. 숨 쉴 때마다 그의 몸이 달싹였다.

아침에 일어나 감기가 다시 도진 것 같아 병가를 하루 더 쓰기로 했다고 말했다. 더 이상 다락방 문제를 피할 수만은 없었다.

직접 다락방에 올라갈 생각은 없었다. 다락방에 들어간 남편들이 어떻게 되는지 봤다. 로렌은 다락방 안에 고개를 집어넣었다가 눈이 채 어둠에 적응하기도 전에 후다닥 내려왔다. 결국 깜깜한 다락방만 봤을 뿐 아무것도 보지 못했다.

사다리 중간쯤에 서서 다시 천천히 다락방 안을 들여다봤다. 천장에 매달린 전구가 또다시 빛을 뿜어내기 시작했다. 불빛이 아주 환하지는 않았다. 희미한 불빛이 평소와 다름없는 다락방을 반쯤 비추었다.

내키지 않았다. 다시 고개를 돌려 숨을 크게 들이쉬었다.

세 번째 시도 끝에 휴대폰으로 라이트를 켜고 들어갔다. 로렌이 팔을 들어 올리자 불빛이 흔들리며 휴대폰 화면이 오렌지색으로 번쩍거렸다. 젠장. 로렌이 다시 밖으로 나오자 휴대폰 화면이 정상으로 돌아왔다.

집 어딘가에 손전등이 있을 것이다. 원래 생에서는 서랍 안에 두었는데 이번 생에서는 냉장고 위에서 찾았다.

이번에는 다락방 안으로 허리까지 깊이 들어갔다. 하지만 켜지도 않은 손전등이 번쩍거리더니 펑 소리를 내며 꺼져버렸다. 사다리를 타고 내려와 손전등을 마구 흔들어 봤지만, 더 이상 말을 듣지 않았다.

버섯 책을 찾아 뒤쪽에 메모를 추가했다.

휴대폰과 손전등이 다락방 안에서 이상 반응을 보인다???

로렌은 몇 가지 실험을 해봤다.

두꺼비집 전원을 내려도 다락방 전구는 켜진다.

전동 칫솔, 주전자 같은 것들이 다락방 안에서는 코드를 콘센트에 꽂지 않았는데도 전원이 켜진다.

감자는 다른 감자로 변하지 않는다.

꽃은 다른 꽃으로 변하지 않는다.

개미가 다른 개미로 변하는지는 알 수 없다.

갑자기 달팽이가 생각났다. 개미는 작아서 바뀌어도 구분이 되지 않지만, 달팽이는 등껍질에 점을 찍어두면 구분할 수 있을 것 같았다.

커다란 토분 뒤쪽에서 중간 크기의 달팽이를 찾았다. 달팽이를 화분에서 떼어내려고 하자 미끄덩한 달팽이가 움찔하며 떨어지지 않으려고 버텼다. 달팽이를 플라스틱 통에 담아 집 안으로 옮겼다. 잉크가 없길래 대신 등껍질에 마요네즈를 살짝 묻혔다.

한 3분 정도 달팽이를 혼자 두었다. 달팽이는 느려도 너무 느렸다.

잠시 고개를 든 사이 달팽이가 사라졌다. 중요한 발견이라고 생각했다. 그런데 전구에 불이 들어오자 달팽이가 그릇에서 기어 나왔다. 등에는 마요네즈 자국이 있었다. 달팽이를 집어 들고 마당으로 다시 옮겨 놓았다.

전기 기사를 부를까도 생각했지만, 애먼 사람을 다락방에 보내 사라지게 할 순 없었다. 남편이야 처음부터 다락방이 만들어 낸 사람이라 나타났다 사라져도 괜찮지만.

온라인을 뒤져 '무엇이든 대답해 드립니다'라는 사이트를 찾아냈다.

사람들은 '기억이 나지 않는데 그 공상과학 소설이 무엇일까요?', '세로 블라인드를 청소하는 가장 좋은 방법을 알려주세요', '굴라쉬는 어떻게 만드나요?'처럼 온갖 것들을 물어댔다. 그 사이트에 가명으로 가입하고 질문을 올렸다. '집에서 한 번에 한 명씩 남편이 등장하고 남편이 바뀔 때마다 관련된 모든 것들이 바뀌는 경험을 해본 적 있나요?' 30분 뒤에 답이 올라왔나 싶어 들어가 보니 그녀의 질문이 삭제되고 다음과 같은 답변이 달려있었다. **환영합니다. 탈룰라 칼리바우트 씨! 이 사이트에서는 답을 할 수 있는 질문만 할 수 있습니다. 이런 허무맹랑한 질문에는 제대로 답을 해드릴 수 없습니다. 좀 더 구체적으로 다시 한번 질문해 주시기 바랍니다.**

이런 말도 안 되는 질문을 한 건 로렌의 잘못이 아니었다. 그녀는 땅콩버터 토스트를 다시 시도했다. 어제보다는 삼키는 게 수월했다. 하지만 절반 이상은 먹을 수가 없었다. 검색 결과창을 네다섯 번쯤 넘기다가 한 귀퉁이에서 어느 물리학자가 쓴 장문의 에세이를 발견했다. 그는 자기장에서 생명체가 자발적으로 생성되는 이론에 대해 말했다. 하지만 로렌이 이해하기에는 난해했다. 그녀는 거기에 적힌 연락처로 메시지를 보냈다. 왜 그랬는진 몰라도 이번에도 가명을 사용했다.

로렌은 이제 자신이 검색 중인 상황이 실제로 존재하지 않는다고 믿었다. 이 모든 게 착각인 건 아닐까? 하지만 다락방을 들여다볼 때마다 틀림없이 탁탁 지지직 소리가 났다. 그때 제이슨이 돌아왔다. 그의 존재는 아직도 당혹스럽기만 했다. 그가 동네 식당에서 감기 회복에 좋다는 죽을 사 왔다. 맛은 있었지만 죽을 데운다고 냄비 세 개, 프라이팬 하나, 나무 숟가락 다섯 개를 더럽히고는 어느 것 하나 씻지 않았다. 로렌이 직접 남편을 만들 수 있었다면 청소 잘하는 남편을 만들었을 것이다.

수요일 아침, 세 번째 병가 신청 메일을 보냈다. 그러곤 가명으로 만든 이메일 주소로 어제 접속했던 사이트에 들어갔다. 물리학자로부터 답장이 와있었다. 기대감에 심장이 벌렁거렸다.

친애하는 탈룰라 씨. 우주의 진동이 당신을 내게 보냈습니다. 영원의 프리즘이 반짝입니다. 제17차원에서 모든 것은 결국 자신이 정해진 곳으로 돌아가기 마련입니다. 운명=ΔeS+iNΓ입니다.

도통 무슨 말인지 알 수가 없었다. 다시 웹사이트에 들어가 자세히 살펴보니 이 물리학자는 태양, 달, 세계의 내재론 분야 박사였다.

알람이 떴다. 물리학자에게서 바로 또 다른 메일이 왔다. **탈룰라 씨, 손가락을 짝 펼쳐 손가락 사이사이 피부를 근접 촬영한 사진이 있나요?**

즉시 사이트에서 나왔다.

오후가 됐다. 로렌은 지난 토요일 밤에 걸어온 길을 되짚어 걸었다. 세인트팽크라스까지 버스를 타고 갔다. 회사원들과 예술대학 학생들을 지나 치킨집으로 들어가 거울로 된 벽에 얼굴을 비춰봤다. 그러곤 다시 버스를 타고 소호로 갔다. 하지만 그날 친구들과 갔던 술집은 문이 닫혀 있었다. 창문으로 안을 들여다보고 문에 귀를 대봤다. 오토바이를 탄 배달 기사들이 휙휙 지나다니고, 인도에 떨어진 빵 덩어리 주변으로 비둘기들이 몰려들었다.

아무것도 얻은 게 없었다.

다시 버스를 타고 집으로 돌아오며 언제까지 병가를 낼 순 없다고 생각했다.

목요일 아침, 일찍 일어나 자신이 일한다는 철물점 겸 정원용품점으로 향했다. 낯선 곳으로 출근을 하려니 두려웠다. 회사 웹사이트와 이메일을 꼼꼼히 살펴봤지만 무엇을 어떻게 해야 할지 막막할 따름이었다.

출근 시간 30분 전, 로렌은 회사 건물 건너편에 서있었다. 직원들이 옆문으로 들어가더니 식물이 담긴 트롤리를 끌고 인도 쪽으로 나오는 게 보였다. 그나마 관리직이니 사람들을 상대할 일은 없을 것이다. 고객들이 줄 서서 기다리는 동안 카드 리더기 작동법을 알아내려고 애쓰지 않아도 된다.

머리를 뒤로 질끈 묶었다. 그랬더니 의욕이 불끈 살아났다. 출근 시간이 다 돼가자 직원 하나가 정문을 열었다. 덕분에 비밀번호를 걱정하며 옆문으로 몰래 들어갈 필요는 없었다. 안으로 들어가니 카운터가 나왔다. 그녀가 지나가자 직원 하나가 고갯짓으로 인사를 건넸다. 톱과 망치, 가위, 드라이버들이 줄지어 늘어섰고 장식용 인공 폭포도 보였다. 직원 전용이라고 쓰인 문이 나왔다. 용기를 내 문을 열었다. 작은 뜰이 있었고 그곳에는 온갖 정원 장식용 가구들이 있었다. 수염이 긴 남자 하나가 담배를 피다가 그녀를 발견하곤 아침 인사를 건넸다.

목재 더미 뒤로 아무 표시가 없는 문이 있었다. 작은 비늘창이 달린 사무실은 좁고 에어컨이 없어 더웠다. 한 2~3분 정도 자신의 자리가 어디일까 생각하고 있는데 남자 하나가 파일철을 건네며 말했다. "출근했네. 이 주문 좀 처리해 줘." 남자는 그 말만 남기고 자리를 떴다. 그녀의 자리일 것 같은 책상에서 전화벨이 울렸다. 자신을 베브라고 밝힌 사람이 'C040338-14'가 들어왔냐고 물었다.

"제가 지난 며칠간 출근을 못 해서 확인해 보고 다시 전화드리겠습니다." 하지만 그 누구에게도 다시 연락할 생각은 없었다. 그 후로도 서류철을 건넸던 남자가 두 번이나 사무실에 들어와 더 많은 서류 뭉치들을 건넸다. 상사가 누구인지 알 수가 없었다. 그때 수염이 긴 남자가 작업용 지지대를 들고 와서 문 앞에 내려놓고는 스티커를 붙여달라고 했다. 11시 30분, 결국 아침나절에 받은 열한 가지 서류들을 문서 파쇄기에 집어넣고, 문을 반쯤 가로막은 지지대를 지나 이른 점심을 먹겠다고 말하고 사무실에서 나온 뒤 다시는 돌아가지 않았다.

그날 밤, 걱정이 머리를 떠나지 않았다. 제이슨이 로렌의 기분을 풀어주려고 애썼다. "자기야, 우리 피자 먹으러 갈까?"

제이슨은 착한 사람이었다. 하지만 대화가 즐겁지 않았다. 그리고 어김없이 입을 쩍 벌리고 쩝쩝거렸다. 미안하지만 다락방으로 돌려보내야 할 것 같았다.

어느 날 밤에 다락방에서 나타난 남자와 평생 결혼 생활을 유지할 수 있는 사람이 있을까? 제이슨 덕분에 로렌은 키어런에게서 벗어났다. 그

점은 고맙게 생각했다. 하지만 그와 지내는 나흘이 그다지 행복하지 않았다. 두 사람이 한 일이라곤 〈마인드헌터〉를 보고, 등산 바지를 세탁하고, 커피를 마신 것뿐이다. 남은 인생을 제이슨에게 맡길 순 없었다.

더군다나 제이슨을 엘레나의 결혼식에 데려가고 싶지 않았다. 엘레나와 롭이 사랑의 서약을 하는 동안 아모스와 누군지도 모르는 릴리가 제이슨이 지저분하게 쩝쩝거린다고 흉을 볼 게 뻔했다. 다락방 덕분에 이 문제에 대해 불편한 대화를 하지 않고 제이슨을 보낼 수 있어서 다행이었다.

다음 날 아침, 로렌은 산더미처럼 쌓인 업무 관련 이메일, 병가 신청 메일에 대한 답장, 크리스틴이라는 직원이 건 네 통의 전화를 무시한 채 소파에 누워 아이스크림을 먹으며 책을 읽었다. 이제 그녀는 모든 것을 바꿀 수 있고, 자신의 행동에 책임을 질 필요도 없었다. 제이슨이 돌아오기 전에 엘레나에게 전화를 걸어 자신에게 일어나고 있는 일에 대해 한번 더 말했다. "내가 다락방에 대해 말했잖아. 그게 너한테 어떻게 들릴지 알아." 엘레나는 로렌의 말을 믿지 않았다. 하지만 로렌이 진심으로 그렇게 믿는다는 걸 알고는 그녀의 상태가 걱정됐는지 문자를 보내왔다. 로렌, 내가 그쪽으로 갈게. 어디 가지 말고 집에 있어. 일단 창문을 열어. 가스는 문제없어? 토비가 집에서 일하면 토비네 집에 가 있으면 안 될까?

제이슨이 집에 왔다. 이제 보내야 할 때가 왔다.

"어서 와." 로렌이 말했다.

"일찍 왔네."

"응. 오늘은 일이 일찍 끝났어." 로렌이 새롭게 터득한 확신에 찬 말투로 말했다.

"잘했어."

"근데 자기야, 다락방에서 무슨 소리가 들려. 자기가 가서 좀 봐주면 안 돼?" 사소한 부탁이 마치 남편에게 주문을 거는 것 같았다.

"그래, 알았어."

"자기가 다락방을 둘러보는 동안 저녁을 준비할게."

"저녁 메뉴는 뭐야?"

"자기가 좋아하는 거." 좋아하는 게 하나쯤은 있을 것이다.

로렌은 주방 입구에 서서 사다리를 내리는 제이슨을 지켜봤다.

"자기야." 제이슨이 막 사다리를 올라가려는 찰나 로렌이 말했다. "고마워." 제이슨의 볼에 입을 맞췄다. 축축한 입술은 피하고 싶었다.

"걱정하지 마." 제이슨이 미소를 지으며 사다리를 타고 다락방으로 들어갔다.

9

제이슨의 발이 사라지는 순간 걱정에 휩싸였다. 어쩌면 점점 더 최악의 남편들이 등장할지도 모른다. 제이슨이 최고의 선택이었고, 지금 그기회를 놓친 건지도 몰랐다.

잠시 후 새 남편이 사다리를 타고 내려오는 게 보였다. 세상에! 어쩌나 긴지 끝이 없는 것 같았다. 새 남편은 정말 키가 컸다. 오늘이 금요일이고 엘레나와 롭의 결혼식은 다음 주 토요일이니까 아직 8일이 남았다. 지금 필요한 건 결혼식에 데려갈 적당한 사람이다. 결혼식 후에 캠핑이 예정돼 있는데 이 남편은 텐트 안에 들어가기에는 커도 너무 컸다. "잠깐만, 미안한데 다락방에서 무슨 소리가 들리는 것 같아. 다시 올라가서 확인해 주면 안 될까?" 남편이 채 내려오기도 전에 로렌이 말했다.

그다음 남편이 사다리에서 내려왔다. 새 남편은 발가락이 다 보이는 신발을 신고 있었다. 마땅치 않았다.

그다음 남편이 아직 나타나기도 전인데 갑자기 거실에서 소리가 들렸다. 돌아보니 TV에서 제이슨과 같이 봤던 〈마인드헌터〉가 나오고 있었다. 젠장!

다락방은 차질 없이 작동했다.

그다음 남편은 운동화에 청바지와 작은 기하학 무늬가 있는 파란색 셔츠를 입고 있었다. 겉으로 봐선 아시아 남부 출신으로 보였고 과하지 않은 근육질에 다부진 몸매였다. 조심조심 사다리를 내려오는데 얼굴을 보니 혀를 옆으로 삐죽 내밀고 있었다. 그 모습이 귀여워 보였다. 남자가 울퉁불퉁한 파란색 꽃병을 들고 내려와 주방으로 갔다. 그를 쫓아갔다.

"자기야." 남자가 로렌을 보고 미소를 지었다. 로렌이 고개 숙여 키스하자 그에게서 바다 내음이 났다.

아직까진 괜찮았다.

그때 거실에서 소리가 들렸다. 세상에! 나탈리가 소파에 누워 휴대폰을 보고 있었다.

완벽했다. 남편에게 정장이 있는지 알아봐야 했다. 그리고 자신이 무슨 일을 하는지도 확인해야 했다. 아직까진 새 남편이 나쁘지 않았다. 새 남편을 결혼식에 데려가는 장면을 상상해 봤다. 아모스와 한 테이블에 앉고, 들판에 뛰어다니는 말을 감상하고, 텐트에 함께 들어가고, 한

다락방에서 남편들이 내려와

가지 더 좋은 점은 지금 조카들 없이 나탈리와 이야기할 수 있다는 것이다. 나탈리네 집을 다녀온 지도 어언 몇 주가 지났다. 조카들 없이 나탈리를 보다니, 정말 몇 년 만인지 모른다. 이번에도 남편이 별로면 나중에 바꾸면 된다.

주방 쪽을 쳐다봤다. 나탈리와 밖에 나가서 이야기하는 게 나을 것 같았다. 나탈리와 이야기를 하면서 동시에 남편을 파악하고 싶진 않았다. "자기야." 나탈리에게 들리지 않게 조용히 남편을 불렀다. "언니가 마그다 일로 머리가 아픈가 봐. 나가서 한잔하면서 언니 얘기를 좀 들어줘야 할 것 같아."

"그래. 그런데 마그다 일이라고?"

"어린이집 때문에. 나중에 말해 줄게."

"그래, 알았어." 새 남편은 귀엽기만 한 게 아니라 마음도 넓었다.

그러곤 나탈리에게 갔다. "언니, 그이가." 생각해 보니 아직 남편의 이름도 모른다. 그녀는 고갯짓으로 남편을 가리켰다. "머리가 좀 아픈가 봐. 낮잠이라도 자게 우리 나가서 술이나 한잔하고 올까?"

"그래? 나 방금 누웠는데. 신발도 벗었고, 너 잊지 마라. 이 집의 절반은 내 거야. 나를 쫓아낼 수 없다는 말이야."

"언니, 그러지 말고 가자, 응?" 나탈리를 부추기며 쾌활하게 말했다.

하늘이 흐려 금방이라도 비가 올 것 같은데도 술집의 야외 테이블은 사람들로 북적였다. 오히려 어두운 실내는 거의 비어있었다. 술집에서 가장 비싼 화이트 와인을 주문할까 했지만, 아직 통장에 잔고가 얼마나 있는지 몰랐고 한동안 이번 생을 유지하고 싶었다. 그래서 세 번째로 싼 와인을 주문했다. 그래도 두 번째가 아니라 세 번째를 주문해서 기분이 좋았다.

"잘 안 팔리는 와인이라서 있는지 확인 좀 해볼게요." 바텐더가 아래층 냉장고를 확인하러 간 사이 휴대폰에서 남편의 흔적을 찾았다. 이름은 벤 퍼소드였다. 사진들을 쭉 훑어봤다. 도시 농장에서 둘이 같이 찍은 사진이 있었다. 벤이 환하게 웃으며 당나귀를 쓰다듬었다. 카페에서 토핑이 화려한 아이스크림을 나눠 먹는 사진, 낯선 친구들과 방 탈출 게임을 성공적으로 마치고 두 손을 맞잡아 높이 쳐들어 승리를 축하하는 사진. 아모스는 숙제를 좋아하는 사람들이나 방 탈출 게임을 하는 거라고 비웃었다. 과연 아모스가 욕하지 않을 남편이 있을까? 아모스는 어떻게든 흠집을 찾아 헐뜯을 것이다.

일단 결혼 생활에 문제가 있는지 알아내야 했다. 로렌이 나탈리를 보며 말했다. "언니, 내 인생에서 뭐가 제일 엉망인 것 같아?" 나탈리가 아니라면 어디 가서 이렇게 앞뒤 맥락 없이 자신과 남편, 결혼 생활에 문제가 없느냐고 물어보고, 자세한 정보를 얻을 수 있을까?

"뭐래? 됐고, 술이나 마시자."

지금은 타이밍이 좋지 않았다. 나탈리는 협조할 생각이 없어 보였다. 와인을 한두 잔 마신 후에 다시 물어보는 게 좋을 것 같았다.

"승진 신청이 지난주까지였지? 기한을 놓쳤네." 나탈리가 말했다.

승진! 자신이 일 때문에 힘들어하는 거라면 괜찮았다. "그런 것 같아." 그렇게 말하며 의자에 등을 기댔다. 승진 신청을 하지 않은 게 지금 인생의 가장 큰 실수라니 놀라웠다.

"날씨 참 좋네." 그렇게 말했지만, 사실이 아니었다.

"그르게." 나탈리가 말했다.

"언니는 어떻게 지내?"

"잘 지내."

머릿속이 온통 남편에 관한 생각뿐이라서 일상의 대화를 이어가기가 쉽지 않았다. "마그다는 괜찮아? 어린이집은 구했어?"

나탈리가 얼굴을 찌푸렸다. "뭐?"

이번 생에서는 마그다가 말썽꾸러기가 아닐지도 모른다. 다른 엄마를 닮았다면 어린이집에서 쫓겨나지 않았을 것이다.

"아델은 잘 있어?" 화제를 바꾸었다.

"몰라. 안 본 지 몇 년 됐어."

이런 젠장!

"잠깐만. 이상하게 들릴 거 아는데. 언니, 아델이랑 사귀는 거 맞지?"

"뭐래니?"

"아니… 헤어졌어?"

"…응." 나탈리가 그것으로 대답이 됐기를 바라며 동생을 쳐다봤다.

"언니. 내가 이러는 거 이해해 줘. 미안한데 정확히 무슨 일이 있었는지 말해 주면 안 돼?"

"로렌, 그 일로 내가 너한테 백 번도 넘게 사과했잖아. 네가 자꾸 이러면—."

"아니, 그게 아니라. 나중에 다 설명할게. 언니, 무슨 일이 있었는지만 말해 줘. 부탁이야."

나탈리가 의자에 등을 기댔다. 그러곤 잠시 뜸을 들이더니 말을 이어 갔다. "좋아. 아델과 나는 네 결혼식 날 헤어졌어. 너는 확신에 찬 사람처럼 보였거든. 벤을 만난 지 네 달 만에 결혼을 결심하고 성대한 결혼식을 올렸지. 어떻게 그렇게 짧은 시간에 그런 결정을 하는지 이해가 되지 않았어. 나는 아델을 오래 만났는데도 확신이 없었거든. 네 결혼식에 왔던 손님들 스무 명이 우리가 헤어지기로 한 걸 들었어. 네 결혼사진 절반이 내가 뒤에서 울고 있는 사진일걸. 그래도 그날 음식은 맛있었어."

정신이 혼미했다. 나탈리와 아델이 몇 년 전에 헤어졌다면 얼마나 오래전에 결혼했단 말인가? 이번 생은 시간을 얼마나 거슬러 올라가야 한단 말인가? 더군다나 만난 지 겨우 넉 달 만에 결혼이라니, 왜? 그렇게 결혼을 서둘렀다면, 보이는 그대로 결혼 생활이 만족스럽단 말인가? 이야기 조각들을 맞춰봤다. "아니, 미친, 그럼 언니 너는 애가 없어?"

"무슨 소리야. 당연히 없지. 너 지금 내가 승진 얘기했다고 이러는 거야? 네가 먼저 물어봤잖아. 그럼 내가 거짓말이라도 해야 해?"

"아니, 그게 아니라. 젠장, 미안해 언니. 내가 알아서 할게." 자리에서 일어나 밖으로 나갔다. 나탈리가 쫓아오길래 방향을 돌려 화장실로 들어갔다. 화장실 칸에 들어가 문을 걸어 잠그고 메시지함을 열어 벤을 찾아내 전화를 걸었다. "로렌, 괜찮아?" 나탈리가 밖에서 괜찮냐고 물었지만 무시했다.

"벤, 아직 집에 있어? 자기가 귀찮을 거 아는데, 내가 정말 급해서 그래. 다락방에 올라가서 선반 위에 초록색 상자가 있는지 좀 봐줄래. 상자가 거기 있으면 사진 좀 찍어서 보내줘. 내가 아직 그 상자를 가지고 있다고 언니한테 보여주고 싶어. 언니가 안 믿지 뭐야. 이따가 내가 청소랑 빨래, 화장실 청소까지 할게. 자기가 최고야. 고마워. 사랑해." 그렇게 말하고 전화를 끊었다. 생각해 보니 남편에게 사랑한다고 말한 건 이번이 처음이었다.

나탈리가 화장실 문을 두드렸다. 벤이 사다리를 내리고, 사다리를 올라가 다락방으로 들어가는 과정을 차례차례 상상했다. 1~2분이면 끝날 일이다. 그런데 나탈리가 아직도 화장실 밖에 있었다. 그 애긴 카일럽과 마그다가 세상에 존재하지 않는다는 말이다. 숨을 천천히 들이쉬며 진정하려고 애썼지만, 뜻대로 되지 않았다. 도대체 다락방에 올라가는 데 얼마가 걸리는 거야?

노크 소리가 들리지 않았다. 3초, 5초, 10초, 20초.

그제야 숨이 제대로 쉬어졌다.

로렌이 손으로 얼굴을 쓸어내렸다.

화장실 문을 열었다. 아무도 없었다. 나탈리에게 전화를 걸었지만 음성 메시지로 넘어갔다. 몇 번을 시도한 끝에 나탈리가 전화를 받았다. "무슨 일이야? 엄마한테 무슨 일 있어?" 이 상황을 어떻게 설명해야 할까? "아니, 그냥 잘 있나 하고." 전화기 너머로 잔뜩 성질이 난 아기의 비명소리가 들렸다. "지금 마그다가 소리 지르는 거야?"

"뭐래니? 그럼 누구겠니? 로렌, 그저 안부 묻자고 여덟 번이나 전화한 거야? 난 또 누가 병원에 실려 간 줄 알았잖아."

"미안해. 카일럽 좀 바꿔줘."

"뭐라고?"

"카일럽한테 공룡에 대해 말해 줄 게 있어. 진짜 재미있는 얘기거든."

"너 술 마셨니?"

"아니, 공룡에 관해 해줄 얘기가 있어서 그래."

"잠깐 기다려." 나탈리가 마지못해 알겠다고 했다. "그런데 지금 철자 공부 중이니까 딱 1분만 통화해." 전화기 너머로 나탈리가 카일럽을 부르는 소리가 들리고 이어서 카일럽이 뛰어오는 소리가 들렸다. 카일럽이 전화를 받았다. 그제야 마음이 놓였다.

"이모, 나는 이제 공룡이 안 좋아." 카일럽이 전화를 받자마자 대뜸 말했다. "나는 이제 우주가 좋아. 로한 이모부한테 운석이 공룡을 다 죽였고, 우주가 더 힘이 세다고 말해 줘."

로한 이모부, 새 남편의 이름인 모양이다.

"그래. 이모도 그런 것 같아. 그럼 공룡 얘기는 하지 않을게." 어차피 공룡에 대해 말할 게 있다고 한 건 사실이 아니었으니 오히려 다행이었다. "그럼 이제 가서 철자 공부해."

조금 더 신중해야 할 것 같았다.

다락방에서 남편들이 내려와

자리에서 일어나 밖으로 나와 벽에 기대어 섰다. 마이클, 벌거벗은 남자, 페미니스트 요리사, 〈몬스터 주식회사〉실내화 남자, 키어런, 제이슨, 키 큰 남자. 그리고 왜 다시 다락방으로 돌려보냈는지 기억조차 나지 않는 여섯 명의 남편들, 벤, 그리고 벤이 올라가고 내려온, 지금 집에 있는 로한.

그가 특별히 위험한 인물이 아닌 이상 하루 정도는 머물게 해야겠다고 생각했다. 요상한 티셔츠를 입었다거나, 갑자기 집 안의 냄새를 없앤다고 설친다거나, 스스로 머리를 자른다거나, 범죄 드라마를 재탕한다거나, 거실을 온통 수집용 피규어들로 채우더라도 오늘은 돌려보내지 않을 생각이었다. 오늘 밤은 다락방을 더 살펴본다거나 결혼식에 데리고 갈 완벽한 남편을 찾지 않을 것이다.

이제 자신에게 벌어진 일들이 어떤 규칙성을 가지는지 조금 분명해졌다. 남편들은 각각의 생에서 내가 결혼하기로 선택한 남자이거나, 나를 선택한 남자들이다. 그리고 앞으로 만날 남편들도 이미 다녀간 남편들과 크게 다르지 않을 것이다.

이제 집에 돌아가면 또 다른 남편을 만날 것이다. 모퉁이를 돌자 집이 보였다. 이번엔 집이 크게 바뀌지 않았다. 그렇다면 이번 남편도 여느 남편이나 다름없을 것이다. 우주비행사도, 루리타니아의 왕도, 사다리 사용을 금지하는 대단히 위엄 있는 사람도 아닐 것이다.

그는 그저 보통의 남자일 것이다.

현관문을 열었다. 계단에 카펫이 다시 등장했다.

"자기야, 나 왔어." 로렌이 소리쳤다.

"아름다운 아가씨, 어서 오시옵소서." 몸에 딱 붙고 붉은색 수가 놓인 더블릿에 다이아몬드 무늬가 들어간 타이츠를 신은, 건강한 구릿빛 피부에 짙은 머리칼을 어마어마한 리본으로 묶은 남자가 로렌을 맞았다.

"어디 다녀오십니까? 그 이상야릇한 옷은 다 무엇입니까?"

이런 빌어먹을!

다락방에서 남편들이 내려와

10

알고 보니 남편은 지역 아마추어 연극 동호회에서 하는 〈로렌크란츠와 길덴스턴은 죽었다〉 공연에 출연 중이었다. 더블릿에 익숙해지려고 집으로 가져와 입어봤지만 스스로 생각해도 우습기 짝이 없다고 느꼈단다. 피부가 이상하리만치 번쩍인 것은 무대화장 때문이었다. 그는 화장실에 들어가 조심스럽게 무대화장을 지웠지만, 더블릿은 그대로 입고 있었다.

"이걸 입고 밥을 먹지 않겠다고 약속했지." 그가 냉장고에서 맥주를 꺼내며 말했다. "맥주를 마시지 않겠다곤 하지 않았어. 그리고 이런 것도." 그가 이리저리 몸을 흔들어대자 엉덩이 주변에 달린 거대한 주름장식 때문에 움직임이 과장돼 보였다. 밝은색 타이츠를 입어서 그런지 종아리가 유난히 맵시 있어 보였다.

로렌은 웃음이 터질 것 같아 차를 가져오겠다고 했다. 하지만 꿈틀대는 우스꽝스러운 주름장식과 종아리, 남편의 자신감과 유머 감각을 보니 웃어도 상관없지 않을까 싶었다.

열두 명의 남편을 만났지만, 신체 접촉은 거의 하지 않았다. 본인이 원하는 것만 얻고 끝낸 제이슨과의 섹스가 전부였다. 이번엔 뭔가 새로웠다. 지금껏 만난 지 5분 만에 섹스를 한 적도 없었고 엘리자베스 시대의 새빨간 더블릿을 입은 남자와 섹스를 한 적은 더더욱 없었다.

리본 아래로 내려온 포니테일은 클립으로 고정된 가발이었다. 가발이 없어도 더블릿과 타이츠는 어울리지 않았다. 다만 타이츠가 삐뚤어진 상태에서도 남편의 종아리는 매력적이었다.

로렌이 주름이 풍성한 러프와 더블릿을 입은 남편을 침대로 밀었다. 남편 위로 올라가자 퓨우욱 소리를 내며 옷감이 부풀어 올랐다. 그 모습이 사랑스럽게 느껴졌다.

옷을 일부 걸친 채 섹스를 했다. 남편은 섹스가 끝난 후에야 타이츠를 벗고 러프를 풀어 빈방에 가져가 옷걸이에 조심스럽게 걸었다.

로렌은 옷을 입지 않은 채 휴대폰을 들고 화장실로 들어가 검색창에 남편의 이름을 넣었다. 로한. 그는 구청에서 선거담당 임시 부국장으로 일했다. 자신도 다시 구청에 다니는 걸로 봐서 직장에서 만난 게 분명했다.

제이슨과 함께했던 침대 반대편에서, 다른 남편 옆에 누워 잠을 잤다. 푹 자고 토요일 아침 느지막이 일어나보니 로한이 차를 끓이고 있었다.

다락방에서 남편들이 내려와

로렌은 마당에 나가서 마시자고 했다. 마당은 다시 엉망이었다. 비바람에 낡은 의자들, 겨우 살아있는 몇몇 식물들. 모든 꽃을 구분할 수는 없지만 그나마 활짝 핀 두 꽃의 이름이 나스타치움과 제라늄이라는 건 알았다. 제이슨 덕분이었다.

마침 마리암이 밖에 나와 있어서 울타리에 기대어 대화를 나눴다.

"방금 마트에 다녀왔어." 마리암이 로한을 보며 덧붙였다. "당신이 말한 자두가 들어간 작은 페이스트리를 몇 개 샀어. 아직 먹어보진 않았어. 저녁 먹고 먹어보자."

"정말 맛있을 거야." 로한이 말했다.

"그랬으면 좋겠어. 당 제한 다이어트 중인데 그걸 깨고 사 왔단 말이야. 그만한 가치가 있어야 해."

"케이크를 마지막으로 먹은 게 언제야?"

"아, 그게 정확히는 두 사람 결혼식 때? 하지만 지난 5월에 토비의 생일 기념으로 파리 여행 갔을 때 크레페를 먹긴 했어. 마카롱도 혀는 대보긴 했고."

"나는 마카롱이 맛있는지 모르겠던데." 로한이 말했다. "식감이 느껴지는 페이스트리가 더 좋아. 씹는 맛도 있고." 로한은 매력적인 남편이었다. 누가 이런 사람을 마다하겠어!

"페이스트리는 버리고 대신 푸딩에 가죽 조각을 집어넣을까 봐." 마리암이 말했다.

"너무 나가진 맙시다. 7시, 맞지?"

"응. 7시." 마리암이 미소를 지었다.

"우리는 뭘 가져갈까?" 로렌이 물었다.

"하던 대로." 마리암이 덧붙였다. "두 사람과 와인. 와인은 꼭 가져와."

로한은 점심을 먹고 길 건너에 있는 아트센터에서 리허설이 있다고 나갔다. 로한을 다락방에 보내지 않으면 그의 공연을 보러 갈 수 있다. 그러면 버킷 리스트 중 하나였던 '아트센터에 공연 보러 가기'를 이룰 수 있다.

평소 같으면 남편에 대한 정보를 모으며 오후 시간을 보냈을 테지만 이번 주는 일이 너무 많아서 쉬고 싶었다. 로렌은 소파에 누워 손도 까딱하지 않았다.

로한이 집에 돌아와 수납장에서 화이트 와인 한 병을 꺼내 냉장고에 넣었다. "잊어버리면 와인이 터질 수 있으니까 꼭 말해 줘."

로렌이 고개를 끄덕였다. 휴대폰에 알람을 설정해 두었다.

6시 반이 되자 그가 단추가 달린 멋진 셔츠로 갈아입었다. 솔직히 아래층에 가서 저녁을 먹는 것치곤 다소 과했지만 그래도 멋졌고 결혼식에 입고 가도 좋을 것 같았다.

6시 50분이 되자 와인을 꺼내라는 알람이 울렸다.

"메뉴가 뭔지 알아?" 로렌이 물었다.

다락방에서 남편들이 내려와

"마리암이 요새 치즈에 돈을 쓰는 취미가 생긴 것 같던데."

두 사람이 1층으로 내려갔다. 침실과 거실의 위치만 다를 뿐 구조상 로렌의 집과 거의 같은 구조다. 다만 로렌의 집과 다르게 집 전체가 임대 주택에 주로 사용되는 크림색이었다. 안으로 들어가자 커다란 나무 플레이트 위에 포도, 대추, 말린 살구, 오렌지색 치즈, 노란색 치즈, 회색 재로 덮인 치즈, 그리고 네 가지 종류의 크래커가 있었다.

"안녕." 토비가 인사를 건넸다.

"어서 와!" 마리암이 로렌과 로한을 보며 환하게 웃었다. 하지만 마리암의 시선이 로한을 향했다. 마리암이 치즈 플레이트가 놓인 식탁에 손을 올리고 몸을 기댄 채 몸을 앞쪽으로 기울였다.

느낌이 싸했다. 뭔가 이상했다. 마리암은 누군가에게 이런 식으로 관심을 기울이는 법이 없다. 그리고 마리암은 어딘가에 몸을 기대지 않는 사람이다. 로렌은 마리암과 로한이 바람을 피우거나 서로에게 미묘한 감정적 끌림을 느낀다는 의심이 들었다.

뭐 이런 거지 같은 경우가 다 있어!

대학 때 남자친구가 바람을 피운 적이 있었다. 하지만 그때 이후로는 한 번도 없었다. 만약 두 사람 사이에 뭔가가 있다면 용납할 수 없었다. 로렌에게 토비와 마리암은 완벽한 커플이다. 로렌에게 이 부부는 불완전한 두 사람이 만나 진실하고 행복한 가정을 꾸릴 수 있다는 증거와 같았다. 코로나19 봉쇄 기간에 엘레나가 롭과 싸우고 롭과 잠시 떨어져 있겠다며 로렌의 집으로 들어와 빈방에서 두 달을 지냈다. 이 부부는 싸우고 화해하는 엘레나와 롭도 아니고, 육아로 힘들어하는 나탈리와 아델도 아니었다. 그저 서로가 있어 행복한 부부, 서로를 아끼고 서로를 애정 어린 마음으로 대하는 부부, 마리암의 산만함과 토비의 차분한 성격이 잘 어우러지는 부부. 로렌에게 둘은 그런 부부다.

그런데 어떻게 다른 사람도 아닌 저 둘이 기대를 저버릴 수 있단 말인가?

마리암이 로한에게 관심을 보였다면 로한 역시 관심을 가졌을 것이다. 로렌은 로한에 대해 아는 게 거의 없었다. 어쩌면 마음이 여린 바람둥이일지도 모른다. 로한은 마리암과 토비를 똑같이 다정하게 대하는 것 같았다. 하지만 마리암은 예쁘고 눈이 무척이나 크다. 사람들 중에는 과거의 대화를 반복하지 않고 모든 말들을 마치 그 순간 새롭게 만들어 내는 것처럼 말하는 사람들이 있다. 그들은 자신의 생각을 십자수를 놓은 책갈피를 전하듯 상대방에게 전달한다. 어쩌면 로한이 그런 사람일지도 모른다. 마리암은 보통 무언가에 주의를 기울이는 편이 아니다. 하지만 집중할 때는 상대방의 말에 푹 빠져 상대방의 모든 생각이 새롭게 발견한 보물이라도 되는 양 관심을 쏟는다. 사람들의 관심을 받는 게 취미인 배우가 그런 유혹을 어떻게 거부할 수 있겠는가?

로렌은 로한이 크게 신경 쓰이지 않았다. 자존심에 금이 가긴 했지만, 어차피 그를 오래 붙들 생각은 없었다. 아무래도 아마추어 배우들의 〈로젠크란츠와 길덴스턴은 죽었다〉가 무대에 오르기 전에 남편을 바꿔야 할 듯했다. 생각해 보니 그 공연은 지루할 것 같았다.

다락방에서 남편들이 내려와

하지만 자신의 신뢰를 저버린 마리암은 신경이 쓰였다.

마리암은 로렌이 가진 이상적인 행복의 모델을 망가트렸다.

그렇다면 토비와 마리암의 관계가 그녀가 생각했던 것처럼 완벽하지 않았던 걸까? 어쩌면 그럴지도. 하지만 괜한 의심은 모든 것을 망칠 수 있다. 마리암이 앞으로 그녀가 만나게 될 열 명의 남편들을 모두 유혹한다면 그것은 더 이상 의심이 아닐 것이다. 하지만 이번 한 번뿐이라면 더 이상 사태가 진전되지 않도록 확실하게 마무리 지어야 한다.

마리암이 손을 태연하게 토비의 팔 위에 올려놓은 채 몸을 계속 로한 쪽으로 기울였다. 로한은 여전히 토비와 마리암에게 똑같이 관심을 줬다. 심지어 얼마나 오래인지는 모르지만, 몇 년쯤 함께한 아내인 로렌에게도 관심을 기울였다. 그들은 치즈에 대해 이야기를 나누었다. 마리암은 와인을 따르며 매력적인 미소를 지었다. 그런데 놀라운 일이 벌어졌다. 마리암이 로렌에게 몸을 기울이더니 로렌의 입술에 가볍게 키스를 하는 것이 아닌가!

맙소사!

마리암은 바람을 피우는 게 아니었다. 그들은 부부 간 프리섹스를 하는 스윙어였다.

스윙어들은 모두 백인이고 40대인 거 아닌가? 어디선가 그런 기사를 읽은 적이 있다. 하지만 우리는 그 기사가 말하는 인구통계학적 특징에 해당하지 않았다. 그렇다면 스윙어가 아니라 폴리아모리인가? 로렌은 둘의 정확한 차이는 몰랐다. 하지만 그들은 런던 외곽에 살고 로렌이 알기론 네 사람 모두 기술직이 아니다. 그렇다면 이 상황은 스윙이 아니라 폴리아모리에 더 가까워 보였다.

하지만 아마추어 연극에 대해 아는 것이 없는 것처럼 스윙과 폴리아모리의 차이에 대해서도 아는 게 거의 없었다.

뭐든 상관없었다. 어쨌든 이런 상황이 싫었다. 예전 생이었다면 설득당했을지도 모른다. 남편의 취향을 존중해 주고 싶었을 수도 있고, 마리암의 관심이 좋았을 수도 있고, 토비와의 섹스가 어떨지 궁금했을 수도 있다. 로렌은 마리암네 거실에 서서 생각에 잠겼다. 매력적인 이웃 부부와 섹스를 하기 위해 제이슨이 가꾼 과일나무와 완벽한 정원, 벤의 유쾌한 친구들과 아이스크림을 포기하다니. 하지만 아무리 생각해도 이건 아니었다. 로렌은 일반적으로 결혼에 수반되는 성적 제약에 구애받는 사람은 아니다. 더군다나 지금은 남편이 하루에도 몇 번씩이나 바뀌는 상황이다. 그렇다고 두 개의 낯선 입술과 새로운 페니스가 주는 색다름을 추구하고 싶지도 않았다. 로렌은 마리암에게서 벗어나 미소를 지으며 말했다. "냉동고에 와인 한 병이 더 있는 걸 깜빡했지 뭐야. 터지기 전에 꺼내야겠어."

토비의 집에서 나와 2층으로 올라갔다. 그러곤 어두컴컴한 다락방 문을 열고 사다리를 내렸다.

물이 새는 소리가 나게 하고 싶었지만, 이번 생에서는 스피커가 보이지 않았다. 결국 휴대폰 볼륨을 최대로 높인 뒤 화면을 아래로 향하게 해서 다락방 안으로 가능한 한 멀리 집어넣었다. 다락방 안으로 손을 넣자

다락방에서 남편들이 내려와

지지직거리는 소리가 났지만, 영상은 재생됐다.

그러곤 그 자리에서 기다렸다.

10분이 지나도록 로한은 올라오지 않았다. 사랑하는 아내가 집으로 갔는데 따라 나오지 않는다는 건 어떤 의미일까? 그제야 계단을 오르는 발소리가 들렸다.

"로렌?" 그가 계단 꼭대기에 다다라 모퉁이를 돌며 로렌을 불렀다. 하지만 로한이 아니었다. 로한은 그녀를 찾으러 오지 않았다. 대신 토비를 보냈다.

11

"괜찮아?" 토비가 주머니에 손을 찔러 넣고 다소 어색한 듯 물었다.

"응. 지금 보니 냉동고에 와인이 없네."

"그래." 토비의 말이 질문처럼 들렸다. 그가 다락방을 올려다봤다.

"내 휴대폰에서 나는 소리야. 물 새는 소리를 틀어놨거든. 그게 말이야." 로렌이 자초지종을 설명하려는 찰나 토비가 불쑥 말을 꺼냈다. "할 말이 있어."

"그래, 그런데."

그녀는 먼저 이 상황을 설명하고 싶었다. 한 번 더 이야기를 꺼냈다. "저기 말이야. 우리 집 다락방이…마법을 부려."

토비가 열린 다락방을 쳐다봤다. "〈마법의 나무〉에 나오는 나무나 이상한 나라라도 된다는 거야?"

"뭐, 비슷해. 다락방이 남편을 만들어."

"…헐."

로렌은 처음부터 설명하기로 마음먹었다. "토비, 엘레나 알지?"

"네 결혼식에서 네가 술에 잔뜩 취했을 때 보낸 문자를 축사로 읽은 엘레나? 작년 파티에서 내가 입은 재킷이 안 어울린다며 재킷을 불태워버리게 한 엘레나? 당연히 알지."

엘레나라면 그런 짓을 하고도 남았다. "일주일 전에 엘레나 결혼 전 축하 모임에 갔었어. 끝나고 집에 돌아왔는데 집에 남편이라는 사람이 있었어. 나도 그 사람도 결혼반지를 끼고 있었고, 벽에는 결혼사진도 걸려있었어. 이름은 마이클이었고."

"그 사람이 로한으로 바뀌었다고?"

"아니. 마이클이 나타나기 전에 난 결혼이라는 걸 해본 적 없는 싱글이었어. 그런데 갑자기 남편이 나타난 거지. 게다가 마이클이 다락방에 올라갔다가 내려왔는데 다른 사람으로 바뀌었어. 남편이 바뀐 거야. 그런 일이 계속 반복됐고 지금 로한이 나타난 거야. 이전 남편을 다락방에 보내지 말걸 그랬나 봐. 왜냐하면 나는." 그녀가 손을 크게 움직이며 말했다. "나는 지금 이 상황을 받아들이기가 어려워. 도대체 우리 사이에 무슨 일이 있는 거야? 왜 로한이 안 오고 당신이 온 거야? 마리암은 왜 내 남편에게 달라붙어 있어? 우리가 정말…." 로렌은 너무도 당황한 나머지 말을 잇지 못하고 손을 공중에 대고 허우적거렸다.

"원하지 않으면 안 해도 돼." 토비가 말했다.

"우리가… 설마? 예전에도?"

"…보통은 수요일에만 했는데 마리암 휴일이 바뀌어서 요일을 바꿨어. 저기, 로렌 정말 기억이 안 나? 차라도 가져다줄까? 아니면 마리암을 불러줘?"

그렇다. 마라임은 훌륭한 의사다. 그녀에게는 청진기도 있고 동공을 비춰 보는 손전등도 있다. 게다가 키스도 잘한다. "내가 기억을 못 하는 게 아니야." 로렌이 말했다. "지금 말한 그런 일은 내게 일어나지 않았어. 처음 듣는 얘기라고. 나는 로한을 어제 처음 만났어. 보통의 수요일? 나는 그런 거 몰라."

로렌은 자신이 하는 말이 토비에게 어떻게 들릴지 알았다. 사람은 실수를 하고, 다락방은 마법을 부리지 않는다. 하지만 로렌은 점점 확신이 들었다. 그다지 마음에 드는 남편은 아니지만, 자신의 남편이 마리암과 부둥켜안고 있다고 생각하니 분노가 치밀었다. 이것은 원칙의 문제였다. 친구인 토비가 신경 쓰였다. 토비와 섹스를 했다고 하더라도 토비가 자길 좋아한다거나 스윙에 관심이 있다고는 생각하지 않았다. 만약 지금 이 상황이 사실이라면 자신은 아주 오랫동안 고민하고 고민했을 것이다. 걱정과 불안을 억눌렀을 것이고, 조언을 얻기 위해 칼럼을 읽었을 것이고, 엘레나와 이야기를 나눴을 것이다. 그 과정을 잊어버렸을 리가 없다. 실제라면 기억 못할 리가 없다.

"다락방은 확인해 봤어?" 토비가 물었다.

"살짝."

"내가 한번 확인해 볼까?"

"안 돼. 그러다가 모두 바뀌면 어떡해? 새 이웃이 생기면 어떡하라고?"

토비가 얼굴을 찌푸렸다. "내가 한번 들여다볼게."

생각해 보면 남편들이 다락방 안으로 완전히 들어갔을 때만 바뀌었다. 그리고 자신이 들어가 봤을 때는 아무 일도 일어나지 않았다.

"그래. 그런데 조심해. 뭔가 조금이라도 낌새가 이상하면 바로 내려와야 해. 불빛이 조금 번쩍일 텐데 그건 괜찮아."

"그래, 알았어." 둘은 다락방을 올려다봤다. 토비가 사다리에 발을 올려놓았다. 똑똑똑, 물 떨어지는 소리가 들렸다. 토비의 머리가 다락방 입구로 들어갔다. 불빛이 번쩍일 거라고 생각했지만 그런 일은 일어나지 않았다. 불빛의 번쩍거림도, 갑작스레 쏟아지던 백색 소음도 없었다.

새로 얻은 정보다.

토비가 주머니에서 휴대폰을 꺼내더니 손전등을 켰다. 물소리를 꺼도 될 것 같았다. 우산을 가져와서 다락방 바닥에 있는 자신의 휴대폰을 꺼내달라고 부탁할 생각이었다.

로렌이 우산을 가져왔을 땐 토비는 이미 사다리를 다 올라간 상태였다. "안 돼." 그녀가 소리쳤지만 이미 늦었다. 토비의 발이 다락방으로 사라져 보이지 않았다. 토비가 다락방에 들어가버렸어. 어떡하지? 로렌은 겁에 질린 채 다락방을 올려다봤다.

"뭐가 있다는 거야?" 토비가 어둠 속에서 그녀를 내려다보며 물었다.

"괜찮아? 왜 그랬어? 그냥 보기만 하라고 했잖아."

"보기만 하는 중이야."

"다락방 안에 들어가지 말고 사다리에서 보기만 하라고. 무슨 일이 생기기라도 하면 어떡하려고 그래?" 토비가 다른 사람으로 변했으면 어떡하나 걱정이 됐다.

"아, 미안. 그럼 내려갈까?"

하지만 이미 물은 엎질러졌다. "아니야. 괜찮을 것 같아."

"그럼 좀 더 살펴볼게." 그의 얼굴이 다락방 안으로 사라졌다.

다락방에서는 토비의 발소리만 들릴 뿐 지지직거리는 소리는 들리지 않았다. 휴대폰에서 흘러나오던 물 떨어지는 소리가 멈췄다. 딸깍. 다락방에 노란색 불빛이 들어왔다. 아무런 일도 일어나지 않았다. 토비가 입구에 모습을 드러냈다.

"내가 보기엔 별다를 게 없는데." 토비가 말했다.

"그만하면 됐어. 불 끄고 내려와." 토비의 신발, 친숙한 다리와 얼굴이 모습을 드러냈다.

"남편들만 변하나 봐." 로렌이 중얼거렸다.

"그래?" 토비가 휴대폰을 건네며 말했다. 토비는 로렌이 장난을 치는 건지, 진심으로 이러는 건지 가늠이 되지 않았다.

"지어낸 말이 아니야. 보여줄게." 그녀가 사다리를 두 칸씩 올라 다락방 안쪽으로 팔을 쭉 뻗었다. 거짓말이 아니라는 걸 증명하고 싶었다. 그녀가 손을 뻗자 평소보다는 희미했지만, 불빛이 번쩍이며 지지직거리

다락방에서 남편들이 내려와

는 소리가 났다.

"젠장." 토비가 한숨을 내쉬었다.

"봤지?" 토비가 직접 눈으로 봤다. 그제야 마음이 놓였다. 로렌이 사다리를 내려와 주방으로 갔다. 손전등을 찾아 돌아오니 토비가 다락방 안으로 머리를 들이밀고 있었다.

"왜 이러지? 전기 기사는 불렀어?" 토비가 물었다.

로렌은 뭘 더 어떻게 설명해야 할지 몰라 답답했다. "빌어먹을, 다락방이 이상하다고 말했잖아. 내려와." 토비가 내려오자 로렌이 다시 사다리를 올라가 다락방 안으로 팔을 뻗어 손전등을 켰다. 그러자 불빛이 점점 밝아지더니 탁탁, 번쩍, 지지직 소리가 났다. 그녀가 사다리를 내려와 토비에게 손전등을 내밀었다.

"사람을 불러야겠어. 내가 올라갔을 때는 괜찮아 보였는데. 언제부터 저런 거야? 로한은 들어가 봤어?"

로한이 들어가면 다시 나올 수 없다. 다락방에서 벌어지는 일을 아무리 설명해도, 지지직 소리와 번쩍이는 불빛을 보여줘도 토비가 믿지 않았다.

로렌이 울음을 터트렸다. 그러자 토비가 다가와 그녀를 안아줬다. 뭔가 모르게 평소와 느낌이 달랐다. 그의 얼굴이 너무도 가까웠다. 이러면 안 된다. 일주일을 버텼는데 여기서 이렇게 눈물을 흘리다니.

이 상황이 싫어서, 눈물이 나서, 마음에 들지 않는 남편이 1층에 마리암과 함께 있어서, 지금 당장 다락방으로 보낼 수 없어서 짜증이 났다.

차갑게 만든 맛있는 와인이 아래층에 있는 것도 싫었다. 그녀를 안은 토비의 팔을 풀고 주방으로 갔다. 차가운 화이트 와인 대신 요리용으로 사용하는 레드 와인이 보였다. 그거라도 괜찮았다. 와인 잔이 보이지 않아 에스프레소 컵에 와인을 따라 마신 후 다시 잔을 채웠다.

토비가 자신과 잤다고 말했다. 하지만 그런 기억은 없었다. 공평하지 않아서 짜증이 났다. 억울했다. 로렌은 토비에게 다가가 키스했다. 하지만 자기 팔에다 키스하는 것 같았다. 토비의 입술은 단단했지만, 아무런 반응이 없었다. 토비가 망설이더니 그녀에게 괜찮은지 물었다. 로렌은 다락방 때문에 걱정이 돼서 그런 거라고, 기사를 불러 문제를 해결할 거니 괜찮다고 말했다. 지금 상황을 참을 수 없었다. 결국 홧김에 토비를 침대로 데려가 정말 아무 의미 없는 섹스를 나눴다.

섹스를 끝내고 욕조에 누워 사람들의 뻔한 성적 취향에 대해 생각했다. 사람들은 자신이 해보지 않은 것을 해보고 싶어 한다. 최고급 침실에 묶인 채 요란스러운 부츠를 신은 여성에게 희롱당하는 CEO나 침대에선 미친 듯이 덤벼드는 수줍음 많은 책벌레의 모습을 상상한다. 하지만 다 그런 것은 아니다. 자신과 토비는 남들에게 이끌려 가는 편이다. 순응적이고, 먼저 나서기보다 다른 사람이 결정해 주는 걸 좋아한다. 때로는 실수할까 봐 조금 지나치게 걱정하는 편이다. 그건 침대에서도 마찬가지였다. 우린 적극적이지 않지만 서로에게 도움이 되려고 노력했다. 분명 예의 바르고 상대를 먼저 생각했다. 하지만 그걸로는 부족했

다락방에서 남편들이 내려와

다. 상대가 좋아하리라 짐작되는 행동만 했지 진짜 원하는 게 뭔지 묻지도 않았다.

늦든 빠르든 결국 누군가는 뭔가를 원해야 하고, 자신의 욕구를 인정해야 한다.

로렌은 지금 토비와 함께 마리암과 로한에게 내려가는 게 맞는지, 이미 규칙을 어긴 건 아닌지 판단이 서질 않았다.

이 모든 상황을 피하고 싶었다. 없었던 일로 하고 싶었다. 새로운 남편을 불러내 새로운 생을 시작하고 싶었다. 원래대로 마리암은 토비만 바라보게 돌려놓을 것이다. 그렇게 두 사람을 이상적인 부부로 남길 것이다.

지금껏 로렌은 자신이 어떤 남편을 원하는지도 모른 채 남편을 바꿔 왔다. 이제 정신을 바짝 차려야 한다. 성생활이 자유로운 사람, 아마추어 연극에 푹 빠진 사람, 입을 벌리고 쩝쩝거리며 먹는 사람은 남편감에서 제외했다. 엘레나의 결혼식이 일주일 남았다. 일단 결혼식에 데려갈 괜찮은 남자를 찾는 게 먼저다. 완벽한 남편이 아닌, 결혼식 파트너로 완벽한 사람. 나머지는 나중 문제다.

밤이 늦었다. 지금 로한을 돌려보내고 늦은 시간에 새 남편을 맞이하는 것보다 내일 아침에 맞이하는 게 더 수월할 것 같았다. 어차피 내일 아침이면 사라질 남자라고 스스로 분노를 삭이며 로한과 나란히 침대에

117

누웠다.

아침이 되자 그녀는 고마웠다, 잘 가라는 인사 없이 로한을 다락방으로 올려보냈다. 불빛이 번쩍이고 지지직대는 소리가 났다.

이윽고 새 남편 아이언이 내려왔다. 그는 화가 지망생으로 큼지막한 안경을 끼고 있었다. 빈방은 온통 아이언의 캔버스로 가득했다. 로렌은 그의 밝은 색감이 마음에 들었다. 그의 그림을 보고 있으면 창문에 반사되는 빛들이 떠올랐다. 게다가 아이언은 유머 감각도 있고, 회색 양복도 있었다. 아이언을 계속 데리고 있을까 싶었다. 그런데 그는 30분 간격으로 별것도 아닌 일에 불평을 쏟아놓았다. 자기가 덜 익은 아보카도를 사놓고는 아보카도가 익은 것도 아니고 안 익은 것도 아니라고 짜증을 냈고, 아는 조각가가 자기가 놓친 기회를 잡았다고 투덜거렸고, 꽃가루 알레르기 약이 원래 있던 자리에 없다고 짜증을 부렸다. 아이언도 아니라고 결론을 내렸다.

아이언을 보내고 노모라는 이름의 남편을 맞았다. 그는 턱수염에 복싱 선수들이 입는 짧은 반바지를 입고 아이언보다 더 큰 안경을 끼고 있었다. 그는 증인 컨설턴트였다. 예를 들어 프린터, 총소리, 벽지의 종류처럼 사건과 관련된 분야에 전문 지식을 가진 사람을 찾아 법정에 세우는 일을 했다. 일단 마음에 들었다. 로렌은 화장실에 다녀오겠다고 하고 화장실로 들어갔다. 하필이면 생리가 시작됐다. 수납함을 열어보니 생리컵뿐이었다. 휴대폰을 열어 생리컵 사용법을 검색했다. 이렇게도 접고 저렇게도 접어 넣어보려고 했지만, 컵이 절반 정도 들어가는가 싶으면 튀어나왔다. 그 바람에 피가 화장실 타일에 튀었고 생리컵은 자꾸만 손에서 미끄러졌다. 인터넷에서 자주 묻는 질문을 읽어봤지만 생리컵의 크기는 두 가지뿐이고, 서른한 살에게는 더 큰 생리컵을 추천한다는 말뿐이었다. 그녀는 단순히 나이만으로 여성의 질 크기를 추정하고 그에 맞춰 제품을 추천하는 이 황당한 세상에 동조하지 않기로 결심했다.

다음에 등장한 남편은 다소 충격적이었다. 사다리에서 내려오는 데 4~5초나 걸렸을까? 순식간에 로렌 앞에 나타났다. 로렌은 하나씩 천천히 그를 파악했다.

· 남편이 상자를 들고 사다리에서 내려온다.

· 키가 크고 날씬하며 머리카락 색이 아모스와 똑같다.

· 그가 뒤를 돈다.

· 머리카락 색이 아모스와 똑같은 건 새 남편이 아모스이기 때문이다.

· 이번 생에 내 남편은 아모스다.

아모스와 같은 테이블에 앉아야 하는 결혼식에 아모스를 데려갈 순 없었다. "사양할게요!" 로렌이 큰 소리로 말했다.

"뭐라고?" 아모스가 물었다.

"다락방에서 무슨 소리가 나는 것 같아." 로렌은 아모스를 다시 다락방으로 올려보냈다.

아모스가 가고 톰이 왔다. 톰은 무슨 일이 있는지 눈이 충혈돼 있었고 머리카락은 헝클어져 있었다. 잔인하게 느껴졌지만, 다시 올려보냈다. 지금 그녀는 슬플 때나 기쁠 때나 함께할 남편을 찾는 게 아니라 다음 주

토요일 엘레나의 결혼식에 데려갈 남편을 찾고 있었다. 톰이 가고 마티아스가 왔다. 마티아스는 창백한 피부에 코 주변이 빨갛고 손가락이 아주 길고 얇았다. 생소한 마을 이름을 발음할 줄 알았고 주로 전기를 쓰는 리튼 스트래치의 책을 읽는 소심한 영국인이었다. 소심한 사람을 좋아하지만, 결혼식에서 처음 만난 사람과 대화조차 나누지 못할 것 같았다. 마티아스도 돌려보냈다.

다음으로 가브리엘이 왔다. 그동안 만난 남편들에 비해 가브리엘은 섹시한 편이었다. 하지만 빈방을 열어보고 깜짝 놀랐다. 빈방이 아이 방으로 변해 있었다. 하지만 그 방엔 마커펜, 레고, 로켓을 타고 날아가는 공룡이 그려진 포스터 한 장이 전부였다. 아이가 매일매일 지내는 방처럼 보이지 않았다. 그렇다면 가브리엘의 아이가 가끔 와서 자고 가는 걸까? 어쨌든 로렌은 아이를 원하지 않았다. 이미 오래전에 포궁 내에 피임장치를 삽입했다. 결혼식에 이혼한 전적이 있는 남편과 그의 아이를 데려가고 싶진 않았다.

가브리엘을 보내자 멋진 외모를 가진 고처 곰블이라는 이름을 가진 남자가 왔다. 솔직히 말해 그 이름은 소리 내어 말하기에 창피했다. *제 남편 고처예요.* 돌려보냈다. 하지만 잘생긴 남편을 또 만나는 행운을 얻었다. 그다음 남편은 고처보다 더 매력적이었다. 반짝이는 하얀 치아와 느린 미국식 악센트를 가지고 있었다. 그는 로렌의 집에 다소 어울리지 않았다. 화면 비율이 잘못됐거나 회색빛 날씨에 비해 채도가 과하게 높은 것 같았다. 그는 분명 갓 다림질한 짙은 파란색 셔츠 안에 새하얀 민

다락방에서 남편들이 내려와

소매를 입고 있었다. 이번 생에 집 내부는 크게 달라진 게 없었는데 그는 이곳에서 너무 편안해 보였다.

그에 대해 아는 것은 없지만 양복을 입으면 멋질 것 같았다. 그래서 그에게 기회를 주기로 했다.

12

남편의 이름은 카터였다.

로렌은 월요일에 병가를 냈다. 며칠에 한 번씩 남편을 바꾼다면 일할 필요가 없을 것 같았다. 그동안 성실하게 살아왔으니 남편을 바꿔가며 생이 바뀔 때마다 그동안 사용하지 않은 병가를 쓰면 될 것이다.

지난 2년간 카터와 주고받은 메시지를 살펴봤다. 그들이 처음 만난 순간을 정확히 짚어낼 수는 없었지만, 아마도 자기가 일찍 자리를 뜬 어느 집들이 파티에서 만난 것 같았다. 그는 로렌의 연락처에 '카터(집들이.남편)'으로 저장돼 있었다.

"우리가 언제 만났는지 기억나?" 로렌이 물었다.

그러자 카터가 미소를 지으며 말했다. "다들 방광이 작은 덕분이지."

다락방에서 남편들이 내려와

그렇다면 화장실에서 줄을 서다 만났을까?

그들은 청구서와 임대료가 나가는 공동계좌가 있었고 월급은 각자 관리했다. 집에는 커튼도 셔터도 아닌 블라인드가 있었고, 커피가 드립 서버로 바로 떨어지는 커다란 미국식 커피머신도 있었다.

빈방에는 싱글 침대와 카터의 옷이 든 옷장이 있었다. 카터가 등장한 후로 같은 침실을 사용했기 때문에 빈방에 침대와 옷장이 따로 있는 게 놀라웠다. 이전 남편들에 비해 옷이 많은 모양이었다. 섹스는 하지 않았다. 로렌은 카터보다 먼저 잠자리에 들어 사진을 훑어보고 카터의 이름을 검색했다. 애정 어린 문자를 빈번하게 주고받았고, '고마워 사랑해'라는 문자도 보였다.

결혼식을 찾아봤다. 그들의 관계를 파악하는 데 제법 도움이 됐다.

단지 이민을 목적으로 한 결혼은 아니었다. 확실히 연인 사이였던 것으로 보였다. 만난 지 7개월 만에 시청에서 결혼식을 올리고 술집에서 피로연을 연 것 같았다. 자신은 치맛자락이 풍성하게 퍼지는, 짙은 빨간색 구슬이 달린 드레스를 입었고 머리에는 금으로 된 장미를 꽂았다. 카터는 넥타이 없이 재킷과 셔츠를 입었다. 이메일을 살펴보니 카터의 영국 체류권과 관련된 서류들이 많았다.

술집에서 열린 피로연은 정말 즐거워 보였다. 50명에서 60명 정도의 사람들이 참석했고 친구들, 처음 보는 사람들, 키스가 오가고 꽃가루가 날렸다. 그 후 1년 반이 지났고 그들은 여전히 부부였다.

둘째 날, 카터는 야구를 하느라 밤늦게 돌아왔다. 사실 로렌은 런던에 야구장이 있는지조차 몰랐다. 막 잠자리에 들려는데 그가 잔뜩 비를 맞고 머리카락이 이마에 들러붙은 채 들어왔다. "안지 마. 다 젖었어. 기차에서 내리자마자 비가 쏟아지지 뭐야." 그가 셔츠를 머리 위로 훌러덩 벗자 젖은 머리칼이 더 헝클어졌다.

카터가 짧은 잠옷 반바지에 브이넥 티셔츠로 갈아입고 핫초코를 마시겠냐고 물었다.

둘은 창문을 열고 소파에 앉아 핫초코를 마시며 빗방울이 유리창에 부딪혀 천천히 흐르는 소리를 들었다. "저러다가 곧 다시 퍼부을 거야." 하지만 비는 다시 퍼붓지 않았다. 그들은 침실 창문을 살짝 열어두고 오지 않는 폭풍우를 기다리다 잠이 들었다.

화요일이 되자 구청으로 출근했다. 카터가 점점 좋아졌다. 엘리나의 결혼식이 끝나고 난 후에도 그를 곁에 두려면 병가를 한 번에 다 써버리면 안 될 것 같았다.

철물점 및 정원용품점에 잠깐 출근했던 것 말고는 남편이 생기고 처음 하는 출근이라서 긴장이 됐다. 하지만 사무실에 들어가도 아무도 그녀를 쳐다보지 않았다. 가장 먼저 지역 주민을 만나 '빵빵한 빵'이라는 끔찍한 이름의 새로운 제과점 사업을 논의했다. 사업에 대해 설명하고 가게 이름을 바꿔보는 게 어떠냐고 설득했지만 헛수고였다.

"언어유희를 이용한 이름이 다 나쁘다는 게 아니야." 로렌이 커피를 내리며 자라에게 말했다. 그동안 남편이 바뀌면서 자신의 휴대폰에서 '피시'와 '디스코테크'를 결합해 '피시코테크'라고 이름 지은 피시앤칩스 가게 사진을 적어도 두 번은 본 것 같았다.

"패링던에 가면 바버 스트라이샌드라는 미용실이 있어요." 자라가 말했다. "우리 엄마가 좋아하는 미용실인데 엄마 말로는 옛날 가수 이름으로 가게 이름을 재미있게 지은 거래요."

자라는 사무실에서 나이가 가장 어린 직원으로 로렌과는 거의 열 살 차이가 났다. 자라는 사람들이 나이 차이를 듣고 놀라는 것을 즐겼다. 하지만 로렌은 그런 일에 반응하지 않았다. "선배님은 바바라 스트라이샌드를 알죠?" 자라가 물었다.

이상하다 싶을 만큼 평범한 하루였다. 사업세와 부가가치세를 묻는 밀린 이메일에 답장을 보내고 사무실 공간을 찾는 문의도 차례대로 처리했다. 상사를 위해 세미나용 PPT 자료도 손봤다. 사무실이 남편이 생기기 이전과 달라진 게 없어서 계속 결혼반지를 만지작거리며 확인했다. 로렌은 떨리는 마음으로 카터에게 문자를 보냈다. **오늘 어때?** 잠시 후 버스정류장 옆에 서있는 말 사진과 함께 **나쁘지 않아**라고 답장이 왔다. 도대체 무슨 일을 하길래 오전 11시 10분에, 그것도 런던에서 말과 함께 있는 걸까? 승마 교관? 마권 업자? 아니면 카우보이? 카터의 이름을 구글에 넣어봤다. 그는 마케팅 에이전시에서 비디오 제작자로 일했다. 그제야 상황이 이해됐다.

**

자라와 근처 중동음식점에서 점심을 먹었다. 그 식당에는 늘 보던 종업원이 있었다. 그는 언제나 그랬듯 로렌이 무엇을 주문할지 알았다. 카터가 존재하는 게 맞나 하는 의심과 공포가 또다시 스멀스멀 기어올랐다. 2시 15분, 더 이상 참을 수가 없어 오후 회의가 시작되기 전 계단으로 달려가 카터에게 전화를 걸었다.

카터는 전화를 받지 않았다. 5분 후 다시 전화를 걸었다.

"자기야, 무슨 일 있어?" 카터가 물었다.

걱정을 하는 것 같으면서도 목소리가 느긋하고 부드러웠다. "어, 미안. 그게, 오늘 저녁 먹고 들어갈까 해서. 내가 당신 있는 쪽으로 갈게." 부부라면 얼마든지 할 수 있는 말이라고 생각했다.

"그래. 그런데 내가 8시 전에는 일이 안 끝날 것 같아. 그래도 올래?"

"응. 어디서 만날까? 당신이 문자 줘." 문자가 오면 카터가 진짜 존재하는지 확인할 수 있을 것이다. 4시가 되자 핌리코에 있는 이탈리안 레스토랑에서 만나자고 문자가 왔다.

로렌이 도착하고 5분 후에 카터가 들어왔다. 그녀가 자리에서 일어나 카터에게 가볍게 입을 맞췄다. 또다시 카터가 이 세상 사람이 아닌 것처럼 느껴졌다. 그가 포크를 들어 스파게티 면을 한 입 크기로 동그랗게 말아 입에 넣었다. 면 한 가닥이 떨어지려고 하자 호로록 빨아들였다.

소스를 떨어뜨리지도, 입 주변에 음식을 묻히지도 않았다. 스파게티를 아주 완벽하게 먹었다. 결혼식 피로연에 함께 가기에 딱 맞는 파트너였다. 그가 스파게티를 로렌에게 내밀었다. 첫 데이트에서 스파게티를 받아먹는 건 좀 아니라고 생각했다. 하지만 두 사람은 연인이 아니라 부부다. 카터가 내민 스파게티를 받아먹었다.

"말은 괜찮았어?" 로렌이 물었다.

"엄청났지. 오늘의 주인공이었어. 그나저나 빵집 아저씨는 어땠어?"

이렇게 시시콜콜한 것까지 공유하는 걸 보면 결혼 생활이 순탄한 걸까? 아니면 별로 할 얘기가 없어서일까?

웨이터가 디저트 메뉴판을 가져왔다. 카터가 로렌 쪽으로 몸을 기울이더니 물었다. "마리토찌가 뭐야?"

"나도 몰라. 한번 주문해 봐." 하지만 그는 티라미수를 주문했다. 결국 로렌이 마리토찌를 주문했다. 음식이 나오고 보니 마리토찌는 작은 빵이었다.

"먹어봐도 돼?" 그가 물었다.

"안 돼!" 로렌은 빵 하나를 입 안에 쏙 집어넣었다. 그러곤 카터에게 먹어보라고 했다.

"별로다. 그치?" 그가 하나를 먹어보더니 말했다. "그래도 당신이 주문해서 좋아." 기분이 이상했다. 마치 보도블록을 밟았는데 사랑이라는 이름을 가진 블록 하나가 꿈틀하는 것 같은 기분이었다.

저녁을 먹고 템스강을 따라 걷다가 삼각형 모양으로 다듬어 놓은 잔디밭 근처 담벼락에 기대어 강을 내려다봤다. 강물이 빠져나가 초록색 제방이 드러났다. 그들 뒤로는 오래된 하얀 건물이 있고 한쪽엔 동글납작하게 생긴 새 아파트가, 익숙한 잔디밭에는 군데군데 넓게 모습을 드러낸 흙더미들이, 아직 입주가 시작되지 않은 유리 건물들과 공사용 크레인들이 보였다. 갈매기 한 마리가 담벼락에 앉아 그들을 빤히 쳐다봤다. 이렇게 늦은 시간에 갈매기가 깨어있다니, 왠지 모르게 낯설었다. 팔을 휘휘 저어 쫓아보려고 했지만, 그녀가 그러거나 말거나 갈매기는 그 자리에서 꼼짝도 하지 않았다.

"이런." 카터가 입을 열었다. "강을 바라보며 로맨틱한 시간을 보내고 싶었는데 별로지? 미안. 런던 최악의 장소로 당신을 데려오다니."

"아니. 런던에서 최악은 케이블 거리 쪽이지. 여성들의 역사를 다룬 박물관을 짓는다더니 잭 더 리퍼 박물관을 세워놨잖아."

"어, 그거 문 닫았다던데."

"그래?" 로렌이 주위를 둘러봤다. "그렇다면 여기가 최악이 맞네."

카터가 재미있다는 듯 웃으며 여느 남편들처럼 그녀에게 입을 맞췄다. 카터 입장에서 보면 늘 있는 일이라 별다를 게 없겠지만 로렌에겐 낯설기만 했다. 카터의 팔과 어깨, 가까이 느껴지는 그의 숨결이 신경 쓰였다. 로렌이 낯설어하는 걸 느꼈는지 카터가 그녀를 쳐다봤다.

"로렌 씨." 카터가 한바탕 웃음을 터트렸다.

"네. 카터 씨." 로렌이 대꾸했다.

그때 한 남자가 그들 옆으로 성큼성큼 걸어왔다. 그들 말고는 아무도

다락방에서 남편들이 내려와

없는데 바로 옆에서 휴대폰에 대고 고래고래 소리를 질렀다. 그 소리에 갈매기가 놀라 꽥 소리를 내며 날아갔다. "네. 안전하게 보관하려고 쓰레기통 안에 넣어뒀다고요. 그래야 잃어버리지 않을 테니까! 그래서 쓰레기통을 비우지 말라고 메모를 적어 그 위에 올려놓았잖아요. 네? 그럼요. 맥주잔 위에 맥주 받침을 올려놓는 것과 같은 거예요. 쓰레기통을 비우지 말라는 확실한 신호라고요. 당신이 영국식 의사소통 방식을 이해 못해서 서류를 잃어버려 놓고 왜 내 탓을 하는 거죠?"

로렌과 카터가 서로에게서 살짝 떨어졌다. 카터가 입 모양으로 '런던에서 최악의 장소가 맞네'라고 하더니 "집에 갈까?"라고 말했다. 기차를 타고 돌아오는 내내 두 사람의 몸이 밀착돼서 로렌은 신경이 쓰였다. 집에 오자마자 카터가 말 문제로 통화를 해야 했는데 깜빡했다며 자리를 비웠다. "미안. 10분이면 돼." 하지만 10분이 30분이 됐다. 통화를 끝내곤 출장 준비를 했다. 시간이 늦었다. 오늘은 그냥 넘기기로 했다. 그와의 관계를 서두르고 싶지 않았다.

카터는 출장에서 금요일 정오에 돌아올 예정이었다. 그래서 그 날짜에 맞춰 재택업무를 신청했다. 그가 집에 들어섰을 때, 모든 것이 다시 제자리를 찾은 듯했다. 다음 날이 결혼식이라서 아침 일찍 출발해야 했기 때문에 10시에 잠자리에 들었다. 로렌은 갑자기 부끄럽다는 생각이 들었다. 하지만 카터의 품에 파고 들어가 그의 어깨에 머리를 기댔다. 자신을 감싸안은 그의 팔과 숨소리, 쿵쿵거리는 심장 박동 소리를 느꼈다. 그렇게 한 10분쯤 있었을까. 카터가 "이번엔 내 차례야"라며 그녀를 안고 있던 팔을 풀고 그녀의 품에 파고들며 어깨에 머리를 기댔다.

토요일 아침, 엘레나의 결혼식 날. 알람이 울리기도 전에 일어나 카터가 깨지 않게 조심조심 침대에서 나와 가볍게 세수를 했다.

주방 쪽 창문을 열자 공기가 후끈한 게 무더운 날이 될 것 같았다.

기차를 타기 전에 할 일이 많았다. 드레스와 신발을 가방에 잘 담아 챙겨야 하고, 베이글 가게에 들러 엘레나가 좋아하는 크림치즈 베이글도 사야 한다. "텐트랑 선물이 복도에 있는데 좀 가지고 와줘." 로렌이 잠이 덜 깬 카터에게 말했다.

"오케이." 카터가 졸린 목소리로 대답했다. 그러곤 로렌이 지나가자 그녀의 엉덩이를 찰싹 때렸다. "잠깐만 자기야, 다시 와봐. 내가 잊은 게 있어." 로렌이 침대 쪽으로 다가가자 카터가 팔을 뻗어 반대쪽 엉덩이를 마저 때렸다. "자, 이제 됐어." 그가 흡족한 듯 말했다.

"오케이. 이따가 봐." 로렌이 웃으며 말했다.

앨드게이트역에서 내려 계단을 올라가는데 위에서 전단지들이 날아와 드레스를 담은 커버에 들러붙었다. 밖으로 나오자 길가에 두 개의 서로 다른 베이글 가게가 보였다. 다행히 이런저런 이유로 엘레나가 선호하는 가게의 줄이 더 짧았다. 주말이라 도시는 고요했다. 사람들을 지나 펜처치 거리에서 기차를 탔다. 객차 안은 텅 비어있었다. 기차가 덜컹거리며 느리게 움직였다.

엄마에게 전화를 걸었지만 받지 않았다. 10분 후 다시 걸었다.

"엄마, 내가 아직 마마이트를 못 보냈어. 미안해."

"뭐라고? 보내지 마. 팬트리에 열두 병이나 있는데 뭐 하러 보내? 트윅스나 보내 줘."

마마이트는 다른 남편일 때 보내기로 했던 거였다. "스페인에는 트윅스가 없어?"

"있는데 좀 달라. 나탈리 말로는 초콜릿이 녹지 말라고 뭘 넣어서 그렇다던데. 뭔지 몰라도 맛은 별로야."

"알았어."

"다 좋을 수야 없지. 그래도 스페인 바다는 참 멋져. 와인 바도 좋고 토마토 축제랑 올리브유가 끝내 줘. 돈키호테의 본고장이기도 하고. 그런데 트윅스는 아니야."

"응. 알았어."

"피카소랑 햄도, 너는 안 먹지만 여기 햄이 진짜 끝내 줘. 맞다, 로렌, 무슨 얘기 했었지? 트윅스 얘기 중이었던가?"

"카터."

"카터! 괜찮은 애지." 엄마가 말했다. "여기 해변 근처에 미국식 바가 생겼어. 진짜 미국식 바 같아. TV로 농구 경기도 보여주고 바텐더에게 팁도 줘야 해. 다음번에 올 때 카터도 데려와."

"알았어."

"그 얘길 하고 싶었던 거니? 여기 오려고? 둘이 같이 오면 좋겠구나. 그런데 8월은 피하는 게 좋아. 물가가 너무 비싸거든. 하긴 너는 더운 걸 싫어하지. 얼굴도 금방 빨개지고 머리카락도 축축 처져."

"아니. 그냥 엄마가 카터를 좋아하는지 궁금해서."

잠시 침묵이 흘렀다. "음, 당연하지. 결혼식 때야 걱정하지 않았다고 하면 거짓말이겠지만, 결국 다 잘됐잖아."

"맞아. 잘 지내면 됐지, 뭐."

시골의 한 역에 내려 택시를 불렀다. 택시는 울타리와 소들을 지나 빛 바랜 깃발이 걸린 농장에 도착했다. 택시에서 내리자 토끼가 폴짝폴짝 뛰어다니고 새들이 머리 위를 빙빙 날아다녔다. 앞치마를 두른 여자가 로렌을 커다란 본채로 안내했다. 모든 것이 목가적이었다. 하지만 날씨 가 점점 더워지기 시작했다.

안으로 들어가니 신부 들러리 대표를 맡은 노에미가 팬티만 입은 채 하얀 면 가운을 걸치고 있었다. 타고난 건지 아니면 노력으로 만들어진 건지 매력적이었다. 물론 후자일 것이다. 노에미는 커피를 마시고 있었 고 엘레나는 벽에 다리를 올린 채 소파에 누워 눈을 감고 있었다. 한쪽으 로 모아 정리해 둔 머리카락이 바닥에 쓸렸다.

"나 왔어." 로렌이 말했다.

"으윽." 엘레나가 몸을 일으키며 말했다. "오늘 33도까지 올라간다며? 너무 더워. 연못에 들어가도 되는지 물어봐 줄래? 결혼식을 물속에서 하면 안 되냐?"

"쓸데없는 소리 그만하고 이거나 먹어." 로렌이 봉투를 내밀었다.

엘레나가 즉시 베이글을 꺼내더니 최대한 입술에 닿지 않게 조심하며 이로 물어뜯었다. "시나-서무르." 엘레나가 베이글을 씹으며 웅얼거렸다. 그러곤 베이글 덩어리를 삼킨 뒤 말했다. "이건 신의 선물이야."

"준비는 다 됐어?"

엘레나가 베이글을 한 입 더 베어 물었다. "엉망이야. 왜 결혼이란 걸 한다고 한 거지? 이건 할 짓이 못돼. 헬리콥터 파일럿, 요리사, 잘 나가는 스트릿 댄서 리더는 다 어디다 갖다 버리고 하필이면 오믈렛도 못 만드는 회계사랑 결혼한다고 한 거냐고?"

"네가 데이트했던 헬리콥터 파일럿은 거짓말쟁이였던 걸로 아는데. 알고 보니 회계학을 전공하는 학생이었잖아. 그러고 보면 넌 회계사 킬러인가 봐."

"정말 그러네." 노에미가 덧붙였다. "너 세서미 스트리트에 나오는 백작 보면서 자위했다며?"

"난 자위 따윈 하지 않아. 더군다나 그때는 네 살이었어. 자위가 뭔지도 모르던 때라고."

"비둘기들도 지들이 똥을 싸는 줄도 모르고 계속 똥을 싸잖아." 노에미가 말했다.

"그냥 조금 꿈틀거렸을 뿐이야."

"그게 자위지 뭐야. 축사에서 그 얘긴 하지 않을게." 노에미가 커피를 더 따르며 말했다.

"더군다나 넌 오믈렛을 만들 줄 아는 사람을 좋아하지 않잖아. 다른 사람이 요리하는 걸 싫어하면서." 로렌이 말했다. "기억 나? 우리 집에 저녁 먹으러 오라고 했더니 수프를 한 냄비 끓여서 왔던 거. 그것도 버스 타고 오면서."

"영국 음식을 믿지 못하는 건 내 잘못이 아니야." 엘레나가 말을 계속 이어갔다. "그것도 문제야. 나는 왜 하필이면 영국인과 결혼하는 걸까?"

"여보세요, 당신도 영국인이세요." 로렌이 콕 집어 말했다. 엘레나의 어머니는 이탈리아 토리노 출신이지만 엘레나는 런던 남부에 있는 크로이던에서 태어났다. 게다가 엘레나는 이탈리아 여권은 신청조차 하지 않았다.

"그건 얘기가 좀 다르지."

로렌은 엘레나가 지금 자신이 생각할 수 있는 최악의 상황을 미리 입 밖으로 꺼내어 나중에 정말 그런 일이 발생했을 때의 충격을 줄이려는 거라고 생각했다.

"그래. 네 말이 맞아. 네가 지금 실수하는 건지도 몰라. 그러니까 롭을 보내고 새로운 사람을 찾아봐."

노에미가 걸쳤던 가운을 벗고 드레스가 든 옷 가방의 지퍼를 내렸다. "그냥 결혼하지 마. 그 돈으로 헬리콥터 파일럿 수업을 듣고 네가 파일럿이 돼버려." 노에미가 로렌을 올려다보며 입 모양으로 말했다. "쟤는 잘할 거야." 그 말에 로렌이 고개를 끄덕였다.

다락방에서 남편들이 내려와

엘레나의 입에서 볼멘소리가 흘러나왔다. "그러기엔 너무 늦었어."

"안 늦었어. 어때, 지금이라도 도망칠까?" 로렌이 물었다.

"네가 도망치겠다고 하면 우리도 같이 갈게." 노에미가 덧붙였다. "그런데 내가 화요일에 중요한 일이 있어서 페루까진 못 갈 것 같고 리밍턴 스파까진 같이 갈 수 있어."

엘레나가 몸을 돌려 똑바로 앉으며 말했다. "너희들은 지금 그걸 위로라고 하는 거야?"

"그럼." 로렌이 말했다. 로렌은 최근 들어 여러 명의 남편을 만났다. 그리고 하나같이 마음에 들지 않았다. "잘은 모르지만 롭이 완벽하진 않을 거야. 하지만 결혼을 앞두고 걱정하지 않는 사람이 있을까? 그런 마법 같은 일은 없어. 결혼은 정말 큰일이야. 네가 걱정이 된다고 해서 남편이 이상한 사람이라는 말은 아니잖아. 걱정이 안 되면 그게 더 이상한 거지. 중요한 건 그럼에도 네가 이 결혼을 하고 싶은지야. 만약 하고 싶지 않다면 우리랑 같이 나가서 결혼을 취소한다고 말하면 돼. 노에미가 대신 말해 줄 수도 있어. 나는 나서서 말하는 걸 싫어하니까."

"맞아." 노에미가 말했다. "내가 잘할 수 있어. 아주 크게 한 건 올리겠는걸."

"오케이. 알았어. 축하해. 내가 졌어. 나는 롭을 좋아해. 롭이랑 결혼하고 싶어."

"좋아. 그렇다면 이제 이 빌어먹을 드레스에 너를 집어 넣어볼까?"

13

로렌은 특별히 결혼을 원한 적도, 계획한 적도, 상상한 적도 없었다. 웨딩드레스 사진을 비밀 폴더에 넣어둔 적은 더더군다나 없었다. 아모스랑 사귈 때 잠깐 결혼을 원했지만 그건 결혼식 때문이 아니었다. 그저 확실하게 해두고 싶어서, 마음을 정한 기분을 느끼고 싶어서였다. 둘 사이에 문제가 발생했을 때 '헤어질까'가 아니라 '어떻게 해결할까'를 고민하고 싶었다.

엘레나가 약혼했을 때도 '나도 결혼하고 싶다'고 생각하기보다 '인생의 숙제를 하나 해치워서 좋겠다'고 생각했다.

엄청나게 많은 결혼식 사진에서 자신은 행복해 보였다. 사진첩에서 발견한 결혼식의 모습은 매우 다양했다. 드레스를 입은 나, 흰색 점프슈

다락방에서 남편들이 내려와

트를 입은 나, 사리를 입은 나, 여름 원피스를 입은 나, 교회에서 한 결혼식, 악단이 연주하는 결혼식, 커뮤니티 센터에서 한 결혼식, 호텔 테이블 위에 놓인 격식을 갖춘 식기류, 접시 위에 가득히 쌓인 뷔페 음식들, 브리토를 파는 푸드 트럭. 하지만 그 많은 결혼식 중 어느 하나도 내가 원하진 않았다.

엘레나와 롭의 결혼식은 훌륭했다. 결혼식은 법적으로 실내에 속하는 농장 건물의 차양 아래에서 열렸다. 잔디밭에 둥그렇게 놓인 의자, 주변을 돌아다니는 닭들, 살랑살랑 부는 바람이 그림 같은 풍경을 자아냈다. 로렌은 살짝 눈물이 났다. 기억나지 않는 자신의 결혼식 때문일 수도 있고, 결혼식에 참석할 때마다 으레 흘리는 눈물일 수도 있었다. 엘레나와 롭은 흔들림이 없어 보였고 행복해 보였다. 두 사람은 불확실하고 변화무쌍한 세상에서 결혼이라는 중대한 결정을 내렸다.

카터는 동반자 역할을 완벽히 했다. 로렌은 결혼식이 열리는 동안 카터를 살펴봤다. 그는 하객들 왼쪽 뒤편에 앉았다. 결혼 서약이 끝나고 카터에게 다가갔다. 그는 엘레나의 삼촌으로 보이는 나이가 지긋한 한 남자와 이야기를 나누고 있었다. 남자의 이야기에 고개를 끄덕이다가 그녀가 다가오자 로렌을 향해 인사를 건넸다.

"자기야, 지금 딱따구리에 대해 듣고 있었어." 카터가 로렌을 대화에 끌어들였다.

로렌이 카터의 손을 꼭 쥐었다. 왠지 모를 편안함이 느껴졌다.

겨우 10분 남짓 같이 있었을까. 사진 촬영이 시작됐다. 나무 아래에서, 장미 덩굴 앞에서, 염소 옆에서. 염소가 신부의 부케를 먹으려고 했지만 실패했다. 가족과 친구들이 번갈아 가며 자세를 잡고 나면 신랑 측 하객들, 그리고 신부 측 하객들의 사진 촬영이 이어질 것이다. 끝나기까지 족히 한 시간은 걸릴 터였다.

신랑 측 가족들의 사진 촬영이 진행되는 동안 로렌은 잠깐 엘레나와 이야기를 나누었다.

"축하해." 로렌이 말했다.

"고마워. 드디어 끝났어."

엘레나가 갖는 확신에 대한 약간의 부러움, 자신이 뒤처지는 것만 같은 불안함. 그 짧은 시간에 오래된 감정들이 몰려왔다. 무언가에 대해 확신할 수 있다니, 실수를 감내할 수 있다니, 이렇게 큰일을 치를 수 있다니, 엘레나가 부러웠다.

하지만 나에게도 남편이 있다. 그렇게 보면 나 또한 그 모든 일을 해낸 것이다.

웨이터가 샴페인 병을 들고 닭들을 피해 하객들 사이를 돌아다녔다. 그가 나타날 때마다 사람들은 마치 마지막 기회라고 생각하는지 큰 소리로 샴페인을 더 달라고 외쳤다. 결코 마지막일 리가 없는데 말이다. 결혼식에 얼마나 많은 비용이 들었을까! 태양이 강렬하게 내리쬐었다.

"머리가 죽었지?" 기차에서 통화할 때 엄마가 했던 말이 생각나 카터에게 물었다.

"응?"

"날씨가 더워서 머리카락이 축 처지지 않았어? 얼굴도 좀 빨갛고?"

"아니, 그럴 리가. 아주 예뻐. 자기 머리에 있는, 신부 들러리들이 하는 이거 작은 거… 이걸 뭐라고 하는지 모르겠네. 잠깐만. 그런데 나는 괜찮아?" 카터가 자신을 훑어보고는 재킷을 바로잡으며 물었다.

하마터면 웃음을 터트릴 뻔했지만, 카터가 진심으로 물어보는 것 같아서 괜찮다고 대답했다. "아주 완벽해."

하객들이 식사를 위해 큼지막한 차양 아래로 모여들었다. 그들 절반이 취했는지 비틀거렸다.

남편이 바뀌었지만, 좌석 배치는 얼마 전 엘레나의 집에서 본 것과 똑같았다. 그때는 아모스와 한 테이블에 앉는 게 가장 큰 걱정이었다. 그렇지만 로한을 생각하면 토비, 마리암과 같이 앉는 것도 조금 어색할 것같았다.

그때 이후로 토비와 마리암을 피했다. 어제 택배를 찾아가라는 문자가 왔지만 택배를 찾아오긴커녕 답장도 하지 않았다. 그들은 그 일을 알지도 못하는데 말이다. 로렌은 마음을 다잡고 먼저 마리암과 눈을 마주쳤다. 마리암과 키스라니! 그러곤 토비와 눈을 마주쳤다. 토비와 섹스라니! 이번 생에선 토비와 자지 않았는데도 기분이 나아지지 않았다. 로렌은 괜찮다고 자신을 다독였다.

자리에 앉아 아몬드 꾸러미를 집어 들고 리본을 풀었다. 아몬드는 먹는 게 아니다. 기념품으로 가지고 있다가 10년 뒤에 버려야 한다. 아몬드 꾸러미는 수 세기 동안 분해되지 않고 쓰레기장에 고스란히 남아있을 것이다. 하지만 무언가 만질 게 필요했다. "여기서 보니까 정말 반가워." 토비와 마리암에게 어색하게 인사를 건넸다. 그러곤 막 테이블에 앉는 아모스에게도 인사를 건넸다. "안녕. 오랜만이야."

"응. 오랜만이야. 타즈 본 적 있지?"

지난번 생에선 아모스가 릴리와 결혼했다고 들었다. 하지만 자신의 과거가 바뀌었다면 아모스의 과거도 달라졌을 것이다. "안녕, 타즈." 로렌이 타즈에게 인사를 건넸다. 타즈는 단발머리에 작고 통통하며 예뻤다. 타즈는 여름 결혼식에는 다소 어울리지 않는 회색 점프 수트를 입고 있었다. 남편 말고는 아는 사람이라곤 하나 없는 결혼식에 오고 싶지 않았던 것 같다. 더군다나 전 애인인 내가 있는 곳에. 아모스가 타즈의 귀에 대고 뭐라고 속닥거리자 그녀가 살짝 미소를 지었다.

남은 두 자리에는 적어도 1년 넘게 보지 못한, 이전 하우스메이트였던 패리스와 패리스의 새 여자친구 타비사가 앉았다. 타비사는 대학 시절 롭과 사귄 적이 있다고 했다. 그리고 롭이 엘레나와 결혼하게 돼 매우 기쁘다고 했다.

서로 어색했지만, 그런대로 괜찮았다. 타비사는 자신이 엘레나를 얼마나 좋아하는지, 엘레나와 롭이 얼마나 잘 어울리는지, 두 사람이 얼마나 완벽한 커플인지 떠들어댔다. 마리암은 타비사에게 빠져 카터는 쳐

다락방에서 남편들이 내려와

다보지도 않았다. 그저 예의에 어긋나지 않을 정도로만 카터와 이야기를 주고받았다. 그거야 마리암의 취향이니 뭐라고 할 순 없었다. 하지만 카터는 대화를 이어가기 위해 노력했다. 그 모습이 멋졌다.

"날씨가 좋아서 다행이에요." 타즈의 말에 로렌이 하늘을 올려다봤다. 새 한 마리가 산들바람을 맞으며 계속 주변을 맴돌았다.

"우리가 운이 좋았지. 진흙탕 속에 텐트를 친다고 생각해 봐. 어차피 신랑 신부는 농가 안에서 자잖아." 아모스가 말했다.

로렌이 텐트를 잊지 않고 가져왔나 싶어 카터를 쳐다봤다. "이미 쳐놨어. 아주 간단해." 카터가 말했다.

역시! 메인요리가 나오고 마리암이 다른 와인을 따랐다. 그러자 카터가 로렌 쪽으로 몸을 기울이며 말했다. "오늘 결혼식도 좋지만, 우리 결혼식이 더 멋졌어."

자신의 결혼식을 놓치다니 아쉬운 마음을 금할 길이 없었다.

"엘레나와 롭이 아이를 낳을까?" 마리암이 맨앞 테이블에 앉은 엘레나와 롭을 바라보며 말했다.

"글쎄." 로렌은 엘레나가 아이를 원한다는 것을 알았지만 모르겠다고 대답했다.

"롭은 항상 아이를 원했어요." 타비사가 말했다. "학생이었을 때도 그런 생각을 했었죠. 롭은 좋은 아빠가 될 거예요. 그럴 만한 자질을 갖췄어요."

그때 누군가가 마이크를 잡는 소리가 들렸다. 샴페인 잔들이 성급하게 부딪치는 소리도 났다. 이제 축사가 시작되려는 모양이었다. 마리암이 자신의 잔과 반쯤 빈 와인병을 잡으며 말했다. "한참 걸리겠지. 누구 나갔다 올 사람?" 그녀는 고개를 돌려 나무와 헛간 쪽을 바라봤다.

"나는 신부 들러리라서 여기 있어야 할 것 같아." 로렌이 말했다.

"그래? 누구 나갈 사람? 타비사 씨? 나갈래요?"

마리암과 타비사가 슬쩍 자리를 빠져나갔다. 잘된 일이다. 축사를 하는 동안 타비사가 떠드는 소리를 듣지 않아도 된다. 마리암을 칭찬해 주고 싶었다. 로렌은 잔을 들어 건배를 한 뒤 의자에 등을 기대고 축사를 들었다. 샴페인은 아모스가 유일하게 어린이용이라고 생각하지 않는 거품 있는 음료였다.

축사는 길게 이어졌다. 롭은 많은 사람들에게 줄줄이 감사 인사를 전했다. 부모님, 형제들, 결혼식을 올리기까지 도움을 준 사람들, 특히 노에미가 아니었다면 오늘 아침 엄청난 일이 일어났을지도 모른다며 엘레나가 결혼식장에서 도망치지 않도록 도와준 노에미에게 고맙다고 했다. 로렌에게도 오랫동안 엘레나의 친구가 돼줘서, 아몬드 포장을 도와줘서 고맙다고 했다. 축사가 길게 이어졌지만 사이사이 행복한 순간도 있었다. 게다가 카터가 곁에 있어서, 눈길을 주고받을 수 있어서, 편안함을 느낄 수 있어서 좋았다. 무엇보다 혼자가 아니라서 기뻤다.

심지어 아모스도 그런대로 나쁘지 않았다. 카터가 옆에 있어서 그런지 아모스가 크게 신경 쓰이지 않았다. 옆면이 크림으로 도배가 된 케이크 조각들이 나왔다. 로렌은 단것을 좋아하지 않는다. 아모스가 크림이 가장 적게 묻은 가운데 조각을 접시에 담더니 로렌에게 내밀며 눈썹을 찡긋 들어 올렸다. 로렌은 말없이 고개를 끄덕이며 접시를 교환했다. 아모스가 자신의 취향을 기억하고 있다니 뭔가 인정받는 것만 같아 기분이 좋았다. 힘들기만 했던 둘의 관계가 이젠 어느 정도 좋은 관계로 정리된 것 같았다.

하늘이 아직 밝았다. 다들 피로연을 위해 헛간으로 들어갔다. 로렌과 카터가 큼지막한 문을 마지막으로 통과했다. 아는 사람이 있나 주위를 둘러봤다. 마리암과 토비, 타비사와 패리스가 뒤편 건초더미 쪽에 있었고, 아모스와 타즈는 벽에 기대어 선 채 아마도 헛간 안에 있는 사람들을 하나씩 짚어가며 흉을 보는 것 같았다. 노에미는 마음에 드는 신랑 들러리와 담소를 나누었고, 엘레나의 부모님과 엘레나, 롭은 사람들에게 둘러싸여 있었다.

밖에는 새 한 마리가 여전히 하늘을 빙빙 맴돌았다. 햇살이 황금빛으로 환하게 빛났다. 정말 그림 같은 풍경이었다. 음악이 시작되자 하늘을 돌던 새가 마치 춤의 시작을 알리듯 힘차게 아래로 돌진했다. 로렌은 자신의 이런 생각이 다소 진부하게 느껴져 잠시 부끄러운 마음이 들었다. 그런데 새가 점점 가까이 내려오더니 쏜살같이 닭들을 덮쳤다.

닭들이 꽥꽥거리며 달아났다.

닭들이 엘레나와 롭이 춤추는 헛간 안쪽으로 들어갔다.

로렌이 카터의 팔을 잡자 그가 휙 돌아섰다. "매야." 그녀가 말했다. 카터는 순식간에 한 발짝 물러서며 로렌을 자신의 몸 쪽으로 잡아당겼다. "당신 스커트가 도움이 되겠는데." 로렌은 두 팔로 스커트를 넓게 펼쳐 펄럭이며 닭들을 쫓아냈다. 닭들은 밖으로 나가나 싶더니 다시 헛간 쪽으로 방향을 틀었다. 그러자 카터가 그녀 뒤에서 재킷을 흔들었다. 닭들이 꼬꼬댁 소리를 내며 왈츠를 추는 엘레나와 롭에게서 멀어져 헛간 밖으로 나갔다.

매가 또다시 하늘을 맴돌았다.

닭들은 불안한지 나무 아래 떼 지어 모여 시끄럽게 울어댔다. 로렌이 춤을 추고 있는 무대 쪽을 바라봤다. 몇몇 사람들이 문 근처에 서서 밖을 내다보았다.

"저 닭들을 그냥 저렇게 두는 게 나을까?" 로렌이 물었다.

"아니. 잠깐만. 연습이 부족하긴 하지만 우리가 할 수 있을 것 같아."

우리가 무엇을 할 수 있다는 말일까? 카터가 재킷을 벗어 근처 의자 위에 올려 두더니 몸을 숙이며 닭들에게 다가갔다. 정말로? 정말 그게 가능하다고? 카터가 닭의 날개를 잡아 위로 들어 올렸다. 닭은 꼬꼬댁 하고 한 번 소리를 지르더니 날갯짓조차 하지 않고 그에게 몸을 맡긴 채 얌전히 있었다.

카터가 닭을 들고 의기양양한 모습으로 환하게 웃으며 로렌에게 걸어왔다. "잡았지! 매가 다시 내려오면 닭들이 헛간에 들어가지 못하게 해줘. 내가 닭들을 잡아 닭장으로 옮길게." 카터가 해냈다. 첫 번째, 두 번째 춤이 진행되는 동안 카터가 닭들을 잡아 닭장으로 옮겼다. 처음엔 한 마리씩 잡아 옮기더니 자신감이 붙었는지 놀랍게도 한 번에 두 마리씩 안아 닭장으로 옮겼다.

"마지막 한 마리는 자기가 해볼래?" 그가 물었다.

"…어떻게 하는 건데?"

"공이라고 생각해. 아니면 빵 덩어리라고 생각하든가. 천천히 다가가서 잡아채면 돼. 불안해하지 말고, 한번 해봐."

닭들이 아이가 흘린 감자칩을 쪼아 먹고 있었다. "알았어."

"자기는 할 수 있을 거야." 그가 말했다.

로렌은 마음을 단단히 먹고 한 발짝 한 발짝 걸어가 몸을 숙여 양손을 양쪽 날갯죽지의 부드러운 깃털 안으로 집어넣었다. 닭이 푸드덕거렸지만 날갯죽지를 꽉 움켜잡고 들어 올렸다. 해냈다. 닭이 요란스레 저항했다. 그녀는 지지 않고 닭을 붙잡았다.

"세상에. 이제 어떻게 해야 해?" 로렌이 물었다.

"이제 달려야 해. 닭에게서 좀 벗어나자." 카터가 로렌을 닭장으로 데려가 문을 빼꼼 열어줬다. 그녀가 닭을 안으로 밀어 넣었다. 그러자 닭이 날개를 푸드덕거리고 꼬리를 잽싸게 획획 움직이며, 마지막으로 화가 난 듯 꼬끼오 소리를 지르더니 닭장 안쪽으로 달아났다.

"정말 스릴 넘쳤어." 로렌이 말했다.

"천부적인 소질이 있네." 카터가 로렌의 한 손을 잡더니 헛간에서 나오는 음악에 맞춰 그녀를 빙그르르 돌렸다. "자기는 뭐든지 잘해. 마리토찌도 시키고, 닭도 잘 잡고, 호수에도 뛰어들고, 그때 식당에서 보라색 두부 밀크셰이크도 그렇고, 게다가 나랑 결혼도 했잖아. 작은 모험을 즐

145

기는 용감한 사람이야. 멋져."

주어진 상황에 유연하게 대처하는 태도나 결정을 내릴 때 친구나 주변 상황에 맞추는 태도를 수동적이라고 생각했지, 용기 있는 행동이라고 생각하지 않았다. 그런데 좋아하는 남자가 용감하다고 칭찬해 주니 정말 그런 사람이 된 것 같았다.

"자기는 우리 결혼식에서 뭐가 제일 좋았어?" 로렌이 물었다.

"케이크가 좋았지. 이 나라에서 쫓겨나지 않는 것도 좋았고, 무엇보다 모든 게 안정되고 편안해지면서 '그래, 우리가 결혼했어'라고 말할 수 있게 된 마지막 순간이 제일 좋았어."

"맞아." 로렌이 카터를 가까이 잡아당겨 사진을 찍었다. 하지만 두 사람의 얼굴이 절반만 나온 데다가 초점이 헛간에 맞춰져서 어둡게 나와 버렸다. "도통 정체를 알 수 없는 커플이네." 카터가 말했다.

두 사람은 헛간에서 열린 댄스 파티에 합류했다. 의도치 않게 콩가 춤을 추었다. 어둠이 내려앉자, 대형 천막에 설치된 바 주변으로 꼬마전구들이 은은한 빛을 뿜어냈다. 사람들은 나무 아래에 모여 속닥속닥 이야기를 나누었고 이에 질세라 귀뚜라미들이 울어댔다.

밤이라서 그런지 텐트 안에 있는 카터는 존재하지 않는 사람처럼 느껴졌다. 두 사람은 에어매트리스에 누워 노랫소리, 다투는 소리, 누군가 텐트 근처에서 소변 보는 소리, 짜증 섞인 양들의 울음소리를 들었다. 따뜻한 밤, 서로를 꼭 껴안았다. 로렌은 남편들이 나타난 이후로 가장 깊은 잠을 잤다.

다락방에서 남편들이 내려와

결혼식이 열리는 동안 혹시나 신부 들러리가 할 일이 있을지 몰라 술을 거의 입에 대지 않았다. 하지만 다음 날 아침 납작하고 동그란 롤빵과 미모사가 천막으로 배달되자 미모사를 세 잔이나 마셨다. 날씨가 흐리고 서늘했다. 편안한 캠핑 복장을 한 사람도 있고, 어제 입었던 구겨진 결혼식용 복장 그대로인 사람도 있었다. 하나같이 후줄근했다. 로렌은 어제 입었던 들러리용 드레스를 속치마 없이 입고 운동화를 신은 뒤 보온을 위해 커다란 회색 카디건을 걸쳤다. 카터는 여분의 셔츠를 가져왔다. 그것도 오렌지색으로, 카터는 오렌지색 셔츠 위에 밝은 파란색 양복 재킷을 입어야 할 정도로 추울 줄은 상상도 못 했다고 말했다. 둘의 모습이 우스꽝스러웠지만, 아무래도 상관없었다.

런던으로 돌아오는 기차에서 카터가 농장에서 몰래 가져온 프로세코 와인 한 병과 오렌지 주스 한 병을 꺼냈다. 그들은 물병에 둘을 섞어 둘만의 칵테일을 나눠 마셨다.

두 사람은 펜처치 스트리트로 가는 택시에 올랐다. 둘 다 적당히 취한 상태였다. "있잖아." 카터가 사뭇 진지하게 말했다. "나는 당신이 정말 좋아."

로렌이 웃음을 터트렸다. "나도 당신이 좋아. 당신은 정말 멋져."

"나도 알아." 카터가 진지하게 말했다. "균형이 맞지. 모든 게 아주 대칭을 잘 이뤘잖아. 이 얼굴이 말이야."

집에 도착해 두 사람은 계단 위에서 입을 맞췄다. 로렌이 카터의 튀어나온 광대뼈와 귓불, 눈썹을 부드럽게 어루만졌다. 그러곤 카터에게 몸을 바짝 붙이고 두 손으로 그의 허리를 휘감고 셔츠를 꽉 움켜잡아 자기 쪽으로 잡아당겼다. 하지만 계단이 비좁은 데다가 팔엔 가방이 걸려있었고, 카터가 든 텐트마저 두 사람이 움직일 때마다 이리저리 흔들리며 벽에 부딪혔다. 둘은 웃음을 터트리며 천천히 계단을 올라갔다. 로렌이 커피를 내리려고 주방으로 들어갔다. 카터는 무엇을 찾는지 거실을 두리번거렸다. "자기야, 우리 결혼 앨범 어디 있는지 알아?"

"아니, 책꽂이에 한번 찾아봐." 아무래도 거기에 있을 것 같았다.

로렌은 휴대폰에 있는 결혼사진을 떠올렸다. 결혼사진을 찾다가 어젯밤에 찍은 사진에 정신이 팔려버렸다. 특히 어두운 헛간 앞에서 팔을 쭉 뻗어 둘이 함께 찍은 사진을 유심히 봤다. 잘 나온 사진은 아니지만 기억에 남는 사진이었다. 비록 어젯밤에 찍은 거긴 하지만. 자신의 결혼식을 기억할 수 있다면 좋겠지만 엘레나의 결혼식을 기억하는 것으로 만족했다. 테이블에 놓인 꽃, 닭장에서 씩씩거리던 닭들, 염소, 축사를 하던 노에미. 물이 끓기 시작했는데 카터는 아직도 앨범을 찾느라 뒤적거렸다. 카터가 앨범을 찾기를 바랐다. 결혼식의 기억을 실제로 만지고, 보고 싶었다. 그리고 다시 키스를 나누고 침대로 갈 것이다. 가슴에서, 다리 사이에서, 그날의 설렘과 기대를 느낄 것이다. 카터를 많이 좋아하니까 그날도 좋았을 것이다. 어쩌면 이것이 사랑인지도 모른다. 어쩌면 이것이 사랑의 시작인지도 모른다.

커피머신이 쉭쉭 소리를 내더니 커피가 한 방울씩 똑똑 떨어졌다. 이윽고 윙윙소리와 함께 커피가 쏟아졌다.

다락방에서 남편들이 내려와

카터를 기다리며 사진첩을 뒤로 넘겨 예전 사진들을 훑었다. 소풍 갔을 때 찍은 사진, 브라이튼 부두에서 찍은 사진, 뒷마당에서 찍은 사진, 카터는 대부분 카메라를 정면으로 바라보며 사진 찍기에 알맞은 미소를 지어 보였다. 로렌은 카터가 방심한 채 웃고 있는 모습이나 그녀를 바라보며 웃는 근접 샷을 찾았다.

종이 필터 아래로 떨어지던 커피가 멎기 시작했다.

"자기야." 로렌이 거실 쪽으로 머리를 내밀고 카터를 불렀다.

순간 내려진 사다리가 눈에 들어왔다.

마음속에서 모락모락 피어오르던 몽글몽글한 감정이 한순간에 사라졌다. 눈을 감고 정신을 가다듬었다. 기차에서 몰래 마신 칵테일의 기운도, 웃으며 계단을 함께 올라왔던 기억도, 함께 나눈 아침도 사라졌다. 그리고 카터도 사라졌다.

아! 카터의 억양, 셔츠 안에 입은 하얀 면티, 얼굴, 진지한 열정, 냄새가 좋았다.

그가 남편이라서 좋았다.

카터와의 결혼 생활이 끝났다. 그가 말을 타는 모습도 볼 수 없다. 말을 타는 모습을 본 적은 없지만, 카터라면 말을 탈 수 있을 거라고 생각했다. 이제 카터와 한 침대에 누워 오지 않는 비바람 소리를 기다릴 일도 없다. 이 모든 게 카터가 결혼사진을 찾는 바람에, 그가 그녀를 사랑해서 벌어진 일이다.

휴대폰 속 사진을 넘겼다. 어둠 속에서 찍었던 흐릿한 얼굴이 사라지고 없었다. 그저 꽃과 엘레나의 사진, 토비와 마리암의 얼굴, 그리고 알 수 없는 한 남자와 함께 찍은 사진뿐이었다. 알 수 없는 한 남자, 그 남자가 남편일 것이다.

"나 여기 있어." 한 남자가 베개를 들고 다락방에서 내려왔다.

다시 돌아가. 제발. 다시 돌아가란 말이야, 제발.

14

새 남편이 로렌을 향해 미소를 지었다. 하지만 보자마자 마음에 들지 않았다. 얼굴도, 수염도 싫었다. 새 남편을 다락방 안으로 밀쳐 넣었다. 카터를 다시 불러내고 싶은 마음에 다락방으로 올라갔다. 전구가 번쩍이며 지지직 소리를 내고, 구석에 놓인 의자 위 믹서기에 스파크가 일었다. 새 남편은 사라지고 없었다. 로렌이 고개를 숙였다. 새 남편을 보내고 눈물을 닦았다. 그리고 말끔한 얼굴로 또 다른 남편을 맞았다. 하지만 이번 남편도 마음에 들지 않았다. 또다시 눈물이 고이고 알 수 없는 감정이 몸 전체를 감쌌다. 남편을 빠르게 계속 바꾸다 보면 언젠가 또 다른 카터를 만나게 될지도 모른다.

또 다른 남편이 등장했다. 잠시 평정심을 찾은 듯했지만, 아직은 무리였다. 이미 벌어진 일을 바꿀 순 없었다. 또다시 온몸에 고통이 느껴졌다. 새로운 남편, 또 새로운 남편. 이제 눈물조차 흐르지 않았다. 남편이 바뀔 때마다 주변의 모든 것들이 사라졌다. 열 명, 열다섯 명. 이젠 남편을 돌려보내는 일이 접시 던지기나 벽돌 던지기처럼 느껴졌다. 돌려보내고 또 돌려보내고 결국 로렌은 지칠 대로 지쳐버렸다.

피트라는 이름을 가진 남편이 등장했다. 그런대로 괜찮아 보였다. "괜찮아?" 샤워를 한 뒤 잠옷으로 갈아입고 낮잠을 잘 거라고 말하자 피트가 그녀의 어깨를 부드럽게 다독여 줬다.

피터를 잡아두진 않을 것이다. 정말 좋아했던 남편이 지저분한 수염을 가진 남자로 바뀌었다. 이렇게 시작하고 싶지 않았다. 침대에 누워 생각에 생각을 거듭하다가 결국 생각을 하지 않기 위해 노력했다. 속이 메스꺼워 오후 늦게 침대에서 일어났다. 폭풍우는 아직 오지 않았다.

카터를 다시 되돌리고 싶었다.

피트를 돌려보내고 팔꿈치가 이상하게 생긴 남편을 맞았다. 그는 카터를 떠올리게 하는 억양을 가졌지만, 그렇다고 카터가 될 순 없었다. 그다음 남편은 눈이 붉게 충혈되고 술이 덜 깬 상태에서 동시에 두 가지 서로 다른 맥주를 마시며 문제를 해결하려 들었다. 그다음 남편은 로렌보다 열 살은 많아 보였다. 집이 지나치게 깨끗했고 책장들은 모두 비어있었다. 내 책들은 모두 어디에 간 걸까? 엘레나와 함께 만든 작은 선인장 화분은?

자신의 행동이 옳지 않다는 걸 알았다.

다락방에서 남편들이 내려와

지나치게 깨끗한 남편에게 산책을 갔다 오겠다고 말하고 기차역을 지나 한참을 걸어 언덕 위 공원으로 갔다. 행복해 보이는 가족들, 개와 산책하는 사람들을 피해 호수 쪽으로 갔다. 오리들이 짝짓기를 하고 있었다. 오리의 짝짓기에 대해 아는 건 없지만, 나사처럼 배배 꼬인 생식기를 보자 기분이 썩 좋지 않았다. 상황이 점점 나빠졌다.

부슬부슬 내리는 비를 피해 나무 밑으로 들어갔다. 우울한 마음을 떨쳐내 보려고 애썼다. 카터를 잘 알지도 못하잖아. 그러니까 지금 이 상황은 이혼이 아니라 세 번 정도 데이트를 한 사람이 답장을 하지 않는 것과 같은 거야. 하지만 두 사람은 부부였다. 세 번째 데이트가 30번이 되고 300번이 되고 그렇게 부부가 되었을 것이다.

일주일 정도 휴가를 내야겠다. 밀라노나 뉴욕에 가서 좋은 호텔에 묵으며 룸서비스로 팬케이크를 시켜 먹어야지. 마이너스 통장을 써야겠지만, 돌아와서 남편을 바꾸면 새로운 생이 다시 시작될 테니까.

빗방울이 점점 거세지더니 폭풍우로 변했다. 카터와 기다릴 때는 오지 않던 그 폭풍우.

휴대폰이 울렸다. 펠릭스, 아마도 새 남편인 모양이다.

"비가 엄청 쏟아지는데 어디야? 내가 차로 데리러 갈까?"

차? 런던에 살면서 차가 왜 필요하지? 어이가 없었다. 기름값을 벌기 위해 내 책을 다 내다 판 게 아닐까?

그런데 하늘이 뚫린 듯 비가 미친 듯이 쏟아졌다.

오리들이 물장구치는 모습을 지켜보면서 나무 안쪽으로 더 들어가 말했다. "그래, 그게 좋겠어. 지금 공원에 있는데 내가 정문 쪽으로 갈게."

"바로 출발할게. 어차피 지금 가야 하니까."

지금 간다고? 이렇게 비가 쏟아지는 날, 축축하고 짜증 나는 날, 어디를 간단 말인가? 결혼식 다음 날 무엇을 계획했을까? 자기 엄마라도 보러 가려는 걸까? 아니면 갑자기 브런치라도 먹으러 가자는 걸까? 그것도 아니면 이케아를 둘러볼 생각일까? 아프다고 핑계를 대고 몇 시간 정도 혼자만의 시간을 가져야겠다고 생각했다. 그런 다음 남편이 돌아오면 다락방에 보내 다른 남편으로 바꿀 생각이었다.

차가 도착했다. 짙은 초록색에 새 차였다. 예상과 달리 차가 좋았다. 차에 대해 잘은 모르지만. 좀 전까지만 해도 남편에게 관심이 없었다. 하지만 차에 오르면서 몸을 돌려 남편의 얼굴을 확인했다. 남편이 맞겠지? 혹시 낯선 사람 차에 탄 건 아니겠지?

하긴 낯선 사람과 결혼했으니 낯선 사람 차에 탄 게 맞긴 했다. "비가 갑자기 오네." 남편이 말했다.

"그러게. 결혼식이 끝날 때를 기다렸나 봐." 로렌이 말했다.

"다행이지 뭐야." 새 남편은 새하얀 피부에 잿빛 눈을 가졌고 출신 지역을 분간할 수 없는 가벼운 억양을 구사했다. 스웨덴 사람이거나 노르웨인 사람인 것 같았다. 로렌보다 한 열 살쯤 많을 거라고 생각했는데, 그보다 더 들어 보였다. 적어도 열다섯 살은 많아 보였다. 하지만 나이에 비해 머리숱도 많고 점잖아 보였다.

다락방에서 남편들이 내려와

알고 보니 외곽 지역에 집이 따로 있었다.

차가 신호를 기다리는 동안 로렌이 말했다. "저기, 나중에 다락방 좀 봐줄 수 있어? 빨간색 큰 담요를 찾아야 하거든. 엘레나가 신혼여행에서 돌아오면 보내주려고. 걔가 나랑 같이 살 때 그 담요를 참 좋아했어. 그런데 안 보이지 뭐야. 어디에다 뒀는지 모르겠어."

"내가 한번 볼게. 그런데 집에 있을지도 몰라. 상자들을 다 옮겼거든."

"아, 그럴 수도 있겠네. 신경 쓰지 마."

"아니야, 그래도 확인해 볼게."

"아니야, 당신 말이 맞아." 남편이 '집'이라고 말했다. 그 집이 어디를 말하는지 알아내기 전까진 남편을 사라지게 해선 안 된다.

로렌의 집에 도착해 보니 열쇠는 어디 가고 번호키로 바뀌어 있었다. 어쩔 수 없이 남편을 먼저 들여보내야 했다. 커피를 내리려고 보니 캡슐 기계가 있었다. 펠릭스는 설탕 없이 우유만 넣은 커피를 원했다. 냉장고에는 우유와 버터, 피클과 잼만 보일 뿐 아무것도 없었다. 점점 의심이 들기 시작했다.

그들은 이곳에 살지 않았다.

휴대폰을 열고 사진을 위치별로 정렬했다. 그러자 사진들이 남부 런던의 어느 마을을 중심으로 정렬됐다. 그곳은 어제 엘레나가 결혼식을 올린 농장과 정반대 방향이었다. 그리고 로렌과 나탈리가 나고 자란 곳과 가까운 장소였다. 하지만 아무리 그렇다고 해도 그들이 그곳에서 이렇게나 많은 시간을 보냈을 리가 없었다. 사진들을 확인했다. 들판과 양들, 등나무 가구가 있는 유리 온실, 넘치도록 많은 꽃과 나무.

업무용 메일을 열어봤지만 아무것도 없었다. 적어도 휴대폰에는 업무용 메일이 없었다. 그렇다면 이번 생에는 일을 하지 않는 걸까? 일정표에서도 회의라곤 찾아볼 수 없었다. 그저 저녁 약속, 커피 약속, 친구들과의 모임뿐이었다. 단정 지을 순 없지만 아무래도 이번 생에 자신은 전업주부인 것 같았다.

커피를 마신 후 펠릭스가 몇 가지 처리해야 할 일이 있다며 노트북을 열었다. 마침 잘 됐다 싶어 침실로 들어와 옷장을 열었다. 옷장에는 옷이 별로 없었다. 남성용 양복 한 벌과 셔츠 몇 장, 그리고 드레스 한 벌과 점프슈트가 전부였다. 그 옷들은 모두 차만큼이나 비싸 보였다. 점프슈트는 토스트 제품이었는데 그 브랜드는 가격이 어마어마해서 사본 적도 없고 사려는 생각조차 못 해봤다. 점프슈트만 해도 그 가격이 590달러였다. 드레스는 들어본 적 없는 브랜드에 비대칭 디자인이었고 칼라 모양이 독특했다. 딱 봐도 산 지 얼마 안 돼 보였다. 가격표를 보니 1400달러가 넘었다.

이 정도라면 4구역까지 택시를 타고 오는 정도가 아니라 엄청난 부자임이 틀림없었다.

"여보." 그때 펠릭스가 부르는 소리가 들렸다. "생각보다 시간이 좀 걸리네. 당신이 투숙객 맞을 준비가 됐는지 확인 좀 해줄래? 한 시간 정도 뒤에 출발하면 가는 길에 셰퍼드에 들를 수 있을 거야."

상황을 정리해 봤다. 그들은 다른 곳에 살면서 이 집도 소유했다. 그리고 이곳은 에어비앤비로 사용한다. 이곳이 에어비앤비로 운영된다는 건 앱을 통해 투숙객이 보낸 메시지를 보고서 알았다. 그리고 그들은 어젯밤 농장의 텐트에서 자지 않았다. 차를 타고 결혼식이 열린 농장과 진짜 집 사이에 있는 이곳으로 왔다.

돈 때문에 결혼을 생각한 적은 없었다. 하지만 펠릭스는 잘생긴 데다가 어찌 보면 교수님 같은 이미지를 풍겼다. 더군다나 비가 온다고 차를 몰고 자신을 태우러 오기까지 했다. 이보다 더 나쁜 남편들도 겪었다. 물론 그에게 기회를 주고 싶은 생각은 없었다. 하지만 휴가를 떠나고 싶다는 생각은 변함이 없었다.

런던에서 멀리 떨어진 외곽에 산다면 그를 다른 남편으로 교체하기가 어려울 것이다. 하지만 그냥 부딪쳐 보기로 했다. 그동안은 남편을 고를 때 가장 중요하게 생각했던 것이 엘레나의 결혼식에 데러가기에 적합하냐 아니냐였다. 이제 결혼식도 끝났고, 완벽했던 남편은 그녀만 알고 있을 뿐 모든 사람들의 기억에서 사라졌다. 한 주 정도 호화로운 생활을 즐긴다고 나쁠 건 없었다.

15

로렌은 투숙객을 위해 어떤 준비를 해야 하는지 아는 게 없었다. 보아하니 침대는 이미 정리가 된 것 같았고 사용한 시트들은 문 근처에 쌓여있었다. 남은 우유를 싱크대에 버리고 우유팩은 씻어서 밖에 있는 재활용 통에 넣었다. 에어비앤비 앱에 남아있는 메시지를 보고 현관 비밀번호를 알아냈다. 다시 2층으로 올라가 주방으로 들어갔다. 벽장에 자물쇠가 열려있길래 들여다보니 두루마리 휴지와 멸균 우유, 샴푸와 린스, 샤워젤, 와인 여덟 병, 종이봉투 한 꾸러미가 있었고 종이봉투에는 손글씨로 '환영합니다'라고 쓴 카드가 붙어있었다. 일단 멸균 우유 한 팩을 냉장고에 넣고 와인 몇 병과 종이봉투 하나를 복도에 있는 테이블 위에 올려놓았다. 제법 그럴듯하게 준비가 된 것 같았다. 그러곤 벽장 문을 닫

다락방에서 남편들이 내려와

고 자물쇠를 채웠다. 채우고 나니 이게 맞나 싶긴 했다. 주방 창문으로 뒷마당이 내려다보였다. 마당에는 처음 보는 가구들이 있었고 커다란 화분의 몇몇 식물들이 축 처진 게 우울해 보였다. 물을 줘야 할 것 같았다. 다시 생각해 보니 어쩌면 폭풍우 때문에 물을 너무 많이 먹고 쓰러진 것인지도 몰랐다. 한 바퀴 둘러볼 생각으로 아래층으로 내려가 집 뒤편으로 걸어갔다.

그때 마리암이 주방 쪽 문을 열고 물었다. "또 가?"

"아마도."

"지난번 같은 손님이 또 오면 집주인하고 구청에 소음 때문에 미치겠다고 민원을 넣을 생각이야." 마리암이 말했다.

"알았어. 미안해. 다시는 그런 일이 없도록 할게." 뭐라고 말해야 할지 몰랐다.

"당연히 그래야지." 마리암이 미심쩍은 얼굴로 말했다. "다시 또 그런 일이 일어나면 어떻게 될지 미리 말해 두는 거야." 그러곤 문을 닫고 들어갔다.

마리암이 화가 난 걸로 봐서 적어도 이번 생엔 그들 부부와 잠자리를 나눈 것 같진 않았다. 로렌은 토비와 자신이 잘 지내는지 확인하기 위해 문자 메시지를 살폈다. 둘은 사이가 나쁜 것도 아니었지만, 그렇다고 자주 대화를 나누는 사이도 아니었다. 화면을 두 번쯤 넘겼을까 토비와 주고받은 문자가 있었다. **이번 주에 너희 집에 묵는 투숙객들이 사람들을 데려왔어. 카펫이 소음을 줄이는 데 전혀 도움이 되지 않던걸** 이 정도면 토비가 몹시 화가 났다는 뜻이다. 문득 옷장에 신부 들러리 드레스가 없었던 게 생각났다. 그렇다면 로렌이 어제 신부 들러리가 아니었거나, 드라이클리닝을 벌써 맡겼거나 둘 중 하나였다.

엘레나가 보낸 둘의 사진도 있었다. 모든 것이 바뀐 그날 밤처럼 두 사람은 여전히 친해 보였다. 나탈리와도 문자를 주고받았다. 나탈리와 두 조카는 무사했다. 낯선 이름들만 보이는 채팅방을 확인하려는 찰나 메시지가 떴다. 채팅방 알람을 꺼버렸다.

2층으로 올라오자 펠릭스가 노트북을 덮었다. 그가 침실에 있는 금고를 확인하더니 보석 상자로 보이는 것들을 꺼내며 말했다. "세상에, 이걸 잊을 뻔했어." 비가 잦아들어 다시 한번 차를 확인해 보니 확실히 비싼 차였다. 나이 많은 남편과 어린 아내를 생각했을 때 떠오르는 스포츠카가 아니어서 다행이었다.

그들은 차를 몰고 남서쪽으로 향했다. 10분 정도 지나자 펠릭스가 팟캐스트를 틀었다. 경제학자들이 뱀에게 나타나는 특성 유전에 대해 이야기했다. 남자 세 명이 이야기하는데 목소리가 거의 비슷했고 정말 하나도 재미가 없었다. 세 사람 가운데 둘의 이름이 매트였다. 그저 가만히 앉아 창밖을 바라보는 게 속 편했다. 로렌은 이 상황을 즐길 생각이었다. 휴가 중이라고 생각할 것이다. 자신에게 얼마간의 시간을 허락하는 중이었다. 두 매트가 매디라는 여성을 인터뷰했다. 아마 경제학자이거나 뱀을 사육하는 사람이지 싶었다.

다락방에서 남편들이 내려와

펠릭스가 말한 셰퍼드는 저녁 8시까지 선데이 로스트를 먹을 수 있는 펍이었다. 다행히 늦지 않게 도착했다. 로렌은 버섯 웰링턴을 주문했다. 가격은 25달러인데 페이스트리가 눅눅했다. 그래도 그레이비소스는 완벽했다.

"어제 결혼식은 정말 멋졌어." 남편이 말했다.

"응." 잠시 후 로렌이 화제를 돌렸다. "특성 유전이랑 경제학이 무슨 연관이 있는 건지 설명해 줄 수 있어? 아까 팟캐스트에서 말하는 게 무슨 내용인지 잘 모르겠더라고." 로렌은 이 남자와 함께 갔을 엘레나의 결혼식에 대해 이야기하고 싶지 않았다. 카터와 함께 갔던 결혼식과 어떻게 다른지, 닭들이 헛간으로 들어갔는지 아닌지 듣고 싶지 않았다. 카터와의 추억을 펠릭스로 덮어버리고 싶지 않았다.

펍을 나서자 날이 어두웠다. 로렌은 마치 어디론가 납치되는 어린아이 같았다. 낮은 담장을 지나 들판을 가로질러 길 아래쪽에서 한 번 돌더니 나무를 지나자 회색 돌로 된 집이 나타났다. 세로로 나란히 늘어선 세 개의 창문과 뾰족뾰족한 지붕들.

집에 가까이 다가가자 불빛이 깜박거렸다. 주차를 하고 펠릭스가 트렁크에서 작은 여행 가방 두 개를 꺼냈다.

대문마저 거대했다.

펠릭스가 비밀번호를 눌렀다. 둘은 널찍한 현관으로 들어갔다. 로렌의 거실 크기만 한, 타일이 깔린 입구가 나타나고 계단이 나선형으로 이어졌다. 벽을 따라 문의 형체들만 보일 뿐 어두워서 다른 것들은 잘 보이지 않았다. 집 안이 고요했다. 차 소리도, 아래층에 사는 이웃도, 늦은 시간이라 새소리도 들리지 않았다.

"불 켜줘!" 펠릭스가 고요 속에 소리치자 불이 켜지고 희미했던 형체들이 선명해졌다. 집 안의 문들은 모두 닫혀있었다. 양쪽으로 열리는 문으로 들어가자 벽면이 짙은 목재로 된 거실이 모습을 드러냈다. 그곳에는 거대한 소파가 있었고 세련된 무늬가 들어간 카펫이 거실 전체를 덮고 있었다. 거실이 너무 넓어서 복도의 불빛은 지극히 일부만을 비췄다. 그래서 형광 노란색 피아노를 알아보지 못할 뻔했다.

펠릭스가 왼쪽 문을 열자 또 다른 복도가 나왔다. 펠릭스를 따라갔다. 은은한 불빛이 그들의 걸음을 비춰줬다. 닫힌 문들이 더 있었다. 집의 규모와 낯선 분위기에 살짝 압도당해 남편 옆에 바짝 붙어 걸었다. 그들은 의자가 스무 개쯤 놓인 넓고 어두운 다이닝 룸을 지나 중앙에 별도로 여덟 명이 앉을 수 있는 식탁이 놓인 넓은 주방으로 들어갔다.

펠릭스가 냉장고 문을 열고 실린더처럼 생긴 물병을 꺼냈다. 잘 보이지 않아 불을 켜려고 했지만, 스위치가 여섯 개나 있었다. 왼쪽 맨 위의 스위치를 눌렀다. 그러자 블라인드가 내려갔다. 스위치를 끄고 다른 스위치를 누르자 블라인드가 더 내려갔다.

"왜 그래?" 펠릭스가 물었다.

혹시라도 자신의 말에 작동하지 않으면 어쩌나 싶어 펠릭스 앞에서 '불 켜줘!'라고 말하고 싶지 않았다. 결국 스위치에서 물러나며 말했다.

다락방에서 남편들이 내려와

"아니야."

펠릭스가 냉장고 문을 닫고 다른 문을 열었다. 로렌이 따라 들어가려고 하자 그가 문을 닫았다. 화장실이었다.

혼자 남겨졌다. 창밖의 밤공기가 런던의 밤공기보다 더 가까이, 더 짙게 느껴졌다. 차도, 불빛도 없었다. 오직 어둠뿐.

펠릭스는 변호사나 뭐 그런 비슷한 일을 하는 사람인 것 같았다. 하지만 변호사가 이 정도로 돈이 많을까? 펠릭스의 성이 무엇인지 모른다. 휴대폰에는 그냥 '펠릭스 B'라고 저장돼 있었다. 문 옆에는 청구서도 편지도 뒤져볼 만한 것이 아무것도 없었다. 억양은 약간 독특했다. '펠릭스 변호사 런던', '펠릭스 은행원 런던', '펠릭스 노르웨이 석유', '펠릭스 기술분야 백만장자'를 검색했다. 하지만 어느 하나 맞는 게 없었다. '펠릭스 스칸디나비아 귀족 런던', '펠릭스 런던 범죄 조직'을 다시 검색해 봤다.

그때 문이 열리고 펠릭스가 나왔다. "다음 주가 시작되기 전에 일을 좀 더 해야 해. 괜찮지?"

"물론이지. 얼마든지." 그녀가 말했다.

"한 시간 정도면 될 거야."

"그래." 대답은 그렇게 했지만 집을 둘러봐도 되는지, 불은 어떻게 켜는지, 어디서 기다리면 되는지 물어보고 싶었다. 하지만 펠릭스는 자신의 남편이고 여긴 자신의 집이다.

펠릭스가 노트북을 꺼내 식탁에 놓았다. 그의 관심은 온통 노트북에

쏠렸다. 로렌은 혼자 남겨졌다.

로렌이 화장실로 생각했던 문은 알고 보니 커다란 창고로 이어지는 문이었고 그 옆에는 세탁실, 다른 쪽에는 화장실이 있었다. 그리고 도어락이 설치된 큼지막한 뒷문이 있었다. 그녀는 뒷문을 열고 밖을 내다봤다. 바깥은 깜깜하고 놀라우리만치 서늘했다. 밖으로 나가면 비밀번호를 모르니 다시 들어올 수가 없었다. 다시 주방으로 들어갔다. 펠릭스는 일에 몰두했다. 길고 어두컴컴한 다이닝 룸으로 들어갔다. 고풍스러운 의자에는 홀치기 염색 기법으로 염색된 덮개가 씌워져 있었다. 손끝에 느껴지는 천의 감촉이 거칠었다. 로렌은 다시 출입문 쪽으로 갔다.

또다시 양쪽으로 여닫는 문이 나타났다. 문을 밀었다. 또 다른 거실이 반쯤 모습을 드러냈고 천장에는 알 수 없는 시꺼먼 형체가 매달려 있었다. "불 켜줘." 나지막이 외쳐봤지만 아무 일도 일어나지 않았다. 마음을 가다듬고 좀 더 큰 소리로 외쳤다. 그러자 방이 응답했다. 천장에 있던 시꺼먼 형체는 날개를 한껏 펼친 박제된 새들이었다. 공작새 한 마리, 까치 세 마리, 갈색의 작은 참새가 열다섯에서 스무 마리 정도 있었다. 수십 마리 새들이 마치 하늘을 날다가 멈춘 것처럼 각기 다른 높이에 매달려 모두 로렌과 문을 바라보고 있었다. 기괴했다.

두 번째 거실은 노란색 피아노가 있는 첫 번째 거실 바로 옆에 붙어있었다.

본능대로라면 곧바로 사진을 찍어 엘레나에게 보냈겠지만, 이번 생에 이 집에 처음 왔을 때 이미 보냈을 것 같았다. 펠릭스와 사는 이번 생

다락방에서 남편들이 내려와

에서는 거실을 죽은 새로 장식하는 것이 유행인 모양이었다. 뒤로 물러나 문을 닫았다. 자신의 취향과는 거리가 멀었다. 입구에서 보이는 마지막 문을 조심스럽게 열었다. 그러자 식물로 가득한 온실이 나타났다. 온실은 멋졌지만, 바닥부터 천장까지 온통 유리인 데다가 안에서 밖이 전혀 보이지 않는 구조가 부담스러웠다. 이 역시 자신의 취향이 아니었다.

입구에서 나선형으로 이어지는 계단은 나무였고 계단의 가장자리만 색이 달랐다. 이 집의 디자인은 반은 고풍스러운 시골집 같고 반은 환각을 일으키는 것이 난해하기 짝이 없었다. 계단을 하나씩 올랐다. 계단 하나가 삐걱거렸다. 역시 돈으로 모든 걸 살 수는 없다.

계단 끝에 넓고 어두운 방이 있었다. 로렌이 또렷한 목소리로 "불 켜 줘"라고 말했다. 그러자 불이 들어왔다. 또 다른 거실이었지만 당구대와 핀볼 기계 세 대, 실제 크기의 오토바이 경주 게임이 설치돼 있어 고급 오락실 같았다. 핀볼 게임기의 손잡이를 잡아당겼지만, 기계가 꺼져있는 데다가 기계 안에 공이 없어서 탁 하는 소리만 울려 퍼질 뿐 아무 일도 일어나지 않았다.

지금까지 본 방 중에 가장 공간이 넓었다. 별도로 분리된 창문이 세 개나 있었지만, 아무것도 보이지 않았다. 심지어 창문으로 다가가서 빛을 차단하기 위해 두 손을 동그랗게 모으고 밖을 내다봐도 마찬가지였다. 바깥세상은 존재하지 않는 것이나 다름없었다.

복도로 나가자 화장실과 세 개의 텅 빈 침실, 서재가 있었다. 서재는 펠릭스의 것으로 보였고, 유리로 된 장식장엔 서류들이 줄지어 꽂혀있었다. 몇몇 방은 '불 켜줘'라고 말해도 불이 켜지지 않았다. 스위치를 눌러봤지만, 블라인드가 내려오거나 침대가 윙윙거리며 반쯤 기울어질 뿐이었다.

사람의 흔적이 보이는 침실은 딱 한 곳뿐이었다. 그곳은 아이의 방이었다. 벽에는 액자에 담긴 비디오 게임 포스터들이 액자걸이용 레일에 걸려있고, 책상 위에는 연습장 몇 권과 커다란 컴퓨터가 놓여있었다. 아무래도 자신의 친자식은 아닌 것 같았다. 그렇지 않고서는 방 안의 풍경이 말이 되지 않았다. 자신은 펠릭스의 두 번째 아니면 세 번째 아내인 것 같았다. 복도로 나와 코너를 돌자 다시 오락실로 이어졌다.

계단을 올라 마지막 층에 도착했다. 꼭대기 층에는 문이 두 개 있었는데 하나는 사용한 흔적이 없는 침실로 오렌지색에서 위로 올라갈수록 핑크색으로 변하는 벽지로 도배돼 있었다. 괜찮은 것 같으면서도 어딘가 모르게 별로였다. 이 집에 사는 사람은 취향이 이상했다. 물론 그 사람이 자기 자신일 수도 있지만.

두 번째 문을 열자 아마도 두 사람의 방인 것 같았다. 어마어마한 방에 어마어마한 크기의 침대가 있었다. 침실로 들어가자 문이 여러 개였다. 그제야 방을 하나씩 둘러보며 문을 다 열어놓았다는 것을 깨달았다. 오히려 다행이었다. 그렇지 않았다면 길을 잃어버렸을 것이다. 욕실, 남자의 옷과 사방에 거울이 설치된 드레스룸. 그리고 또 다른 드레스룸에는 자신의 것으로 보이는 독특한 디자인의 드레스들과 목 부분이 높게 디자인되거나 세련된 허리선을 가진 옷들이 있었고, 서랍 두 개는 온통 잠옷

다락방에서 남편들이 내려와

으로 채워져 있었다. 마지막 문을 열자 마지막 거실로 이어졌다. L자형 소파와 두 개의 안락의자, 한쪽 구석에는 작은 주방이 있었다. 그리고 독특한 디자인의 책장이 있었는데 그 위에는 그런 디자인의 책장에만 올려둘 수 있는 물고기 모양의 도자기, 모래시계, 눈금이 그려진 자, 작은 세라믹 솔방울이 든 병이 있었다.

가장 정상적인 방이었다. 밖은 여전히 어두웠다. 창문을 열고 휴대폰의 손전등을 켜서 바깥세상이 존재하긴 하는지 확인했다. 나무들, 건물의 외관, 아래로 내려다보이는 벽. 이 집이 기이하게 느껴지는 건 지나치게 고요하기 때문이기도 했다. 창문이 완벽하게 외부 소리를 차단했다. 창문을 열자 바람 소리, 이따금 들리는 달그락 소리, 저만치 동물 소리가 들려왔다.

일반적인 소파와 다를 바 없어 보이는 소파에 앉았다. 그러자 마치 침대에 누운 듯 그녀의 몸이 소파 속으로 깊숙이 가라앉았다. 검색을 시작했다. 이메일을 뒤져 남편을 찾아냈다. 남편의 이름은 펠릭스 바커, 네덜란드 출신의 재무 담당 최고 책임자였다. 그제야 모든 상황이 이해됐다. 로렌은 구청의 사업지원 분야에서 일했다. 그리고 남편의 회사는 크로이던 지역에 사업을 유치하려던 대형 다국적 기업 가운데 하나였을 것이다. 그래서 두 사람이 만나지 않았을까 싶었다. 하지만 검색을 하면 할수록 그가 실제로 무슨 일을 하는지 더 아리송해졌다. 반면 자신이 지금 무슨 일을 하는지는 분명해졌다. 자신은 아무 일도 하지 않았다.

결혼식 사진을 찾다가 성이나 대성당, 열두 갈래의 촛대 같은 것이 나오면 어쩌나 싶어 불안했다. 하지만 다행히 이탈리아의 한 별장을 배경으로 마흔 명 정도의 하객이 모인 사진을 발견했다. 나탈리는 마그다를 임신했는지 배가 부른 상태였고, 아델, 카일럽, 엄마 그리고 엘레나도 있었다. 그리고 열 살에서 열한 살 정도 돼 보이는 소년이 하나 있었는데 아마도 비디오 게임 포스터가 걸린 방의 주인인 것 같았다.

생각보다 모든 것이… 절제된 분위기였다.

사진들을 살펴보는데 펠릭스가 들어왔다. "미안. 좀 오래 걸렸지?"

"괜찮아." 로렌은 존재하지 않는 카터를 잊기 위해 이곳까지 왔다. 서두를 이유가 없었다. 여러 개의 거실 중 한 곳을 골라 가볍게 낮잠을 잘 수도, 거대한 욕조 가운데 하나에서 목욕을 할 수도, 천장에서 물이 떨어지도록 고안된 샤워기에서 샤워를 할 수도, 몇 장의 사진에서 본 야외 자쿠지에 앉아 쉴 수도 있다. 로렌은 자신이 상상할 수 있는 모든 방법을 동원해 휴가를 즐길 생각이었다.

게다가 좋은 점이 한 가지 더 있었다. 이 집에는 TV가 없다. 거실이 네 개나 되지만, 그 어디에도 TV는 보이지 않았다. 정말 TV가 없는 걸까? 이제 드디어 〈마인드헌터〉를 보지 않아도 되는 남편을 만난 걸까?

"〈마인드헌터〉 볼래?" 그가 마치 집이랑 대화를 나누듯 "1번 프로젝터 켜줘!"라고 외쳤다. 그러자 소파 반대편 벽이 밝아지며 스크린이 모습을 드러냈다.

다락방에서 남편들이 내려와

16

7시가 되자 펠릭스의 알람이 울렸다. 로렌도 같이 일어났다. 단단하면서도 유연한 침대에서 몸을 일으키는 일이 여간 힘든 게 아니었지만 그래도 예의상 일어나야 할 것 같았다. 드디어 창문으로 멀리 언덕과 나무, 일정한 모양을 갖춘 들판이 보였다. 1층으로 내려가다 보니 거실 창문에 얼룩이 보였다. 어젯밤 창문에 손을 대고 밖을 내다본 탓에 생긴 얼룩이었다.

"오늘 일정이 어떻게 돼?" 로렌이 물었다.

"회의의 연속이지 뭐. 그나저나 내가 오늘 밤에 캐나다 사람들을 데리고 사격장엘 가야 해서 말인데, 당신이 바든을 픽업해 줄 수 있어?"

바든. 그의 아들을 말하는 것 같았다. "몇 시지?"

"평소대로 가면 돼." 도움이 되지 않는 대답이었다.

펠릭스가 출근하고 난 후 로렌은 커피를 내려보려고 했다. 주방 카운터에 물을 따로 채울 필요 없이 수도관에 직접 연결된 커피머신이 있었다. 눈에 띄는 가장 큰 버튼을 눌렀다. 그러자 수증기가 구멍에서 조금씩 빠져나왔다.

"커피머신 켜줘." 단호한 목소리로 말했다. 하지만 커피머신은 꿈쩍도 하지 않았다.

"커피 내려줘." 그래도 아무런 반응이 없었다.

작은 버튼을 눌렀다. 그러자 빨간불이 들어왔다. 혹시나 하는 마음에 재빨리 "커피"라고 외쳤다. 그러자 빨간불이 초록불로 바뀌었다가 다시 빨간불로 바뀌더니 툭 소리와 함께 꺼져버렸다.

이 집은 드넓은 들판 한가운데 있어서 가게나 주유소에 가서 커피를 마실 수도 없었다. 그렇다고 자전거로 아주 빠르게 배달해 달라고 할 수도 없었다. 뚜껑을 힘들게 열어본 결과 커피콩을 통째로 넣는 커피머신이었다. 소스팬과 체, 스타킹이 있다고 해도 커피를 마실 수 없는 상황이었다.

결국 커피 대신 차를 마시기로 했다.

어젯밤에 드레스룸에서 발견한 밝은색 실크 잠옷을 입고 손에는 차를 들고 복도로 나갔다. 이 집이 예전부터 있던 집인지 아니면 남편과 같이 지은 집인지 궁금했다. 만약 이 집도 다락방이 마술로 만들어 낸 거라면 이렇게 설계한 이유가 있을 것이다.

다락방에서 남편들이 내려와

낮이라 그런지 밤에 비하면 덜 위협적이었지만 그래도 이상하기 이를 데 없었다. 새가 있는 섬뜩한 방을 다시 들여다보다가 어제는 보지 못한 것들을 발견했다. 거실 구석에 짧은 기둥이 있고 그 위에 날개를 펼친 새의 뼈 장식품이 있었다. 벽에도 장식장이 있고 그 안에는 일각고래의 어금니와 실제 총 세 자루가 있었다. 그제야 펠릭스가 왜 사격장에 간다고 했는지 알 것 같았다. 벽난로 위에는 확신하건대 인간의 머리카락으로 만든 것으로 보이는 화환과 파스텔색의 화환이 있었다. 팔을 뻗어 가장 낮게 달린 새를 만져봤다. 깃털이 부드러웠다. 새를 밀자 마치 진자처럼 왔다 갔다 흔들렸다.

온실이 그나마 괜찮아 보여서 온실로 들어갔다.

어제는 어두워서 보이지 않던 것이 눈에 띄었다. 온실 한쪽 끝에 정원으로 나가는 유리문이 있고 바로 그 옆 선반에는 여섯 개의 식물과 황동 분무기, 그리고 자기가 엘레나와 함께 만든 조잡한 화분이 있었다. 내 선인장 화분. 새롭게 시작된 이번 생에서 발견한 첫 번째 내 물건. 등나무 의자에 앉아 잠시 시간을 보내기로 했다.

식물들이 놓인 선반 위에 로렌의 발에 딱 맞는 운동화가 있었다. 이 신발을 신고 이곳을 수백 번도 더 오갔을 것이다. 온실 문을 열고 벽돌로 된 통로로 나갔다. 다시 온실로 돌아오려면 비밀번호를 눌러야 했기에 커다란 양치식물 화분을 끌어다가 문이 닫히지 않게 괴어놓았다.

아침 공기가 아직 좀 쌀쌀했다. 8시쯤 됐을 것이다. 잔디에는 이슬이 맺혔고 청명한 하늘에 꽃들이 활짝 피어올랐다. 꽃밭과 벤치, 아치형 덩굴, 격자무늬로 정렬된 나무, 그리고 그 나무 사이사이 보이는 풍성한 잎과 가지, 아직 익지 않은 초록색 사과와 이제 막 발그스름하게 익어가는 사과.

하얀 꽃들 사이로 잡초가 튀어나와 있었다. 제이슨에게 배운 바에 따르면 잡초가 맞았다. 쪼그리고 앉아 잡초를 뽑았다. 한 손에는 잡초를, 다른 한 손에는 차가 든 머그잔을 들었다. 잡초에는 가시가 있었다. 초록색 잎사귀 부분만 잡아 뽑았던지라 뿌리는 아직 땅에 박혀있었다. 놓을 데를 찾아 주위를 둘러봤다. 쓰레기통도, 잡초 더미도, 손수레도 보이지 않았다. 결국 다시 쪼그리고 앉아 원래 있던 자리 옆에 내려놓고 톡톡 눌러놓았다.

10시 15분쯤 집을 다시 한번 둘러봤다. 온실에 들어가 작은 황동 분무기로 식물마다 물을 줬다. 그리고 나서 놀랍도록 풍성해진 음모를 다듬었다. 아마도 펠릭스의 취향인 것 같았다. 하지만 로렌은 음모가 엉키는 게 싫었다. 로열젤리, 금, 오팔 가루가 들어간 팩도 있었다. 얼굴에 팩을 붙이고 거울에 자신의 모습을 비춰봤다. 좋아 보였다. 머리카락은 윤기가 흐르고 치아는 고르고 깨끗했다. 스무 살 이후로 이마에 생긴 주름 하나가 옅어진 것 같았다. 오팔 가루의 힘인가? 아니면 보톡스의 힘? 어찌 됐든 효과가 있었다.

영양 크림 하나를 볼에 발라봤다. 차갑고 알갱이가 느껴졌다. 설명서에는 크림을 바르고 한 시간 정도 있어야 한다고 쓰여있었다. 부자들은 시간이 남아도는 모양이다. 주방으로 다시 들어가 와인 냉장고를 정리한 뒤 자신이 엄청난 부자라는 사실을 떠올리며 용기를 내어 샴페인 한 병을 땄다. 맛이 시큼해 오렌지 주스를 섞었다. 그 순간 카터와 기차에서 만든 칵테일이 떠올랐다. 그를 기억에서 떨쳐내 보려 했다. 하지만 샴페인을 마시고 싶다는 생각이 사라져서 그냥 쏟아버렸다. 다시 차를 한 잔 만들어 책장에서 발견한 아이패드를 들고 온실로 들어갔다. 아이패드에 엄지를 대자 잠금이 해제됐다.

손은 이것저것 눌러대며 움직였지만 눈은 꽃에 가있었다. 그렇게 서서 한 10분쯤 지났을까? 자동차 소리가 들렸다.

펠릭스가 돌아온 걸까? 아니면 방문객일까? 온실 문을 열고 밖으로 나갔다. 그러곤 벤치에 올라가 담장 너머 진입로를 살펴봤다. 차량 옆면에 나무가 그려진 흰색 밴이 진입로로 들어왔다.

그리고 밴에서 제이슨이 내렸다.

자신의 남편이었던 제이슨.

제이슨이 같은 공간에 존재했다. 펠릭스와 시작한 이번 생에.

제이슨이 어떻게 여기에 온 거지? 무슨 일이 일어난 거야? 그가… 나를 찾아낸 건가? 나에게 돌아오라고 애원이라도 하려는 걸까? 남편들이 다락방으로 사라지고 나서도 나와 같은 세상에 존재한다면 그들은 나에게 일어난 일을 알까? 기억할까?

그동안 만난 남편들이 자신과 같은 세상에, 자신과 상관없이 존재할 거라곤 생각해 보지 않았다. 지금껏 내가 남편들을 만들어 냈고, 그들은 나의 비밀스러운 욕망과 선택이 만들어 낸 결과물이며, 다락방이 나를 위해 완전히 새로운 존재를 창조해 냈다고 생각해 왔다.

제이슨이 밴의 뒷문을 열고 앞치마와 정원용 장갑을 꺼내더니 앞치마는 입고 장갑은 주머니에 찔러 넣었다.

그러곤 모자를 쓰고 식물이 담긴 상자 두 개를 꺼냈다.

지금까지로 봐선 사라진 아내를 필사적으로 찾아 헤매는 남자처럼 보이진 않았다.

제이슨은 로렌을 찾으러 온 게 아니었다. 일을 하러 온 것이다.

로렌이 소리를 냈는지 그가 담장 너머로 그녀를 올려다보고 손을 흔들며 말했다. "안녕! 지난번에 말한 대로 가지치기도 하고 꽃밭에 심을 꽃들도 가져왔어."

"어. 안녕. 내가…나갈게…." 로렌이 말했다.

"천천히 와. 아직 꺼낼 게 많아."

벤치에서 내려왔다.

제이슨이 이번 생에 존재했다. 그가 정원을 손질하러 자신의 집에 왔다. 서둘러 온실과 서재를 빠져나왔다. 도대체 침실은 왜 3층 꼭대기에 있단 말인가? 얼굴에 붙인 오팔가루 팩을 씻어내고 파자마를 벗고 옷을 제대로 입으려면 1층에서 3층까지 올라가야 했다.

머리를 빗고 옷장을 둘러봤다. 드레스와 와이드 팬츠들이 넘쳐났다. 어느 것 하나 자신이 입던 옷이 아니었다. 셔츠와 청바지를 꺼내 입었다. 다행히 몸에 잘 맞았다.

다락방에서 남편들이 내려와

계단을 내려가 샌들을 신었다. 탁탁 소리가 텅 빈 넓은 집 안에 울려 퍼졌다. 현관문을 열었다. 제이슨, 그가 그곳에 있었다. 제이슨이 진입로 옆 꽃밭에 쪼그리고 앉아있었다. 손수레와 장갑, 삽, 그리고 그의 밴까지. 그때 마침 문을 닫으면 안 된다는 생각이 났다. 그래서 얼른 문이 닫히지 않게 등을 기대고 섰다.

"제이슨, 안녕!" 이렇게 부르는 게 맞을까?

제이슨이 자리에서 일어나 미소를 지으며 걸어왔다. 불과 2~3주 전만 해도 자신의 남편이었다. 그의 행동에 부적절해 보이는 것은 없었다. 잠시 그의 눈길이 아래로 가더니 다시 올라왔다. 특별히 무언가를 쳐다본다기보다 로렌을 전체적으로 바라봤다. 로렌을 실제로 존재하는 사람으로 인식했다.

"안녕. 정원도 손보고 꽃밭도 정리하려고. 그리고 내년을 위해 한해살이 식물들은 튼튼한 걸로 가져왔어. 아마 과수원도 점검할 시기가 됐을걸."

"마침 잘 왔어." 로렌은 여전히 조심스러웠다.

"시간이 되면 뒤쪽 담벼락에 뭘 심을지 의논해 보면 어떨까 싶은데. 이제 죽은 등나무를 보내고 다른 걸 심어도 좋을 것 같거든."

"좋아. 그렇게 하자. 물이나 주스 좀 줄까?"

"조금 있다가. 먼저 이것부터 하고. 땀부터 좀 흘려야겠지?"

지금 이게 플러팅일까? 작업용 장갑을 끼고 있어서 그가 결혼반지를 꼈는지 알 수가 없었다. 만약 그가 유부남이라면 지금 이 행동은 부적절하다. 어쩌면 직업상 하는 말일 수도 있다. 그래도 그렇지. 그의 가상의 아내를 대신해 잠시나마 기분이 좋지 않았다.

자갈 하나가 로렌의 발밑에서 미끄러졌다. "풀들이 잘 자라네." 그녀가 말했다. "조금 전에 잡초를 몇 개 뽑았어."

"응. 비가 온 다음에 해가 나니까 잡초들이 정말 잘 자라지." 제이슨은 이 말을 예전에도 한 적이 있었다.

"그럼, 부탁해. 화장실이나 필요한 게 있을지도 모르니까 온실 문은 열어둘게. 나는 할 일이 좀 있어서." 젠장, 할 일 따윈 없었다. 그걸 제이슨도 알까? "한 시간 정도 뒤에 커피를 가져올게." 순간 커피머신을 작동할 줄 모른다는 사실이 떠올랐다. "아니, 차를 가져다줄게."

"고마워."

제이슨 파라스케보풀로스가 남편의 정원에 있다.

17

제이슨이 이번 생에 존재한다는 새로운 정보가 머릿속에 정리되지 않고 자꾸만 튀어나왔다. 생각을 정리할 종이나 뭔가 필요했다.

일단 그 생각은 접어두기로 했다.

급한 일부터 처리해야 한다. 먼저 빅터인지 반더인지 펠릭스가 말한 아이를 데려와야 한다. 방이나 결혼사진으로 미루어 짐작하건대 아이는 열두 살쯤 된 것 같았다. 그렇다면 하교 시간에 맞춰 데려와야 하니 한 3시쯤 데려오면 될 것이다. 마음을 놓고 있다가 갑자기 생각이 많아졌다. 일단 아이를 데려오려면 정보를 얻어야 한다. 간단한 정보부터 접근하기로 했다.

이메일을 뒤져 아이의 이름이 바든이라는 것을 확인했다. 바든은 펠릭스의 아들이고, 자신에겐 의붓아들이었다. 펠릭스가 바든의 엄마로 추정되는 알리샤와 주고받은 이메일이 자신과 누군지 알 수 없는 델핀이라는 사람에게 참조 메일로 전송돼 있었다. 델핀은 아마도 유모인 것 같았다.

이메일에 바든이 다니는 학교 이름이 있었다. 학교의 웹사이트에 들어가 봤지만, 하교 시간에 대한 정보는 얻을 수 없었다. 대신 주소가 있었다. 차로 대략 20분 정도 거리였다.

2시 30분에 알람을 맞췄다. 일단 급한 불은 끈 셈이다.

온실로 갔다. 여전히 문이 열려있었다. 정원을 손질하는 소리, 자갈 위를 걷는 소리, 밴의 문이 열리고 닫히는 소리가 이따금 들렸다.

제이슨이 운영하는 웹사이트를 찾았다. 그는 런던 남부와 서식스 지역을 중심으로 정원과 조경 관련 일을 했다. 웹사이트에는 '웨스트 서식스 지역의 개인 정원'이라는 제목으로 사진이 올라와 있었다. 온실 주변으로 정원이 있고 그 뒤로 과수원이 펼쳐진 사진이었다. 사진을 봄에 찍었는지 수선화가 피어있었고 지금은 잎이 무성해진 나무에 핑크색과 흰색 꽃이 한가득했다. 식물이 가득한 정원, 생울타리로 둘러싸인 아치형 통로, 그리고 같은 아치형 통로를 5년 뒤에 다시 찍은 사진… 제이슨은 잘 지냈다.

그렇다면 다른 남편들은 어떻게 지낼까? 제이슨이 이번 생에 존재한다면 다른 남편들도 존재하지 않을까?

다락방에서 남편들이 내려와

사실 한 가지 궁금증이 머리를 가득 채웠지만 정작 찾아보려니 두려움이 앞섰다. 일단 다른 남편들부터 찾아봤다.

마이클, 성이 가물가물했다. 첫 번째 남편, 정확히 말해 마이클 칼리바우트를 검색했다. 그에게는 딸이 하나 있었다. 인스타그램에 들어가 보니 꼬마 여자아이 하나가 벤치 위에 올라가 선 사진, 공원을 뛰어다니는 사진, 자그마한 셰프 모자를 쓰고 그릇을 휘젓는 사진이 있었다. 아이의 엄마는 보이지 않았다. 화면을 내리다가 마이클이 결혼기념일에 올린 게시글 하나를 발견했다. 그 글에는 '메이브가 우리를 떠난 지 2년. 메이브가 제일 좋아하는 숲속의 블루벨. 메이브를 그리워하며'라고 적혀 있었다.

마음이 아팠다. 마이클도 가여웠고 그의 아내 메이브도 가여웠다.

키어런. 성은 모른다. 이름만으로 몇 번 검색해 보다가 단순히 화가 많은 남편이 아니라 살인자일 수도 있다는 생각에 뉴스까지 검색해 봤지만, 아무런 정보도 얻지 못했다.

키어런 다음이 제이슨이다. 나무들 사이로 그의 모습이 보였다. 제이슨은 로렌이 아직 가보지 못한 길을 따라 손수레와 묘목을 날랐다. 다시 화면을 들여다봤다. 제이슨 다음으로 몇몇 남편들이 잠깐 등장했다가 사라졌고 그다음이 벤이다. 벤은 더블린으로 이사를 갔다. 그다음으로 스윙어였던 로한은 오늘 밤 리치몬드에서 아마추어 연극배우들이 펼치는 〈펜잔스의 해적〉에 출연할 예정이었다. 완벽한 토비와 마리암 커플에게서 로한을 떼어 놓은 일은 지금 생각해도 잘한 일이다.

밝은 햇살이 희미해지는가 싶더니 다시 환하게 빛났다.

생각이 자꾸만 다른 곳으로 흘러가려고 했다. 로한, 아이언-화가, 노모-중인 전문 컨설턴트. 남편을 시간 순으로 정리해 가며 집중하려고 애썼다.

마침내 올 게 왔다.

카터.

평소 같으면 전 남자친구를 검색하는 일 따윈 하지 않았을 것이다. 하지만 이번만큼은 달랐다.

카터는 미국으로 돌아갔다.

미국이라니, 너무 멀잖아. 하지만 그 얘긴 그가 영국에 머무르기 위한 마지막 수단으로 누군가와 결혼하진 않았다는 말이다. 그 얘긴 카터도 로렌을 좋아했다는 말이다. 그저 영국에 머무르기 위해서 로렌과의 결혼을 선택한 게 아니라 로렌을 진심으로 사랑했다는 말이다.

하지만 카터에게는 만나는 사람이 있었다. 물론 카터는 연애도 하고, 로렌 없이도 잘 지내고, 누군가를 만나 행복하게 살 것이다. 그런 마음이 위장에서, 사타구니에서 느껴지고 화면을 내릴수록 가슴과 무릎 뒤편이 조이듯 아팠다. 카터 옆에서 한 여자가 환하게 웃고 있었다. 챙이 넓은 햇빛 차단용 모자를 쓰고 커피가 든 머그잔을 든 여자는 눈썹이 참 예뻤다. 두 사람은 친구들과 보트 위에서 파티를 즐겼다. 겨울인지 코트를 입었는데 코트를 입은 카터가 정말 멋졌다. 화면을 계속 내렸다. 이번엔 두 사람이 핼러윈 복장을 하고 있었다. 조잡한 싸구려 의상이나 몸을 훤히 드러내는 선정적인 의상이었다면 스스로 좀 우쭐했을 텐데 그렇지 않았다. 그들은 정말 사랑스러웠다. 카터는 털바지에 판지로 발굽을 만들어 붙인 톰누스였고 그의 여자친구는 중고 가게에서 산 웨딩드레스에 비즈를 화려하게 붙여 입은 하얀 마녀였다.

빌어먹을.

비행기를 타고 날아갈 수 있다. 난 지금 돈이 많다. 일등석에 타서 승무원이 가져다주는 와인을 마시며 마치 거실에 앉은 듯 비행할 수 있었다. 미국에 날아가서 카터를 찾은 다음 그의 옆에 앉아 그가 커피를 주문하는 모습을 지켜볼까, 아니면 둘의 만남을 훼방 놓을까, 아니면 그가 무슨 일을 하든 펠릭스의 돈으로 그를 아예 고용해 버릴까? 분명 카터는 자신을 사랑했다. 그렇다면 저 여자에게서 그를 빼앗아도 되지 않을까? 사진 속 두 사람은 누가 봐도 행복해 보였다. 카터가 사진 속 여자를 바라보는 행복하고 즐거운 눈빛으로 자신을 바라보던 때를 떠올렸다.

하지만 카터를 다시 얻는다고 해도 펠릭스를 다락방으로 돌려보내면 모든 건 다시 원점으로 돌아갈 테고 카터는 그녀를 기억조차 못 할 것이다. 결국 미국으로 날아가서 그들의 관계를 망가트리고, 자신을 기억조차 하지 못하는 전 남자친구를 다시 만난 다음, 펠릭스와 이혼을 하고, 다른 사람들이 보기엔 처음 만난 남자를 잡기 위해 남편의 돈을 이용한 사람으로 영원히 남는 것 말고는 다른 좋은 시나리오가 없었다.

남편들의 의미, 계속 이어지는 그들의 존재, 자신과 별개로 존재하는 그들의 삶에 대해 더 깊게 생각해 봐야 할 것 같았다. 하지만 너무도 어려운 문제라서 도무지 답을 찾을 수가 없었다. 만약 남편이 새롭게 만들어지는 게 아니라 자신이 결혼할 수 있는 남자들이 정해져 있고 그 범주 안에서 남편들이 선택돼 나타나는 거라면, 그래서 언젠가 남편이 바닥나는 거라면? 남편이 될 가능성이 높은 사람부터 낮은 사람 순으로 나타나는 거라면? 아니 그 반대라면?

여러 각도에서 생각해 보려고 애썼다.

일단 현재 상황, 이 집, 펠릭스, 구체적인 것부터 생각해 보기로 했다. 펠릭스를 다시 다락방으로 보내더라도 이 집은 사라지지 않고 그대로 남아있을 것이다. 대신 이 집의 주인은 자신이 아닌 펠릭스보다 열다섯 살 어린 갈색머리의 여성일 것이다.

그동안 펠릭스와 주고받은 문자를 살펴봤다. 두 사람이 떨어져 있을 때 주고받은 것으로 보이는 애정이 담긴 문자와 실용적인 정보나 약속 장소 등을 이야기하는 최근 문자도 있었고, 애정 담긴 농담이나 사진을 주고받은 그 이전의 문자도 있었다. 5분 정도 늦을 거라는 문자부터 **좋아, 나는 젊은 사람들처럼 대문자를 쓰지 않을 거야. 나는 꼰대가 아니라고 말했지? 나는 이제 마침표도 쓰지 않을 거라고** 같은 농담도 있었다. 문자를 통해 두 사람의 관계가 어떻게 발전했는지 가늠할 수 있었다. 그보다 앞선 문자들은 **당신을 만나서 정말 좋았어.** 라든가 **좋은 밤을 선사해 줘서 고마워.** 처럼 좋았어, 좋았어, 좋았어. 온통 좋다는 말투성이였다.

혹시나 하는 마음에 메시지함에 카터라는 이름을 넣어봤다. 하지만 아무것도 검색되지 않았다.

다락방에서 남편들이 내려와

다음으로 제이슨을 넣었다.

제이슨이 자신의 정원을 관리하고 있어서인지 제이슨의 번호가 있었다. 순간 실수로 제이슨의 번호를 누른 줄 알고 화들짝 놀랐다. 문자, 사진, 메모, 질문들이 화면에 떴다. **정원에 이런 것들은 어때?**라는 문자와 함께 크리스마스 장식용 방울이 매달린 선인장 사진도 있었고, **이런 것들은 어때?**라는 질문과 함께 사진과 꽃 이름이 떴다. 얼키설키 얽힌 넝쿨과 그 사이로 반짝이는 여섯 가지 파스텔톤 색깔의 방울들, 노우드 정선 집 마당에 있는 하얀 별 모양의 꽃. 정원 관리에 관한 문자가 대부분이었다.

하지만 시간을 거슬러 올라갈수록 그들의 관계가 어땠는지 알 수 있었다. 문자 중간쯤에 **갑자기 메시지 보내서 미안한데, 아직도 서식스에서 정원 일을 해? 일을 좀 맡기고 싶어**라고 자신이 보낸 메시지가 있었고, **오랜만이야. 전화해. 같이 얘기해 보자**라고 제이슨이 보낸 메시지가 있었다. 앞으로 더 거슬러 올라가자 **걱정하지 마. 나도 바빠. 알게 돼서 기뻐. 연락하자!**라고 자신이 보낸 메시지가 있었고, **오늘 즐거웠어. 하지만 지금은 데이트할 준비가 안 된 것 같아**라고 제이슨이 보낸 메시지가 있었다.

다시 고개를 들었다. 제이슨이 정원에서 흰색과 노란색 꽃을 새로 심고 있었다. 문자를 보면 두 사람은 몇 년 전 데이트를 한 사이였다. 자신은 이번 생에서도 아모스를 만난 것 같았다. 원래 생에서보다 짧게 만나다 헤어지고 그 뒤에 제이슨을 만난 것으로 보였다. 제이슨은 예의를 갖쳐 자신을 거절했다. 문자까지 보내는 노력을 했으니 고맙게 생각해야겠지만, 솔직히 로렌은 굳이 연락해서 거절하는 것보다 조용히 연락을 끊고 사라지는 것이 더 낫다고 생각했다.

더군다나 제이슨에게 차이고 3년이나 지난 시점에 에어비앤비로 가끔 집이나 빌려주며 여유롭게 사는 자신이 다시 그에게 연락해서 새 남편의 어마어마한 정원을 관리해 달라고 한 것이다.

문자만 보면 정원 관리사를 찾는 것처럼 보이지만 그 안에는 분명 다른 의도가 있었다. '너는 나를 찼지만 다른 남자들까지 그런 건 아니야. 내가 얼마나 잘 사는지 한번 봐. 네가 나를 거절했다고 내가 힘들어할 줄 알았겠지만 그럴 리가. 네가 우리 집 정원을 관리하다니 아주 만족스럽지 뭐야. 다시 한번 말하지만, 이 정원은 내 거야.' 뭐 이런 마음인 것 같았다. 그렇지 않고서야 같은 지역에 있는 정원사를 검색해서 일을 맡기면 될 일이지, 한두 번 만나고 헤어진 사람에게 굳이, 그것도 몇 년이 지난 뒤에 문자를 보내 일을 맡기지는 않았을 것이다.

전체적으로 봤을 때 자신을 좋은 사람으로 보기가 어려웠다.

다시 한번 정원을 쳐다봤다. 제이슨이 자신과 가까운 과수원 쪽으로 움직였다.

제이슨을 다시 남편으로 받아들여야 할까? 그가 다시 나타난 이유가 그래서일까? 옳은 결정을 내릴 때까지 남편을 계속 교체해야 하는 걸까? 다락방이 어떤 과정으로 남편을 보내는지 알 수가 없으니 남편을 돌려보내고 무슨 일이 일어나는지 보는 것 말고는 달리 방법이 없었다.

다락방에서 남편들이 내려와

자리에서 일어나 밖을 향해 말했다. "차 한잔하면서 쉬는 게 어때?"

차를 마신 후 두 사람은 정원을 지나 오늘 작업할 담벼락 쪽으로 걸어 갔다.

"지난번에 얘기한 대로 초록색과 흰색으로 할 거라면 재스민을 심는 게 제일 확실해." 제이슨이 말했다.

"좋아." 제이슨과 대화를 나누며 큼지막한 덤불에서 꽃 하나를 꺾어 수십 개의 꽃잎을 하나씩 떼어냈다.

"지금 당장은 볼 게 없겠지만 길게 보고 결정을 내리는 게 맞다고 봐. 그래서 말인데 가장 많이 심는 덩굴장미가 어떨까 싶어. 옅은 핑크색으로 시작해서 꽃의 질감과 색상이 점점 변하다가 흰색으로 활짝 피어나는 블러싱 피에르 드 롱사르나 아니면 같은 품종이지만 아이스버그보다 고급스럽고 세련된 라마르크가 좋을 것 같아." 제임스가 태블릿을 내밀어 장미꽃 사진들을 보여줬다.

"괜찮네."

이번 생의 자신은 식물에 대해 얼마나 아는지 궁금했다. 남편이었을 때도 제이슨은 이렇게까지 식물에 대해 말하지 않았다. 그가 정원을 관리해 줘서 고맙다는 생각이 들었다. 로렌이 마지막 꽃잎을 뗐다.

"듣고 싶은 대답으로 시작해야 하는 거 알지?"

"응?"

제이슨이 로렌의 손에 든 줄기만 남은 꽃대를 고갯짓으로 가리키며 말했다. "항상 통하는 건 아니지만, 꽃잎은 대개 홀수야. 그래서 '나를 사랑한다'부터 시작해야 해. 어떤 걸로 시작하든 시작한 것으로 대답을 얻게 되거든."

"몰랐어." 로렌이 말했다.

이 남자와 결혼하는 게 맞는 걸까? 한 번 결혼하지 않았던가?

"이제 다시 일을 시작해야겠어. 사진 보내줄 테니까 보고 어떤 걸로 할지 알려줘." 제이슨이 말했다.

"알았어." 장미가 피는 걸 볼 순 없을지라도 장미를 고를 순 있었다.

18

나머지 오전 시간은 온실 한구석에 앉아 카터에 대한 정보를 수집하며 보냈다. 검색어만 잘 입력하면 그에 대한 모든 데이터베이스가 열릴 것만 같았다. '평행 세계', '대체 남편' 같은 검색어들을 입력해 봤지만 아무것도 얻지 못했다. 커피머신을 만지작거리며 잠시 머리를 식혔다. 커피머신은 여전히 로렌에게 협조할 생각이 없는 듯했다.

주방 한 편에서 현관, 중앙 통로, 거실 두 곳, 진입로 등 집 안 곳곳을 비추는 열두 개의 CCTV 화면을 발견했다. 진입로를 비추는 화면을 보니 제이슨이 잡초를 뽑다가 휴대폰을 확인하고 있었다. 화면에는 로렌도 있었다. 화면 앞에 서서 화면을 바라보는 모습, 등을 펴고 고개를 들어 위를 올려다보는 동작까지 모두 볼 수 있었다. 장식장 위에는 회색의 작은 원통이 은밀하게 자리 잡고 있었다. 궁금한 마음을 누르고 시선을 돌려 나머지 화면을 살폈다. 다행히 온실을 비추는 화면은 그녀가 무엇을 검색하는지까지 알아볼 수 있는 각도는 아니었다. 창고가 보였다. 그리고 이 집에서 본 적 없는 또 다른 창고 같은 곳이 보였는데 그곳에는 자전거와 러닝머신, 웨이트 기구들이 있었다. 침실에는 아무것도 없었다. 로렌은 이 시스템이 마음에 들지 않았다.

'다른 집'이라고 쓰인 버튼을 누르자 노우드 정션 집의 계단과 거실, 그리고 소파에 앉아있는 낯선 두 사람이 보였다. 기분이 더욱 불쾌해졌다. 속은 빈 상태고 관자놀이에서는 윙윙거리는 소리가 났다. 더 이상 볼 수가 없었다.

그때 제이슨이 작업을 마치고 온실 문을 두드렸다. 문을 열자 짙게 깔린 구름이 보였다. 뜨끈한 공기가 안으로 들어와 차가운 실내 공기와 한데 어우러졌다. 30분 뒤에 다시 비가 내리기 시작했다. 처음에는 한두 방울 떨어지더니 이내 불규칙적이고 빠른 빗방울이 온실 지붕을 후두두 내리쳤다. 그러곤 언제 그랬냐는 듯 금세 뚝 그쳤.

알람이 울렸다. 젠장! 바든을 데리러 갈 시간이 됐다. 바든, 참 이상한 이름이다. 온갖 감정들이 하나하나 분해돼 몸 안에서 제각각 떠다니는 것처럼 기분이 이상했다.

휴대폰이 3시 20분에 자주 가는 곳이라고 알려준 곳 주변에 차를 주차했다. 차에서 내리자 여자들이 삼삼오오 모여있고 남자도 한 명, 아니 문 옆으로 두 명이 더 있었다. 대부분 값비싼 운동복 차림이거나 줌으로 하는 재택업무 중에 입을 만한 상의에 레깅스를 입고 있었다. 또 바튼을 데리러 올 일이 있다면 그때는 화려한 요가 팬츠를 입고 와야겠다고 생각했다. 물론 그러려면 운동을 제대로 해야 한다.

조금 있으니 사진에서 본 소년이 불퉁한 얼굴로 로렌 쪽으로 걸어왔다. "바튼." 로렌이 아이를 불렀다.

소년이 얼굴을 찌푸리며 말했다. "마이키라고 부르라고." 그 말도 일리가 있었다. 만약 자신의 이름이 바튼이었다면 마이키라고 불리고 싶었을 것이다.

"미안, 마이키." 하지만 바튼은 여전히 불퉁했다. "오늘 하루는 어땠어?"

"빨리 가. 아줌마랑 같이 있는 거 사람들이 쳐다보는 거 싫어." 아이가 얼굴을 잔뜩 찌푸린 채 차로 걸어가 뒷좌석에 올라탔다. 사춘기가 왔는지 로렌을 마치 하인 대하듯 했다. 로렌은 만약 자기가 이 아이에게 진심이었다면 아이의 행동이 상처가 될 수도 있겠다 싶었다.

"너…도 포켓몬 하니?" 로렌이 대화를 시도했다.

"으으으으." 아이가 짜증 난다는 듯 눈알을 굴리며 칠색 팔색했다.

"숙제는 있어?"

"나는 열두 살이라고." 그 말이 포켓몬을 하기엔 나이가 많다는 건지, 숙제를 하기엔 너무 어리다는 건지, 아니면 그 반대라는 건지 도무지 알 수가 없었다.

"그렇지." 로렌이 말했다.

"맥도날드 갈래."

"정말?"

"어!"

차를 세우고 맥도날드를 검색했다. 차로 20분 거리에 드라이브 스루가 있었다. "맥도날드에 가려면 30분 정도 걸려. 햄버거 하나 때문에 한 시간을 나랑 차에 있어야 하는데 괜찮겠어?"

아이가 의자 뒤로 털썩 기대앉으며 또다시 절망스럽다는 듯 한숨을 내뱉었다. "그냥 집에 가."

현관에 도착해서야 아직도 현관 비밀번호를 모른다는 사실이 떠올랐다. 그때 마이키가 그녀 앞으로 쿵쿵 걸어가더니 번호를 눌렀다. 그러자 작은 불빛이 초록색으로 바뀌었다.

아이는 문을 열자마자 계단을 뛰어 올라갔다. 상관없었다. 아이와 시간을 보낼 이유가 없었다. 다음 주면 마이키는 또 다른 새엄마를 만나게 될 것이다.

옷장 서랍을 뒤져 멋진 운동복을 찾아냈다. 존재와 사라짐의 경계선에 서서 금방이라도 공중으로 흩어져 버릴 것만 같은 기분을 푸는 데 운동만 한 게 없을 것 같았다.

마이키는 자기 방에 있었다. 방문을 열고 운동하러 갈 거라고 말했다. 마이키가 무표정한 얼굴로 로렌을 바라보더니 헤드폰을 다시 쓰고 게임을 했다. "헬스장 들어가는 비밀번호가 뭐였지? 잊어버렸어."

"미친, 개짜증 나."

"알려주지 않으면 여기서 너랑 같이 시간을 보내며 친해져 볼까 해."

마이키가 반쯤 으르렁거리고 반쯤 울부짖었다. "헬스장 비밀번호를 내가 어떻게 알아. 물에 빠진다고 들어가지도 못하게 하는데. 휴대폰으로 찾아보면 되잖아."

"그래, 알았어." 휴대폰을 뒤져 카메라와 전화기가 그려진 앱을 찾았다. 앱을 열자 CCTV 시스템을 조작할 수 있는 화면이 나왔다. 재빨리 앱을 닫았다. 출입문 비밀번호가 메모 앱에 있었다. 비밀번호가 암호화되지 않고 노출된 것을 펠릭스가 알면 좋아하지 않을 것이다. 본채는 아홉 자리 코드였고 외부 건물들은 여덟 자리였다.

밖은 여전히 더웠다. 구석구석 둘러보며 이곳저곳 문을 열어봤다. 헬스장인 것 같아 열어보니 괭이와 흙이 가득한 창고였다. CCTV에 없던 또 다른 건물은 비밀번호가 먹히지 않았다. 드디어 헬스장을 찾아냈다.

헬스장 안에는 온갖 운동 기구들과 테니스 라켓, 공 등이 있었다.

그리고 특이하게 염소 냄새가 났다.

마이키가 물 얘기를 했던 게 생각났다. 저 멀리 수영장으로 통하는 문이 열려있었다. 그쪽으로 가보니 10에서 12미터 길이의 수영장이 있었다. 수영장 주변으로 등나무 의자와 반쯤 살아있는 세 개의 식물이 있었고, 유리벽이 집과는 반대 방향을 향해서 갈색으로 변해가는 들판이 내다보였다.

문 옆에는 여섯 개의 버튼이 있었다. 두 개는 불을 끄고 켜는 버튼, 하나는 수영장에 완만한 파도를 일으키는 버튼이었다. 파도 버튼을 눌렀다가 수영장 덮개가 덮여있어서 얼른 껐다. 다른 두 개의 버튼을 누르자 덮개가 걷히고 파란 수영장이 그 모습을 천천히 드러냈다.

요가 팬츠를 벗고 물속으로 들어갔다. 차가운 물이 발목을 감쌌지만 금세 적응했다. 수영장 덮개는 아직도 움직이고 있었다. 덮개의 움직임을 따라 더 깊이 들어갔다. 이제 물이 무릎까지 왔다. 상의를 벗어 옆으로 집어 던지고 감시 카메라가 없는지 다시 한번 확인한 후 스포츠 브라마저 벗었다. 물이 무릎을 지나 허리까지 왔다. 물 위로 누웠다. 몸이 둥둥 떠오르고 머리카락이 옆으로 퍼지며 몸을 둘러쌌다. 온몸에 넘쳐나던 긴장이 느슨해지는 것 같았다. 일어났다가 다시 누웠다. 뒤죽박죽 엉켜있던 감정들이 조금씩 제자리를 찾았다.

수영장에서는 남편들을 검색할 수도, 메모를 할 수도, 분명한 증거를 찾을 수도 없었다. 자신이 다니던 예전 직장을 검색하거나 결혼 앨범을 살펴볼 수도 없었다. 그저 지금 순간에만 집중할 뿐이었다.

한 시간 정도 지나니 손가락이 쪼글쪼글해졌다. 나가고 싶지 않았지만, 수영복과 수경을 가지고 다시 오는 게 좋을 것 같았다. 게다가 아이를 혼자 오래 둘 순 없었다. 물론 아이에게 무슨 일이 생기면 남편을 다락방으로 돌려보내 모든 것을 다시 초기화하면 되겠지만 그래도 아이가 마음에 걸렸다. 배도 고팠다. 남편들이 등장한 이후로 한 번도 느껴보지 못한 신체적 본능이었다.

　　　　　　　　　　　　다락방에서 남편들이 내려와

냉장고에는 데우기만 하면 되는 고급 음식들이 상자째 가득했다. 마이키를 불렀다. "먹고 싶은 거 골라." 아이가 상자를 뒤적거리더니 코를 찡그리며 햄버거를 달라고 했다. 하지만 냉장고에 햄버거는 없었다. 그러자 아이스크림을 달라고 했다. 다행히 아이스크림은 있었다. "자, 먹어." 그녀가 아이에게 아이스크림 통과 숟가락을 건네며 말했다. 이렇게만 한다면야 아이 돌보는 일이 어려울 게 없었다. 물론 이게 일주일 이상 지속되지 않는다면 말이다. 로렌은 조리 시간이 가장 짧은 살구와 병아리콩이 들어간 스튜를 꺼냈다. 스튜가 오븐에서 요리되는 동안 치즈를 한 조각 꺼내 입에 넣었다.

저녁을 먹고, 박제된 새들 때문에 섬뜩한 기분이 드는 거실에 앉았다. 그곳에는 카메라가 없었다. 아마도 천장에 매달린 새들 때문인 것 같았다. 여러 사람들과 함께 있는 카터의 사진을 보다가 휴대폰을 닫았다. 다시 휴대폰을 열고 나탈리에게 전화를 걸었지만 받지 않았다. 엄마에게 전화를 걸었다. 엄마는 급하게 주민회의에 나가야 한다며 시간이 없다고 했다. 주민회의에 늦으면 소니아가 유칼립투스 나무에 대한 안건을 자기 마음대로 처리할 테고 그건 시작에 불과할 거라고 했다.

그때 휴대폰 화면에 메시지 하나가 떴다. 마이키를 위해 만든 단체 채팅방에 마이키의 엄마가 마이키에게 야식을 주면 안 된다고 메시지를 올렸다. 평소 로렌은 야식이 괜찮다고 생각해 왔다. 더군다나 오후 7시에 먹는 아이스크림은 야식이 아니다.

8시가 막 되려는데 마이키가 진짜처럼 보이는 검은색과 녹색의 긴 장난감 총을 들고 내려왔다. 그러곤 다람쥐를 잡으러 간다고 했다.

"어…." 로렌은 말문이 막혔다.

"이거 아니면 움직일 일이 없어." 마이키가 말했다.

"그건… 별로 좋은 생각이 아닌 것 같아."

마이키가 어느 때보다 듣기 싫은 소리로 찡찡거렸다. "좋아. 그럼 창고에 들어가서 할게."

"넌… 열두 살이야. 총을 가질 수 없는 나이라고." 마이키는 수영장 출입도 금지당한 처지였다.

"말했잖아. 이건 공기총이라고."

"아빠한테 먼저 물어보자." 지금 이 상황은 정상이 아닌 것 같았다.

"그럼 나보고 뭘 하라는 건데?"

이럴 때 보라고 만화가 있는 거 아닐까? 로렌은 밖으로 나가지만 않는다면 뭘 하든지 참견하지 않겠다고 약속하며 마이키를 방으로 돌려보냈다. 마이키는 마지못해 알겠다고 하며 올라갔다. 그러곤 절대로 이를 닦지 않을 거라고 했다. 그리고 자신의 공기총을 건드리지 말라고도 했다. "그건 내 거야. 생일 선물로 받은 내 거라고."

나탈리에게 다시 전화를 걸었다. 이번엔 전화를 받았다.

"언니, 바튼 아니 마이키 알지?"

"알지. 마이키가 혼자라서 외로운 건 알겠는데, 카일럽이랑 놀 때 보니까 카일럽이 좋아하는 것 같진 않더라. 그 나이 때 네 살 차이는 크지.

카일럽은 못하게 하는 걸 마이키는 많이 하는 것 같던데."

"아니, 그것 때문이 아니고, 아니 비슷한 얘기일 수도 있겠네. 걔가 공기총을 가지고 있더라고. 열두 살짜리 애가 공기총을 갖고 있는 게 정상이야?"

"걔는 그러고도 남아. 그래도 그건 불법이지."

"난 잘 모르겠어. 걔네 엄마가 공기총을 허락한 걸까? 걔가 하는 대로 그냥 두는 게 맞아?"

펠릭스가 집으로 돌아왔을 때 마이키는 천사처럼 잠들어 있었다. 로렌은 거실 겸 주방으로 올라가 피라미드 모양의 큼지막한 라즈베리 티백을 꺼내 차를 만들었다.

로렌이 공기총 얘기를 꺼내자 펠릭스가 웃음을 터트렸다. "그거라도 해야 컴퓨터 게임을 덜 하지. 당신이 싫어하는 거 알아. 하지만 알리샤도 나도 어릴 적에 사냥을 하면서 자랐어. 시골에선 흔할 일이야. 그리고 진짜 총도 아니고 공기총이잖아."

이미 두 사람 사이에 합의가 이뤄진 일이었다.

"참, 내가 당신을 위해 뭘 사 왔는지 알아?" 펠릭스가 말했다. 스포츠카? 아니면 코첼라 페스티벌 티켓? 그것도 아니면 긴 막대기를 중심으로 보석이 박힌 동그란 행성들이 뱅글뱅글 돌아가는 고풍스러운 장식품? 그가 사 온 것은 다름 아닌 미국산 엠엔엠즈 프레첼이었다. 먹어본 적은 없지만, 이번 생에서는 이걸 좋아해야 할 것 같았다. 하나를 집어 먹어봤다. 확실히 바삭함이라든가 씹히는 맛이 좀 다르긴 했다.

"고마워."

"나도 몇 개 줘봐." 펠릭스가 로렌 쪽으로 몸을 기울이며 말했다.

"세 개까지만이야." 로렌이 말했다. 그러자 펠릭스가 두 개를 집어 들더니 숱이 엄청난 속눈썹을 깜빡이며 그녀를 올려다봤다. 속눈썹 위로 중년의 눈썹이 우뚝 솟아있었다. 펠릭스는 로렌이 곁에 있어 행복하다는 얼굴로 애정을 담아 미소를 지었다. 그리고 침대에 누워 한 손을 로렌의 옆구리에 올렸다. 두 사람은 기가 막히게 편안한 시트에 누워 잠이 들었다.

다음 날 아침, 서랍에서 수영복을 발견하고 다시 수영장으로 갔다. 돈이 많다는 건 정말 좋은 일이었다. 그저 그런 다세대 주택에서 예측할 수 없는 여러 남편들과 지내보니 이렇게 넓은 저택과 집 앞에 펼쳐진 언덕과 나무, 여름 안개가 마치 마법처럼 느껴졌다. 더군다나 에어컨이라니! 만약 오늘같이 더운 날 예전 집에 있었다면 옷 속에 얼음을 넣으며 더위를 달랬을 것이다. 하지만 이곳은 달랐다. 본채에서 수영장까지의 짧은 거리는 오히려 더위를 즐기며 걷기에 좋았다.

이 집에서 뭘 하며 지냈을까? 시트를 빤다거나 바닥 청소를 하는 것 같지는 않았다. 사실 지금 수영장에 온 건 웬 낯선 여자가 본채를 청소하고 있기 때문이기도 했다.

무엇을 했냐 물으면 아무것도 하지 않았다는 게 맞을 것이다.

다락방에서 남편들이 내려와

물론 이 상태로 계속 지낼 생각은 아니었다.

이 상태로 살 순 없다.

한편으론 그냥 이대로 살고 싶기도 했다.

시골에 대저택을 소유했다는 이유만으로 남편과 살 순 없다. 하지만 집이 너무 좋다는 이유로 남편 후보자를 내칠 필요도 없다.

솔직히 남편이 돈이 많으면 덕분에 부와 권력을 얻을 수 있다. 돈이 많다는 이유로 남편을 퇴짜 놓는다면 좋은 일을 할 기회를 놓치는 것일 수도 있다. 예를 들어 옷 구매에 사용하는 어마어마한 돈의 절반을 기부할 수도 있고, 여행 경비의 일부를 기부할 수도 있다. 이 얼마나 좋은 일이란 말인가! 사실 일정을 검색하다가 여행사 직원이 보낸 퍼스트 클래스 비행기표를 발견하고 깜짝 놀랐다. 그 덕에 여행사 직원이 아직 존재한다는 것도 알게 됐다. 퍼스트 클래스 대신 프리미엄 이코노미 좌석만 이용해도 엄청난 비용을 절감해서 그 돈을 기부할 수 있다. 예전 같으면 기부는 꿈도 못 꿨을 텐데 부자 남편과 살면 세상에 훨씬 더 큰 도움을 줄 수 있을 것이다. 누군가는 로렌이 이 남편에게 정착해야 할 도덕적 의무가 있다고 주장할지도 모른다.

그렇게 할 생각은 없었다. 수영장 벽을 밀고 발차기를 하면서 팔을 휘저었다. 물이 주위로 밀려드는 게 느껴졌다. 하지만 남편을 돌려보내기 전에 상황을 좀 더 살펴볼 수는 있지 않을까? 이론상 안 될 것도 없었다.

19

로렌은 휴가 기간을 정확히 일주일로 정했다. 일요일에 이곳에 왔으니 다음 주 일요일에 떠날 것이다. 아니면 펠릭스가 금요일 아침에 스위스로 출장을 갔다가 일요일 저녁은 지나야 돌아올 테니 월요일에 떠나는 게 좋을 것 같았다.

수요일 밤, 펠릭스가 잠자리를 원했다. 제이슨과 잠자리를 했을 때보다 괜찮았고 토비는 말할 것도 없었다. 펠릭스는 잠자리에서 받기를 좋아하는 편이었다. 로렌이 몸을 이리 비틀고 저리 비틀고 핥고 꿈틀대는 동안 그는 비스듬히 누워 즐겼다. 그런 태도는 평소 로렌이 선호하는 섹스 스타일이 아니었지만, 욕구를 숨김없이 솔직하게 드러내는 걸 좋게 보기로 했다. 가슴 털이 희끗희끗한 게 관계를 가졌던 남자 중에 제일 나

다락방에서 남편들이 내려와

이가 많을 듯했다. 그에 비해 자신이 젊게 느껴졌다. 자기보다 어린 남자 위에 올라탔을 때는 여러 가지가 신경이 쓰였는데 이번엔 그런 걱정 없이 자신의 아름다움을 느긋이 감상하는 남자의 시선을 즐겼다. 로렌은 몸을 이리저리 꿈틀거리며 펠릭스의 반응과 표정의 작은 변화, 미세하게 달라지는 숨소리를 느꼈다. 비싼 돈을 들여 가꾼 매끈한 피부를 제대로 봐주는 사람이 있으니 그것도 기분 좋았다. 로렌은 펠릭스와의 섹스에 흠뻑 빠졌다. 그런 자신이 놀라워 내일 한 번 더 하자고 말을 꺼냈다.

남은 시간은 각자 자기 할 일을 하며 보냈다. 그러다 오가며 잠깐씩 마주치기도 했다. 로렌은 당당하게 들어오고 나가기 위해 자기만의 암기법을 만들어 현관 비밀번호를 외웠다. '295324498'를 외우기 위해 '여기 오삼. 이사하고 사고팔아'라고 문장을 만들었다. 로렌은 암기엔 영 소질이 없었다. 펠릭스는 로렌의 환심을 사기 위해 소문자로 문자를 보내거나 미국산 엠엔엠즈, 정원에서 걸칠 수 있는 부드러운 숄, 아니면 작은 꽃이 담긴 진토닉처럼 소소한 것들을 선물했다. 그나저나 진토닉에 담긴 꽃은 먹을 수 있는 게 맞으려나? 펠릭스는 선물을 할 때마다 로렌이 표현해 주기를 바랐다. 고맙다는 말과 함께 얼마나 좋은지 표현해 주면 그는 만족스러운 미소로 저녁 시간을 보냈다. 한 번은 그녀도 뭔가를 해야 할 것 같아서 서재로 비스킷을 가져갔다. 하지만 펠릭스가 무언가를 선물할 때에 비하면 절반도 기뻐하지 않았다.

가끔은 조금 외로웠다.

토비에게 문자를 보냈다. 하지만 답장이 늦었다. 그제야 토비가 에어비앤비 때문에 감정이 상했다는 사실이 떠올랐다.

카터에게 보낼 메일의 초안을 작성했다. 혹시 모를 상황을 대비해 가짜 메일 주소를 만들어서 쓰고, 보내지는 않았다. 카터와 더 많은 시간을 보냈다면, 그의 비밀이나 과거사, 소소한 것들을 알았다면 '당신은 믿지 못하겠지. 하지만 내 말이 사실이 아니라면 당신이 여섯 살 때 풍선껌을 훔친 걸 내가 어떻게 알겠어'라고 쓸 수 있었겠지만, 쓸 수 있는 말이라곤 그들이 함께 보낸 시간에 관한 것뿐이었다.

엄마에게 전화를 걸었다. 엄마는 근처에 그녀가 샀으면 하는 집이 있다며 집 얘기만 했다. "네가 이곳에 집을 사야 해. 그러면 나탈리와 그 친구 있지? 그 친구랑 아이들도 놀러 와서 지낼 수 있어. 걔들이 스페인에 오고 싶대. 그런데 우리 집은 작아서 지내기가 어려워."

"엄마, 그럼 링크를 보내봐요." 로렌이 마치 스페인에 빌라를 살 것처럼 말했다. 하긴 지금 같아선 안 될 것도 없었다.

신혼여행 중인 엘레나를 귀찮게 하고 싶진 않았다. 그래서 핀볼 기계나 하며 시간을 보내려고 작동법을 알아봤지만 20분을 끙끙대다가 포기하고 소파에 털썩 주저앉아 버렸다. 결국 엘레나에게 **결혼하니 어때?** 라고 문자를 보내고 말았다.

잠시 후 엘레나에게서 답장이 왔다. **끝내줘. 일주일 뒤에 다시 출근할 걸 생각하니 짜증 나.**

그럼 섬에서 평생 살기로 했다고 말해 봐. 로렌이 즉시 답장했다.

다락방에서 남편들이 내려와

누구나 다 사악한 백만장자랑 결혼할 수 있는 건 아니야.

엘레나의 말이 농담일 거라고 생각했다. 펠릭스가 사악하다니. 펠릭스가 일하는 워델 스턴을 검색했다. 기술 관련 서비스나 제품을 제공하는 보통의 회사였다.

혹시나 하는 마음에 회사 이름에 '사악한'을 붙여 검색창에 넣었다.

이런!

많은 것들이… 검색창에 떴다. 그중 일부는 말도 안 되는 쓰레기 기사였다. 자신이 알기론 워델 스턴은 뉴질랜드에 공장이 없다. 또한 초고층 대기권과도 상관이 없다. 그런데도 워델 스턴이 뉴질랜드 선거를 조작하고 화학물질로 뒤덮인 비행운을 일으킨다고 주장하는 사람이 있었다. 그뿐만 아니라 회사 창립자 엘리야 워델이 유대인이 아닌데도 불구하고 이름이 그렇다는 이유로 회사에 대해 근거 없는 반유대주의적 주장을 하는 사람도 있었다.

하지만 그것 말고도 더 있었다.

워델 스턴이 설치한 카메라에 기록된 정보가 중앙 서버에 보관돼 경찰에게 넘겨진다는 내용이었다.

워델 스턴의 카메라와 얼굴 인식 소프트웨어는 사람들이 많이 모이는 공공 행사장에서 체포영장이 발부된 사람들을 찾아내는 데 사용되었다.

또한 워델 스턴의 드론은 국경을 순찰하는 데 사용되었다.

고용주들은 워델 스턴의 미세 표정 분석 솔루션을 이용해 직원들이 아프다고 거짓말을 하지는 않는지, 면접 중에 사실을 과장하지는 않는지, 카메라 모니터링을 사용한 재택업무 시 일에 집중하고 있는지를 식별했다. 또한 이 기술은 복지 혜택 신청자 및 보험 신청자 평가와 국경 통제 면접에 시범 프로그램으로 사용됐다.

아무래도 워델 스턴은… 좋은 회사는 아닌 것 같았다.

섬뜩한 카메라를 발견했을 때 뭔가 이상하다는 낌새를 알아챘어야 했다.

고개를 들었다. 런던 외곽에 성 같은 대저택을 소유하다니, 그게 내 삶일 리가 없었다. 처음에는 딱 일주일만 있으려고 했다. 그러다가 평생 살아볼까도 했다. 하지만 이젠 아니다. 펠릭스를 다락방으로 돌려보내야 한다. 돈에 홀려 워델 스턴과 각 방에 있는 카메라를 무시하고, 엘레나에게 나는 사악한 백만장자 남편과 산다고 우스갯소리를 하는 지경에 이르기 전에.

문제는 이미 그렇게 흘러간다는 데 있었다. 마음이 그렇게 움직였다. *더 머문다고 해도 그렇게 나쁜 결정은 아니야. 인터넷에서 떠들어대는 게 전부는 아니잖아.* 아니, 그것으로 충분했다. 펠릭스는 다락방으로 돌아가야 한다. 나 또한 내 집으로 돌아가야 한다. 머리로는 아는데 좁고 덥고 끊임없이 남편들을 만나야 하는 집을 생각하니 진절머리가 났다. 저택에서 겨우 5일 지내고서는 내 집을 닭장처럼 느끼다니! 이곳에서의 5일은 휴가라고 생각해야 한다. 수영장, 좋은 음식, 일로 바빠 같이 있을 시간이 거의 없는 남편, 멋진 휴가였다. 이제 집으로 돌아가야 할 시간이다.

이 저택보다 카터를 선택하는 게 나은 선택이라고 스스로 되뇌었다. 그러자 그것이 마치 현실처럼 다가왔다. 로렌은 예쁜 여자친구와 함께 있는 카터의 사진을 다시 열었다. 새로운 사진이 올라왔다. 이번에 그들은 호숫가에 있었다. 가본 적 없지만, 미국 사람들은 호수를 좋아하는 것 같았다.

지금은 펠릭스가 출장 중이라 할 수 있는 게 없었다. 그저 이 방 저 방을 다니며 카메라에 감시만 당할 뿐. 마른행주를 가져다가 카메라 하나를 덮어버렸다. 10초 정도가 지나자 휴대폰에 경고 알람이 떴다. **카메라 차단.**

저택이 갖는 매력과 위협을 피해 토요일 저녁을 정원에 앉아 보냈다. 자정이 되자 펠릭스에게서 문자가 왔다. **사랑스러운 우리 자기! 재미있게 놀고 있어? 오늘 밤엔 집에 없네.**

망할. 카메라가 집 안을 도배한 것도 싫은데 펠릭스가 카메라를 확인하고 있다니! 그녀는 온실로 들어가서 손을 흔들어 보인 다음 문자를 보냈다. **나 여기 있어! 그냥 정원에서 시간을 보내는 중이야.**

일요일이 됐다. 휴가의 마지막을 즐기려고 애썼다. 한 번 더 수영을 했다. 가장 비싼 와인을 따서 한 모금 마셨다. 하지만 즉시 더 이상 마시고 싶지 않았다. 책을 읽어볼까? 아니면 산책을 나갈까? 아니면 엄마에게 전화를 걸어 사지도 않을 집 얘기를 한 바탕 늘어놓고 칭찬을 받아볼까? 그래봤자 다 없어질 텐데 무슨 의미가 있을까? 차를 몰고 나가 농장에 가서 닭장의 닭들을 안아봐도 되는지 물어보고 싶었다.

펠릭스는 8시쯤 도착할 예정이었다. 펠릭스에게 저녁을 준비해 두겠다고 말했다. 마지막 만찬, 이곳에서의 기분 나쁜 일들을 지울 유쾌한 시간이 될 것이다. 재료가 있길래 콩 요리를 하려고 주방으로 들어갔다. 이 집의 주방은 주기적으로 요리한 흔적이라곤 찾아보기가 어려웠다.

"우와." 펠릭스가 돌아와 앞치마를 두른 로렌과 보글보글 끓는 냄비를 보며 말했다. "맛있어 보이는데."

"그래 보이기만 하겠어? 맛도 좋아." 요리를 하면서 중간중간 맛을 봤다. 하지만 점점 이상해지길래 냉동실에서 조리된 콩 요리를 꺼내 전자레인지에 돌려 카메라가 없는 곳에서 냄비에 넣고 섞었다. 빈 플라스틱 용기는 쓰레기통 바닥 쪽에 밀어 넣었다.

"보고 싶었어." 펠릭스가 가볍게 입을 맞췄다.

"계속 저어줘야 해." 로렌이 나무 숟가락으로 휘저으며 말했다.

요리가 거의 다 완성됐다.

그들은 기다란 식탁의 한쪽 끝에 앉아 식사를 했다. 심지어 펠릭스가 촛대에 불을 붙이기까지 했다. 촛불이 깜빡이며 식탁 의자를 비추고 저 멀리 가장 어두운 구석까지 비췄다.

"있잖아." 로렌이 태연하게 그러면서도 신중하게 말했다. "짐을 다 옮긴 줄 알았는데 런던 집 다락방에 서류를 놓고 온 것 같아. 아무리 찾아봐도 상자 하나가 안 보여. 번거롭겠지만 마침 게스트도 없고 하니 당신이 내일 시내에 갈 일이 있으면 오는 길에 들러서 좀 가져다줄 수 있어?"

20

로렌은 펠릭스와 같이 일어났다. 이제 커피를 내릴 수 있다. 왼쪽에서 세 번째 버튼을 누르고 "플랫 화이트" 또는 '마끼아또'라고 말하면 된다.

펠릭스가 오늘은 늦을 거라며 9시나 9시 30분쯤 올 거라고 했다. 그리고 올 때 로렌이 말한 상자를 가져오겠다고 했다.

로렌에게 주어진 시간은 대략 12시간 정도였다.

호화로운 삶의 마지막 날을 연구나 하며 보내기로 마음먹었다. 연구라 해도 별거 없었다. 수영장에서 빈둥거리며 놀다가 노트북으로 타임루프 영화를 보는 거였다. 나중에 알게 된 사실이지만 그 노트북은 물에 젖어도 끄떡없었다.

영화를 보며 연구한 결과 로렌이 타임루프에 빠진 건 아니었다. 타임

다락방에서 남편들이 내려와

루프가 무서운 이유는 진전이 없기 때문이다. 그저 제어할 수 없는 초기화가 끊임없이 반복된다. 어떤 행동도 그 영향이 장기적으로 나타나지 않으니 뭘 해도 의미가 없다. 하지만 시간이 무한하다는 장점이 있다. 나이를 먹지도 않고, 일을 망쳐놓아도 장기적으로 불이익이 생기지 않으며, 죽지도 않는다. 선물인지 저주인지 모를 수 년, 수십 년, 수백 년의 시간이 주어진다. 그 시간 동안 이론 물리학을 배우고, 피아노 연주를 완벽하게 하고, 수십 개의 언어를 배우고, 어린 시절과 화해하는 법을 배운다. 그 시간 동안 그렇게 더 나은 사람이 된다.

로렌의 상황과는 달랐다. 로렌에겐 타임루프처럼 시간이 추가로 주어지지 않았다. 늙지 않는 기적 같은 건 없다. 새 남편이 생긴다고 해서 달력이 리셋되지도 않는다. 시간은 흐른다. 시간과 함께 로렌은 나이가 든다.

남편이 처음 나타나고 겨우 3주가 지났지만, 어제가 오늘 같고 오늘이 어제 같던 이전의 삶들이 아득하고 공허하게 느껴졌다. 무엇을 하고 살았나? 어떻게 살았나? 그저 일정표를 기록하고 일정표에 따라 하루하루를 살았다. 목요일이면 퇴근 후 술을 마셨고, 화요일에는 출근하기 전 수영을 했다. 재택업무를 하는 날에는 토비와 오전 중에 차를 마시곤 했다. 영화는 한 달에 한 번 정도 봤고, 프리타타를 자주 만들어 먹었다. 책은 거의 읽지 않았고 가끔 집에서 먼 공원을 산책하며 롤러스케이트 타는 사람들을 구경했다. 4월에는 주말을 이용해 엘레나와 피렌체에 다녀왔다. 가끔은 데이트 상대를 찾아야 하나 한참을 고민하다가 접기도 했다. 반복되는 일상을 보내고, 친구를 만나고, 매주 장을 보고, 긴장과 걱정 없는 자신의 삶이 좋았다.

서둘러야 할 것 같았다. 펠릭스가 더 이상 자신의 남편이 아니게 되는 순간 사방에 카메라가 설치된 이 집에 서있는 것은 그리 좋은 생각이 아니었다.

4시, 방으로 들어가 그동안 입어본 적 없는 독특한 디자인의 실크 드레스를 입고 괴상망측한 이 집을 마지막으로 한 바퀴 돌았다. 정원을 거닐며 장미 넝쿨에서 장미꽃 한 송이를 꺾어 귀 뒤에 꽂았다.

펠릭스가 다락방으로 들어가는 순간 타고 있던 자동차가 사라지거나, 갑자기 그 차가 다른 사람 소유가 돼 자신이 차를 훔친 게 될까 봐 감히 자동차를 운전할 엄두가 나지 않았다. 결국 한 시간에 걸쳐 역까지 걸어갔다. 시골길을 그렇게 오랫동안 걸어도 신발이 비싸서 그런지 발이 아프지 않았다. 그 사실에 짜증이 났다.

기차 안은 시원했고 생각보다 많이 덜컹거리지 않았다. 오후 5시 치고는 사람도 적었다. 역방향으로 앉았더니 건물이, 트램펄린이 있는 정원이, 들판이, 양 떼가 점점 멀어졌다.

기차에 적응돼 긴장이 풀릴 때쯤 펠릭스에게서 문자가 왔다. **상자를 못 찾겠어. 내일 니아에게 창고를 살펴보라고 할게. 금방 도착해.**

로렌은 얼어붙은 채 펠릭스가 보낸 문자를 읽고 또 읽었다.

펠릭스가 상자를 찾으러 다락방에 들어갔다. 물론 상자 따윈 없으니

다락방에서 남편들이 내려와

찾을 수 없었을 것이다. 사실 로렌은 다락방에 무엇이 있는지 모른다. 그런데 펠릭스가 지금 문자를 보냈다. 다른 누구도 아닌 로렌에게 지금.

펠릭스가 아직도 나를 안다.

펠릭스가 아직도 나를 자기 아내로 안다.

펠릭스는 사라지지 않았다.

다락방을 전적으로 믿는 게 아니었다. 어쩌면 남편이 바뀌는 횟수가 정해져 있고 펠릭스가 마지막이었을지도 모른다. 어쩌면 지금 다락방과 너무 멀리 있어서 마법이 먹히지 않는지도 모른다. 적어도 반경 1킬로미터 안에는 있어야 하는 걸까? 아니면 다락방 전구를 껐다가 다시 켜야 하는 걸까?

이런 젠장할!

휴대폰을 꺼내 이례적인 사건이 일어났다거나 태양의 흑점, 오로라에 문제가 생겼다는 기사가 없는지 검색했다. 사실 남편이 바뀌지 않는 게 정상이다. 그렇다면 이 상황을 어떻게 해결해야 한단 말인가?

기차가 덜컥거리며 집을 향해 달렸다. 이대로 영원히 펠릭스와 살아야 하는 걸까?

만약 그래야 한다면?

거지 같은 감시 시스템만 아니라면 펠릭스는 사려 깊고 친절하고 좋은 남편이다. 개인 시간도 충분히 가질 수 있다. 어느 정도 선도 지킨다. 로렌 앞에서 방귀도 뀌지 않고, 문을 열고 소변을 보지도 않으며, 감정적인 하소연을 하지도 않는다. 화장실에서 귀를 후비다가 면봉에 붙은 무지막지한 귀지를 보여주며 호들갑을 떠는 제이슨과는 다르다. '뭐 어떠냐 건강하지 않냐' 할 수도 있겠지만 어느 날 갑자기 생긴 남편의 그런 행동은 처음 보는 사람이 엉덩이에 난 여드름을 짜달라고 하는 것과 같았고, 자신이 외출한 사이 다른 사람들이 포르노를 찾아내 보는 것과 같았다. 아무렇지 않게 받아넘기기엔 정도가 지나쳤다. 이에 반해 펠릭스는 선을 지켰다. 로렌은 그런 관계가 좋았다. 서로 압박하거나 강요하지 않으면서도 서로의 독립성을 존중하는 그런 관계.

하지만 마이키는 마음에 들지 않았다. 다람쥐 사냥이라니, 아무리 생각해도 그건 아니다. 또 어찌 보면 펠릭스도 어린 시절 사냥을 했다고 하니 문제가 되지 않을 것 같기도 했다. 나쁜 짓을 하는 게 아니라면 괜찮지 않을까? 게다가 마이키는 일주일에 한두 번 정도밖에 오지 않는다.

이대로 펠릭스 옆에 남는다면 다른 부자들에 비해 부를 현명하게 누릴 것이다. 사람들이 싫어하지 않는 부자가 될 것이다. 팁을 잘 주고 예의를 지키고 친절한, 사람들이 정말 훌륭하다고 말하는 그런 부자가 될 것이다. 정원을, 가정부를, 수영장을, 비싼 옷들을, 돈 신경 쓰지 않고 먹을 수 있는 음식들을 당연하게 여기지 않을 것이다. 자신이 선택한 삶은 아니지만, 최선을 다해 살아갈 것이다.

떠날 수 없다면 이 상황을 벗어나야 할 의무도 사라진 것이다.

살다가 어려우면 이혼도 할 수 있고, 이혼하고 더 잘될 수도 있다. 결혼서약서 말고는 평생 결혼한 사람과 살아야 한다는 법은 없다. 영국에서 쉽게 이혼하는 법을 검색해 보니 이혼이 가장 스트레스받는 다섯 가지 가운데 하나라고 했다. 하지만 그 목록을 작성한 사람은 끊임없이 남편이 바뀌는 상황을 경험해 보지 못했을 것이다.

일단 런던 집부터 확인해 보기로 했다. 휴대폰에 있는 감시 앱을 열자 외곽의 저택이 떴다. '다른 집'이라고 쓰인 버튼을 클릭했다. 그러자 '오늘의 활동'이라고 적힌 빨간색 작은 알림이 떴다. 아마 펠릭스가 있지도 않은 상자를 가지러 갔기 때문일 것이다. 그런데 그게 아니었다.

화면에 남편이 보였다.

새로운 남편

계단 쪽 카메라에 다른 남자가 잡혔다. 단정한 헤어스타일에 안경을 쓴 젊은 남자가 계단을 올라가고 있었다. 순간 남자가 시야에서 사라졌다. 그러더니 물컵을 들고 거실에 나타났다.

런던 집에 펠릭스가 아닌, 다른 남자가 있었다.

한 번에 두 명의 남편이 등장할 리는 없다. 그건 말이 되지 않는다. 하지만 새로 등장한 남편이 어떻게 이전 남편이 설치한 카메라에 잡힌단 말인가? 그녀가 알고 있는 규칙들이 무너졌다.

펠릭스에게 전화를 걸었다. 그러자 음성 메시지로 넘어갔다. 전화 좀 해달라고 음성 메시지를 남겨 놓고 휴대폰을 뒤져 새 남편의 사진을 찾았지만, 어디에도 없었다. 심지어 남편으로 추정되는 사람이 보냈을 법한 문자도 하나 없었다.

배터리가 20퍼센트로 떨어졌다. 금방 바닥이 날 것이다. 다른 생에 툭 떨어진 것 같았다. 충전기도 가져오지 않았다. 그저 기차가 빨리 런던에 도착하기만을 바라는 수밖에 달리 방법이 없었다. 펠릭스에게 계속 전화를 걸었다.

노우드 정선 역에 내려서 집을 향해 걸었다. 거의 다 도착했을 즈음 배터리가 6퍼센트로 떨어졌다. 그때 펠릭스에게서 전화가 왔다.

21

"무슨 일이야?" 펠릭스가 물었다. "지금 어디야? 앱에는 런던에 있다고 뜨는데?"

그 빌어먹을 놈의 앱 때문에 펠릭스가 자신의 위치를 알았다.

"상자 때문에, 미안. 중요한 거라서. 혹시 자기가 상자를 찾으러 갔을 때 집에 누가 있었어?"

이제 모퉁이만 돌면 바로 로렌의 집이다. 순간 휴대폰을 잡은 손가락이 미끄러웠다.

"그게 무슨 말이야? 잠깐, 확인해 볼게." 전화기 너머로 부스럭거리는 소리가 났다. 아마도 펠릭스가 스피커폰에서 일반 모드로 바꾸는 것 같았다. "아. 그게, 내가 안 가고 인턴을 보냈어. 그런데 집에 누가 있었다는 말은 없었는데. 카메라 확인해 봤어?"

로렌은 펠릭스의 말을 바로 이해하지 못했다.

모퉁이를 돌고 나서야 무슨 뜻인지 이해했다. 집이 눈앞에 보였다. 그와 동시에 한 가지 사실을 깨달았다. 다락방은 여전히 작동했다.

"내가 나중에 전화할게."

카메라에 등장한 남자는 남편이 아니었다. 펠릭스는 기차를, 택시를, 아니면 회사 차를 타고 한 시간이나 걸리는 로렌의 집에 가지 않았다. 대신 직원을 보냈다.

거리에 멈춰 서서 안도의 한숨을 내쉬었다. 눈을 감았다. 몸이 수영장 물에 완전히 잠기듯 그제야 마음이 놓였다.

이제 지쳤다. 할 만큼 했다. 새로운 삶을 살고 싶었다.

이제 그 어떤 것도 펠릭스를 떠나보내기로 한 로렌의 결정을 방해할 수 없었다.

걸음을 재촉했다. 그러곤 에어비앤비 메시지에서 바깥문과 안쪽 문의 비밀번호를 찾아 문을 열고 익숙한 계단을 걸어 올라갔다.

집 안은 일주일 전에 나설 때와 별반 달라진 게 없었다. 여전히 낯설고 텅 비어있었다. 충전기를 찾으려고 주방 벽장을 열었지만, 회색과 녹색 허브가 반쯤 든 네 개의 병과 사용한 흔적이라곤 보이지 않는 요리책들만 가득했다.

복도 테이블 위에는 청소부가 준비해 둔 웰컴 패키지와 종이봉투가 있었다. 봉투를 열어보니 차와 초코칩 쿠키가 들어있었다. 레드와인이

　　　　　　　　　　　　다락방에서 남편들이 내려와

한 병 있었는데 가격을 찾아보니 7달러 정도 됐다. 뚜껑을 돌려서 여는 방식이라 일주일 동안 그녀가 마셨던 100달러가 훌쩍 넘는 고가 와인들보다 훨씬 열기가 수월했다. 와인을 열어 한 모금 마셨다. 그럭저럭 괜찮았지만 비싼 와인이 더 맛있는 건 부인할 수 없었다.

펠릭스에게 문자를 보냈다. **지금 집에 왔어. 내가 살던 런던 집, 나는 이제 여기서 살 거야.**

그러자 전화가 울렸다. 하지만 받지 않았다.

또다시 전화가 울렸다. 이번에도 받지 않았다. 대신 문자를 보냈다. **당신이 올 때까지 여기서 꼼짝도 하지 않을 거야. 나중에 설명할게.** 논쟁도 피하고 배터리도 아낄 겸 휴대폰을 비행기 모드로 바꿨다.

이제 다락방에 문제가 없는지 확인할 차례다. 사다리를 내렸다. 늘 그랬듯이 사다리는 중간쯤 내려오다가 왼쪽이 삐걱거렸다. 어떤 남편도 그것을 고치지 않았다. 두 칸만 올라가도 충분히 다락방에 손이 닿았다. 다락방 안은 달라진 게 없었다. 전구의 따뜻한 불빛, 공기 중에 퍼지는 지지직 소리. 다락방은 여전히 마법을 부리는 게 확실했다.

카메라에 포착되는 거실엔 들어가고 싶지 않았다. 기다리는 동안 읽을거리가 필요하다는 생각에 주방에 들어가 요리책을 꺼내 침실로 향했다. 그녀의 자리라고 생각되는 쪽에 털썩 주저앉아 요리책을 펼쳤다. *반짝반짝 비스킷, 똘망똘망 케이크, 완벽한 푸딩.*

맛있는 스콘 편을 보고 있는데 누군가 현관문을 열고 올라오는 소리가 들렸다. 펠릭스가 이렇게 빨리 올 리는 없었다. 그러면 그렇지, 정장을 입은 여자가 집으로 들어왔다. "사모님?" 여자가 복도의 중간쯤에 서서 로렌을 불렀다. 여자가 불을 켰다. 밖이 어둑어둑해지고 있었다.

"안녕하세요." 로렌이 침실 문에 서서 물었다. "혹시 충전기 없죠?"

여자가 가방을 열어보더니 말했다. "없어요. 죄송해요."

"괜찮아요, 펠릭스가 보내서 왔나요?"

"네, 시오반입니다. 여름에 파티에서 뵌 적 있어요."

"그렇군요." 로렌이 짐짓 과장된 몸짓으로 말했다. "반가워요, 지금 배터리가 없어서 펠릭스에게 전화를 할 수가 없어요. 올 때까지 여기 있을 거라고 펠릭스에게 전해주면 좋겠어요."

"무슨 일이신지, 괜찮으신가요?"

"그럼요, 고마워요, 당신은요?"

"괜찮습니다." 회사에 들어온 지 한 1~2년쯤 됐을까, 시오반은 어려 보였다. 직접 오지 않고 사람을 보내다니 펠릭스가 매정하게 느껴졌다.

"누굴 불러드릴까요? 정말 대표님이 오시기를 원하세요? 저기 혹시… 단체 같은 델 찾아봐 드릴까요?"

무슨 말인가 싶었다. 그러다 깨달았다. "아니요, 그런 거 아닙니다. 정말 아니에요." 시오반을 바라봤다. 스물두 살쯤 됐을까? 상사의 지시를 받고 상사의 아내가 괜찮은지 보러 왔다가 혹시나 학대라도 받았을까 싶어 용기를 내 물어본 거였다. 이런 걸 원한 게 아니었다. 업무 시간이 한참 지난 시간에 말단 직원을 보내다니. 그렇지만 수확은 없을 것이다. 펠릭스만 오면 시오반은 일상의 저녁으로 돌아갈 수 있다.

　　　　　　　　　　　다락방에서 남편들이 내려와

"와인 마실래요? 아니면 비스킷이라도?" 로렌이 물었다.

"아닙니다. 괜찮습니다. 그냥 물 한 잔만 주시겠어요?" 시오반이 대답했다.

"그래요." 주방으로 가서 찬장을 열고 컵을 꺼냈다. "앉아요." 시오반이 스툴 의자에 걸쳐 앉았다.

그때 초인종이 울렸다.

시오반이 자리에서 일어났다.

"일어나지 말아요. 그냥 앉아있어요. 여긴 회사가 아니에요. 펠릭스가 당신을 보내서 문제를 해결하려고 하다니 어이가 없군요. 초과 수당은 준다던가요?" 로렌이 잠시 정의감에 불타올랐다.

"괜찮습니다."

"이렇게 말해 놓고 미안하지만, 당신이 좀 나가봐 줄래요?" 펠릭스라면 비밀번호를 누르고 들어왔을 것이다. 혹시 부자들만 있다는 비서팀을 보낸 것을 아닐까 싶었다. 고집 세게 버티는 아내를 데려오라고 사설 구급차 같은 걸 보냈을 수도 있다. 시오반이 현관 쪽으로 가는 동안 로렌은 와인병과 비스킷을 들고 침실로 들어가 문을 닫았다. 남편이 처음 나타났던 날 의자를 문손잡이에 끼워 넣어봤자 소용이 없다는 것을 알았기에 이번에는 서랍장을 끙끙거리며 끌어다가 문을 못 열게 단단히 막아버렸다.

누군가 시오반과 복도에서 이야기하는 소리가 들렸다. 호화로운 응급 구조대는 아니었다. 토비였다.

밖에서 들리도록 외쳤다.

"토비, 왔어?"

"응. 괜찮아? 펠릭스가 전화했더라고."

펠릭스는 자신의 문제를 스스로 해결하는 법을 배워야 한다. "신경 쓰지 마. 펠릭스가 올 때까지 안 나갈 거야. 내 입장은 달라지지 않아."

"그래." 잠시 후 토비가 대답했다. 시오반이 뭐라고 중얼거리는 소리가 들렸지만 뭐라고 하는지는 알 수 없었다. "좀 들어가도 될까?" 토비가 물었다.

"아니, 싫어." 토비와 같은 침대에 누웠던 일이 떠올랐다. 생각조차 하기 싫었다. "차 한 잔 가져다줄래?" 차를 마시고 싶지도, 수고롭게 서랍장을 옮기고 싶지도 않았다. 그저 토비에게 일거리를 주어 시간을 벌고 싶었다.

로렌은 지금 문제를 해결하려고 안간힘을 쓰는 중이었다.

어떻게든 펠릭스를 오게 만들어 다락방으로 올려보내야 한다.

잠시 후 노크 소리가 들렸다. "나야." 토비가 문손잡이를 돌려 천천히 문을 열었다. 젠장, 밖으로 열리는 문이었다.

토비가 문 앞에 놓인 서랍장을 보더니 그 위에 머그잔을 올려놓으며 말했다. "차 여기에 놓을게."

"시끄러운 게스트들 때문에 불편하게 해서 미안해. 마리암에게도 미안했다고 전해줘. 이제 그럴 일 없을 거야."

"그래. 네가 괜찮은 게 제일 중요하지. 들어가도 돼?"

다락방에서 남편들이 내려와

"아니." 서랍장이 가슴팍까지 와서 마치 상점의 카운터 같았다.

토비가 문 밖에서 기다렸다.

"문 좀 닫아줄래?" 토비가 잠시 망설이더니 천천히 문을 닫았다.

카터의 인스타그램에 들어갔다. 3퍼센트 남은 배터리를 이런 데 쓰다니 어처구니가 없었지만 새 사진이 올라와 있었다. 카터는 사진에 보이는 것처럼 정말 행복할까? 나를 위해 텐트를 치고 닭을 잡더니 이제는 다른 여자를 나만큼 사랑하는 걸까?

배터리가 사그라지더니 제 할 일을 마치고 얌전히 물러났다. 침대 위에 혼자 덩그러니 남았다. 현관문 열리는 소리가 들렸다. 토비가 돌아가는 모양이다.

잠시 후 복도에서 요란스러운 소리가 들렸다. 마침내 펠릭스가 왔다.

"고마워." 펠릭스가 시오반에게 고맙다고 인사하는 소리가 들렸다. 그러곤 그녀가 있는 침실 문을 똑똑 두드리곤 문을 빼꼼 열었다.

"나 왔어."

"응. 문이 안으로 열리는 줄 알았지 뭐야." 로렌이 서랍장을 가리키며 말했다.

잠시 침묵이 흘렀다. "시오반, 수고했어, 이제 가봐도 돼." 그가 시오반에게 말했다.

시오반이 가방을 챙기며 단호하게 말했다. "알겠습니다."

펠릭스는 현관문이 닫히는 소리가 날 때까지 기다렸다. 로렌은 그런 그를 지켜봤다.

"무슨 일이야?" 펠릭스가 걱정하거나 화를 낼 줄 알았다. 하지만 차분히 이유를 물었다.

"당신이 다락방에 올라가면 그때 설명해 줄게. 거기에 당신이 봤으면 하는 게 있어." 펠릭스 뒤로 여전히 사다리가 내려져 있었다.

"그건… 좀 그래. 이유를 알아야지. 당신 이러는 거 굉장히 이상한 거 알지?"

"후회하지 않을 거야. 내가 장담해. 위험한 것도 아니고 혐오스러운 것도 아니야. 어떻게 설명해야 할지 몰라서 그래. 나를 믿어줬으면 해. 당신 아내잖아."

펠릭스가 잠시 아무 말도 하지 않았다. "좀 더 타당한 이유가 필요해."

이렇게 나온단 말이지?

"나도 이렇게까지 하고 싶진 않아. 하지만 가보면 이해할 거야. 한 번만 부탁할게. 다락방에 올라가 줘. 나를 사랑하잖아? 믿잖아? 그런데 이렇게 간단한 부탁도 못 들어줘?"

펠릭스가 사다리를 한 번 쳐다보고 로렌을 바라봤다.

"당신이 내 부탁을 안 들어주면, 미안한데 당신의 비밀을 모두에게 말해 버릴 거야."

분명 비밀이 하나쯤은 있을 것이다. 로렌은 가장 좋아하는 음식을 앞에 둔 제이슨처럼 긴장하기 시작했다.

펠릭스가 눈을 휘둥그레 뜨고 말했다. "내…."

"당신도 알잖아. 그거." 로렌이 말했다. 그는 억만장자고 사악한 기업의 최고 재무 책임자며 두 번 이혼하고 세 번 결혼했다. 아들의 공기총 사용을 허락하고 방 하나를 죽은 새들로 가득 채워놓았다. 로렌은 펠릭스의 비밀을 모른다. 하지만 분명 뭔가가 있을 것이다. "그 얘기까진 하고 싶지 않았어." 로렌이 덧붙였다.

갑자기 펠릭스의 얼굴색이 변했다. 잠시 자신이 실수를 한 건 아닌지 걱정됐다. 시오반은 내가 모르는 무언가를 알고 있었던 게 아닐까? 돈 많고 힘센 남자와 단 둘이 있을 때 그를 위협하면 안 되는 게 아닐까? 만에 하나 무슨 일이 생기기라도 하는 날엔 토비를 소리쳐 부르거나 서랍장을 넘어 감시 카메라가 있는 거실로 달려가야겠다고 생각했다. "로렌, 난 당신이 무슨 말을 하는지 모르겠어." 말은 그렇게 했지만 펠릭스는 분명 비밀을 가지고 있었다. 로렌은 그 비밀을 알지도 못할뿐더러 관심도 없었다. 하지만 다시 한번 펠릭스에게 부탁했다. "알겠어, 알겠어. 아무에게도 말하지 않을게. 사랑해, 자기야. 내가 어려운 부탁하는 거 아니잖아. 그냥 다락방에 한 번 들어가 달라는 거야. 10초만, 아니 5초만. 자기가 올라가 보면 다 알게 될 거야. 약속할게."

마음이 불편했다. 그동안 펠릭스가 이렇게까지 감정을 강하게 표출하는 걸 본 적이 없었다. 하지만 그는 곧 냉정을 되찾았다.

펠릭스가 사다리를 올라가기 시작했다. 머리가 어둠 속으로 사라지고 뒤이어 상체도 보이지 않았다. 빛이 번쩍거리고 지지직거리는 소리가 들렸다.

순간 방광을 누르고 있던 긴장감이 사라졌다. 침실로 도망치지 않아도 되는 새로운 삶이 시작되자 온몸에 긴장이 풀렸다.

서랍장으로 막아둔 문을 지나 복도로 나가 새 남편이 내려오기를 기다렸다. 모든 것이 새롭게 바뀌고 모든 것이 정상으로 돌아왔으며 모든 것이 달라졌다.

다락방에서 남편들이 내려와

22

새 남편은 로렌이 눈을 감으면 눈 안쪽에 자신의 코끝을 대고 꾹꾹 누르기를 좋아했다. 그런 다음 귀를 핥다가 귓바퀴 안쪽으로 혀를 집어넣었다. 그러곤 그녀의 발가락을 가지고 연주를 하는 척하다가 달걀에 씌우는 커버를 자신의 성기에 씌웠다. 이번 생에는 로렌의 집에 달걀용 덮개가 있었다.

스치는 바람에 나뭇잎이 길 위를 따라 움직이듯 남편들도 자신의 곁을 스쳐 가게 두었다. 그들은 로렌의 삶에 들어와 하루나 이틀 정도 머물다가 다락방으로 보내졌다.

처음에는 자신을 스쳐 간 남편들이 어떻게 지내는지 찾아보며 지냈다. 남편이 바뀔 때마다 자신의 현재 직업, 친구, 좋아하는 것들, 카터와 제이슨을 검색했고 심지어 로한과 펠릭스도 어떻게 지내는지 찾아봤다. 펠릭스가 수감 중이라 놀라웠다. 하지만 회사가 얼마나 성공적인지 사람들에게 거짓말을 한 것뿐이었고, 솔직히 로렌은 그게 범죄라는 사실조차 몰랐다. 마음 한 편엔 항상 카터가 여자친구와 헤어져 슬퍼하기를 바랐다. 하지만 그런 일은 일어나지 않았다. 카터는 덴버의 단골 바에서 여자친구와 행복을 시간을 보냈다.

결국 검색질을 멈췄다. 어차피 모든 게 달라질 터였다. 남편이 바뀌고 생이 바뀔 때마다 병가를 내고 베이킹을 하거나 산책을 하거나 책을 읽으며 시간을 보냈다. 점심시간에는 신혼여행에서 돌아온 엘레나를 찾아가거나 관계가 회복된 토비와 커피를 마셨다. 가끔은 하루를 온전히 비워 시내로 나가서 없는 돈을 쓰기도 했다. 맛있는 음식을 먹거나 화려한 네일아트를 하거나 셀프리지 백화점에 들러 디자이너 브랜드 가방을 사고 그 안에 햄버거를 몰래 담아 영화관에 들어가기도 했다. 한번은 갑자기 1박 2일 출장이 잡힌 척하고 앨턴 타워 놀이공원에 가서 롤러코스터를 탔다. 헤어진 연인을 잊는 데 롤러코스터가 효과 있다고 했던 아모스의 말을 시험해 보기 위해서였다. 카터를 잊는 데 특별히 도움이 되진 않았지만, 그런대로 좋은 시간을 보냈다.

직장이 구청일 때는 자라와 이야기도 나누고, 집에서도 나가고 싶어 출근을 시작했다. 베이커리 창업을 준비하던 남자에게 다시 한번 전화를 걸었다. 그는 이번에 자신의 빵집 이름을 '사랑이 전부야'에서 노래 제목의 앞 글자만 바꿔 '빵이 전부야'로 하겠다고 했다. 확실하진 않았지만

다락방에서 남편들이 내려와

저작권에 걸릴 것 같았다. 처음에 하겠다던 '빵빵한 빵'보다는 나아 보였다. 고심 끝에 그의 의견을 따르기로 했다.

전화를 끊자 자라가 '사랑을 찾았어'를 바꾼 '빵을 찾았어'는 어떠냐고 물었다.

"희망 없는 곳에서? 아무리 그래도 구청이 지원하는 사업인데 그건 이미지랑 안 맞잖아. 차라리 '썩은 빵'은 어때?"

자라가 로렌이 무슨 말을 하는지 모르겠다는 얼굴을 했다.

"왜 있잖아. 둥둥 둥둥 빰빰 이렇게 시작하는 노래. 너도 들어봤을 텐데." 로렌이 휴대폰을 꺼내 노래의 도입부를 30초 정도 틀었다. "이 노래 몰라?"

자라가 어깨를 으쓱해 보였다. "죄송해요, 저는 요즘 세대라."

"이거 진짜 유명한 노래야. 리한나도 샘플링한 노랜데."

"누군지 몰라요."

"내가 여덟 살이 많긴 해."

"나이는 숫자에 불과해요. 생각하기 나름인 거죠." 자라가 말했다.

직장을 나가도 시간적 여유가 있었다. 남편을 다락방으로 보내는 순간 근육도 같이 사라질 거라서 운동은 의미가 없었다. 그래서 무언가를 배우기로 결심했다. 펠릭스와 함께 살 때 온실을 둘러보며 꽃에 관심이 갔던 기억을 떠올려 며칠 동안 꽃에 대해 공부했다. 수국, 등나무, 국화, 진달래, 다양한 종류의 덩굴장미들을 공부하다가 그때 붉은 벽에 심기로 했던 장미를 알아보기도 했다. 작은 선인장류 키우는 법도 찾아봤다. 하지만 건드리지 않고 가만히 두는 게 최선이라는 결론을 내렸다.

결국 자기계발 열정은 사그라들었지만, 가능성을 발견한 좋은 기회였다.

로렌은 계속해서 새 남편을 소환했다.

가끔은 남편들이 패턴을 보이는 것도 같았다. 조금만 더 연구하면 패턴을 알 것도 같았다. 세 명의 백인 톰이 연달아 나오고 나올 때마다 키가 커지는가 하면 수염이 있는 대머리 남편이 다섯 명 나올 때도 있고 최근 월드컵에서 우승한 네 개의 국가 출신 남자들이 연이어 나오기도 했다. 하지만 긴가민가할 때쯤 패턴은 깨지고 다시 원래대로 돌아가 로렌이 좋아할 만하거나 로렌을 좋아할 만한 남자들이 나왔다. 남편들은 모두 주변에서 만날 법한 사람들이었다. 상황이 조금만 달라졌더라면, 예를 들어 그 파티에만 갔었더라면, 그 코트를 입었더라면, 그쪽을 쳐다봤더라면 결혼까지 했을 수도 있는 그런 사람들이었다.

그렇다고 해서 모두가 이상적인 남편감이라는 말은 아니다.

정치·사회 문제에 대해 끊임없이 떠들어대는 남편도 있었고, 전 여자친구와 아직도 일주일에 네 번 달리기를 하는 남편도 있었다. 착시 현상에 속지 않는다고 주장하는 남편도 있었는데 지평선에 걸린 거대한 달을 보며 작고 평범한 달로 보인다고 주장하거나 끝이 기울어진 선을 보고 길이가 같다고 주장했다.

계속 같은 말을 반복하는 시끄러운 남편도 있었고, 로렌이 침대에 누

다락방에서 남편들이 내려와

위있으면 이마에 손을 올리고 손가락을 쫙 펼쳐 꾹 눌러주는 남편도 있었다. 그러면 어지러운 생각들이 진정되는 것도 같았다. 그 행동이 생각나 새 남편에게 설명했지만, 이전 남편처럼 제대로 하지 못했다. 또 매일 아침 팔굽혀펴기를 40개씩 하는 남편도 있었는데, 그에게 "오늘 하루는 어땠어?"라고 물어보면 어깨를 으쓱해 보이며 "적어도 팔굽혀펴기 40개는 했어"라고 대답했다. 또 어떤 남편은 한쪽 다리로 서서 양치를 했는데 끝까지 그 이유는 알아내지 못했다. 또 어떤 남편은 발톱을 작은 유리병에 모았다가 병이 가득 차면 젤라틴을 만들 거라고 우스갯소리를 했다. 그 말이 장난인지 아닌지는 확인하지 못하고 돌려보냈다.

카일럽이 자신의 집에서 자고 가는 일도 있었다. 이전 같으면 나탈리가 절대 허락하지 않았을 일이다. 나탈리가 아이를 맡긴 이유가 자기가 결혼을 해서인지, 아니면 카일럽이 컸기 때문인지 궁금했다. 어쨌든 시간은 계속 흘렀다.

"나는 이제 아기가 아니야. 생선 스틱 말고 소시지 먹을 거야." 카일럽이 아주 단호하게 말했다. 그러곤 이방 저방을 뛰어다니고 계단을 후다닥 뛰어 내려갔다가 부우웅 소리를 내며 뛰어 올라오며 외쳤다. "케첩도 필요해."

또 어떤 남편은 아침으로 매일 무화과 두 개를 먹었는데 양 손가락 끝에 꼭지를 잡고 통째로 입에 집어넣었다.

날이 점점 추워졌다. 하지만 가끔 비치는 햇살이 따뜻한 날이 더 많을 거라고 말해 주는 듯했다. 사실 추운 날씨에 만나는 남편들이 마음 주기

가 더 쉬웠다. 아늑함, 핫초코, 소파에서 보는 영화. 게다가 로렌은 카디
건이나 목도리를 두른 남자가 좋았다. 카디건이나 목도리를 두르면 큼
지막한 테디베어처럼 사랑스럽게 느껴졌다. 여름날 만난 남편들은 옷
차림이 후줄근한 데다 냄새가 났고 술도 자주 마셨다. 솔직히 이건 로렌
도 마찬가지긴 했다. 그들은 서툴게 바비큐를 구웠고 소소한 DIY를 시
도하다가 중간에 그만두었다. 가을도 괜찮았다. 점점 하루나 이틀 대신
사흘이나 나흘 정도 있다가 돌려보내는 날이 많아졌다. 오래도록 함께
하고 싶은 남편이 나오기를 바라기도 했다. 하지만 그러기엔 아직 이른
것 같았다. 무엇보다 마음의 준비가 되지 않았다. 카터를 잊어보려고 다
락방을 이용해 남편을 바꾸고 있지만 아직 온전히 잊지 못했다. 하지만
곧 잊을 날이 올 것이다.

　화요일마다 엄마에게 전화를 거는 일 말고는 원래 생처럼 일정표에
적힌 대로 하루를 살았다. 저녁 시간엔 출근용 가방에 우유 한 팩을 통째
로 부어버리는 마그다를 돌보기도 했고, 오랜 친구인 패리스를 보러 헤
이스팅스에 다녀오기도 했다. 헤이스팅스에는 훌륭한 서점이 있었지만
패리스는 저렴한 맥주값과 집값에 대해 더 많이 얘기했다. 그러면서도
"소문내지 마. 사람들이 우르르 몰려들면 다 엉망이 될 거야"라고 덧붙
였다. 패리스의 말이 설득력 있게 들리진 않았다. 오후에는 처음 만나는
사람들과 템스강에 나가 쓰레기를 줍기도 했다. 쓰레기를 줍기 전에 템
스강 물이 쥐들의 소변으로 오염됐을 수도 있으니 열이나 구토 증상이
나타나면 병원에 가야 한다는 경고의 말을 들었다. 진짜 런던이었다.

　　　　　　　　　　　　　　　　　　다락방에서 남편들이 내려와

롭, 엘레나, 남편과 함께 펙햄의 주차 빌딩에서 열리는 〈안티고네〉공연을 보러 갔다. 관객들이 배우를 쫓아 계단을 오르락내리락하고 수수께끼 같은 문을 통과해야 했다. 그런데 어쩌다가 로렌과 롭이 주연 배우 중 한 명과 엘리베이터 안에 갇혔다. 배우는 자신의 캐릭터를 유지하면서 침착하게 가지고 있던 무전기를 이용해 제작 스태프에게 위험한 상황을 알렸다.

공연을 예약한 남편은 로렌이 특별한 경험을 놓쳤다고 툴툴거렸다.

"대본에 없었던 것 같아. 갑자기 엘리베이터가 멈췄잖아." 남편을 달래봤지만, 기분을 풀지 않았다. 그래서 결국 다락방으로 보냈다.

그를 다락방으로 올려보낸 뒤 화장실로 가서 새 남편을 맞이하기 위해 머리를 풀고 립스틱을 발랐다. 이왕이면 좋은 첫인상을 주고 싶었다. 달그락달그락, 윙윙, 위에서 요란한 소리가 났다. 복도로 나오니 다리가 나타나고 잠시 후 새 남편이 내려와서 그녀에게 미소를 지어 보였다.

새 남편은 귀여운 타입이었다. 로렌도 미소로 답했다. "어서 와." 그렇게만 말해도 남편들은 다 알아들었다.

"응, 만나서 반가워." 그가 말했다.

새 남편은 체격이 건장했다. 동아시아인 같았고 또래로 보였다. 억양으로 봐선 호주 출신 같기도 했다.

집이 평소보다 깔끔해지고 환해졌다. 액자에는 오래된 지도가 걸렸고 처음 보는 노란 꽃병에는 달리아가 꽂혀있었다. 며칠간 꽃 공부를 한 게 도움이 되는 순간이었다.

남편이 복도를 둘러보며 말했다. "다락방에서 일을 좀 했더니 차를 마시고 싶네."

"거실로 가져다줄게." 아내로서 완벽한 대처였다. 로렌은 휴대폰을 확인하고 주방을 둘러보며 상황을 파악했다. 복도에 놓인 테이블을 흘끗 보니 편지들이 있었다. 남편의 이름은 보하이 스트릭랜드 장이고 자신의 이름은 로렌 장 스트릭랜드였다. 이름을 알았으니 이제 됐다.

남편이 바로 뒤에 있어서 편지 하나를 집어 들고 잠시 빈방에 들어갔다가 거실로 향했다.

휴대폰에는 보하이, 토비, 나탈리, 엘레나에게 보낸 일반적인 문자와 애정이 담긴 문자가 뒤섞여 있었다. 특별히 눈에 띄는 건 없었다. 다만 엘레나가 보낸 최근 문자에 **배리 스파일스**라고 쓰여 있어서 조금 아리송하긴 했다. 직업은 그대로였다.

처음 보는 주전자로 물을 끓였다. 싱크대 위에는 요크셔 브랜드의 티백, 냉장고에는 아몬드 우유만 있었다. 로렌은 차에 설탕 없이 우유만 넣었다.

머그잔을 들고 나오자 보하이가 창가에 기대 휴대폰을 보고 있었다. "여기 차." 로렌이 차를 건네자 그가 고개를 들고 미소를 지었다. 보하이는 다른 남편들처럼 그녀를 익숙하게 쳐다보기보다 호기심 어린 눈길로 바라봤다. 이러한 행동을 보이는 남편은 드물었다. 아마도 둘은 신혼부부인 모양이었다.

그가 의자에 등을 기대고 앉자 그녀도 소파에 앉았다. "이번 주에 무

다락방에서 남편들이 내려와

슨 계획 같은 거 있어?" 보하이가 물었다.

"아니, 특별한 건 없어." 로렌이 일정표를 확인했다. 엘레나 부부와 저녁을 먹기로 한 것 말고 별다른 일은 없었다. "자기는?"

"나도 별거 없어."

보하이가 차를 한 모금 더 마셨다. 로렌도 차를 마시며 주변을 둘러봤다. 창문이 평소보다 밝아 보였다. 잠깐만, 달력을 다시 봤다. 지난 8일 동안 달력에 '샨'이라고 적혀있었다.

그래서 집이 깨끗한 거였다. 손님이 왔다 갔다. 휴대폰에는 남편과 나이가 지긋한 한 여성이 공원을 배경으로 우산을 쓰고 찍은 사진이 있었다. 보하이의 엄마인 것 같았다. "어머니는 집에 잘 도착하셨대?" 로렌이 태연하게 물었다.

그가 차를 한 모금 더 마셨다. "아마도, 무슨 일 있었으면 연락이 왔겠지?"

또다시 침묵이 흘렀다. 그 침묵이 불편하지는 않았지만 편하지도 않았다. 살짝 어색했다. 어쩌면 두 사람은 크게 다퉜고 지금 서로 노력 중인지도 모른다. 샨과 무슨 일이 있었는지도 모르고 어쩌면 큰 결정을 앞두고 서로에게 떠넘기는 중인지도 모른다.

"TV 볼까?" 보하이가 말을 끝내기도 전에 로렌이 그러자고 했다. 〈마인드헌터〉를 더 보는 것도 나쁘지 않을 것 같았다.

하지만 넷플릭스의 '이어보기' 목록에는 물개에 관한 다큐멘터리와 19세기 삶을 다룬 다큐멘터리, 그리고 〈프렌즈〉가 있었다. 그가 잠시 망설이더니 버튼을 눌렀다.

〈프렌즈〉의 중간 시즌 어딘가가 재생됐는데 프랑스어로 재생돼 무슨 내용인지 확실치가 않았다.

이런 일은 전에도 있었다. 로렌은 남편들에게 약간의 독일어, 아랍어, 루마니아어를 배웠다. 때로는 둘이 같이 취미로 배우기도 했고, 때로는 남편의 가족들에게 인사를 건네고 잠시나마 대화를 이어가기 위해 배웠다. 그녀가 아는 프랑스어는 기차, 표, 바게트, 안녕하세요, 1부터 20까지가 다였다. 아무래도 이 남편과는 오래 못 갈 것 같았다.

손님이 다녀가서 그렇다고 치더라도 집이 너무 깨끗해서 바로 돌려보내기에는 아까운 생각이 들었다. 알아듣지 못하는 시트콤이지만 남편을 위해서 22분 정도는 참을 수 있었다.

〈프렌즈〉가 재생되는 동안 로렌은 휴대폰을 살펴봤다. 결혼사진이 보이지 않는 걸로 봐서 꽤 오래전에 결혼한 것 같기도 했다. 그리고 지금 두 사람의 어색한 관계를 설명해 줄 만한 문자도 없었다.

몇 분이 지났을까 보하이가 물었다. "소리 들었어?"

"무슨 소리?"

"무슨 쿵 소리가 난 것 같은데? 다락방에서 나는 소리 같아."

다른 남편이 나타난 걸까? 그럴 리가 없었다. "난 아무 소리도 못 들었는데."

"내가 가서 확인해 볼게. 뭐가 떨어진 것 같아."

로렌은 아쉽기도 하고 피곤하기도 했다. 오늘은 그만 자고 싶었다. 남

다락방에서 남편들이 내려와

편을 바꾸더라도 내일 아침에 일어나서 상황을 좀 더 살펴본 다음에 바꾸고 싶었다. 결혼은 참 쉽지 않은 일이다.

"그래, 그렇게 해." 다음 남편을 맞이하기 위해 립스틱을 새로 바를 마음조차 들지 않았다. 로렌이 소파에 앉았다. 사다리를 내리는 소리가 들리고 특정 부분에서 잘 내려오지 않는지 끙끙대는 소리가 들렸다.

사다리가 내려오다가 걸린 모양이었다. "왼쪽으로 잡아당겨." 로렌이 복도를 향해 소리쳤다.

"오케이." 그제야 사다리가 내려왔다.

하.

"고마워." 보하이가 덧붙였다.

그는 사다리를 내릴 줄 몰랐다. 어찌 된 일인가 싶어 상황을 파악하려고 했지만, 머리가 잘 돌아가지 않았다. "잠깐만, 기다려 봐." 로렌이 말했다.

"왜?" 보하이가 물었다. 그녀가 자리에서 일어나자 무릎에 반쯤 걸쳐 있던 담요가 바닥으로 떨어졌다. 복도로 나가 보니 남편은 벌써 한두 걸음 정도 올라간 상태였다. 조금만 늦었어도 남편의 머리가 다락방 입구로 사라질 뻔했다.

"올라가지 마." 로렌이 말했다.

"나는 그냥―."

그에게 다가가 팔을 힘껏 뻗어 셔츠를 잡았다. 그가 아래를 내려다봤다. 그러자 다락방 입구로 내리는 불빛에 비쳐 그의 얼굴이 윤곽을 드러냈다. "금방 보고 올게." 그가 짜증 섞인 목소리로 말했다.

"다락방에 들어가지 않는 게 좋겠어." 로렌이 말했다.

"소리가 또 들렸어."

익숙한 대화다. 그런데 이번엔 처지가 바뀌었다.

혹시?

사다리가 이상하다고 말해주자 고맙다고 했다. 그가 정말 이곳에 살았다면 사다리 내리는 법을 모를 리가 없었다. 그런데 그는 몰랐다.

"금방 확인하고 바로 내려올게." 보하이가 로렌의 손아귀에서 셔츠를 잡아 빼더니 한 칸 더 올라갔다. 이제 곧 그는 영원히 사라질 것이다. 그녀가 다시 한번 그의 셔츠를 잡아당겼다. 그는 이미 두 칸을 더 올라간 상태였다. "아니, 당신은 돌아오지 않을 거야. 돌아오지 않을 거라고."

보하이가 아래를 내려다봤다. 그의 머리가 이미 다락방 입구를 통과했다. 그의 머리 위로 불빛이 깜빡였다.

로렌이 말을 이어갔다. "맞지? 다른 다락방으로 가는 거지? 다른 집 다락방으로?"

보하이가 더 이상 그녀의 손을 뿌리치지 않았다. 로렌은 셔츠를 잡은 손을 놓지 않고 그를 올려다봤다.

"아." 보하이도 뭔가를 깨달은 듯했다. 그제야 그녀가 셔츠를 놓았다.

보하이가 사다리를 한 걸음 한 걸음 내려왔다.

"나는 당신의 첫 번째 아내가 아니지?" 로렌이 물었다.

"그래." 그가 조심스럽게 말했다.

로렌이 고개를 끄덕였다. "당신도 나의 첫 번째 남편이 아니야."

"얼마… 남편이 몇 명이나 있었어?"

그녀가 생각에 잠겼다. "한 160명 정도."

두 사람 사이에 침묵이 흘렀다.

"당신은? 그동안 아내가 몇 명이었어?"

그가 여전히 사다리를 잡은 채 고개를 끄덕였다. "잘… 정확히는 모르겠어. 하지만 한 4년 정도 지났으니까 400명쯤 되지 않을까?"

"그렇군." 로렌이 다락방과 보하이를 번갈아 쳐다봤다. "차 마실래?"

보하이가 가만히 그녀를 바라봤다. 그러더니 사다리에서 내려와 그녀를 안았다. 둘은 서로를 부둥켜안았다. 말도 안 되는 일을 겪고 있는 게 혼자가 아니라는 안도감과 놀라움에 웃다가 눈물을 터트렸다. 그녀가 보하이를 쳐다봤다. 눈물 때문인지 아니면 너무 가까이에 있어서 그런지 보하이의 얼굴이 잘 보이지 않았다.

23

로렌과 보하이는 거실로 가서 그동안의 일들을 빠르게 이야기했다.

"오래됐어ㅡ."

"나는 이번 여름부터야ㅡ."

"갑자기ㅡ."

"새로운 결혼 생활로 바로 넘어가ㅡ."

그들은 잠시 침묵을 지키다가 다시 말을 이어갔다.

"나한테 무슨 문제가 있는 줄 알았어. 그래서 계속 병원을 다녔는데 그건ㅡ."

"매번 적응하기가 너무 힘들어ㅡ."

또다시 말이 끊겼다. 보하이가 방 안을 한 번 둘러보고 다시 그녀를

다락방에서 남편들이 내려와

쳐다봤다.

"그렇다면," 로렌이 물었다. "지난 4년 동안 다락방에 올라갔다가 내려오면 그때마다 다른 집에, 다른 아내가 있었다는 거지?"

보하이가 고개를 끄덕였다. "꼭 다락방만은 아니었어. 가끔은 창고나 벽장, 아니면 옷장이나 팬트리 같은 곳이기도 했어. 그리고 그게⋯ 늘 아내만 있는 것도 아니야. 뭐 하여튼."

"물리적으로 그게 어떻게 작동해? 변하는 걸 볼 수 있어? 당신이 들어가자마자 바뀌어, 아니면 나올 때 바뀌어? 전기 같은 게 느껴져? 내 경우엔 남편이 바뀔 때마다 지지직거리는 소리가 들려. 빛도 번쩍거리고. 그런데 다른 사람이 올라가면 괜찮아."

"맞아. 나도 그래. 전기 장치라든가 크리스마스 장식, 전화기, 오래된 하드 드라이브 같은 것들이 다 켜져. 한 번은 작게 불이 난 적도 있어. 정말 무서웠어. 그리고 바로 다른 생이 시작됐어. 집이 홀라당 타버린 것은 아닌지 검색하고 싶었지만, 어느 나라에 있었는지 몰라서 확인할 방법이 없었어."

보하이의 말들을 되새기던 로렌이 물었다. "잠깐. 아까 아내만 있는 게 아니라고 했잖아. 그럼 뭐 여자친구나 약혼녀들도 만난다는 말이야?"

"아니. 그게, 남편들?"

"오! 와, 그렇군. 미안해." 더 이상 캐물으면 실례가 될 것 같았지만, 이 상황은 특별한 경우니까 괜찮을 것도 같았다.

보하이가 말을 이어갔다. "당신은 새 남편들이 다락방에서 나온다는 얘기지? 항상 다락방에서 나와? 남편들만?"

"응. 남편이 올라가면 새 남편이 내려와. 잠깐. 그렇다면 지금껏 만난 모든 남편들도 무슨 일이 일어나는지 알고 있단 말이야? 알면서도 모른 척했다고?"

"아니. 내가 만난 아내들은 그렇지 않던데. 아내와 사이가 좋을 때 말해 보려고 몇 번이나 시도했거든. 한 번은 아내가 공상과학 소설에 푹 빠져 있길래 내 말을 이해할 줄 알았어."

"그런 행운은 없었어?"

그가 고개를 끄덕였다.

"나도 몇몇 사람들에게 말해 봤는데 다들 안 믿더라고."

"그들을 탓할 수야 없지."

"맙소사. 어디부터 시작해야 할지 모르겠어. 그런데 당신은 왜 오자마자 다락방으로 올라가려고 한 거야?" 보통 남편을 바꾸는 것은 그녀였다. 그런데 선택권을 가진 첫 번째 남편이 자신을 바꾸려고 했다고 생각하니 조금은 충격이었다.

"느낌이 이상했거든. 뭔가 오류가 있는 것 같으면 오래 머물지 않는 게 좋다고 생각해."

그의 말이 틀리진 않았다. 그녀 역시 이상한 느낌을 받았으니까.

"세상에, 4년이라니." 로렌이 말했다.

"정확히 말하면 4년하고도 6개월."

"아내가 400명이었다니. 여자들이 불쌍해. 그럼 일주일에 한 명꼴인 거야?"

"꼭 그렇지는 않아. 대부분 하루 정도 있다가 이동했어. 길게는 2년도 살았고."

2년이라고? 한 사람과 그렇게 오랜 시간을 보내고 떠나다니 그녀로 선 상상조차 할 수 없었다. 자세한 이야기를 듣고 싶었지만 보하이가 화 제를 돌렸다. "미안한데 집 좀 둘러봐도 될까?"

"그럼, 당연하지."

그는 주방, 침실, 빈방, 계단을 한 바퀴 둘러보고 다시 거실로 왔다.

그러곤 창가로 걸어가 밖을 내다보며 물었다. "여기는 영국이야?"

"사우스 런던의 노우드 정션이야. 그럼 당신은 늘 런던에만 있었던 게 아니야?"

그가 빠르게 고개를 끄덕였다. "응. 다행이라고 해야 하나. 다섯 번 중 에 한 번 정도는 런던이었고 대부분은 시드니나 이유는 모르겠는데 프 랑스의 보르도에 있었어. 보르도가 좋긴 해. 하지만 그곳에서 지내려면 프랑스어를 해야 해서 힘들어. 나는 프랑스어를 전혀 못하거든."

"잠깐. 그러면 아까―."

"TV? 뭐라고 하는지 전혀 몰랐지. 당신도?"

"응."

두 사람이 동시에 웃음을 터트렸다. "다른 생으로 들어갔는데 누군가 가 프랑스어로 말을 걸면 곧바로 다락방으로 들어가 버렸어. 솔직히 배 우긴 해야 해. 하지만 생이 바뀌면 그때마다 언어 학습 레벨이 초기화돼

버리더라고."

"그럼 무작위로 도시에 떨어지는 게 아니야?"

"생각해 보면 나랑 관계가 있거나 내가 좋아하는 곳이었어. 멜버른이
나 브라이턴에도 있었어. 완전 별로였지만. 사랑 때문이거나 뭐 그럴 만
한 이유가 있었겠지. 싱가포르에도 있었고 2020년에는 퍼스에 두세 번
정도 갔어. 한동안 그곳에서 지냈지. 사실 내 스타일은 아니야. 하지만
그곳은 코로나19에 걸린 사람도 없고 가게들이 다 문을 열어서 브런치
를 먹기에 좋았어. 그래서 그냥 지나칠 수가 없었어. 뉴욕도 한 번 간 적
있어. 정말 놀라운 도시야. 거기 있는 사람들은 자기네가 무슨 세상의
중심이라도 되는 줄 알아. 어이없지. 그 사람들은 그걸 의심하지 않더라
고. 그래도 뉴욕이 좋아서 몇 달 머물렀어. 그런데 남편이 완전 개자식
인 데다가 주방에 바퀴벌레가 으으으…. 샌프란시스코는 별로였고, LA
는 좋았어. 부에노스아이레스나 도쿄 같은 곳에 가면 뭔가 변화가 생길
것 같아서 가보고 싶은데 아직 못 가봤어."

"나는 이곳을 떠난 적이 없어." 로렌은 다락방에서 남편이 내려오기를
기다리며 늘 이곳에 있었다.

"그럴 수밖에 없겠네. 어느 날 아침에 일어났는데 다락방이 부쿠레슈
티에 있을 순 없는 노릇이잖아. 안 그래?"

"하긴. 그래도 변화가 있으면 좋겠어." 새로운 환경, 새로운 생. 누군
가를 속여서 다락방으로 올려 보내는 것보다 내가 원할 때 언제든지 새
로운 생으로 들어갈 수 있다니, 상상만 해도 부러웠다.

다락방에서 남편들이 내려와

"당신이 직접 다락방에 올라가면 어떻게 돼?" 보하이가 물었다.

"글쎄. 한 번도 시도해 본 적은 없어. 너무 위험해 보였거든. 내가 머리를 넣으면 전기 같은 게 일어나. 그런데 남편 말고 다른 사람이 들어가면 아무 일도 일어나지 않아. 세상에, 나도 들어가 봐야겠어."

"그래, 혹시 모르잖아. 손해 볼 것도 없고. 공항 보안 검색대를 거치지 않고 여행하는 거라고 생각하면 돼. 그래도 당신은 당신 물건을 계속 가질 수 있잖아. 이렇게. 이거 다 당신 거 아니야?" 보하이가 집 안을 가리키며 말했다.

"일부는. 저 중에 많은 것들이 당신 걸 거야."

"하긴. 옷이랑 몇몇 책들은 내 것이더라고. 주방에서 내 주물 냄비를 보긴 했어. 자주 쓰지는 않아. 그런데 말이야, 여긴 버스 시스템이 너무 어려워. 도통 모르겠어."

로렌은 누구와 살든 간에 아래층에 토비와 마리암이 사는 게 좋았다. 그리고 남편이 바뀔 때마다 항상 직업이 있었던 것은 아니었지만 그래도 직업이 있는 게 안심이 됐다.

"몇 년 전에는 동굴에 떨어진 적도 있었어. 보통은 다락방이나 창고, 큰 벽장 같은 데 떨어지거든. 자연이 만들어 낸 지형에 떨어진 건 그때가 처음이었어. 근데 미친, 진짜 폭포가 쏟아지고 푸른 호수가 있는 동굴이지 뭐야. 동굴 안은 더웠어. 아무도 없는 동굴 한가운데 우리 집이 있었어. 뭐 그런…게 없었다면 절대 그곳에 가지 않았을 거야." 그는 마법의 다락방이나 뭐 그런 비슷한 거라고 말하려는 듯 손가락을 빙빙 돌렸다.

"그래서 거기 안 있고 나왔어?"

"응. 좀 있다가 나왔어."

"왜? 삶이 목가적이고 폭포가 너무 아름다워서 적응하기가 어려웠던 거야?"

"그런 것도 있고, 내가 처제랑 바람을 피웠거든. 그래서 더 있기가 그렇더라고."

"처제랑 바람을 피웠다고?" 로렌이 소파에 등을 기대며 물었다.

"알아! 나도 무슨 생각이었는지 모르겠어. 제기랄, 나란 놈은. 오래전 일이야. 그땐 어렸고. 그래도 그때 깨달은 바가 있어서 요샌 바람 같은 건 안 피워. 바람을 피울 것 같으면 얼른 다른 생으로 넘어가. 내가 정한 규칙 중 하나라고나 할까."

"좀 전에 여길 떠나려고 했던 게 나 몰래 바람을 피울 것 같아서 그런 거야?" 그녀가 진심 반 농담 반으로 물었다.

"아니야. 적응할 시간도 없었는걸. 나는 흔적을 남기지 않아." 보하이 가 미안하다는 듯 어깨를 으쓱해 보였다.

보하이가 쏟아놓은 새로운 정보를 감당하기가 어려웠다. 머릿속으로 문장들을 되뇌며 하나하나 곱씹어 보려 했다. "규칙 중 하나라고 했잖아. 그러면 다른 규칙은 뭐야?"

"근데 뭐 좀 먹으면 안 될까? 여기 오기 전에 밥을 먹었는지 어떤지 모르겠지만 지금 배가 몹시 고파."

"그래. 그러자. 사실 나도 배가 고프긴 해." 벌써 9시가 다 돼갔다. 둘

다락방에서 남편들이 내려와

은 먹을 게 있나 싶어 냉장고와 찬장을 열었다. 보하이가 가스레인지 위에 있던 큼지막한 냄비의 뚜껑을 열었다 닫고는 뚜껑을 탁탁 두드렸다. 냉장고에 먹다 남은 프리타타가 있었다. 또 프리타타를 만드는 습관에 빠진 모양이었다.

"시켜 먹을까?" 보하이가 물었다.

로렌이 잔고를 확인했다. 그렇게 나쁘진 않았다. 이번엔 부부 공동계좌는 사용하지 않았다. 매달 보하이가 생활비를 입금했고 그 돈으로 청구서를 해결했다. "그래."

그들은 메뉴를 훑어봤다. "피자도 괜찮고, 만두도 괜찮아. 스시는 별로야. 햄버거도 그럭저럭 괜찮게 하는 집이 있고."

보하이가 계속 메뉴를 살폈다. "브리토는 어때?"

"좋아. 그런데 곧 문 닫을 시간이니까 빨리 골라." 지금껏 많은 남편을 겪으면서 배달 음식을 정할 때면 그들의 취향과 자신의 취향을 적절히 조절했다.

"남편이 바뀌어도 물건을 계속 가지고 있을 수 있단 말이지?" 보하이가 음식을 기다리며 물었다. "메모를 하기도 해?"

"그러면 좋겠는데 그게 잘 안돼. 한동안은 남편을 새롭게 만날 때마다 이름을 적었어. 그런데 지금은 몇 명인지 명수만 세고 중요했던 사람들만 기억해." 공식적으로 로렌이 만난 남편은 160명이지만 몇 명은 빼먹었거나 두 번 세었을 수도 있었다. "당신은?"

"아." 보하이가 눈을 반짝이며 말했다. "사실 나는 유치한 노래를 만들어서 기억해. 이동할 때마다 하나씩 노래에 추가해. 서른 번째부터 노래를 부르기 시작해서 처음 만난 사람들은 기억이 안 나. 더군다나 처음 한 달은 좀 빨리 이동하기도 했고. 하지만 중요한 사람들은 기억해."

"노래라고?"

"응." 보하이가 신이 나서 설명을 시작했다. "두 행씩 라임을 맞추고 두 번째 행에서 끝나는 단어로 그다음 줄을 시작하는 거야. 그러면 기억하기가 쉬워. 그런데 아무리 생각해도 라임이 생각나지 않을 땐 그냥 새로운 단어로 시작하기도 해." 보하이가 목을 가다듬었다. "아, 씨. 이걸 누군가 앞에서 크게 불러본 적은 없는데. 미리 말하지만 난 음치야. 중간 부분부터 불러볼게."

　헤이, 락클란은 브리지

　우리는 너무도 비지

　비지하면 에이판의 에이

　주방에 그림을 그렸던 데이

　데이트하기엔 너무 어린 비

　데이트하기엔 까칠한 하이든 원 투 쓰리

　쓰리 포 그다음은 빠르게

　이름도 몰라. 빔이 끝이래

　끝은 리즈랑 함께.

　저런, 리즈는 아들레이드에 산대

　　　　　　　　　　　다락방에서 남편들이 내려와

"노래가 얼마나 길어?"

"사람마다 한 줄씩 넣은 건 아니야. 같이 보낸 시간이 길수록 내용을 더 많이 넣었어. 내가 좀 빚진 게 있거나 할 때도." 보하이가 창피한지 어깨를 으쓱했다.

더 물어보려고 했지만 마침 브리토가 도착했다. 보하이가 브리토를 먹으며 최악의 테이크 아웃 음식이 무엇이었는지 이야기했다. 로렌 역시 남편과 먹은 음식 중에 무엇이 가장 실망스러웠는지 이야기했다.

"무슨 양배추 튀김 같은 거랑." 초반에 만난 남편이 만든 요리였다. "잘 게 썬 대체 베이컨과 치즈를 정말 큰 바게트 빵에 넣고 전자레인지에 돌렸는데, 하… 정말 끔찍했어. 그리고 다들 자기들만의 볼로네제 레시피가 있다지 뭐야. 하나같이 별로였어." 남편들은 정말 놀라운 레시피를 배웠다며 거기에 멸치 두 마리, 우스터소스 세 번, 커피 한 번, 버터밀크를 한 번 넣어 특별함을 추가했다고 했다. 그리고 그런 레시피를 가진 남편은 전 여자친구가 이탈리아인인 경우가 많았다.

"맞아. 나도 비슷한 경험이 있어. 고등학교 때 친구였던 마리아가 자기 이모의 레시피라며 고수나 그런 비슷한 걸 넣으라고 하더라고."

"저기." 로렌이 몸을 앞으로 숙이며 말했다. "며칠 있다가 갈 거지? 빈 방을 좀 치워줄게. 나는 내일 아침에 병가를 내볼까 해."

"응. 당연하지. 아, 오늘 밤에 또 새 아내를 만나고 싶진 않아. 오늘만 네 번째야. 정말 힘든 하루였어. 내 아이들만 해도 전 세계 여기저기 있을 거야."

"아이들이 있ㅡ. 아니야. 오늘은 그만 쉬자."

빈방 침대에 시트가 벗겨져 있었다. 보하이의 엄마가 다녀간 다음이라서 그런 것 같았다. 옷장에 여분의 시트가 있었다. 하지만 남성용 파자마는 보이지 않았다.

"내가 잘 때 보통 옷을 안 입고 자거든." 보하이가 서랍을 들여다보더니 멋쩍은 듯 말했다. "그래서 아마 잠옷이 따로 없을 거야. 그냥 반바지 있으면 줘."

그녀가 사각팬티와 티셔츠를 꺼내 줬다.

"이상하지? 생전 처음 만난 아내 옆에 알몸으로 누워도 아무렇지 않았는데 당신도 나와 같은 상황이라는 걸 알고 나니 옷을 입어야 할 것 같고, 다른 침대에서 자야 할 것 같아."

정말 그랬다. 로렌 역시 얼마 전까지만 해도 남편들이 집에서 벌거벗고 지내도 아무렇지 않았다. 하지만 보하이는 자신이 다락방에서 나온 남편이라는 사실을 안다. 그리고 그것이 상황을 바꿔놓았다.

"잘 자." 보하이가 빈방에 들어가 소리쳤다.

"당신도." 로렌이 덧붙여 물었다. "혹시 아내 중에 로렌이라는 이름을 가진 사람이 있었어?"

그가 웃음을 터트렸다. "아니. 로라는 있었지."

"그럼 됐어." 마치 파자마 파티를 하는 것 같았다. 로렌은 그의 숨소리를 들으며 잠이 들었다.

24

다음 날 아침 보하이가 로렌의 사무실에 전화를 걸어 아내가 위가 아파 출근이 어렵다고 알렸다. 보하이는 휴대폰을 뒤져 자신이 안내견 훈련소에서 일한다는 사실을 알아냈다. 로렌 역시 보하이의 동료에게 전화를 했다.

"젠장, 직업에 일관성이 없어. 심지어 난 개가 싫어. 아으, 그 커다란 눈이라니."

"개의 눈이 싫어?" 로렌이 물었다.

"너무 불쌍해 보이잖아."

그들은 아침을 먹기 위해 걸어서 15분 거리에 있는 공원 건너편 카페로 갔다. 목요일 오전 11시라 그런지 카페는 붐비지 않았다. 10월 치고는 날씨도 따뜻해서 나무 사이로 햇빛이 비치는 야외 테이블에 앉았다. 호수와 아장아장 걸어 다니는 어린아이들, 공원의 전경이 한눈에 들어왔다. 여름이 막 시작됐을 때 첫 남편이 나타났었는데.

궁금한 게 너무나 많아서 어디서부터 시작해야 할지 몰랐다. 그때 보하이가 종이 한 장을 꺼냈다. "어젯밤에 잠이 안 와서 몇 가지 메모를 해 봤어."

역시 경력자는 다르다. "어디 봐."

"먼저 우리가 나이를 먹고 있는 건 맞지?" 보하이가 물었다. "생이 바뀌고 생활 방식이 바뀌니까 나이를 먹는 건지 모르겠더라고. 그런데 요즘 이런 게 생겨." 보하이가 몸을 앞으로 기울여 미간 사이에 세로로 생긴 두 개의 주름을 가리키며 말했다. 로렌 역시 가로로 주름이 있었다. "게다가 햇볕이 드는 곳에 가면 눈가에 주름이 생겨. 그 점에선 런던이 좋아. 자외선 지수도 낮고 거지 같은 햇살 때문에 눈살을 찌푸릴 일도 거의 없잖아."

어이없게도 그들은 햇빛 아래 앉아 대화를 나누고 있었다. 로렌이 다시 대화에 집중했다. "내 모습이 가끔 달라지는 것 같긴 해. 그런데 난 이렇게 지낸 지 겨우 서너 달밖에 안 된걸."

"그동안 있었던 일을 처음부터 다 말해 봐."

로렌은 엘레나의 결혼 축하 모임, 버스, 그리고 계단에 나와 그녀를 맞이하던 마이클의 모습을 수도 없이 되짚어 봤다. 사람들에게 털어놓기도 했지만 아무도 진지하게 듣지 않았다. 지금도 솔직히 보하이가 자신의 이야기를 의심하거나 그녀가 착각한 거라고 웃어넘길 것 같아 약간 걱정스러웠다.

하지만 보하이는 그러지 않았다. "그랬군. 솔직히 나도 정말 이상했어. 친구들과 별장으로 휴가를 갔거든. 당연히 호주에서. 별장이 엄청나게 크길래 숨바꼭질을 하기로 했어. 자랑은 아니지만 내가 숨바꼭질 하나는 기가 막히게 잘하거든. 그래서 벽장으로 들어가서 판때기 같은 거 뒤에 숨었지. 그런데 막 지지직거리면서 전기가 흐르는 소리가 들리더라고. 그래서 얼른 튀어나왔어. 그런데 밖으로 나와 보니 내가 마저리라는 아내와 해변에 살고 있는 게 아니겠어?"

"헐."

"정말 황당했다니까. 몇 번이나 똑같은 집을 빌려서 다시 옷장에 들어가 보기도 했어. 하지만 아무 일도 일어나지 않더라고. 그러고 나면 혼자 와이너리 저택에 가려고 남편이나 아내 몰래 신용카드로 5000달러나 긁었다는 사실을 들키기 전에 새로운 세상으로 도망쳐야 했어."

웨이트리스가 음식을 가져오자 그들은 잠시 대화를 멈췄다. 보하이가 다른 테이블에서 소금과 후추, 케첩을 가져왔다.

"다음 질문! 당신은 모두 남편이었다고 했지?"

"응. 당신은 여러 가지였고."

"그래도 절반 이상이 남편이었어. 나는 원래 여자들이랑 데이트를 많이 했던 사람이라서 그 반대라는 점이 좀 의아하긴 해. 아니면 결혼 자체에 별 관심이 없어서 그런 거일 수도 있고. 그래서 남편이 더 많이 등장하는 건지도 모르지. 남자들이랑은 '그래. 뭐, 까짓것 결혼해. 그래서 우리를 부정하는 사람들에게 보여주자고, 우리를 반대하는 법과 삼촌들에게 반항하는 거야.' 뭐 이렇게 생각하게 되는데 여자들이랑은 전통적으로 그래왔고 그래야 하니까 그냥 결혼을 한다는 느낌이야. 정말 구닥다리 사고방식이라고 생각해. 당신을 기분 나쁘게 하려는 건 아니야. 내가 얼마나 많이 결혼했는지 알잖아. 남편과 아내가 자그마치 400명이라고."

"결혼 따위에 관심 없는 사람한테 400명은 너무 많은 거 아니야?" 그녀가 말했다.

"그러니까. 덕분에 내가 결혼이라는 제도나 관념에 푹 빠진 사람인 것 같기도 하고 반대로 결혼에 전혀 의미를 두지 않는 사람인 것 같기도 해. 하나의 제도나 관념으로써의 결혼 말이야. 요즘 같아선 나도 내가 어떤 쪽을 좋아하는지 잘 모르겠어."

몇 가지 메모가 더 있었지만, 로렌은 어젯밤 보하이가 했던 말이 떠올랐다. "어제 결혼 생활에 규칙이 있다고 했잖아."

"당연하지. 잠깐 머물다 가더라도 지켜야 할 것은 있어. 바람 피우지 않기, 아이 낳지 않기, 비자 때문에 결혼하지 않기. 당신은 규칙 같은 거 없어?"

"아직 규칙은 딱히 없어. 비자 때문에 결혼한 적은 있어. 하지만 그 사람은 아주 좋은 사람이었어. 지금까지 만난 남편 중에 다섯 손가락 안에 들 만큼. 나도 아이는 원하지 않아. 하지만 그 문제를 중요하게 얘기한 적은 없어."

"아직 원하지 않는 거야 아니면 앞으로도 쭉 원하지 않는 거야?"

"앞으로도 쭉 원하지 않는 쪽이야." 조카들을 사랑하지만, 아이들과 한두 시간만 보내도 녹초가 된다. 아빠가 아프실 때 로렌은 자신이 해야 할 일을 다 했다고 생각한다. 그때 나탈리는 대학생이어서 집에 없었다. 그래서 호스피스 케어가 시작되기 전까지 6개월가량을 엄마와 둘이서 번갈아 가며 아빠를 간호했다. "얘기를 들어 보면 당신도 같은 생각인 것 같은데."

보하이가 손사래를 치며 말했다. "아닌데. 나는 아이를 원하는 쪽이야. 진짜라고. 하지만 난 책임을 지고 싶어. 아이들을 두고 그냥 떠나고 싶진 않아. 생각해 봐, 이번 생에 나한테 여섯 살짜리 아이가 셋 있다면 나는 그 아이들을 사랑하기 때문에 이번 생을 떠날 수가 없어. 내가 옷장 속으로 들어가면 아이들도 사라질 거 아니야. 당신이 남편을 다락방으로 보내버린다고 그들이 사라지는 건 아니야. 다만 이제 당신의 남편이 아닐 뿐이지. 하지만 아이들은 달라. 어쨌든 당신이 낳은 아이들이니까 당신이 떠나면 아이들도 존재하지 않게 돼. 당신이 그곳에 없으면 아이들도 그곳에 없는 거야. 초반에 한 번은 아내가 임신을 했었어. 사실 우리는 사이가 좋지 않았거든. 하지만 앞으로 태어날 아이를 책임져야 한다고 생각했어. 내가 남아야 이 아이도 사라지지 않는다고 생각했어. 그럼에도 불구하고 우린 너무 안 맞았어. 결국 아이가 태어나기 전에 내가 떠나버렸어. 모르겠어. 그때 기분이 정말 별로였어. 떠나고 나서 아내가 어떻게 지내는지 찾아봤어. 그 아내는 다른 삶을 살고 있었고 아이가 셋이더라고. 하지만 셋 다 내 아이는 아니었어. 그 후론 아이가 생길 것 같은 조짐이 조금이라도 보이면 얼른 떠나버려. 그래야 아이를 만나지 않을 거고, 또 그 아이가 의붓자식인지, 조카인지, 내 자식인지, 아니면 뭐가 됐든 모를 테니까. 아이를 포기하고 자유를 얻은 셈이라고나 할까. 어쨌거나 얻은 게 있으니까 이긴 거 아닌가?"

보하이가 매력적인 함박웃음을 지었다. 그도 자신의 미소가 매력적이라는 사실을 분명 알고 있을 것이다.

"한 곳에서 2년 동안 머문 적도 있다고 했잖아?" 그녀로선 상상조차 할 수 없는 일이었다. 그렇게 오래 함께 살다가 떠날 수 있다니.

보하이가 고개를 끄덕였다. "정확히 말하면 1년 반 정도였어. 시드니에서 살 때였는데 시작이 좋았어. 한웬이라는 이름을 가진 남편이었는데 영어 이름이 잭이었어. 솔직히 중국인을 만난 적은 거의 없었어. 그땐 나를 비난할 것 같은 사람들에 대한 일종의 반항심으로 그 사람과 결혼했던 것 같아. 그런데 잭과 사는 게 좋았어."

"그때 당신은 어떤 일을 했어?"

"작은 극단에서 조명 및 기술 감독으로 일했는데 생전 처음 해보는 일이었어. 하지만 때가 때이니만큼 극장들이 문을 열었다가 닫고, 다시 열었다가 닫고를 반복해서 모두가 실전이 부족했어. 덕분에 나 같은 초짜도 그냥저냥 넘길 수 있었고, 거기다 때마침 대학생이 실습을 나와서 그 덕을 좀 보기도 했어. 잘 모를 땐 대학생에게 질문하는 척했어. '자, 이제 어떻게 해야 할까? 각각의 메뉴들을 설명해 봐.' 막 이러면서. 아주 좋은 방법이더라고. 완전 추천이야!"

"정말 똑똑한데." 로렌이 말했다.

"그렇지? 아무튼 그때 잭과 부부가 됐어. 잭은 금융업계에서 일했어. 그에게 난 화려한 트로피 허즈번드였어. 뭐, 내 자존심 세우기에는 괜찮았지. 우리는 서로에게만 충실해야 한다고 고집하지 않았어. 물론 그게 내 스타일은 아니야."

그 말에 로렌이 웃음을 터트렸다. "배우자를 1년에 100명씩 두시는 분이 무슨 그런 말씀을? 여보세요, 처제와 바람난 보하이 씨."

"이봐. 내가 늘 한 사람에게만 했다는 말은 아니야. 난 이것저것 시도해 보는 걸 좋아하거든. 어쨌든 남편에게 다른 누군가가 있으면 질투가 났어. 집도 좋았고 일도 손에 익은 다음부터는 재미있었어. 잭도 멋졌고, 내가 많이 좋아했어. 우리는 행복했어. 별로 싸우지도 않았지. 잭이 설거지를 한 번도 안 했지만 욕할 게 그것뿐이라면 훌륭한 결혼 생활이라고 생각해."

"그런데 왜 떠났어?"

"그게." 그가 포크를 내려놓았다. "좀 우울한 이야긴데. 공연이 끝나고 잭이 나를 데리러 오는 중에 교통사고가 났어. 꽤 심각한 사고였어. 그게, 내가 나쁜 놈이라서 그렇다고 생각하진 않아." 그가 자신을 다독이는 듯한 제스처를 취했다. "잭은 생사의 갈림길에 서고 싶지 않았을 거야. 그리고 그가 죽고 그다음에 내가 떠나버리면 무슨 일이 벌어질지 알 수가 없었어. 그때 가서 상황을 바꿀 수 없게 된다면 차라리 그가 새로운 삶을 살 수 있도록 빨리 바꿔버리는 게 낫다고 생각했어."

"저런, 힘들었겠다."

"응. 그러고 나서 가끔씩 잭을 찾아보는데 잘 지내더라고. 잭이 즐겨 다니던 바에 자주 갔어. 그런데 어느 날, 잭이 들어오는 거야. 나는 우리가 예전처럼 잘될 줄 알았어. 결국 남편일 때는 알 수 없었던 잭의 일탈적 섹스 취향만 알고 끝나버렸지만. 당신은 어때?"

"글쎄. 나는 아직도 적응이 안 돼. 정말 좋아했던 미국인 남편이 있었어. 그도 나를 좋아했어. 물론 남편들은 다 나를 좋아했겠지. 그래도 그 사람은 나랑 같이 있으면 정말 행복해하는 것 같았어. 그런데 내가 잠시 한눈파는 사이에 다락방에 올라가고 말았어."

"뭐야, 머저리 같은 놈!" 보하이가 소리쳤다. "죄송합니다." 유아차를 끌고 그들 옆을 지나가던 여자에게 보하이가 사과했다.

"잘 안 됐을지도 몰라. 2년이라는 시간에 비하면 일주일은 아무것도 아니니까." 카터와 오랜 시간 함께했는데 그가 다락방으로 사라졌다면 어땠을까? 상상조차 하기 싫었다.

"그런 건 비교할 수가 없어. 당신이 정말 남편을 좋아했다면 얼마나 오래 함께였느냐와 상관없이 슬퍼할 수 있다고 생각해."

잠시 침묵이 흘렀다.

"솔직히 말하면 난 슬퍼하고 싶지 않아." 로렌이 말했다.

"맞아. 나도 그래."

다락방에서 남편들이 내려와

"분위기를 바꿔볼까? 그럼 당신이 들어간 가장 이상한 방은 어떤 곳이었어?" 로렌이 목소리 톤을 높여 물었다.

"음. 풍선이 거의 내 목까지 차오를 정도로 가득했던 방도 있었고, 웰시코기 여덟 마리가 있던 방, 아내가 정원용 가위로 내 옷을 자르는 방도 있었어. 거긴 정말 섬뜩했어."

"왜 그랬는진 알아?"

그가 어깨를 으쓱했다. "아니, 그냥 바로 옷장 속으로 들어가 버렸어. 모르긴 몰라도, 바람을 피웠거나 도박을 했거나 뭐 그런 거겠지. 아까도 말했지만, 인생이 400번씩 바뀌잖아. 그건 내가 얼마나 쓰레기 같은 새끼인지 알아내는 가장 빠른 방법인 것 같아. 아, 죄송합니다." 보하이가 좀 전에 본 아기 엄마에게 또다시 미안하다고 말했다. 그 여자가 이번엔 반대 방향에서 유아차를 밀고 있었다.

"공원을 좀 걸을까?" 로렌이 물었다. 테이블이 이제 거의 다 찼다. 보하이가 거침없이 욕설을 내뱉기도 했고, 모두가 들을 수 있는 곳에서 이런 이야기를 하고 싶지 않기도 했다.

두 사람은 오리들이 제각각 돌아다니는 호수 쪽으로 걸었다.

"언제쯤 멈출지 결정했어?" 로렌은 언제쯤 이 상황을 멈춰야 할지 고민 중이었다.

보하이가 어깨를 으쓱했다. "아직 고민 중이야. 당신도 한 사람에게 정착해야 하나 고민 중이지?"

의식적으로 그런 건 아니었지만, 로렌은 여전히 좋은 게 좋은 거지 모드였다. 하지만 남편들과 함께한 지난 몇 달은 길게 느껴졌다. 회사를 빼먹고, 비싼 점심을 먹고, 필요도 없는 물건을 사고, 그 모든 것을 없었던 일로 지울 수 있는 날이 얼마나 남았을까?

"잘 모르겠어. 노력은 해봐야겠지." 로렌이 말했다.

"그렇다면 말이지, 근처에 문구점이 있을까? 포스트잇을 좀 많이 사고 싶은데."

25

보하이와 이야기하고 나니 마음이 한결 가벼워졌다. 일주일 내내 두 사람은 하루에도 열두 번씩 웃고 그동안 하지 못했던 말들을 쏟아냈다.

집 좋은데. 당신네 다락방에서 나와서 다행이야.

당신이 가져온 파란색 큼지막한 냄비가 마음에 들어. 지난번 남편이 가져온 타탄 체크무늬 접시들보다 훨씬 좋아.

두 사람은 겹치는 친구도 없고, 직장도 다르고, 사는 곳도 다르고, 취미도 달랐다. 서로 만날 일이 없었다. 그래서 어떻게 만났나 싶어 찾아보니 온라인에서 만난 사이였다.

"상관없어. 오히려 더 재미있어." 로렌이 말했다. "확실한 건 아니지만, 엘레나에게 보낸 문자로 추측해 보면 당신이 리버풀 스트리트 근처의 작은 공원에서 프러포즈를 한 것 같아. 왜 빅토리아 시대 사람들을 기억하려고 세워둔 기념비 있는 곳 말이야."

"아, 맞아. 나 그런 거 진짜 좋아해. '어머니, 저는 그를 구했지만, 저 자신은 구하지 못했습니다.' 이런 문구 적힌 데 말하는 거지. 진짜 눈물 날 것 같아. 내 성격에 분명 계획 같은 건 하지 않았을 거야. 아마도 새들이 노래하고 있었겠지. 젠장, 사람들이 지나다니는 기념비 앞에서 우는 모습을 보이다니 믿을 수가 없군."

"으악, 당신이 축사를 어떻게 했을지 알고 싶지 않아."

그들은 오후 내내 다락방에 얽힌 이야기를 찾아 서로에게 큰 소리로 읽어줬다. 그런 다음 보하이가 산 포스트잇에 이상적인 배우자의 조건을 적어 창문에 붙였다.

보하이는 포스트잇에 '머리숱이 많거나 아예 없어야 함'이라고 적었다. "머리카락이 애매하게 있는 건 싫어."

로렌은 '팔뚝이 멋진 사람, 흥미로운 기술을 보유한 사람, 자신이 무엇을 원하는지 아는 사람, 목도리가 있는 사람'이라고 적었다.

그러곤 서로 자신에게 의미 있었던 전 배우자들을 검색했다. 잭은 아직 싱글이고 최근에 승진했다. 그의 링크드인 계정에는 통찰력의 중요성에 관한 글이 올라와 있었다.

"우리가 통찰력에 대해 잊고 있는 것은." 로렌은 잭이 올린 글을 큰 소리로 읽었다. "주어진 문제를 명확하게 인식할 때 통찰력을 얻을 수 있다는 사실입니다."

"물론 난 이런 비즈니스 관련 이야기엔 관심 없어. 잭은 집에선 이런 말을 하지 않았어. 보고 싶다. 내가 거짓말을 하면 귀신같이 알아차리곤 했는데. 잭이 3000달러짜리 정장을 입은 모습도 보고 싶어." 보하이가 포스트잇을 한 장 더 떼어 '정장이 잘 어울릴 것'이라고 적었다. "당신의 부자 남편이 잭보다 얼마나 더 괜찮은지 볼까?"

로렌이 펠릭스를 검색했다. 그는 유모와 결혼했을 수도 있다. 아니면 델핀이라는 사람과 결혼했을지도 모른다. 펠릭스는 링크드인 계정이 없었다. 그래서 로렌은 약간 우쭐해졌다. 그 대신 그가 한 강연 영상이 있었는데 조회수가 3만에 이르렀다. 로렌이 재생 버튼을 눌렀다. 하지만 어찌나 지루하던지 30초를 채 못 보고 음소거 버튼을 눌렀다. 소리가 꺼진 후에도 진지한 얼굴, 절제된 동작, 끊임없는 눈 맞춤, 가끔씩 지어 보이는 사업가적 미소 덕분에 펠릭스는 카리스마가 넘쳐 보였다. 그들은 펠릭스의 영상을 TV로 틀어놓고 그의 몸짓을 지켜봤다.

"어떤 사람인지 알 것도 같군." 보하이가 말했다.

마이클은 재혼했다. 이번에는 부인이 죽지 않았다. 그리고 커다란 눈망울에 곱슬머리를 가진 아기가 있었다. 제이슨은 여전히 정원 관리 업체를 운영했고 싱글인 것 같았다. 카터는 늘 보던 여자친구와 덴버에 있지 않았다. 이번엔 키가 큰 금발의 여자와 시애틀에 있었다.

"당신이 이 여자보다 예뻐." 보하이가 말했다. "솔직히 남자도 그렇게 잘생긴 편은 아니야."

"사진이 잘 안 나와서 그래. 걸음걸이나 자세가 얼마나 멋진데."

그러자 보하이가 포스트잇에 '걸음걸이나 자세에 끌림'이라고 적고 로렌이 볼 수 있도록 높이 쳐들었다.

로렌은 사람들이 배우자를 어떻게 결정하는지를 검색했다. 전에 몇몇 남편에 대해 읽은 글이 떠올랐다. 그러다 생각난 것이 있어 다시 검색을 시작했다.

"있잖아. '비서 고용의 확률'이라는 걸 들어본 적 있어?"

보하이가 없다고 대답했다.

"얼마 전에 최고의 남편을 찾으려면 어떻게 해야 하는지를 찾아봤어. 그런데 누가 글을 올린 게 있더라고. 최고의 배우자를 찾거나 최고의 비서를 고용하는 가장 좋은 방법을 확률적으로 계산해 놓은 글이었어."

"둘은 다른 문제 같은데."

로렌이 어깨를 으쓱했다. "좋아. 비서에 초점을 두고 설명해 볼게. 당신이 최고의 비서를 찾으려고—"

보하이가 눈썹을 치켜올렸다. "그 공식을 올린 사람이 혹시 1952년 사람이야?"

"자, 생각해 봐. 당신 앞에 면접을 보러 온 사람들이 줄지어 서있어. 한 명씩 들어와서 면접을 볼 거고 면접이 끝나면 그 사람을 고용할지 말지 결정해야 해. 바로 그 자리에서. 당신이 '아니오'라고 말하면 다시 번복할 수 없어. 계속 퇴짜를 놓으면 결국엔 마지막에 남은 사람을 고용할 수밖에 없어. 그 사람이 아주 형편없더라도 말이지."

"면접은 그런 식으로 하지 않아. 아무리 1952년이라고 해도 말이야."

　　　　　　　　　다락방에서 남편들이 내려와

"당연히 아니지. 만약 그렇다면 당신은 어떻게 할 거야?"

"미리 평가 기준을 딱 정해 놓고 하면 되지 않을까?" 보하이가 포스트 잇을 가리켰다. "추천서나 평가서 같은 걸 요청하거나 일정 기간을 두고 임시로 고용해 보는 건 어때?"

"수학적으로 볼 때 면접을 보러 온 사람들의 처음 37퍼센트에 해당하는 사람들은 그냥 보내야 한대. 그리고 그 이후에 오는 사람들 중에 앞서 면접 본 사람들보다 가장 먼저 낫다고 생각하는 사람을 고용해야 한대."

보하이가 눈을 오른쪽 왼쪽으로 이리저리 굴리며 생각에 빠졌다. 그러곤 로렌이 제시한 숫자에 대해 물었다. "그런데 37퍼센트는 어디서 나온 숫자야?"

당연한 질문이었다. "잠깐, 당신은 언젠가 죽어, 안 그래?"

"그 말은 좀 듣기 불편한데."

"나이가 어떻게 돼."

"알아서 뭐 하게?"

"나는 당신의 아내야." 로렌이 말했다.

보하이가 불쾌하다는 듯 눈알을 굴렸다. "서른다섯 살."

"좋아. 당신이 여든다섯 살까지 산다고 치면 배우자와 사는 시간은 지나간 5년까지 치면 55년이야."

"아흔다섯 살까지 해 줘. 우리 가족은 대대로 장수 집안이야. 조부모 네 분이 아직 살아 계신다고."

"그래, 그럼. 당신은 총 65년의 시간을 배우자와 보내야 해. 37퍼센트

261

는—." 로렌은 휴대폰의 계산기를 켰다. "24년, 이 일이 서른 살에 시작했으니까, 젠장, 그럼 쉰네 살이 될 때까지 계속 남편이나 아내를 바꿔야 한다는 거네. 그리고 쉰네 살이 지나고 처음 만나는 최고의 사람에서 멈춰야 해."

보하이가 못마땅한 듯 툴툴거렸다. "나는 싫은데. 그렇다면 2000명의 배우자를 만나야 한다는 거야? 그 수학자가 뭐라고 했는진 모르겠지만, 들어봐. 나는 이미 400명을 만났어. 앞으로도 더 많이 만나게 되겠지. 하지만 1600명을 더 만난다고 해도 새로울 게 있을 것 같지는 않아."

"그럼, 당신은 이쯤에서 정착할 생각이야?"

"으으으윽." 보하이가 비명인지 탄성인지 모를 소리를 지르며 자리에서 일어났다. "잭과 안 좋게 끝낸 게 겨우 몇 달 전 일이야. 그리고 오랫동안 그 세상에 있었고, 나는 헤어짐의 아픔을 극복하는 데 함께 지낸 시간의 절반 정도가 걸려. 앞으로 여섯 달은 더 지나야 진지한 데이트를 하든가 결혼을 하든가 할 수 있을 거야."

잭이 그렇게 최근 일인지 몰랐다. "그렇군." 로렌이 말했다.

"하지만 난 멈추고 싶어. 정말이야. 나는 일주일 후에 내가 어디에 있는지 아는 그런 삶을 원해. 나는 미리 알고 계획하는 삶을 살고 싶어. 이것저것 다 넣은 향신료 믹스를 사서 한 번도 쓰지 않고 유통기한이 3년이나 지난 다음에 버리더라도 미리 사놓는 그런 삶을 살고 싶어."

"나도 그래." 그렇게 말하기 전까진 자신도 그런지 확신이 없었다. 하지만 입 밖에 꺼내 말하고 나니 확신이 드는 것 같았다. "나는 정말 멈춰야 할 가장 좋은 때를 알고 싶어."

포스트잇에 이상형을 적고 이런저런 이야기를 허심탄회하게 나누느라 일요일 저녁 7시 30분에 약속이 있는 걸 까맣게 잊어버렸다. 그래서 엘레나와 롭이 문 앞에 나타났을 때 깜짝 놀랐다.

로렌이 거짓말로 둘러대려 했지만 그럴 필요가 없었다. 그녀가 벽에 붙인 포스트잇을 떼는 동안 보하이가 이미 그들을 맞이하러 나갔기 때문이다.

"미안해요. 동생이 긴급 수술을 받게 돼서 정신이 없었어요. 맹장염이긴 했지만, 너무 놀랐거든요. 병원에서 연락이 올 때를 기다리다가 두 사람이 오는 걸 잊었어요. 방금 병원에서 연락이 왔는데 이제 수술실에서 나와서 회복 중이래요. 그래서 말인데 저녁은 배달 음식을 먹어야 할 것 같아요."

완벽했다. 저녁 분위기를 망치지 않을 만한 훌륭한 변명이었다. 그 변명이 오히려 분위기를 살려줬다.

로렌이 화장실에 들어가 보하이에게 문자를 보냈다. **엘레나와 롭이야. 엘레나는 결혼 축하 모임의 주인공이고. 두 사람은 이번 여름에 결혼했어.** 하지만 화장실에서 나와 보니 보하이는 롭이 가져온 와인을 따르며 즐겁게 농담을 주고받고 있었다. 아주 그럴싸하게 행동했다.

"롭네 어머니는 결혼했으니 바로 아기를 가져야 한다는 거야." 엘레나가 저녁을 먹으며 말했다. "그래서 우리가 개를 키우겠다고 했더니 화들짝 놀라시더라고. 개와 아기를 동시에 키울 수도 있잖아, 안 그래?"

"그럼." 로렌이 대답했다.

"우리가 서둘러 아기를 갖지 않으면 난자를 훔쳐다가 우리 대신 전자레인지에 넣고 배양이라도 하실 태세야. 아기에 몹시 집착하셔."

엘레나가 기대에 찬 눈길로 보하이를 쳐다봤다.

"음… 그것 참 현명한 생각이네요." 보하이가 대답했다.

"다른 할 말… 은 없어요?" 엘레나가 물었다.

"그…"

보하이가… 정자라도 기증해야 한다는 걸까? 만약 그런 거라면 엘레나가 술에 취해 한밤중에 로렌에게 말했을 것이다.

엘레나가 보하이의 말을 반복했다. "그…?"

'아… 아!' 로렌은 그제야 보하이가 다락방에서 내려온 첫날 남편에 대해 알아본 것들이 생각났다. "안내견."

보하이가 로렌을 보며 눈을 깜빡였다.

"안내견 말야." 로렌이 덧붙였다. "당신이 훈련시킨 개들."

"혹시 사랑스러운 실패작들이 있나요?" 롭이 물었다.

로렌이 보하이를 바라보자 그가 빠르게 상황을 파악했다. "정말 미안해요. 이번에는 결과가 좋았어요. 다른 훈련사들이 한눈파는 사이에 일부러 한 마리를 엉터리로 가르치려고 해봤죠. 두 분께 보내려고 말이에요. 그런데 개들이 워낙 똑똑해야 말이죠."

밤이 돼 그들이 떠나자 보하이가 소파에 털썩 드러누워 몸을 쭉 뻗었다. "아, 젠장. 개라니, 내가 직업이 있다는 사실조차 잊고 있었어."

그건 로렌도 마찬가지였다. 그녀가 안락의자에 앉아 다리를 커피 테이블 위에 올리고 아이패드를 열었다. "여기 있네." 로렌이 아이패드를 보하이 쪽으로 돌려 세 마리의 멋진 개들과 함께 찍은 사진을 보여줬다. 그녀는 위기를 무사히 잘 넘겼다는 승리감과 와인에 취했다.

보하이가 태블릿을 받아 개들과 함께 찍은 다른 사진들을 찾았다. "그나마 최악의 직업은 아니군. 한 번은 장례지도사로 일했고 또 한 번은 유기농 스킨케어 제품을 판매했거든."

로렌이 태블릿을 다시 받았다. "당신은 세상이 가장 크게 달라진 때가 언제라고 생각해? 가장 큰 변화 같은 거."

"나는 뉴스를 자주 확인해. 하지만 맘모스가 다시 돌아왔다거나, 호주가 월드컵 우승을 차지했다거나, 기후가 안정돼서 더 이상 재활용품을 행구지 않아도 된다거나, 뭐 그런 뉴스는 없더라고. 이게 장단점이 있는 것 같아. 물론 지구가 덜 망가졌던 과거로 돌아갈 수 있으면 좋겠지만, 역사의 힘 앞에 인간이 얼마나 무력한지를 반증하는 거니까 한편으로 위안이 되기도 해. 그냥 〈마인드헌터〉나 보는 게 나을지도."

"그건 그래. 그렇다고 지금 〈마인드헌터〉 보자는 건 아니야."

보하이가 고민하는 듯한 눈빛으로 로렌을 쳐다봤다. "혹시 우리가 같이 있어야 한다고 생각해?"

"무슨 말이야?" 이해하지 못한 척했지만 무슨 뜻인지 알 것 같았다.

"이런 일을 겪는 사람은 우리뿐인 것 같아. 우리 같은 사람들이 수천 명 있다면 누군가 글을 남겼겠지. 안 그래? 영화 같은 데선 일어날 수 있겠지. 왜 그런 영화들 있잖아. 도시에 사는 직장 여성이 크리스마스트리에 머리를 맞고 기절했다가 깨어나 보니 주걱턱을 가진 남자와 결혼을한 거야. 그러다가 크리스마스의 진정한 의미를 깨닫고 원래 있던 세상으로 돌아가는 스토리 말이야. 그녀는 크리스마스 휴일을 고향에서 보내기로 마음먹고 비행기를 타. 그런데 옆자리에 그 남자가 앉아있고 산타가 윙크를 하면서 끝나는 그런 영화 있잖아."

"뭐? 그런 영화가 어디 있어?"

"정말? 그런 영화를 본 적이… 없다고? 나중에 같이 보자. 이런, 미안.내가 무슨 얘기를 하는 거야. 있잖아." 보하이가 잔을 내려놓았다. "내가여기에서 뭘 할지 진지하게 생각해 본 적은 없지만 어쨌든 조금 더 오래머물러도 좋을 것 같아. 평생은 아니고. 어떤 의도가 있어서 그러는 건아니야. 나는 우리가 함께 있어야 한다고 생각하진 않아. 당신이 남편들을 더 이상 못 만나게 하고 싶지도 않고. 하지만 이 문제에 관해 같이 얘기는 할 수 있다고 생각해."

두 사람 모두 보하이가 떠나고 나서도 계속 연락을 유지할 수 있을 거라고 확신했다. 서로를 기억할 테고 이메일을 주고받거나 보하이가 런던에 올 때면 같이 커피를 마실 수도 있다고 생각했다. 하지만 모든 건알 수 없는 일이다. 같은 처지의 두 사람이 같은 세상에 존재하는 것만으로도 특별했다.

"맞아. 그러면 좋겠어." 로렌이 말했다.

"아마도." 너무 많은 것을 요구했나 싶었는지 보하이가 약간 걱정스러운 목소리로 말했다. "한 달이나 두 달 정도? 싫으면 싫다고 해도 돼. 난 정말 괜찮아. 나는 아직 잭 문제로 시간이 필요해. 그래서 이 시간이 마음을 다스리기에 좋은 기회가 될 것 같아. 그리고 이렇게 말해서 미안한데 당신과 있으면 나에 대해 거짓말을 하지 않아도 돼서 너무 좋아."

"나도 마찬가지야. 내친김에 새해까지 있는 건 어때?"

보하이가 누구나 인정할 만한 아주 매력적인 미소를 지어 보이며 말했다. "좋지."

26

로렌과 보하이는 빠르게 적응했다. 보하이는 공원이나 바에 가거나, 이곳에서 만난 친구들과 어울리며 집 밖에서 많은 시간을 보냈다.

그들은 토비, 마리암과 함께 술집에서 열리는 퀴즈 대회에 참가했다. 토비가 세계의 국기와 역사 부분을 맡았다. 마리암이 과학 분야와 페르시아어, 독일어, 그리스어와 라틴어로 이뤄진 의학 용어를 알아서 객관식 언어 문제에서 다른 팀을 치고 나갔다. 사진 문제가 많은 라운드에서는 놀랍게도 보하이가 선전을 펼쳤다.

그들 팀이 다른 팀을 앞서고 있었다. 다음 라운드는 '누구일까요' 코너로 가수나 배우의 실명을 맞춰야 했다.

네 사람은 문제를 응시했다. "그냥 다 마릴린 먼로라고 적어." 보하이

다락방에서 남편들이 내려와

가 말했다.

"알폰소 다브루쪼도?" 마리암이 물었다.

"저 이름들 중 하나는 무조건 마릴린 먼로일 거야. 0점보다는 1점이라도 따는 게 낫지 않아?"

로렌이 바텐더 쪽으로 갔다. 퀴즈에는 약했지만 술 네 잔을 쏟지 않고 가져오는 건 잘할 수 있었다. 그녀가 자리로 돌아왔을 때 문제는 다시 사진으로 넘어갔고 주제가 꽃이었다.

"아, 잠깐, 나 이거 알아. 제라늄, 네스트리움, 수국이야. 하나는 모르겠고 그다음은 등나무, 그리고 스위트피야." 그다음 두 개도 모르는 꽃이었다. "세상에." 적은 건 모두 정답이었다.

새로운 문제가 나왔다.

"저건 장미네. 그 정돈 나도 알지." 보하이가 말했다.

"저건 블랑 피에르 드 롱사르야."

세 사람 모두 로렌을 쳐다봤다.

"덩굴 장미의 일종인데 꽃이 핑크색으로 피었다가 부드러운 하얀색으로 바래."

토비가 연필을 들고 멈춰있었다.

"장미라고 적는 게 더 안전하지 않을까?" 마리암이 말했다.

"블랑 피에르 드 롱사르라니까." 로렌이 단호하게 말하고 연필을 뺏어 꽃의 이름을 적었다.

정답이었다. 더군다나 사회자가 어려운 문제를 맞춘 것에 감동을 받아 보너스 점수까지 줬다. 배우 이름에 마릴린 먼로가 하나도 없어서 잃은 점수를 메꿀 순 없었지만 4등으로 마무리했다. 그래서 상품으로 월요일부터 수요일까지 오후 7시 이전에 주문할 때 사용 가능한 30퍼센트 할인 쿠폰을 받았다. 기분 좋은 밤이었다.

보하이는 로렌의 친구들과도 잘 어울렸다. 로렌은 들어본 적도 없는 지역 모임에 가입하고 아트센터에 공연을 보러 갔으며 어느 날 밤은 롭과 함께 습지에 사는 박쥐를 보겠다고 월섬스토우에 갔다.

"박쥐 탐사라고?"

보하이가 어깨를 으쓱했다. "응. 박쥐를 찾는 것 같아. 같이 갈래?"

"싫어!" 로렌은 런던에 박쥐가 산다는 것조차 몰랐을뿐더러 왜 그런 걸 하는지 이해할 수 없었다.

로렌은 대부분 집에서 일했고 일주일에 두서너 번 사무실에 나갔다. 보하이는 낮에는 일이 없었다. 그래서 로렌이 아직도 병가 중이냐고 물었다.

"아니, 그건 아니고, 사실 일을 그만둔 거나 다름없어. 해고당했다고 해야 하나? 사실 모아둔 돈도 좀 있고 곧 떠날 거니까. 안 그래? 회사에서 전화가 왔길래 그만둔다고 말하고 번호를 차단했어. 고용주는 우리가 언제든 그만둘 수 있다는 걸 알아야 해. 그래야 직원들한테 잘하지."

"그래. 안내견들한테 아주 제대로 보여줬네."

팝-팝-팝-펑! 10월 말, 밤에는 정원이나 공원에서 불꽃놀이가 펼쳐졌다. 보하이는 불꽃놀이에 홀딱 반했다. 개인이 불꽃놀이 용품을 구입해서 놀 수 있다는 말에 소스라치게 놀랐다. "우리나라에서 그랬다간 아이들이 숲이란 숲은 다 태워버릴걸."

로렌이 비가 내리고 습한 창밖을 가리키며 말했다. "여기서 숲을 태우려면 운이 좋아야 할 거야."

보하이는 좋지도 나쁘지도 않은 동거인이었다. 어떤 집안일은 손도까딱하지 않으면서 또 어떤 일은 까다롭게 굴었다. 차는 절대 끓이지 않았지만, 그와 있으면 즐거웠다. 두 사람은 이야기를 나누고 농담을 주고받았다. "제발, 가자. 여긴 런던이라고! 화려한 조명이 보고 싶어. 그게 내 일이었잖아! 게다가 이제 나는 표를 살 기회도 없어. 그리고 기회가 생기더라도 공연이 열릴 때쯤이면 이미 다른 곳에 가 있을 거라고." 보하이가 하도 졸라대는 바람에 웨스트엔드에서 새롭게 공연하는 대형 뮤지컬 VIP 좌석에 상당한 돈을 썼다. 물론 조명은 매우 훌륭했다. 하지만 쇼가 절반쯤 지났을 때 보하이가 그녀의 귀에 대고 속삭였다. "있잖아. 내가 뮤지컬을 싫어하는 걸 깜빡했어."

로렌이 고개를 돌리고 말했다. "이걸 보겠다고 760달러나 썼다고!"

"알아! 나의 실수!"

"아, 다락방!" 그녀가 입 모양으로 말했다.

"다락방!" 그도 똑같이 말했다.

마당이 엉망이 됐다. 그 와중에 엘레나의 결혼 축하 모임 때 가져온 선인장이 뾰족이 잎을 내밀었다. 점심시간에 보하이가 구청으로 찾아와서 함께 근처 화원에 갔다. 보하이가 나무를 사자고 했지만, 최근 소비가 급속도로 늘어서 로렌의 키만 한 나무를 사는 데 230달러나 쓸 여유가 없었다. 그뿐만 아니라 집에 가져가는 것도 문제라서 그 대신 중간 크기의 홍콩야자나무를 샀다.

"이게 위험할 수도 있다고 생각해 본 적 있어?" 어느 날 로렌이 휴대폰으로 뉴스를 보다가 보하이에게 물었다.

"어떤 거? 지지직거리는 전구 말이야?"

"아니, 나쁜 남편들, 아니면 나쁜 아내들일 수도 있고."

"글쎄, 그럴 수도 있지. 하지만 그냥 옷장 속으로 들어가면 쉽게 벗어날 수 있잖아. 당신한테는 어려울 수 있겠네. 그래도 남편들이 당신이 존재한다는 사실을 모르면 최소한 당신을 스토킹할 순 없잖아. 금전적으로 엮이는 일도 없고, 그들을 사랑하지 않으니까 마음 아플 일도 없을 거고."

"그렇지." 로렌이 다시 휴대폰을 들여다보더니 이야기를 이어갔다. "그런데 잘 모르겠어. 통계적으로 여자들이 밖을 돌아다닐 때보다 배우자와 집에 있을 때 더 많이 살해당한대."

"세상에. 그게 사실이야?" 보하이가 휴대폰을 꺼냈다.

"검색까지 할 필요는 없어."

그들은 툭하면 서로를 갈궜다. 서로 가식을 부릴 필요가 없어서, 서로 솔직할 수 있어서, 싸우고 서로와 연을 끊는 일이 생길 염려가 없어서 그럴 것이다. 무엇보다 그들에게 아무도 모르는, 아무도 믿지 않는 엄청난 비밀이 있기 때문일 것이다.

"끊임없이 등장하는 배우자나 마법의 다락방을 검색했을 때 볼 수 있는 페이지를 만들 거야." 보하이가 말했다. '끊임없이 배우자가 나타나는 무한의 굴레에 갇혀있다면 저에게 연락해 주세요라고 메시지를 남겨놓는 거지."

로렌은 그 생각이 탐탁지 않았다.

"그랬다간 이중 결혼으로 고소당할걸. 어쩌면 우리를 시간 사냥꾼이나 우주 경찰이라고 할지도 모르고. 모르겠다. 아니, 당신 말이 맞아. 당신이 해야지 아니면 누가 하겠어."

보하이가 서브 스택에 채널을 개설하고 글을 게시했다.

안녕하세요. 저는 벽장 안으로 들어갔다가 다른 생을 살게 됐습니다. 현재 저는 세상 여러 곳에서 새로운 남편과 아내를 끊임없이 만나며 지내고 있습니다. 만약 당신에게 저와 같은 일이 일어나고 있다면 저에게 메일을 보내세요.

"당신은 언급하지 않았어. 혹시 모르니까."

며칠 후 로렌이 보하이에게 물었다. "올린 글에 답글은 달렸어?"

"아니. 내가 떠날 때까지 그냥 두려고. 누가 알아?"

27

12월이 됐다. 로렌과 보하이는 크리스마스트리를 사러 갔다. 어림잡아 2미터 정도 되는 진짜 크리스마스트리를 골랐다. "여긴 길이 단위가 다르네. 이 정도 높이가 집에 들어가니까 팔겠지?" 그들은 가장 큰 트리를 사서 15분 거리를 걸어서 옮겼다. 중간중간 내렸다가 다시 들기도 하고, 다른 곳을 바꿔 잡기도 하고, 집으로 오르는 계단이 좁아 트리가 걸리기도 했다. 그렇게 옮긴 트리는 로렌의 집에 너무 컸다. 결국 보하이가 다락방 문을 열고 트리 꼭대기를 다락방으로 밀어 넣어 해결했다. 사다리를 내릴 공간이 없어서 로렌이 의자에 올라가 트리를 자기 쪽으로 잡아당겨 트리 끝에 별을 달고, 다른 한 손으로 트리를 다락방으로 집어넣었다. 트리 위로 다락방 전구가 마치 별처럼 반짝였다.

　　　　　　　　　　다락방에서 남편들이 내려와

트리가 복도 절반을 차지했다. 방에 들어갈 때도 트리 주변을 조심스럽게 돌아가야 했고, 전선도 거실에서부터 복도까지 연결해야 했다. 보하이가 자신이 한때 무대 감독이었다며 전선을 테이프로 고정했지만, 테이프가 계속 떨어져 나가는 걸 보면 유능한 감독은 아니었던 것 같았다. 겨우 1~2주밖에 되지 않았는데도 정말 불편하기 짝이 없었다. 트리 사진을 찍어 친구들에게 보냈다. 다들 멋지다고 칭찬했다. 유독 나탈리만이 전기세를 줄이는 법과 지붕을 통해 빠져나가는 열 손실 방지법에 관한 링크를 보냈다.

* * *

그들은 시내로 나와 괜찮은 스탠드업 코미디쇼를 보고, 밤늦게 피자를 먹고, 우연히 지하 술집에서 정체를 알 수 없는 2010년대 팝 음악 파티가 열리는 것을 발견하고 들어갔다. 새벽 2시쯤 집으로 발걸음을 돌렸다. 바깥 날씨는 쌀쌀했지만 춤추는 사람들로 가득 찬 술집의 열기가 남아 여전히 몸이 후끈거렸다. 차가운 공기가 팔과 얼굴에 닿자 로렌이 화들짝 놀랐다. 입김이 모락모락 피어올랐다. 두 사람은 버스정류장으로 가는 골목길을 따라 낄낄거리며 걸었다. 로렌이 보하이를 쳐다보며 엔리케 이글레시아스의 〈투나잇〉을 어떻게 랩까지 다 아냐고 놀려댔다. 보하이도 로렌을 쳐다봤다. 시선이 마주쳤다. 두 사람 모두 우연이 아니라는 걸 알았다. 둘 다 고개를 돌리지 않았다. 천천히 벽에 기대 키스를 나눴다. 로렌은 몸의 열기가 식지 않아 재킷을 벗은 상태였다. 상의가 밀려 올라가자 피부에 차갑고 거친 벽돌의 촉감이 느껴졌다. 차가운 밤공기와 따뜻한 그의 살, 그의 입술, 그의 손, 그리고 그의 몸.

하지만 두 사람은 거기서 멈췄다.

둘 다 아무 말도 하지 않았다. 이게 맞는 일인지 생각해야 했다. 결국에는 좋지 않을 게 뻔했다. 그래서 그녀는 이번에는 더 부드럽게 몸을 앞으로 기댔다. 보하이도 똑같이 했다. 하지만 여전히 둘 다 긴장한 상태였다. 로렌은 그 긴장감을 느낄 수 있었다. 잠시 후 그녀가 뒤로 물러나며 말했다.

"그렇지? 그래, 이건 좋은 생각이 아닌 것 같아."

"젠장, 나도 그렇게 생각해."

보하이는 런던을 싫어하고 로렌은 런던에 집이 있다. 보하이는 아이를 원하지만, 로렌은 아이를 원하지 않는다. 보하이는 설거짓거리를 밤새 싱크대에 담가 두고, 로렌은 보하이가 아끼는 파란색 주물 냄비가 공간을 너무 많이 차지해서 싫어한다. 평범한 연인으로 만났더라면 이것저것 따지지 않고 결혼해서 잘 살거나 아니면 헤어졌을 것이다. 하지만 지금 두 사람은 서로에 대해 너무 많은 것을 안다. 어떤 배우자를 꿈꾸는지 포스트잇이 말해 줬다. 두 사람은 서로 맞지 않는다는 것을 알았다.

"나는 전 애인과 친구로 지낼 수 없어." 보하이가 말했다.

"나도 마찬가지야."

친구가 아닌 관계, 전 애인 같은 관계를 감당할 자신이 없었다. 골목

다락방에서 남편들이 내려와

길에서 키스를 나눌 용기가 없었다.

그 후로 보하이는 가끔 밖에서 밤을 보내기 시작했다. 하지만 그런 날에도 늘 그랬듯 기분 좋게 문자를 보냈다. **잘 자고 아침에 봐.** 로렌은 대부분 혼자 집에서 시간을 보냈지만 나쁘지 않았다. 하지만 결혼할 만큼 매력적이면서 잠자리를 할 수 없는 남자와 농담을 나누고 비밀을 공유하는 일이 쉽지만은 않았다.

물론 로렌도 밖으로 나갈 수 있었다. 한 번은 엘레나와 롭을 불러 윌섬스토우에 있는 술집에 갔다가 술을 잔뜩 마시고 처음 보는 사람과 이야기를 나누었다. 캄파리 스프리츠 칵테일은 비건용이고 아페롤 스프리츠는 아니라는 사실을 신이 나서 알려주는 남자에게 자신의 에너지를 쓸 수도 있을 것 같았다. 안 될 건 없어 보였다. 하지만 엘레나가 그녀를 잡아끌며 말했다. "로렌, 미쳤어? 지금 뭐 하는 거야?" 그제야 자신이 공식적으론 유부녀라는 사실을 깨닫고 얼굴이 화끈거렸다.

그 일이 있고 나서 다시는 다른 남자에게 추파를 던지는 일 따윈 시도하지 않았다. 보하이가 집에 없던 어느 날 밤, 로렌은 의자에 올라가 다락방에 들어간 트리 끝을 꺼낸 다음 삐죽삐죽 튀어나온 가지들을 팔로 감싸 안고 트리 밑부분을 발로 밀어 트리 전체를 옆으로 약간 움직였다. 그러곤 사다리를 내렸다.

로렌은 늘 이곳, 노우드 정선에서 남편을 기다려 왔다. 남편은 왔다 갔다 하는데 그녀는 계속 이곳에 있어야 했다. 공평하지 않았다. 그녀의 삶은 남편들의 협조가 필요했다. 남편을 보내고 싶을 때도 어떻게든 꾀고 설득하고 속여야 했다. 어제도 그리고 오늘도 늘 이곳에 있었다. 공평하지 않았다.

만약 내가 다락방으로 올라간다면 어떻게 될까?

토비가 한 번 올라갔었지만 아무 일도 일어나지 않았다. 전기 기사도 올라갔었지만 아무 일도 없었다.

하지만 다락방은 남편들에게 그랬던 것처럼 로렌에게 반응했다. 불빛이 깜빡이고 윙윙 지지직 소리가 났다.

만약의 경우를 대비해 보하이에게 알리는 게 좋을 것 같았다. 그가 싫어하겠지만, 문자를 보냈다. **보하이, 미안한데 다락방으로 와줘.** 그러곤 보하이가 답장을 하기 전에 휴대폰을 껐다.

로렌이 한 계단 한 계단 사다리를 오르기 시작했다. 그냥 평범한 사다리였다. 머리가 다락방 입구로 들어갔다. 전구가 빛나고 있었지만, 다락방 안은 춥고 어두웠다. 공기 중에 날아다니는 작은 먼지들이 정전기 때문에 서로 들러붙어 점점 짙어졌다. 그녀는 머리를 넣고 잠시 멈춰 섰다. 아직 다리는 복도의 따뜻한 공기가 감싸는 사다리 위에 있었다.

한 발짝, 한 발짝 발걸음을 옮겼다. 온갖 생각이 그녀를 붙들기 전에 마지막 발을 내디뎠다.

다락방 전구가 밝아졌다. 따뜻한 노란빛이 점점 더 밝아지더니 흰색으로 변했다. 그녀 뒤쪽에서 불빛이 깜빡였다.

윙윙. 지지직.

백색 소음이 날카로워졌다. 거의 비명에 가까웠다. 연기가 피어오르고 연기 끝자락에 달콤하니 먼지 냄새가 났다. 펑! 전구가 나가고 주위가 어두워지는가 싶더니 다시 불이 번쩍이기 시작했다.

　이윽고 냄새가 점점 강해지더니 아래층 화재경보기가 울렸다. 로렌이 빠르게 다락방을 빠져나왔다. 전구가 또다시 번쩍하더니 꺼져버렸다. 복도는 보하이가 왔던 10월 이후로 달라지지 않았다. 마른행주를 가져와 소리가 멈출 때까지 화재경보기 아래에서 연기를 흐트러트리며 흔들어댔다. 아무 일도 일어나지 않았다.

* * *

　한 시간 뒤 보하이가 집으로 돌아왔다. 그가 계단을 올라와 복도를 걸어오는 소리가 들렸다. 로렌은 소파에 누워 일어나지 않았다.

　"나 왔어." 보하이 거실에 얼굴을 들이밀었다.

　"왔어?"

　"잘됐어?"

　"아니."

　보하이가 복도 쪽을 돌아보더니 시선을 돌려 다락방을 올려다봤다. 다락방 출입문은 닫힌 상태였다. 크리스마스트리는 천장에 걸린 채 옆으로 구부러져 주방으로 가는 문을 반쯤 막고 있었다. "저기, 내가 일찍 떠나길 바라?" 그가 물었다.

　"아니. 그러지 마. 그래서 그런 게 아니야. 그냥 내가 들어가면 어떻게 되는지 알고 싶었어."

잠시 후 보하이가 고개를 흔들며 말했다. "그러지 말고 나가자."

보하이는 늘 이런 식이었다. "새벽 1시야."

"장사가 안 되는 피시 앤 칩스 가게는 새벽 3시까지 문을 열어." 보하이가 로렌에게 코트를 건넸다.

다음 날 아침 그들은 큼지막한 뻥칼로 트리 끝을 잘라내어 다락방을 열지 않고도 트리를 세울 수 있게 만들었다. 그러곤 보하이가 쭉 뻗은 가지 가운데 하나에 별을 달았다.

크리스마스는 즐거웠다. 로렌은 보하이에게 폭죽을 선물했고 보하이는 사무실 근처 화원에서 지난번에 사지 못했던 커다란 식물을 사서 선물했다. "1월 1일에 떠날 거니까 그 안에 얘를 죽일 일은 없겠지."

저녁에는 나탈리네 집에 갔다. 그들은 먹고 또 먹었다. 카일럽에게 큼지막한 레고 상자를, 마그다에게는 유아용 드럼 키트를 선물했다. 아주 크고 화려한 선물이었다.

정리를 하고 줌으로 엄마와 통화를 했다. 엄마가 그녀가 보낸 트윅스 100개가 든 상자를 열었다.

"정말 황당한 선물이구나." 엄마가 말했다. "트윅스는 스페인에도 있는 거 알지? 여기 트윅스가 훨씬 좋아. 똑똑한 스페인 기술자들이 초콜릿에 뭘 넣었는지 녹지 않게 만들었어. 여름이 오기 전에 이걸 어떻게 다 먹는다니? 날씨가 더워지면 한데 들러붙어 커다란 갈색 덩어리가 될 텐데. 하긴 마음이 중요하니까. 고맙구나."

집으로 돌아와 저녁 늦게 보하이가 남은 음식으로 샌드위치 두 개를
만들었다. "어머니는 휴가 때 런던에 안 오셔?"

"응. 아빠가 돌아가시고 내가 고등학교를 졸업한 후에 집을 팔고 스페
인으로 이사 가셨어. 특별한 일 없으면 안 오셔. 물론 내 결혼식 때는 왔
었지."

"그럼 할머니가 당신하고 나탈리에게 이 집을 남기셨고, 두 사람은 대
학 내내 여기 산 거야?"

"응. 내가 대학 다닐 때 같이 살았어. 언니는 그때 이미 직장을 다녔
고." 서로를 잘 안다고 생각했는데 아직도 모르는 중요한 것들이 있다니
괜스레 이상한 기분이 들었다.

"아, 당신이 세상에 첫발을 내디뎠을 때 나탈리는 이미 성인이었군.
그래서 그렇게…."

로렌이 웃음을 터트렸다. "뭐 그렇게 생각할 수도 있지. 그런데 언니
는 내가 어릴 때부터 그랬어. 오히려 우리가 독립하고 나서부터는 좀 느
슨해진 거야. 사실 언니는 상황이 안 좋을 때면 잔소리를 덜 해. 그리고
내가 자리를 잡는다고 생각할수록 더 이래라저래라 하는 편이야. 그래
서 말인데 언니가 당신한테 엄청나게 많은 락앤락 통을 주고 한 번에 많
이 요리해서 소분해 두라고 잔소리를 한 건 진짜 칭찬이야. 내가 남편을
잘 골랐다고 생각하는 거지."

보하이가 샌드위치를 건넸다.

"당신네는 어때?" 그녀가 물었다.

"내 동생은 참 착해. 나보다 많이 어려. 하지만 그 애가 네 살인가 다섯 살 때 내가 집에서 나왔어. 그래서 우린 그렇게 가깝진 않아. 그런데 그 애는 당신이랑 잘 맞을 것 같아. 누군가 어이없는 말을 할 때 당신은 지나치게 예의를 갖춰 대응하잖아. 내 동생도 그렇거든. 솔직히 당신이 그럴 때 굉장히 무서운데 당신보다 어린 여자애가 그런다고 생각해 봐. 아주 살벌하다니까."

로렌은 자신이 그렇다고 생각하지 않았다. "흥!"

"바로 그런 태도 말이야. 물론 내 동생 특유의 행동일 수도 있겠지만. 만나보면 알게 될 거야."

아쉽게도 로렌이 보하이의 가족을 만날 일은 없을 것이다.

12월 31일, 두 사람은 저녁 식사를 하러 토비와 마리암네로 내려갔다. 식사를 마치고 네 사람은 폭죽을 터트리러 뒷마당으로 나갔다.

"너희 쪽 마당에서 해야 해." 마리암이 말했다. "잔디에 불이 붙기라도 하는 날엔 집주인이 어떻게 나올지 몰라."

"알았어. 걱정하지 마." 보하이는 설명서를 세 번이나 읽고 만약을 대비해 수경을 썼다. 그러곤 막대기를 땅에 꽂고 그 끝에 불을 붙였다. 나머지 사람들은 멀찌감치 서서 구경했다. 보하이가 어떻게 하는지 잘 보이지 않았다. 그가 한참을 허리를 굽혔다 폈다 하더니 그들이 있는 쪽으로 달려왔다. "픽-픽-픽-픽-꽉" 소리와 함께 초록색 불꽃이 쏟아지고 이어서 커다란 자주색 불꽃이 일더니 "쉬익" 소리와 함께 은색 불꽃이 일었다. 푸르스름한 연기가 기둥처럼 피어오르고 톱니바퀴처럼 들쭉날쭉한 오렌지색 선과 노란색 불꽃이 점점이 쏟아져 내렸다. 그러곤 잠시 멈추는가 싶더니 "휘익" 소리와 함께 작고 동그란 빨간색 불꽃이 차례대로 올라갔고 그 주변으로 번쩍이는 불꽃들이 쏟아져 내렸다. 뒤이어 또다시 동그란 빨간색 불꽃이 나선을 그리며 올라가 마지막에 "펑" 소리를 내며 폭발했다.

그렇게 한참 불꽃이 터지더니 마침내 고요해졌다.

"재미있어?" 로렌이 물었다.

"끝내줘. 장난 아니야. 우와, 다 터졌나? 남은 거 없어?"

네 사람은 와인을 마시며 흥분을 가라앉혔다. 그러고 나서 다 함께 보하이의 친구인 클레이톤이 초대한 파티에 갔다. "이유는 모르겠는데 같은 왓츠앱 그룹에 있더라고. 클레이톤은 아주 꼴초야." 보하이가 말했다. 자정이 되자 다들 새해맞이 키스를 나누었다. 키스를 하지 않으면 사람들이 이상하게 여길까 봐 둘은 화장실에 숨었다. 그들도 이런 상황이 황당했다. 그다지 크지 않은 화장실에 서서 사람들의 웃음소리와 "새해 복 많이 받아!"라고 외치는 소리를 들었다.

새벽 3시 반에 택시를 타고 집에 도착했다. "내가 낼게." 오늘 비용은 로렌이 다 지불했다.

잠자리에 들어 다음 날 오후가 넘어서야 일어났다. 그것도 숙취 때문에 겨우 일어났다. 보하이가 토스트를 만들며 주변을 둘러봤다. "뭔가 짐을 싸야 할 것 같은 기분이야."

로렌은 보하이가 떠나지 않길 바랐다. 그 마음을 얼굴에 드러내지 않으려고 애썼지만, 소용없었다.

"당신도 알겠지만 우린 이제 각자의 삶을 살아야 해. 남편을 찾아야 하고 태양을 찾아가야 해. 지금 호주는 여름이거든. 그리고 걱정할까 봐 말 안 했는데 모아둔 돈을 다 써버려서 사채업자한테 엄청난 돈을 끌어다 썼어. 지금 재정 상황이 아주 엉망이야. 말도 못 해. 당신에게도 금전적으로 엄청난 폐를 끼친 것 같고."

"나도 그게 궁금했어." 로렌이 말했다.

"다음부턴 연금을 부어야겠어. 하지만 괜찮아. 뭐 별일 있겠어?"

로렌이 무엇을 원하는지 더 이상 생각할 필요가 없었다. "그래, 좋아. 같이 있자. 어떻게 될지 같이 해보자. 이상한 동거인이 돼보자, 아니면 실제로 결혼해 보자"라고 말해봤자 어떻게 될지 알았다. 로렌은 보하이를 잘 알았다.

"당신이 이곳에 있을 거라면." 물론 보하이는 이곳을 떠날 것이다. "날씨에 대해 불평하는 걸 그만둬야 할 거야. 햇빛이 잘 들지 않는다는 건 알지만 그건 내가 어떻게 할 수 있는 일이 아니야."

"아, 당연하지. 그냥 그렇다는 거야." 보하이가 말했다.

둘은 서로 아무 말이나 했다. "알아." 로렌이 말했다.

"런던에 올 일 있으면 들를게." 보하이가 로렌의 전화번호를 외웠다.

　　　　　　　　　　　다락방에서 남편들이 내려와

보하이는 전화번호를 자주 바꿨다. 하지만 이메일 주소는 대학 이후로 바꾼 적이 없었다.

로렌은 의심이 들기 시작했다. "우리가 서로를 잊으면 어떡하지? 다른 남편들처럼. 서로를 기억 못하면 어떡해?" 엘레나와 토비, 나탈리와 엄마에게 그녀에게 벌어진 일을 이야기하려고 했던 일들과 처음 몇 달 동안 얼마나 외로웠는지 떠올렸다. 그때로 돌아가고 싶지 않았다. 하지만 보하이는 아무 대답도 하지 않았다. 딱히 할 말이 없기 때문일 것이다. 잊어버리면 그냥 잊어버리는 것이다.

그들은 크리스마스트리를 옆으로 치웠다. 둘이 하니 한결 수월했다.

"당신 성격에 잘 맞는 사람을 만나길 바라." 로렌이 말했다. "정장이 잘 어울리는 사람으로."

"당신도." 보하이가 사다리를 내렸다. "정장 말고 머플러와 소매를 걷어붙인 셔츠가 잘 어울리는 사람 말이야."

"그 두 가지는 따로따로여야 해." 사다리가 내려오다가 걸리자 로렌이 덧붙였다. "왼쪽으로."

보하이가 위를 올려다보고 숨을 크게 들이마신 다음 다시 내뱉었다. 그렇게 두 번을 하더니 갑자기 누구보다 빠르게 사다리를 올라갔다. 그가 중간에 멈춰 작별 인사라도 할 줄 알았다. 하지만 보하이는 그대로 다락방으로 들어가 버렸다. 로렌이 사라지는 그의 발뒤꿈치에 대고 소리쳤다. "잘 지내! 도착하면 연락해!" 보하이가 다락방으로 사라졌다.

28

로렌은 세상이 다시 정돈될 시간을 주기 위해 차분하게 뒤를 돌아봤다. 크리스마스트리가 사라지고 없었다. 다락방에서 달그락 소리가 들렸다. 보하이가 아직 있나? 이제 갔을까? 보하이를 기억하고 있었다. 다행이었다.

주방에서 휴대폰이 울렸다. 주방으로 가보니 모르는 번호로 문자가 와있었다. **ㅋㅋ 브라이튼. 고맙지만 사양할래.** 그리고 잿빛 하늘에 잿빛 바다 사진 한 장이 같이 왔다. 하지만 사진은 곧바로 사라졌다. 몇 분 뒤 또 다른 번호로 문자가 왔다. **오예~~~~~~ 시드니야. 이번엔 바다 사진은 없어. 도시에서 차로 40분 거리에 있는 아주 먼 외곽이거든.** 그러곤 깜깜한 지붕에 걸린 흐릿한 달 사진이 떴다. 달이 다시 제대로 된 방향에서

떴어. 많이 보고 싶어♡♡♡♡♡♡♡♡♡♡♡♡♡♡

"여보?" 복도에서 로렌을 부르는 소리가 들렸다. 뒤를 돌았다. 새 남편이 서있었다.

그런데 이게 무슨! 처음 보는 얼굴이 아니었다. 첫 번째 남편이었던 마이클이 다시 나타났다.

마이클이 맞았다. 그동안 하도 많은 남편을 만나서 기억이 정확하지는 않지만, 마이클과 있는 동안 술에 취해있었고, 숙취로 해롱거렸고, 서로 불편했지만, 그래도 마이클은 첫 번째 남편이었다. 로렌은 마이클을 기억했다.

정말 마이클이 맞을까? 가장 먼저 든 생각이었다. 그가 맞는지 확인부터 했다. "마이클?"

"응?"

젠장! 도대체 이게 무슨 일이야. 두 번째 든 생각이었다.

세 번째 든 생각은 두 번째와 같은 맥락인데 '남편이 반복된다고?'였다. 그렇다면 이제 곧 제이슨을 만난다는 말인가? 그렇게 반복되다 보면 카터가 다시 내려올 수도 있다는 말인가?

보하이가 남편이나 아내가 반복된다고 한 적은 없었다. 하지만 그의 경우엔 배우자의 범위가 넓었다. 성별도, 국가도 다양했고 그가 들어가는 팬트리나 옷장도 한 곳이 아닌 여러 곳이었다. 보하이가 만날 사람은 앞으로 1000명이나 남았을 테지만 로렌의 남편은 다 소진됐는지도 모른다. 이런 빌어먹을!

마이클이 아직도 그녀를 쳐다보고 있었다.

"펍에 갈까?" 로렌이 물었다.

"새해 첫날인데 문을 열었을까?"

젠장, 맞다. "그럼 공원에 가자."

"토비랑 마리암이 저녁 먹으러 온다고 하지 않았어?"

또? 그들 부부와 식사한 지 이제 겨우 12시간이 지났다. 하지만 그건 보하이가 있을 때였다. "그러네. 그래도 난 머리를 식힐 겸 산책을 해야 겠어. 나가는 김에 뭐 좀 사 올까?"

"가게가 문을 닫았다니까. 당신 괜찮아?"

"그렇지! 난 괜찮아. 생각 좀 하려고… 새해에는 어떻게 살까 뭐 그런 생각. 한 시간 안에 올게. 저녁 약속에 늦지 않을 거야."

"그래. 그런데 케이크에 아이싱을 할 시간이 있을까?"

주방을 둘러봤다. 이번에는 철제 선반이 생겼고 그 위에 크고 동그란 케이크가 보였다. "응." 늘 하던 대로 케이크 위에 슈가파우더를 뿌리기 만 하면 된다.

길모퉁이를 돌았다. 펍이 열려있었다. 커피머신을 껐다고 해서 대신 차를 한 잔 주문하고 야외 테이블에 앉아 휴대폰을 꺼냈다. 날씨가 몹시 추웠다.

보하이에게 시드니 번호로 문자를 보냈다. **한 번 만난 남편이 다시 나 타났어.** 그러곤 마이클 칼리바우트의 페이스북에 들어가 사진이며 이것 저것 훑어봤다.

288 　　　　　　　　　　　　　　　　다락방에서 남편들이 내려와

뭐? 보하이로부터 답장이 왔다.

잠깐만. 신경 쓰지 마. 나중에 다시 연락할게. 지금 좀 머리가 복잡해.

사진이 이전과 달랐다.

첫 번째 결혼식 사진을 수도 없이 봤었다. 종아리에서 확 펼쳐지는 플레어스커트, 처음 봤을 때는 무슨 꽃인지 몰랐지만 이제 와 생각해 보니 작약이었던 꽃장식, 그리고 마이클이 입고 있던 갈색 정장. 절대로 잊을 수 없는 사진이었다.

그런데 지금 페이스북에 있는 사진은 2년쯤 전에 찍은 사진이었고, 풍성한 스커트 대신에 크림색 바탕에 옅은 초록색 나뭇잎이 그려진 몸에 딱 붙는 드레스였다. 그뿐만이 아니었다. 성대한 야외 결혼식이 대략 열다섯 명 정도 참석한 실내 결혼식으로 바뀌었다.

남편은 같은데 다른 생이라니. 이게 가능해? 사진과 함께 보하이에게 문자를 보냈다. 팬데믹 시기에 올린 결혼식인가 봐.

그런가 봐!!! 보하이에게서 답장이 왔다. **나도 같은 사람을 만난 적 있어. 그때마다 다른 생이었어. 그렇다면 결국엔 우리도 다시 만나는 걸까? 누군데? 좋은 사람이야?**

마이클이라고 첫 번째 남편이야. 괜찮았어. 보하이에게 답장을 보내고 마이클에게 보낸 문자를 확인했다. 항상 그렇듯 쇼핑 리스트가 있었고 저녁 식사에 관한 질문이 오고 갔다. 엘레나의 결혼 축하 모임이 있었던 날을 기준으로 거슬러 올라가며 아무리 뒤져봐도 첫 번째 남편이 보냈던 큼지막한 눈알이 달린 배 모양 이모티콘은 어디에도 없었다. 그 이모티콘은 아직도 그녀의 기억에 생생하게 남아있었다.

그렇다면 반복되는 게 아니다.

보하이에게 다시 문자를 보내려는데 문자가 왔다. **여기는 새벽 2시라서 일단은 잘게. 마이클의 귀환에 행운을 빌어.** 그러더니 잠시 후 또 문자가 왔다. **마2클.** 그리고 다시 이어진 문자. **마이클2 아니고. 미안.** 다시 2분이 지나자 문자가 또 왔다. **투이클.** 보하이가 그러거나 말거나 그냥 두기로 했다.

마이클과 두 번의 생을 함께하다니 무슨 의미일까?

차를 마시고 집으로 돌아와 보니 마이클이 큰 냄비에 볼로네제 소스를 끓이고 있었다. 또 자기만의 볼로네제 레시피를 가진 남편이었다. 이상적인 남편이 갖추어야 할 덕목에 어긋나는 일이다. 하지만 어쩔 수 없었다. 그녀는 마이클이 발사믹 식초 한 스푼이나 시나몬, 일정 지방 함량을 가진 다진 고기를 추가하게 두었다. 냄새는 좋았다. 집도 깔끔하고 페인트 색상도 밝아서 좋았다. 주방에 움푹 팬 자국도 첫 번째 때처럼 고쳐져 있었다.

자신이 어떤 케이크를 만들었는지 알 수가 없었다. 휴대폰을 뒤지다가 초콜릿 가나슈 레시피를 발견했다. 전자레인지 위에 있던 초콜릿을 꺼내고 냉장고에서 크림을 꺼냈다. 한번 시도해 볼 참이다. 플레이리스트를 열어 '12월'이라고 이름 붙은 컬렉션을 찾아 틀고 크림을 데우기 시작했다. 처음 듣는 노래들이 흘러나왔다. 여자들이 피아노를 치면서 노래를 불렀다. 이런 노래를 들은 걸 보면 슬픈 일이 있었나 싶었지만, 그냥 날씨가 춥고 해가 빨리 져서 그런 걸 거라고 생각했다. 그때 마이클이 주방으로 들어와 볼로네제 소스를 저으며 노래의 후렴구를 따라 불렀다. 목소리가 듣기 좋았다.

가나슈는 사진에서 본 것처럼 부드럽지 않았고 덩어리도 있었지만, 맛은 그런대로 괜찮았다.

토비와 마리암이 7시에 올라왔다. 로렌은 그들에 대해 그들이 모르는 것까지 알고 있다. 어쨌거나 토비와 마리암은 남편이 바뀌어도 항상 그녀 곁에 있었다.

그들 역시 로렌에 대해 본인이 모르는 것까지 많이 알 것이다. 로렌이 만든 가나슈가 어떤 맛인지, 취미는 무엇인지, 직업은 무엇인지, 그리고 로렌이 행복한지까지도 말이다.

네 사람은 거실에 앉아 마이클이 만든 볼로네제를 먹으며 새해를 맞아 이야기꽃을 피웠다. 행복했다. 어쩌면 서로 다르고 서로 맞지 않아도 괜찮을 것 같았다. 서로 다른 사람이 만나 서로를 보완하고 조화를 이뤄가는 게 아닐까 싶었다. 마리암이 아무도 도마뱀을 찾지 못했다며 새해 전날 응급실에서 벌어진 엄청난 사건에 관해 이야기했다.

케이크도 제법 맛있었다.

* * *

1월 3일, 사무실에 나갔다. 놀랍게도 상사가 돼있었다. 정확히 말하면 승진을 해서 이전에 일하던 부서의 부팀장이었다.

새해는 늘 조용히 시작하곤 했는데 올해는 전화와 회의가 쏟아졌다. 로렌은 계획이나 준비 없이 즉흥적으로 일을 처리하는 상사가 아닌, 권력을 나눌 줄 아는 사려 깊고 배려심 넘치는 상사라는 인상을 주고 싶었다. 보하이가 했던 충고를 떠올리며 "어떻게 생각하세요?", "이 안건에 대한 다른 제안은 없나요?" 같은 말들을 많이 했다.

하루가 끝나갈 무렵 우연히 자라를 마주쳤다. 자라는 휴대폰을 들여다보다가 미안한 얼굴로 고개를 들었다.

"새해 시작은 괜찮았어?" 친근하지만 상사다운 태도를 유지하면서 물었다.

"네. 적응 중이에요."

자라가 이야기를 더 할까 싶어 기다렸지만 거기서 끝이었다. 자라와 오래 있을 시간은 없었다. 곧 사무실 근처 체육관에서 고강도 트레이닝 수업이 있다. 멈추고 싶은 생을 만나려면 주어진 생을 열심히 살아봐야 할 것 같았다.

트레이닝 수업은 끔찍했다. 트레이너가 그런 그녀를 알아보고 이름을 부르며 격려를 보냈지만, 오히려 상황을 악화시켰다. 하지만 어느 정도 익숙해지고 나니 손이 발끝에 쉽게 닿았다. 이번 생의 자신은 유연하고 힘이 있었다. 그런 자신이 놀랍기도 하고 기쁘기도 했다. 다음 날, 집에 돌아와 보니 마이클이 아직 퇴근 전이었다. 로렌은 어릴 때 했던 것처

다락방에서 남편들이 내려와

럼 벽에 기대 물구나무서기를 시도했다. 두 팔로 몸을 지탱하고 다리를 올린 다음 10초를 버티고 내려왔다. 그런 다음 벽에서 떨어져 왼쪽 다리를 먼저 올리고 중력과 탄성을 이용해 오른쪽 다리를 올렸다. 두 다리를 쭉 뻗은 다음에는 천천히 반대로 움직여 제자리에 발을 딛고 섰다. 그녀는 우승을 거둔 체조 선수 마냥 두 손을 머리 위로 쭉 뻗었다.

그동안 많은 남편을 만났다. 아직 만날 수 있는 남편의 37퍼센트까지는 아니더라도 어느 정도 그 숫자에 근접했을 것이다. 상황을 파악하기에 충분한 것 같았다. 보하이와 함께 만들었던 이상적인 배우자 조건을 떠올렸다. 그 목록들을 마이클에게 적용해 봤다. 채식주의자: 부적합. 귀여운 사람: 적합. 나에게 진심으로 관심을 기울이는 사람: 적합. 행복하게 살 것 같은 사람: 적합.

1월 6일, 로렌이 마이클 쪽으로 몸을 기울여 입을 맞췄다. 그러곤 그의 머리카락을 움켜잡았다. 그러자 마이클이 웃으며 그녀를 자신의 몸 위로 당기더니 다시 위치를 바꿨다. 아침이 될 무렵 이번 생의 자신은 섹스 중에 전동식 자위 기구를 사용한다는 것을 알게 됐다. 처음 사용해 보지만, 효과는 부인할 수 없었다. 그것은 마치 오르가슴을 느끼게 해주는 압력솥 같았다. 제대로 잘 활용하려면 연습이 필요했다.

1월 13일, 보하이가 런던에 왔다. 병가를 내고 보하이를 만나 커피를 마시기로 했다.

만약에 일이 잘못되면 어떡하지? 다른 생을 사는 두 사람이 만나서 모든 게 엉망이 되면 어쩌지? 보하이에게 문자를 보냈다.

괜찮을 거야. 만약 그렇게 되더라도 우리는 알아채지 못할 거야. 보하이에게서 답장이 왔다.

둘은 처음 만났던 날 함께 아침을 먹었던 공원에서 만나기로 했다. 보하이를 기다리는 동안 온갖 걱정이 다 들었다. 보하이는 15분이나 늦게 도착해 뒤에서 살금살금 다가와서는 로렌의 어깨를 툭 쳤다. 그녀가 뒤를 돌았다. 두 사람은 서로를 꼭 안으며 인사를 나눴다. 지금 두 사람은 같은 세상에 있다.

"세상에, 다른 사람 같아."

"내 꼴이 거지 같지? 지금 있는 거라곤 큼지막한 플란넬 셔츠랑 이 레깅스뿐이야. 우와, 당신은 머리를 잘랐네. 멋져. 코트도 비싸 보이고. 다시 부자가 된 거야?"

"그냥 평범해."

"평범하다라. 그건 부자인데 말하기 부끄럽다는 말인데."

"새로 맞은 생은 어때? 여기 오래 있을 거야?"

"아니. 커피 마시고 떠날 거야. 여긴 허구한 날 비가 오잖아. 우리 집엔 시커먼 곰팡이까지 폈다니까. 내가 곰팡이를 잘 아는 건 아니지만 그게 나쁜 거라는 건 들었지. 너는 어때?"

"나는 아직 마이클이랑 살아."

"정말? 새해 첫날 다시 나타난 사람?"

"응."

"와. 그럼 거의 2주가 돼가네. 이거, 이거, 사랑인가요?"

"글쎄. 확실히 이상적인 배우자 기준에 많이 부합하긴 해."

"어머, 로맨틱해라!"

로렌이 웃음을 터트렸다. "그냥 많이 좋아하는 정도. 집도 깨끗해. 내가 말했나? 그 사람, 건축가야."

"당연하지. 적어도 네 번은 말했을걸."

"난 이번에도 구청에서 일해. 승진도 했어."

"솔직히 말해서 나는 당신이 무슨 일을 하는지 잘 몰라."

"그럴 수 있지. 엄청 지루한 일이야. 하지만 내가 일을 못하면 사람들이 살기 불편해져. 더군다나 이젠 승진까지 했으니 실수라도 하면 더 많은 사람들이 불편해지겠지." 로렌은 많아진 업무량과 늘어난 회의로 살짝 고군분투 중이었다. 자금지원신청서 작업을 미뤄뒀지만, 그 일이 처리 못할 정도로 어렵다거나 완전히 다른 영역에 속해서는 아니었다. 사실 그녀는 자신의 일 처리 능력이 놀랍고 심지어 자랑스러울 정도였다. 한 번은 팀의 업무 실적 목표 때문에 걱정이 돼 한밤중에 깬 적도 있었지만, 할 일 목록을 세부적으로 만들고 일이 제대로 잘 안 될 경우 다른 생으로 넘어가면 된다고 생각하며 다시 잠자리에 들었다.

보하이가 커피를 사왔다. 두 사람은 커피를 들고 주변을 걸었다. 컵에서 김이 모락모락 피어올랐다.

"보하이, 이번 주말에 런던에 올 일이 있으면 점심이나 같이 먹을래? 데려오고 싶은 사람 있으면 데려와도 좋고. 서로 대학 친구라고 하지 뭐. 마이클이 요리를 정말 잘해."

"아마도 어려울 것 같아." 보하이가 말했다. "지금 있는 곳 날씨가 끝내 주거든. 아마 당신이 평생 경험한 그 어떤 날씨보다 좋을걸. 덥긴 한데 건조해. 다들 아직도 느긋하게 크리스마스 분위기를 즐기고 있어. 내가 앞으로 보낼 열 개나 스무 개의 생을 빠르게 넘겨본다면 휴가지에서 휴가를 즐기고 있을 게 뻔해. 바닷가 오두막에서 모래사장으로 걸어 나오면 눈앞에 거대한 바다가 펼쳐져 있을 거야. 그리고 몸에 딱 붙는 코딱지만 한 수영복을 입은 남편이 수건을 깔고 누워있겠지. 물론 이런 꽁꽁 얼어붙은 진흙 구덩이 같은 런던도 나름대로 매력이 있지만 말이야."

"그래. 가서 강한 자외선 밑에서 거미들이랑 놀아."

"며칠 후면 날씨가 바뀌어서 땀을 엄청 흘리겠지. 생각만 해도 싫다. 그럼 옷장에 다시 들어가지 뭐. 다음 주에나 볼까?"

"몸에 딱 붙는 수영복을 입은 섹시한 남편을 그렇게 빨리 버리려고?" 로렌이 말했다. "다음 주도 나쁘지 않아."

"그때까지 마이클이랑 있으려고?"

"잘 모르겠어." 마이클이 아닐 수도 있고, 일이 잘 풀리지 않을 수도 있는데 너무 넘겨짚은 것 같아 살짝 부끄러웠다. "아마도?"

"그럴 것 같네."

기대감으로 가슴과 턱이 팽팽해졌다. "좋은 사람이야. 잘 모르지만." 로렌이 웃으며 털어놓았다.

로렌은 늘 일이 잘못되는 게 싫었다. 물을 엎질러 놓고 울고 싶지 않았다. 마이클과도 잘 지내보려고 최선을 다해 노력 중이다. 가장 좋은 길을 가려고 고민했다.

"으, 닭살! 하지만 당신이 좋다면야. 그럴 거면 그냥 다락방을 걸어 잠가버려." 보하이가 어깨로 그녀를 가볍게 쳤다.

사실 다락방을 잠근 거나 다름없었다. 며칠 전 의자를 놓고 올라가 사다리를 펼치지 못하도록 접혀있는 지지대 부분에 체인을 감고 자물쇠를 채워두었다. 그런 다음 사다리를 다락방 안으로 밀어 넣고 문을 닫았다. 만약 마이클이 사다리를 내린다고 해도 사다리는 반밖에 내려오지 않을 것이다. 물론 마이클이 마음먹고 들어가고자 하거나 그녀가 확실한 이유를 들어 설득하지 않으면 들어갈 수 있을 테다.

"그건 프러포즈나 마찬가진데." 보하이가 말했다.

"우린 이미 결혼했는걸."

"축하합니다!"

"이제 2주밖에 안 됐어." 얼굴이 빨개지는 것 같았다. "어떻게 될지 지켜봐야지."

"다음 주에 보자. 문자 보낼게. 수요일쯤 어때?" 몇 시간쯤 있다가 보하이는 새로운 생을 향해 출발했다.

"좋아."

마이클이 퇴근하면서 오렌지 주스, 레모네이드, 식빵을 사 왔다. 그가 삼각형 모양의 마마이트 토스트를 만들었다. "당신, 아플 때 이거 먹는 거 좋아하잖아."

보하이와 점심을 너무 많이 먹어서 소화가 잘 안됐던 거지 실제로 아픈 건 아니었다. 이렇게 자상한 마이클이라니! 지난 6개월 동안 참으로 많이 아픈 척했다. 그럴 때마다 무언가를 가져다주는 사람, 하루 종일 집에 있으면서 집도 안 치우고 뭐 했냐고 짜증 내는 사람, 그녀가 아픈 것을 자신에 대한 공격으로 받아들이는 사람, 곧바로 자기가 더 아프다고 하는 사람 등등 여러 사람을 봤다. 그중에 최악은 비타민과 아픈 데 좋다는 차를 들고 5분마다 상태를 확인하며 꾀병을 앓는 그녀를 가만히 두지 않는 남편이었다.

하지만 마이클은 안락의자에 앉아 책을 읽다가 가끔씩 그녀를 바라보며 미소 지었다. 아마도 다락방은 처음부터 이렇게 될 걸 알았던 것 같았다.

물론, 마음에 들지 않는 것들도 있었다. 마이클의 부모님들은 좋은 분들이었지만 너무 가까이 살았다. 마이클의 어머니는 싸게 팔길래 샀다며 과일을 들고 연락도 없이 불시에 들이닥쳤다. 그리고 다른 하나는 어이가 없긴 한데 집이 지나치게 스타일리쉬했다. 로렌의 서툰 그림이 담긴 선인장 화분은 욕실 선반으로 밀려났다.

우아하고 활기 넘치는 삶을 유지하려면 할 일이 한둘이 아니었다. 일하는 것은 좋지만 좀 힘들었다. 집은 항상 깔끔해야 했다. 테이블 위에 무언가를 올려두기라도 하면 마이클이 한숨을 쉬며 바로 치웠다. 이론상으로야 매주 신선한 채소를 먹는 게 좋지만, 셀러리 뿌리나 이상하게

다락방에서 남편들이 내려와

생긴 호박을 매일 먹고 싶진 않았다. 게다가 일주일에 두 번 엄마에게 전화를 걸어야 했고, 마그다와 카일럽을 자주 돌봐야 했다. 벌써 세 번이나 아이들을 돌봤고 이달 말에도 저녁 시간에 봐주기로 돼있었다. 조카들을 사랑하지만 힘든 건 힘든 거다.

"마그다가 요새 온갖 데를 다 기어 올라가." 조카들을 봐주던 세 번째 날 나탈리가 미리 언질을 줬다. "어제는 커튼을 잡고 1미터나 올라갔어. 꼬마 산악인이라니까."

"알았어." 로렌이 말했다.

오랫동안 나탈리는 로렌을 어른으로 인정하지 않았다. 그런 나탈리의 태도가 처음 몇 번은 도움이 됐다. 하지만 아이들을 정기적으로 돌보고 있는데도 언제 잠자리에 들어야 하는지, 무엇을 먹어야 하는지 이러쿵저러쿵 잔소리를 해댔다. 이제 아이들을 돌보는 일에 어느 정도 익숙해져 나탈리가 굳이 잔소리하지 않아도 잘할 수 있었다. 반면 아델은 로렌을 신뢰했다. 나탈리가 잔소리를 시작하면 나탈리를 데리고 나갔다. "나탈리, 로렌도 성인이야. 마그다네 어린이집 기금 모금 행사를 계획하고 준비한 것도 로렌이잖아. 으깬 채소를 전자레인지에 돌리는 것쯤은 할 수 있다고."

내가 기금 모금 행사를 계획하고 준비했다고? 사진을 찾아봤다. 정말 자신이 한 것 같았다.

잘 지내서 다행이야. 또 다른 번호로 보하이가 문자를 보내왔다. **그런 것 같다고.**

"이제 그만." 로렌이 레고를 망가뜨리고 있는 마그다에게 말했다. "잘 만들어 놓고 왜 망가트려? 이제 그만! 자꾸 그러면 이모부랑 이모랑 일요일 내내 레고를 쌓아서 마그다가 망가트리지 못하게 꽁꽁 얼려놓을 거야."

마그다가 다시 블록을 맞췄다. "그렇지, 잘하네. 우리 마그다, 정말 잘하네."

29

예전 같으면 그냥 흘러가는 대로 살았을 것이다. 하지만 지금은 아니었다.

관계가 시작될 무렵, 사랑이라는 감정이 사람을 부드럽게 만드는 순간이 있다. 마치 밀랍을 따뜻한 방 안에 놓으면 말랑해지는 것처럼. 사랑에 빠진 두 사람은 서로 영향을 주고받으며 조금씩 변해간다. 밀랍은 말랑말랑해지면서 삐죽삐죽 튀어나온 부분이 들어가고 조금씩 한 덩어리가 된다. 하지만 서서히 덩어리에 구멍이 생긴다. 사랑이 사람을 변화시키는 기간은 그리 길지 않다. 여러 남편들과 지난 6개월의 시간을 보내며 말랑해지는 순간은 이미 오래전에 끝났다. 새로운 남편이 등장하면 그에게 자신을 맞추거나 아예 돌려보내거나 둘 중 하나였다.

하지만 이번엔 최선을 다해 노력 중이었다. 자신이 더 따뜻한 사람이 되고 삶이 더 나아진다고 느꼈다.

한두 번씩 힘에 부칠 때도 있었다. 조카들을 돌본 날 밤엔 더욱 그랬다. 로렌은 병가를 내고 하루 종일 낮잠을 자거나 휴대폰 게임을 했다. 한 번은 업무상 답사를 해야 한다고 둘러대고 다른 지역 호텔에 가서 자고 오기도 했고, 런던에 온 보하이와 점심을 먹기도 했으며, 저녁 먹는 것도 잊고 새벽 3시까지 침대에 누워 유튜브를 보기도 했다. 마이클에게 툴툴거리거나 쌀쌀맞게 굴거나 관심을 끄기도 했고, 하루 일과를 이야기하며 소소한 순간을 함께 나누지도 않았다(둘은 매일 식탁에서 식사를 한다. 이젠 소파에서 텔레비전을 보며 식사를 하지 않는다).

하지만 대체로 새로운 삶에 맞추며 살았다. 최선의 삶을 살기 위해 모든 결정을 신중하게 고민하며 살았다.

"당신, 요즘 괜찮아?" 마이클과 살기 시작한 지 서너 주가 지난 어느 날 밤 그가 물었다.

"왜?"

"아니, 요즘 독서 모임이랑 아침 요가를 안 가길래."

그렇군. 매월 둘째 주 화요일에 '책'이라고 적혀있는데 그게 독서 모임을 말하는 거였다. 로렌은 책을 좀 더 읽자는 의미인 줄 알고 책을 읽었다. 적어도 책을 집어 들고 첫 페이지를 보는 정도까지는 실천했다.

"겨울이라 그런지 기운이 없네. 이제 다시 시작해야지."

그런대로 좋았다. 술에 취했을 때 머릿속에 그리던 이상적인 삶이었다. 매일 아침 운동을 하고, 가끔은 저녁에도 했다. 뿌리채소를 요리해서 먹는 법도 배우고 조카들과 많은 시간을 보내고 엄마와 예전보다 자주 연락한다. 모두 과거에 하고 싶다고 적어놓았던 것들이다. 지금 그녀는 그녀가 바라던 대로 살았다.

어느 날 밤, 로렌 부부는 엘레나와 롭의 집 근처 와인 가게에서 열리는 알바리뇨 시음 행사에 갔다. 와인을 마시고 무슨 말을 해야 하나 걱정했지만, 마이클이 기꺼이 그 역할을 맡아준 덕분에 나머지 세 사람은 와인을 마시는 데만 집중할 수 있었다. 와인은 생각했던 대로 나쁘지 않았다. 사람들은 가게 주인이 흥분된 어조로 구스베리 향이 난다고 설명하면 "아, 정말 그러네요"라고 말했다.

9시 반쯤 시음 행사가 끝나고 밖으로 나왔다. "놀다 가자!" 로렌이 밤하늘에 팔을 쭉 뻗어 손가락을 꿈틀거리자 가로등 그림자가 손가락을 따라 일렁거렸다.

"어디 갈까?" 엘레나가 물었다.

"글쎄, 펍, 노래방 아니면 클럽? 아니면 버스를 타고 클래펌 정션 근처에 있는 24시간 운영하는 아스다 마트에 가는 건 어때?"

"대니를 혼자 오래 둘 순 없어. 둘이 더 놀고 싶으면 그렇게 해. 대니는 내가 볼 테니까." 롭이 엘레나에게 말했다. 대니는 둘이 키우는 개의 이름이었다.

"우리 집 근처에 펍이 하나 있어." 남편들이 가고 엘레나가 펍에 가자고 했다. 하지만 로렌은 바로 근처에 디저트 바가 있으니 거기로 가자고 했다. 예전 생에서 30분 정도 시간을 보냈던 곳이다. 로렌은 엘레나와 길을 따라 걸었다. 나무들은 봄맞이 가지치기를 한 모양이었다. 들쭉날쭉한 가지들이 잘려 나가고 대여섯 개의 뭉툭한 나뭇가지들이 하늘을 향해 뻗은 모습이 마치 게의 다리 같았다.

디저트 바는 밤에 더 붐볐다. 로렌은 그때처럼 로즈워터 아이스크림을 주문했다. 이번에는 토핑을 무료로 주지 않았다. "작년 이맘때 우리가 뭘 했더라?" 로렌이 물었다.

둘은 휴대폰을 꺼내 예전 기록을 뒤졌다. 엘레나는 세일 기간에 구입한 핑크색 인조 모피 코트를 입고 거실 거울 앞에서 찍은 사진을 찾았다. "나 이거 반품했잖아."

로렌은 마이클과 욕실에 타일 작업을 하는 사진을 찾았다.

작년 이맘때 원래 생에서 무엇을 했는지 기억이 나질 않았다. 하지만 1월 말은 보통 에너지와 돈이 바닥나서 즐거운 일이 없는 시기다. 일주일가량 뭔가 새롭고 활동적인 일자리를 찾아볼까 싶어 이력서만 업데이트하고 정작 지원하지는 않았던 걸로 기억한다.

그때에 비하면 지금이 낫다고 생각하며 아이스크림을 한 숟가락 더 떠먹었다.

어느 오후 로렌이 의자를 끌고 복도로 나갔다. 그러곤 의자 위에 올라가 팔을 뻗어 사다리에 채워둔 자물쇠를 풀었다. 깊게 생각하지 않았다. 자신이 무엇을 하는지 정확히 인식하지 못했다. 그동안 마이클은 다락

다락방에서 남편들이 내려와

방에 들어가려는 시도조차 하지 않았다. 그래서 사다리에 자물쇠가 채워진 것조차 몰랐을 것이다. 자물쇠가 있든 말든 상관없을 것 같았다.

사다리를 내리다가 문득 다락방이 아직 작동하는지 확인해 보고 싶었다. 왠지 다락방을 아예 잠가두면 안 될 것 같았다. 홍수가 난다거나 성난 강아지가 공격해 온다거나 하는 것처럼 급하게 다락방에 들어갈 일이 생길지도 모를 일이다.

마이클을 보내고 싶어서가 아니었다. 그냥… 가능성을 열어두려는 것뿐이었다.

자물쇠를 치웠지만 아무 일도 일어나지 않았다. 그들은 아주 오랜 시간 강변을 산책하고 영화협회 상영관에서 3시간 반짜리 프랑스 영화를 봤다. 로렌이 제안한 것은 아니지만 산책과 영화 모두 좋았다. 하지만 로렌이라면 같은 날 두 가지를 다 하지는 않았을 것이다.

남편이 나를 너무 좋은 사람으로 만든다는 이유로 남편을 돌려보낼 순 없었다. 아직 마이클을 사랑하지는 않지만, 집에 돌아왔을 때 그가 있는 게 좋았고 그와 함께 침대에 눕는 게 좋았다. 전동 자위기구 사용에 익숙해진 탓에 이젠 잠자리도 만족스러웠다. 뉴스 기사를 읽다가 유용한 내용을 발견하면 자신에게 보여주는 것도 좋았다. 로렌은 마이클을 위해, 그들의 결혼 생활을 위해 더 나은 사람이 되고 싶었다.

목요일, 로렌이 셀러리 뿌리를 큼지막하게 깍둑썰기하고 있었다. 그때 초인종이 울렸다. 마이클이 나가더니 보하이를 데리고 들어왔다. 보하이는 비에 홀딱 젖어있었다. "미안해." 보하이가 말했다. "미안해. 좀 도와줘."

"데리고 들어와야 할 것 같았어. 이 사람이 당신을 찾아왔어."

"여보, 고마워. 그런데 보하이, 무슨 일이야?"

불편한 상황이 벌어졌다. 이런 상황이 마음에 들지 않았다. 보하이가 입을 열자 더 마음에 들지 않았다.

"남편 때문에." 보하이가 말했다.

"여보, 나 잠깐만 나갔다 올게." 로렌이 보하이를 데리고 계단을 내려가 문을 닫고 밖으로 나갔다. 비가 보슬보슬 내리고 있었다. 남편 앞에서 남편 이야기를 하다니, 그건 아니라고 생각했다. "무슨 일이야?"

"있잖아. 내가 새로운 곳에 도착했는데 아주 넓은 옷장 안이었어. 밖에서 남편 소리가 들리길래 나한테 하는 소리거나 아니면 손님이 있나보다고 생각했어. 그래서 늘 하던 대로 옷장에서 나왔지. 그런데 알고 보니 남편이 줌으로 환자를 상담하고 있었던 거야. 내가 그 소리를 들은 거고."

"저런!"

"바로 옷장으로 들어갔어야 했는데 상황을 파악하느라 때를 놓쳤어. 내가 반쯤 걸어 나갔나 그 사람이 나를 봤어. 잘 모르겠어. 어쨌든 남편이 화가 났어. 당신이라도 화가 나겠지? 혹시 몰라 말하는데, 상담 내용을 엿듣지는 마. 우리가 나쁜 남편들에 대해 이야기했던 거 기억나?"

"빌어먹을. 괜찮아?"

"응. 다행히 아무 일도 일어나지 않았어. 하지만 그곳에 계속 있으면 안 될 것 같았어. 그 사람이 물건을 던졌어. 나한테 던진 건 아니야."

"아무 일도 일어나지 않은 게 아닌데. 그건一."

"그래서 밖으로 나왔어. 나왔는데 비도 오고 휴대폰도 없고, 어떻게 해야 할지 모르겠더라고. 그래서 큰길까지 걸어 나와서 택시를 타고 여기로 왔어."

"잘했어. 괜찮아."

"그래도 런던이었길 망정이지, 안 그래? 프랑스나 뭐 다른 데였다고 생각해 봐."

"올라갈래?" 마이클에게 이 상황을 설명하기 쉽진 않을 것이다. "빈방이 있어. 자고 내일 가."

"어떻게 해야 할지 모르겠어. 남편이 무척 화가 난 것 같아. 내가 없으니까 지금 당장 옷장 문을 부수거나 하진 않겠지만 그러지 말란 보장도 없잖아. 만약 그 사람이 옷장을 부숴버리면 어떻게 이곳을 떠나야 할지…. 나야 당연히 올라가서 당신과 스크래블 게임을 하고 싶지만 아무래도 옷장으로 다시 들어가는 게 좋을 것 같아. 당신이 같이 가서 시간을 좀 끌어주면 안 될까? 그 사이에 얼른 도망칠게. 나올 때 재킷을 하나 잡아채서 왔는데 다행히 주머니에 열쇠가 있더라고. 상황이 더 나빠질 수도 있겠지만 지금은 이게 내가 생각할 수 있는 최선이야. 미안해."

로렌이 잠깐 뜸을 들인 후 대답했다. "그래, 그러자. 가자."

"미안해. 그리고 고마워. 또 하나, 미안한데 택시비 좀 내줄 수 있어?"

"잠깐만." 그녀가 2층으로 올라가 마이클에게 대학 친구인데 이쪽으로 이사를 왔다고, 지금 집에 일이 좀 생겨서 같이 가봐야 할 것 같다고, 나중에 전화한다고 말하고 입을 맞췄다. 마이클은 당황스러워하며 짜증 난 목소리로 그런 얘기 한 적 없지 않냐고 했다. 로렌은 나중에 설명한다고 말하고 집을 나왔다. 택시를 타고 이동 중에 마이클에게 전화가 왔지만 받지 않았다.

"정말 미안해." 택시가 모퉁이를 도는 사이 보하이가 말했다.

"괜찮아. 그 사람 전화번호나 이름 알아?" 그에게 전화를 걸어 보하이가 다쳐서 병원에 있으니 병원으로 와달라고 하면 그가 집에서 나올 것 같았다.

"아니, 미안해."

"괜찮아. 자꾸 미안하다고 하지 마. 방법이 있을 거야."

두 사람은 퍼트니로 향했다. 강이 보이고 공원이 있고 오렌지색 울타리가 있는 퍼트니는 제법 괜찮은 동네다. 그의 집은 좁은 골목 끝에 있었다. 택시 기사에게 골목 끝에서 세워달라고 했다. 비가 이따금 흩뿌렸다. 거리에는 나무와 사륜구동 차량이 늘어서 있었다. 보하이가 큼지막한 넝쿨이 있는 집을 가리키며 뒤로 한 발짝 물러났다.

"술이라도 한잔하고 들어갈래?" 로렌이 물었다.

"아니, 그냥 빨리 끝내버릴래. 뒷마당으로 들어가 볼까 했는데 지금 보니 사방이 다른 집 뒷마당으로 둘러싸여 있어서 안 되겠어."

로렌이 잠시 생각에 잠겼다. "경찰에 전화해서 이웃집인데 옆집에 무슨 일이 생긴 것 같다고 말하는 건 어때? 우리는 여기서 기다리다가 경찰들이 오면 들어가는 거야. 총소리나 그 비슷한 소리를 들었다고 하면 경찰들이 올 거야. 당신 남편이 아직 화가 나 있다고 해도 경찰들 앞에서 허튼짓을 하지는 않겠지. 그사이에 당신은 얼른 옷장으로 들어가서 다른 세상으로 도망쳐."

"그래. 그거 괜찮다. 솔직히 그 사람을 직접 만나고 싶진 않지만, 그 방법이 최선일 것 같아."

키어런이 떠올랐다. 지금 생각해 보니 괜찮은 것도 같았다. 로렌은 옷장에 숨어 그가 다락방으로 사라지길 바랐더랬다.

"환자 상담 내용을 엿듣는 건 해서는 안 될 일이야. 그 사람이 화를 내는 건 당연해. 어쩌면 훌륭한 남편일지도 몰라. 그럼 이제 시작해 볼까?"

"잠깐, 더 좋은 방법이 생각났어. 열쇠 가지고 있다고 했지?"

"응." 보하이가 열쇠를 꺼냈다. 열쇠고리에 세 개의 열쇠가 달려있었다. "아마 사무실 열쇠나 뭐 그런 거겠지."

밖이 어두웠다. 집들은 대부분 커튼이 내려져 있었다. "내가 그를 밖으로 데리고 나갈게. 당신에게 주어진 시간은 5분이야. 만약 열쇠가 맞지 않으면 다른 방법을 찾아야 해. 내가 그 사람을 데리고 이쪽 길로 올라가서 오른쪽으로 돌 거야. 당신은 반대 방향으로 한 블록 정도 가서 있어. 그러면 우리가 가는 게 보일 거야."

보하이가 집과 길의 방향을 살폈다. "오케이. 알았어. 고마워 그리고 미안해." 보하이가 잠시 마음을 가다듬었다. "좋아, 준비됐어." 그가 반대

방향으로 한 블록 걸어가 뒤로 돌았다. 그러곤 엄지를 치켜올리더니 나무 뒤로 숨었다.

이제 로렌의 차례였다. 1년 전 같으면 이런 일은 절대로 하지 않았을 것이다.

그녀는 현관문 앞으로 걸어가 크게 심호흡을 한 뒤 노크를 했다. 그러곤 뒤로 한 발짝 물러났다. 굳이 바로 앞에 있을 이유가 없었다.

보하이의 남편이 문을 열었다. 갈색 머리에 약간은 우스꽝스러운 콧수염을 하고 카디건을 걸친 채였다. 그냥 봐선 옷장 문을 뜯어낼 사람처럼 보이진 않았다.

"안녕하세요, 저는 사라라고 해요, 저기一." 그녀는 남자의 이름을 알지 못했다. 그래서 대문을 흘끗 쳐다보며 물었다. "여기가 31번지인가요?"

"그렇습니다만." 남자가 천천히 말했다.

"다행이네요, 제가 산책을 하는데 어떤 사람이 길가에 앉아있더라고요, 발목을 삐었다며 당신을 불러달라고 했어요." 허술했다. 좀 더 철저하게 준비했어야 했다. "이름이 보하이라고 하면서 집에 휴대폰을 두고 나와서 그런데 31번지에 살고 있으니 남편을 좀 불러달라고 했어요."

"저런, 감사합니다. 그 사람이 불편을 끼쳐드렸네요, 죄송합니다. 걸핏하면 휴대폰을 놓고 다녀요."

"불편하다니요? 전혀 그렇지 않습니다. 조금 걸어가서야 해요, 같이 가실까요?"

다락방에서 남편들이 내려와

"그럼요. 그런데 잠시만요." 그가 하늘을 올려다봤다. "잠깐 들어오시겠어요?"

"괜찮습니다. 비 맞는 걸 좋아해요."

남자가 집 안으로 들어가더니 신발을 신고 벽에 걸린 재킷을 들고 나왔다.

"이쪽이에요." 로렌이 손짓으로 방향을 가리켰다. 두 사람은 오른쪽으로 돌아 길을 따라 걸어 내려갔다. 이제 집 쪽에선 그들이 보이지 않는다. 10, 20, 30, 그녀가 머릿속으로 보하이가 옷장 안으로 들어가는 데 걸릴 시간을 계산했다. 만약 이 남자가 정말로 옷장을 부숴버려서 옷장이 작동하지 않으면 어떡하지? 열쇠가 맞지 않으면 어떡하지? 만약 그렇다면 이 남자에게 "어, 조금 전까지 여기 있었는데, 어디 갔지?"라고 말하고 보하이를 자신의 집으로 데려가서 상황을 지켜봐야 할 것이다.

70, 80. 걸음 속도를 높였다. 인도에 놓인 쓰레기통을 지나 앞장서서 걸었다.

숫자를 세느라 미처 남자가 따라오고 있는지 확인할 겨를이 없었다. 발걸음 소리가 들리지 않았다. 뒤를 돌아봤다. 아무도 없었다. 아무도.

휴대폰이 울렸다. 모르는 번호였다. 휴대폰 화면이 비에 젖지 않도록 몸을 구부렸다. **고마워. 정말 정말 고마워.**

미안해. 10분만, 숨 좀 돌리고. 그리고 곧 런던에 가서 당신 남편에게 자초지종을 설명할게. 무슨 말을 어떻게 할지 생각해 봐야겠다.

문자가 이어졌다. **프라하인 것 같아. 스파이는 아니었으면 좋겠는데.**

당신은 내 생명의 은인이야. 고맙고 정말 미안해.

그녀가 괜찮냐고 답장을 보내고 우버를 불렀다. 신발이 비에 홀딱 젖어버렸다.

집에 돌아와 마이클에게 어떻게 된 일인지 설명하려고 운을 떼었다. 보하이가 일곱 가지 그럴싸한 거짓말을 보내왔다. 그리고 언제 런던에 가서 거짓말에 힘을 실어주면 좋겠냐고 물었다. 피곤이 몰려왔다.

온몸이 비에 젖어 축축했다.

마이클의 표정이 딱딱하게 굳어있었다. "당신, 지난번에 업무상 답사 간다고 하고 가지 않은 거 알고 있어."

업무상 답사? 무슨 소리지? 아, 호텔에서 비디오를 본 날을 말하는 거였다. 로렌은 속으로 외쳤다. *나는 이제 좋은 사람이 되려고 애쓰는 데 지쳤어. 당신을 정말 좋아해. 하지만 침대에서 과자도 먹고 그렇게 살고 싶어. 나는 바람을 피우는 게 아니야. 간식도 먹고 늦잠도 자고 그렇게 살고 싶어.*

"아까 그 남자는 친구야." 좀 더 쉬운 것부터 설명했다. "호주에서 여기로 이사 왔어. 남편이 친구에게 화가 나서 폭력적으로 굴었나 봐. 그래서 집을 나왔는데 중요한 걸 놓고 와서 좀 도와달라고 한 거야. 내가 도와줄 수 있는 일이었고 위험하지 않은 일이었어. 그리고 잘 해결됐어."

"해결됐다니 다행이네." 그렇게 말했지만, 마이클은 매우 기분 나쁜 얼굴이었다. "이제야 말하는데 얼마 전에 우연히 당신 휴대폰을 봤어. 보려고 본 건 아니야. 당신이 커피 테이블 위에 휴대폰을 올려놓았는데 알람이 떠서 보게 된 거지. 이름도 없이 번호만 있더군. 시내에 있으니 만나자고. 더군다나 당신의 행동이 좀 이상했어. 그래서 의심하지 않을 수가 없었어. 그리고 며칠 뒤에, 미안해, 그때 바로 얘기했어야 했는데, 문자를 또 봤어. 그런데 문자가 없더라고, 스팸일 수도 있었겠지."

이런 젠장!

마이클은 그녀가 이 모든 상황을 설명해 주기를 간절히 바랐다. 하지만 달리 설명할 방법이 없었다. *그 문자는 당신이 오늘 본 그 남자가 보낸 거야. 우리는 만나서 내가 당신을 얼마나 좋아하는지 얘기했어. 숨기려고 문자를 삭제한 게 아니라 그가 옷장으로 들어가서 다른 세상으로 간 탓에 사라진 거야.*

하지만 마이클은 자신의 말을 믿지 않을 것이다.

로렌이 있는 힘을 끌어모아 연기를 시작했다. "저기, 소리 들었어? 다락방에 뭐가 있는 것 같아. 이 얘긴 나중에 하고 다락방 먼저 확인해 주면 안 될까?"

마이클이, 완벽하고, 자기 계발을 위해 노력하고, 첫 번째 마이클보다 나은, 화가 났으면서도 비를 맞고 온 아내에게 따뜻한 레몬 꿀차를 타주는 마이클이 고개를 끄덕였다. 더 설득할 필요도 없이 그가 다락방으로 들어갔다.

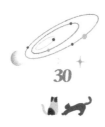

30

새로운 남편이 내려오고 있었다.

슬펐다. 슬프지 않을 수가 없었다. 레몬 꿀차를 내려놓고 쳐다보지 않았다. 마침내 돌아보니 마이클은 사라지고 없었다. 달라진 집 안의 공기를 들이마셨다. 자신이 좋아하던 냄새, 잘하고 있다고 확신을 주던 냄새가 사라지고 없었다. 슬픔이 마음속 깊은 곳에서 차올라 목구멍을 타고 밖으로 뿜어져 나왔다. 새 남편이 내려와 돌아섰다. 남자, 그저 또 다른 남자. 로렌은 남편에게 다가가 가볍게 입을 맞췄다.

새 남편과 며칠을 보내고 다락방으로 올려보냈다. 그다음도, 마이클이 아니라면 누가 평생의 반려자일까? 이제 평생을 함께할 남편을 찾아야 한다. 꾸물거릴 시간이 없다. 이번에 보하이를 보면서 그녀는 새롭게

다락방에서 남편들이 내려와

결심했다. 이제 결심한 바를 실행할 때가 왔다.

어떤 남편은 모형 기차를 만들었다. 그래서 방 하나가 구불구불한 철로로 가득했다. 로렌도 같이 거들었다. 접착제가 마를 때까지 작은 조각들을 꼭 잡고 있었고 자그마한 고양이를 정확히 어디에 놓을지 토론도 벌였다. 하루 정도 즐기고 돌려보냈다. 또 어떤 남편은 셔츠 안에 면티를 입었다. 카터가 그렇게 입을 때는 좋았다. 하지만 영국인이 그렇게 입으니 어색하기 짝이 없었다. 무엇보다 그 모습을 보면 자꾸만 카터가 생각났다. 그래서 돌려보냈다.

2월 말 새 남편을 맞고 마당에서 크로커스 꽃을 발견했다. 가을에 심어둔 구근이 피어오른 생에서 잠시 남편 찾기를 쉬어 가기로 했다. 일주일에 걸쳐 꽃들이 흙을 뚫고 나와 꽃봉오리를 피웠다. 정말 예쁘기 그지없었다. 하지만 남편은 로렌의 취향이 아니었다. 크로커스가 시들기 시작했다. 그리고 3월을 위한 수선화를 심어두지 않았다는 사실을 알았다. 남편을 돌려보냈다.

한 남편은 뜨개질로 자신의 양말을 직접 떴다. 또 한 남편은 가볍게 코카인을 했다. 낯선 상황에 놀라기도 했지만 조금 흥분되기도 했다. 로렌은 남편이 하는 대로 몸을 앞으로 기울여 코카인을 시도해 봤다. 좋지도 싫지도 않았다. 며칠 뒤 남편 친구인 패지를 만나 함께 시간을 보냈다. 맥주를 몇 잔 마시곤 남편이 패지에게 남은 약이 있냐고 물었다. 그러자 패지가 냉동실을 열고 아이스크림 통에서 비닐봉지 한 묶음을 꺼내 흔들어 보였다. 아무리 그래도 이건 아니었다. 남편과 코카인을 하는 것까진 괜찮았지만 남편이 바닐라 아이스크림 통에 든 코카인을 사는 것만은 차마 보고 있을 수가 없었다.

다음 남편은 마음에 들었다. 이름은 피티였고 나이는 조금 어렸다. 하지만 남편이 내려오고 2시간 만에 엘레나가 보낸 문자 기록을 보고 자신의 임신 사실을 알았다. 로렌은 충격에 휩싸였다. **축하해!!!! 축하할 일 맞지?** 엘레나의 문자를 받고 두 사람은 꽤 긴 통화를 한 것 같았다. 얼마나 진행됐는지, 피티에게 말했는지, 아니면 아직 비밀로 하고 어떻게 할지 고민 중인지 알 수가 없었다. 실수일 리가 없었다. 포궁 내 피임 장치는 교체하려면 아직 2년이나 남아있었다. 도대체 피티가 어떻게 자신을 설득해 피임 장치를 제거하게 했는지, 무슨 일이 일어난 건지, 엘레나와 긴긴 통화를 하면서 무슨 얘기를 했는지 알고 싶었다. 로렌은 임신을 원하지 않았다. 머리카락 색이 달라지는 것도, 전에 없던 흉터가 생긴 것도 괜찮았다. 하지만 임신만은 참을 수가 없었다. 피티를 돌려보냈다. 만약을 대비해 연달아 서너 명의 남편을 바로 돌려보냈다.

남편들이 계속 등장했다. 알래스데어라는 이름을 가진 남편에서 멈췄다. 부드러운 에든버러 억양이 마음에 들었고, 그의 친구 결혼식에서 킬트를 입었는데 그 모습이 정말 괜찮았다. 그래서 그가 바람을 피운다는 사실을 알았을 때 진심으로 상처를 입었다.

그다음은 더 나빴다. 이름은 호네였고 오클랜드 출신이었다. 남편과 TV를 보며 즐거운 저녁 시간을 보냈다. 다행히 〈마인드헌터〉도, 5회 차를 보면서 이해하는 척 연기를 해야 하는 드라마도 아닌, 배경지식 없이 대충 흘러서 봐도 이해가 되는, 짧게 짧게 진행되는 코미디쇼였다. 하지만 다음 날 미술용품 상점으로 출근해 보니 이번엔 자신이 바람을 피우고 있었다. 처음엔 한 동료가 옆을 지나가면서 등을 만지길래 별 미친 인간도 다 있다고 생각했다. 하지만 점심시간에 둘만 남게 되자 그가 로렌의 손을 잡으며 키스하는 것이 아닌가. 그러곤 "보고 싶어 죽는 줄 알았어. 자기 때문에 주말이 오는 게 싫어질 지경이야"라고 말했다. 끔찍했다. 일단 자신이 바람이나 피우는 그런 류의 인간이라는 게 싫었고, 남자 하나만으로도 힘들어 죽겠는데 동시에 둘은 참을 수가 없었다.

런던에 온 보하이에게 이 얘기를 꺼냈다. "맞아. 그래서 내가 규칙을 만든 거야."

"정말 싫어." 이렇게 싫을 줄은 미처 몰랐다. 남편들을 상대로 수도 없이 거짓말을 해왔지만, 그것과는 달랐다. "당신은 당신이 뭔가 비밀스러운 일을 하고 있다는 걸 알았을 때 어떤 생각이 들어?"

"글쎄. 지금껏 나는 어리석은 결정을 많이 했어. 재미는 있었지. 하지만 현명하진 못했어. 그런데 그런 어리석은 짓을 하는 게 다른 생을 사는 다른 나라고 생각하면 쉬워져. '내가 왜 그랬지, 내가 뭐가 문제지?'라기보다 '도대체 걔는 왜 그럴까, 머저리 같은 놈'이라고 생각하면 되거든."

보하이가 지난번 일을 매우 미안해했다. 하지만 그때 그 일은 그의 잘못이 아니다. 본의 아니게 엿들었지만 그건 다른 생을 사는 다른 보하이가 한 일이다. 로렌은 마이클이 없어도 아침마다 요가를 하고, 봄나물의 이름을 알고, 목요일마다 줌으로 독서토론을 하고, 식탁에서 밥을 먹는

다. 로렌은 마이클을 보낸 것을 후회하지 않았다.

"그러니까 당신 말은 '고마워, 보하이. 당신이 그런 끔찍한 고함쟁이랑 결혼하고, 등신처럼 옷장에 숨어있어 줘서 정말 기뻐'라는 거지?"

"그래. 그러니까 다시는 그러지 마."

남편들을 바꿔가는 동안 세상은 여전했다. 세 번 중에 두 번꼴로 구청에서 일했다. 가장 빨리 결혼한 생이 원래의 삶과 가장 거리가 멀었다. 결혼 생활 7년째에 접어드는 생을 맞은 적이 있다. 그 생에서는 미용사였다. 미용에 관해 아는 게 없었으니 혹시 나에게 천부적인 미용 기술이 있을지 궁금했다. 하지만 아니었다. 유튜브를 빠르게 돌려보고 두 고객의 머리를 완전히 망쳐놓은 후 남편을 돌려보냈다.

지금까지 몇 명이야? 보하이의 문자에 머릿속으로 수를 헤아리려고 했지만 셀 수가 없었다. 가끔 남편을 너무 빨리 돌려보낸 탓에 기억이 가물가물했다. **195명쯤?** 하지만 어디까지나 어림짐작에 불과했다.

진행 속도가 빠르네.

당신은 어때?

나는 지금 시골 마을에 있어. 당신도 알다시피 내 스타일은 아니야. 여긴 에뮤가 애완동물이야. 창고에서 나왔는데 이 녀석이 내 얼굴을 빤히 쳐다보고 있지 뭐야. 보하이가 영상을 보내왔다. 눈이 크고 다리와 목이 긴, 사람만큼이나 키가 큰, 엄청나게 크고 지저분한 새가 무심하게 고개를 돌렸다.

로렌은 지금 남편을 196번째로 하기로 정했다. 거의 그쯤 될 것 같았다. 그리고 앞으론 더 잘 기억해야겠다고 생각했다.

197번째 남편과 있을 때 독감에 걸렸다. 독감이 사라지기를 바라며 197번째 남편을 돌려보내고 198번째 남편을 맞았다. 정말 독감이 나았다. 하지만 집 전체가 갈색이었다. 198번째도 보냈다. 199번째는 클라리넷 연주가였는데 다음 날 공연이 있어서 입을 아껴야 한다며 오럴 섹스를 거부했다. 그 말이 맞는지 확인하려고 20분을 검색한 결과 변명이라는 결론을 내렸다. 물론 거부할 수 있다. 하지만 그럴 거면 자신에게 오럴을 시키지 말았어야 했다. 처음부터 솔직하게 이야기했어야 했다. 199번째 남편을 돌려보내는데 왠지 모르게 여성의 힘과 정의를 지켜낸 것만 같았다.

사람들은 관계 초반에 부드러워지고 달라진다. 선물과도 같은 일시적인 변화를 겪는다. 리얼리티 쇼라면 치를 떨던 엘레나는 롭과 데이트를 시작하면서 〈생존자〉라는 리얼리티 쇼를 12화나 봤고, 소셜 미디어를 싫어하던 아모스는 여자친구와의 일상을 찍어 매일매일 SNS에 올리기 시작했다.

달라진 자신의 모습이 늘 마음에 드는 것은 아니지만, 그 덕에 나도 달라질 수 있다는 사실을 이해하게 됐다.

200번째 남편을 맞았다.

집이 깔끔해졌다. 환영의 키스로 새 남편을 맞을 준비를 했다. 그런데 아모스! 200번째 남편으로 또 아모스가 나타났다.

"아!" 로렌이 뒤로 물러섰다.

"가져왔어." 아모스가 바닥에 가방을 내려놓고 사다리를 접었다.

전에도 한 번, 아주 잠깐, 그것도 아주 초반에 아모스가 등장한 적이 있었다. 로렌은 두 아모스 모두 당장 헤어지기는 애매하니 이 집으로 들어와 지내다가 어느 시점에 마지못해 결혼했을 것이라 생각했다. 이번에 등장한 아모스도 자신을 버릴까 말까 망설이다가 어디 가서 더 찾기도 힘들지 싶어 그냥 결혼했을 것이라 추측했다.

엿이나 처먹으라지!

아모스가 내려오자마자 바로 올려보냈어야 했지만, 똑같이 갚아주고 싶었다. 로렌이 다정하게 미소를 지으며 말했다. 이때만 해도 자신이 얼마나 못된 생각을 했는지, 아모스가 집을 나가면 다락방에 다시 올려보내기가 얼마나 힘든지 미처 알지 못했다.

"아모스, 우리 다시 보지 말자."

아모스가 인상을 찌푸리더니 말했다. "그래, 그게 이혼이라는 거야."

그가 다락방에서 가져온 가방을 쳐다봤다. 로렌이 아모스를 한 번 쳐다보고 집을 한 번 둘러봤다. 이제 와 생각해 보니 집이 평소보다 깔끔한 게 아니라 휑한 거였다.

로렌은 생각에 잠겼다.

아모스는 밝은 회색 바탕에 커다란 몬스테라 잎이 그려진 몸에 붙는 셔츠를 입었고 수염을 신경 써서 정돈한 모습이었다. 로렌은 아모스가 왜 이런 모습을 했는지 안다. 헤어지는 상황에서도 멋져 보이고 싶은 것이다.

"우린 최선을 다했어." 아모스가 반쯤 웃어 보이며 말했다.

"그래? 정말 그렇게 생각해?" 원래의 생에서 로렌은 아모스와 4년 전에 헤어졌고 함께 살지도 않았다. 그러니 부부였던 기간은 겨우 2~3년 정도밖에 되지 않을 것이다. 로렌은 갑자기 화가 치밀었다. 어떻게 감히 내 집에 나타나 자기가 떠나면 내가 슬퍼할 거라는 표정을 지을 수 있지. 요즘 로렌은 아모스를 단 한 번도 떠올린 적이 없다. 그와 함께했던 시절에도 모퉁이에 서서 자기만족을 위해 별의별 방식으로 다른 사람을 깎아내린 것 말고는 무엇을 같이 했는지 아무것도 기억나지 않았다. 내가 미쳤지, 저런 놈이 뭐가 좋다고 참 오래도 만났다.

"음. 노력했지, 아니야?"

아이고 자상하기도 하시지. 그래 노력했지. 스핀볼 위저 앞에서 줄 서다가 갑자기 전화로 헤어지자고 하지 않은 게 어디냐 싶었다. 이제 스핀볼 위저는 앨턴 타워에 있는 다섯 개의 최고 롤러코스터 중 하나도 아니다. "너무 노력했지. 진즉에 헤어졌어야 했어." 로렌이 말했다.

"진정해." 확신도 없는 주제에 이성적인 척하는, 사람 딱 열 받게 만드는 말투였다. "예의는 지켜야 하지 않아?"

짜증이 머리끝까지 치밀어 올랐다. "엿이나 처먹어."

"우린 이래서 안 되는 거야. 너도 행복하지 않았잖아. 너는 노력도 하지 않았어. 그래 놓고 이제 와서 이혼을 전부 내 탓으로 몰아붙이잖아."

"내 집에서 나가."

"다세대 주택 가지고 유세는." 아모스가 가방을 집어 들었다. 주방 앞에 있던 다른 가방도 집어 들면서 말했다. "그래. 네 집 맞아. 돈 많은 할머니 덕분에 얻은 네 집. 좋겠다, 그래. 정말 좋겠어."

짙은 초록색 거실의 한쪽 벽에 큰 깃털이 그려진 것도 모자라 빛을 아래로 향하게 만드는 에나멜 재질의 전등갓이라니. 그동안 남편이 바뀔 때마다 집 상태도 달라졌지만, 지금이 가장 별로였다. "저 벽지를 당장 뜯어내고 싶어."

"네가 골라놓고 왜 나한테 난리야." 아모스가 가방을 들고 복도를 지나 계단을 내려갔다.

다락방에서 남편들이 내려와

31

로렌은 이메일, 문자, 사진을 뒤져가며 일이 어떻게 됐는지 알아냈다.

원래의 생에서 아모스는 그녀와 헤어지고 직장을 그만둔 뒤 수염을 기르고 베를린으로 가서 6개월을 지냈다. 그러곤 다시 런던으로 돌아와서는 로렌에게서 친구들을 다 떼어놓을 심산인 듯 함께 알고 지내던 친구들과 미친 듯이 어울렸다. 하지만 이번 생에서는 그러지 않았다. 집으로 들어와 오토바이를 산 것으로 보였다.

아직 이혼 전이었다. 시간을 가지고, 아마도 6개월 후나 1년 후에 이혼 절차를 밟게 될 것이다.

집에 혼자 남았다.

엘레나에게 문자를 보냈다. **아모스가 마지막 짐을 가지러 왔어.** 답장이 왔다. **괜찮아?** 다시 답장을 보냈다. **당연하지.**

아직 모든 게 그대로였다. 벽지는 끔찍했고 이케아 카펫은 디자인만 다른 이케아 카펫이었으며 창틀에는 도자기 오리 몇 마리가 줄지어 있었다.

하지만 머지않았다.

그리고 이제 로렌에겐 아내의 의무 따윈 없다.

회사에 몸이 좋지 않다고 메시지를 보냈다. 기분이 날아갈 것 같았다. 따뜻한 집에, 비위를 맞춰야 할 남편도, 이견을 조율할 동거인도, 열 받게 하는 불공평한 가사 분담도 없었다. 거실 벽지가 눈에 들어왔다. 선반 위 물건들을 내려 거실 한가운데 쌓았다. 문득 5시가 다 돼간다는 걸 알고 철물점으로 달려가 그곳에서 가장 밝은 흰색 페인트를 한 통 샀다. 집으로 돌아와 깃털이 그려진 벽에 롤러를 이리저리 굴려 페인트를 칠했다. 벽지에 약간의 질감이 있어서 페인트가 틈새까지 매끈하게 발리지 않았다. 크게도 굴리고 둥글게도 굴리면서 힘을 꾹꾹 줘가며 높은 곳까지 칠했다. 의자를 놓고 올라가서 칠하다가 실수로 크림색 천장에 조금 묻었지만, 개의치 않았다. 거의 두 시간가량을 칠하고 나서 나탈리와 토비, 최근 문자 속에 있던 친구로 추정되는 타즈에게 오늘 밤이든 내일이든, 아니면 이번 주말이든, 다음 주든 언제든 한번 놀러 오라고 문자를 보냈다. 언제 와도 상관없었다. 집에는 아무도 없고 특별한 일정도 없으니까.

보하이에게 보낸 문자들도 모두 사라졌다. 번호가 항상 바뀌는 탓에 보하이의 연락처를 알지 못했다. 그래서 기억하고 있던 메일 주소로 메일을 보냈다. **이혼 절차를 밟는 중이야!! 그렇다고 다락방이 작동을 멈추진 않겠지. 그렇지?**

로렌의 초대에 가장 먼저 응한 사람은 토비였다. 토비가 문을 두드리고 들어와 거실의 페인트 자국을 둘러봤다. 카펫이 꼴 보기 싫어 바닥에 침대 시트를 깔아놓았다.

"예전 벽지가 별로긴 했어. 근데 벽지를 먼저 벗겨내고 칠했어야지."

로렌이 무늬 틈새 사이사이로 페인트를 밀어 넣었다. "당신이 도와줄 일이 많아. 석 달에 한 번씩 칫솔을 교체해?

"무슨 일 있어?" 토비가 물었다. 로렌은 아무렇지도 않았다.

미궁 속에 있던 타즈가 왔다. '타즈!' 로렌이 페인트가 묻은 손을 활짝 펼치며 두 팔 벌려 그녀를 맞았다. 타즈는 어디선가 본 듯한 얼굴이었다. 삼각형 모양으로 자른 검은 머리칼, 밝은 초록색 눈 화장, 검은색 옷. 그제야 누군지 떠올랐다. 엘레나의 결혼식에서 만난 적이 있었다. 바로 아모스의 아내! 로렌이 타즈를 안으며 말했다. "세상에, 타즈. 반가워." 같은 남자에게서 벗어나다니 이 얼마나 놀라운 일인가! 이 사실은 그녀만 알고 타즈는 모른다. 타즈가 와인을 가져왔다. 로렌이 사양했지만, 토비가 와인을 받아들었다.

나탈리도 카일럽과 마그다를 데리고 와서 겨우 30분 정도 머물다 갔다. 나탈리가 거실 페인트칠이나 갑작스런 초대에 대해 오자마자 잔소리를 시작하지 않은 걸 보면 로렌이 정말 사고를 쳤다고 생각하는 모양이었다. 나탈리가 가고 8시쯤 엘레나가 빵과 치즈, 아보카도, 그리고 알 수 없는 것들이 가득 든 쇼핑백을 들고 왔다. 엘레나가 주방에 들어가 가져온 것들을 자르는 동안 로렌은 토비와 타즈의 도움으로 나머지 벽들도 페인트칠 할 수 있게 가구들을 거실 중앙으로 옮겨 공간을 확보했다.

잔뜩 쌓아놓은 가구와 페인트 냄새 때문에 거실에서는 식사를 할 수 없었다. 주방도 좁아 식사가 어려웠다. 결국 빈방에서 먹기로 하고 침대와 바닥에 나눠 앉았다. 엘레나가 만든 두 가지 샐러드와 다양한 종류의 가공육들은 사무용 의자 위에 올려놓았다.

거실 책장에 있는 물건을 옮기다가 결혼사진을 발견했다. 사진을 가까이 들여다봤다. 길고 하얀 드레스를 입은 자신, 검은색 정장 차림의 아모스, 어울리지 않는 분홍색 드레스를 입고 들러리를 선 엘레나. 이번 생에서 로렌의 이름은 달라져 있었다. 개명 절차가 얼마나 복잡했을지 생각만 해도 골치가 아팠다. 그렇긴 하지만 로렌 램버트는 멋진 이름이었다. 아마도 이름이 우아하게 들려서 바꾸지 않았을까 싶었다. 로렌 램버트, 전 램버트 부인, 매력적인 이혼녀 로렌 램버트. 이혼을 했다는 사실이 어딘가 모르게 세련되게 느껴졌다.

"얼른 와. 결혼사진은 그만 보고, 원한다면 태워버릴까? 소소하게 정화 의식이라도 치를 겸?" 엘레나가 말했다.

"아니야. 괜찮아." 로렌이 결혼사진을 내려놓았다.

"로렌! 멋진걸. 나는 네가 힘들어할 줄 알았어." 타즈가 말했다.

엘레나가 살짝 어깨를 으쓱하며 말했다. "설레발인지 모르겠지만 벽지 위에 페인트를 바로 칠하는 건 추천하고 싶지 않아. 정상인이 할 짓이 아니야."

로렌은 살짝 흥분됐다. 삶이 무너져서 오는 그런 종류의 흥분이 아니었다. 하고 싶은 걸 할 수 있고, 남편이 무엇을 원하는지, 남편이 무엇을 기대하는지, 부부가 서로 어떻게 행동해야 하는지, 소파의 어느 쪽에 누가 앉을지, 남편이 차를 어떻게 마시는지, 어떤 머그잔을 좋아하는지, 친구들을 초대하기 전에 물어봐야 하는지, 남편이 바뀔 때마다 자신의 칫솔이 어느 것인지 따질 필요가 없어서 느끼는 흥분이었다. "너무 좋아." 로렌이 덧붙였다. "혼자가 이렇게 좋은 거였다니."

다음 날 아침에도 혼자라는 사실에 기분이 좋았다. 일찍 일어났지만, 미리 병가를 신청해 둔 덕에 다시 편하게 잠들 수 있었다. 침대에서 일어나 방 여기저기를 돌아다니며 물건을 원래 있던 자리가 아닌 다른 곳에 가져다 놓았다.

점심으로 통조림 복숭아와 바닐라 아이스크림을 먹었다. 그러곤 옷도 걸치지 않은 채 이 방 저 방을 돌아다녔다. 사다리를 내리고 다락방 안에 머리를 빼꼼 집어넣고 불빛이 번쩍이는지 확인했다.

소파와 쌓아둔 가구들은 치우지 않고 그대로 두었다. 내일이나 다음 주 주말에 페인트칠을 마무리할 생각이었다. 혼자라는 흥분이 여전히 가라앉지 않았다. 다음 날 아침, 알람 소리에 잠에서 깼다. 남편의 알람이 아닌 자신이 직접 맞춰 놓은 알람 소리에 말이다. 눈 뜨자마자 불을 바로 켜도, 서랍을 시끄럽게 뒤져도 누구 하나 눈치 볼 사람이 없었다. 심지어 샤워를 누가 먼저 할지 고민할 필요도 없었다.

***

일주일 정도 이렇게 보낼 생각이었다. 어쩌면 앞으로 쭉 이렇게 보내는 것도 나쁘지 않을 것 같았다. 직장은 구청이었다. 사무실에 들어가 모두에게 인사를 했다. 다시 보게 돼 기분이 좋았다. 점심시간에는 사무실 근처를 돌아다니다가 보하이가 크리스마스에 선물한 230달러짜리 초대형 식물을 샀다. 한쪽 팔로 화분을 안고 다른 한쪽 팔로 식물의 밑동 부분을 잡은 채 간신히 집으로 옮겼다. 정말이지 너무 무거웠다. 문을 통과할 때는 나뭇잎 부분이 다치지 않도록 조심해야 했다. 붐비는 퇴근시간에 나무를 들고 기차를 탈 수가 없어서 카페에 들렀다. 카페가 문을 닫는 8시까지 야외 의자에 앉아 화분을 맞은편에 세워두고 따뜻한 차로 몸을 데우며 앉아있었다.

화원에서 알려준 대로 어떻게 관리해야 하는지 잘 적어두었다. 크고 다루기 어려워도, 언젠가 자기보다 훌쩍 크게 자라더라도 식물을 돌보게 돼 기뻤다. 식물에겐 "내 양말 어디 있어? 그거 세 번째 잔이지? 엄마가 온다고 했잖아!" 같은 말을 할 필요가 없었다. 아니 아무 말도 할 필요가 없었다. 화분을 들고 두세 칸에 한 번씩 쉬어가며 계단을 올라갔다. 식물을 창가에서 조금 떨어진 곳으로 가져가 선반에서 내려놓은 책

다락방에서 남편들이 내려와

과 상자들 사이에 두었다. 식물에게 아직 이름을 붙이지 않았다. 그래서 "친구야, 넌 여기에 있어."라고 말했다. "친구야"라는 말을 소리 내 말하다니, 그런 적이 있었나 싶었다. 하지만 친구라고 부르는 게 맞았다. 이봐, 친구. 친구야, 물 좀 줄까? 어이 친구, 힘을 내.

펠릭스 집에 있던 황동 분무기를 사려고 검색해 보니 100달러가 넘었다. 어차피 식물 친구는 그 차이를 모를 것이다. 그래서 반쯤 남은 헤어스프레이 병을 비웠다. 바닷가에서 방금 나온 듯한 자연스러운 웨이브를 만들어 준다는 헤어스프레이였다. 어차피 유통기한도 지났고 유행도 지난 터였다. 스프레이 통에 물을 채워 분무기로 사용했다. 친구야, 물을 마시렴. 그리고 반짝이는 초록빛 잎들을 풍성하게 피워보렴. 넌 할 수 있단다.

휴대폰이 울렸다. 모르는 번호였다. 보하이가 요즘 어떻게 지내는지 소식을 전해왔다. **빌어먹을, 꽃병이 너무 많아.** 그는 문자와 함께 사진 한 장을 보내왔다. 사진에는 네 개의 파란 꽃병과 좀 더 큰 파란 꽃병이 있었고, 선반에는 열 개쯤 돼 보이는 핑크색과 초록색 유리 꽃병이, 장식장에는 일고여덟 개쯤 되는 유광 세라믹 꽃병이 있었다.

그날 밤, 로렌은 소파에서 잠을 청했다. 소파 주변으로 물건들이 탑처럼 높이 쌓여있었고 아침 햇살에 눈을 뜨려고 커튼도 열어두었다. 혼자라는 흥분이 가라앉지 않았다.

32

"이해가 잘 안돼." 강가를 배경으로 비싼 맥주를 마시며 타즈가 말했다. "난 잘 모르겠어. 이혼이란 걸 처음 하잖아. 정말 괜찮은 거야?"

로렌은 정말 괜찮았다. 남편이 처음 다락방에서 나오기 전까지만 해도 싱글로 지내는 시간이 길어지면서 부담을 느꼈다. 행복한 싱글이 돼야 한다는 말이 일종의 의무처럼 느껴졌다. 그것은 페미니즘이나 자율성의 표현이었고, 아니면 그저 결혼한 친구들이 자신을 동정하는 반응을 피하는 방법이었다. 그 무게가 무거워 때로는 자신의 진짜 감정이 뭔지 파악하기 어려울 때도 있었다.

하지만 지금은 *아직도 싱글*이 아니라 *다시 싱글*이 됐다. 문을 열어둔 채 욕조에 앉아서 한 시간 동안 책을 읽었다. 맨날 이럴 수 있을 것 같

다락방에서 남편들이 내려와

았다. (물론 그러진 않겠지만 가능하긴 하니까.) 섹스가 꼭 필요하지도 않았다. 섹스를 하고 싶을 땐 자위로 해결했다. 남편한테 들킬까 봐 급하게 할 필요도 없었다. 저녁은 퇴근 후에 먹거나 때로는 11시에 먹기도 했고, 두 번 먹을 때나 아예 먹지 않을 때도 있었다. 아래층에 사는 토비와 마리암네 들르기도 하고 마리암이 일하러 나갔을 땐 토비와 한 시간 정도 시간을 보내고 다시 올라와 혼자만의 시간을 만끽했다. 많은 남편을 겪었다. 자신이 결혼 생활에 적합하지 않은 사람일지도 모른다는 걱정 따윈 할 필요가 없었다. 침대 옆자리에 노트북을 올려놓고 밤새 보고 싶은 것을 볼 수도 있었다. 이제 그 자리에 어떤 남자가 누울지 궁금하지 않았다.

타즈와 친구가 된 것도 좋았다. 원래 같으면 주로 결혼한 사람들과 어울렸다. 엘레나, 마리암, 토비, 나탈리 그리고 자라까지. 모두 결혼을 했거나 동거 중이었다. 물론 커플인 친구들도 좋다. 하지만 뭔가 좀 달랐다. 아직 타즈를 어떻게 알게 됐는지는 모른다. 분명 중간에 아모스가 있을 것이다. 이런 관계를 만들어 주고 둘만 남겨두고 떠나다니, 그거 하난 칭찬해 주고 싶었다.

보하이에게 문자를 보냈다. **어떻게 지내? 나는 아직 혼자야. 정말 행복해. 침대가 얼마나 넓은지 몰라.**

답장이 왔다. **아내가 바람을 피웠어. 지금 처형 집에 보냈어. 용서할지 말지 고민 중이야. 벽장으로 들어가면 아내한테 이 집을 돌려줘야 하는데 집에 혼자 있어 보니 너무 좋아. 그래서 고민이야.**

당신은 최악의 남편이야. 로렌이 바로 답장을 보냈다.

바람을 피운 건 내 아내라고.

거실에서 유일하게 신경 써서 배치한 거대 식물을 찍은 사진을 보하이에게 보냈다. 다른 가구들이 그 주변으로 제멋대로 뒹굴었다. 로렌은 식물을 매우 아꼈다.

화요일, 문득 데이트를 해도 안 될 건 없지 싶었다.

원래 생에선 아모스와 헤어지고 남편들이 나타나기 전까지 데이트를 자주 하지 못했다. 물론 팬데믹 때문이기도 했다. 팬데믹이 풀리고 나서는 가끔씩 혼자 나가 누군가 다가와서 말 걸어주기를 기다렸다. 대화를 나누다가 그 사람을 집에 데려오기도 했는데 그보다는 대체로 그 사람 집으로 가곤 했다. 책에서 읽은 바로는 사람들은 자신의 집에서 시체를 처리하고 싶어 하지 않기 때문에 그 사람의 집으로 가는 게 살해될 확률이 더 낮다. 한 번 만난 남자를 다시 보지는 않았다. 일회성 만남으로 삶에 부정적인 영향이 생기는 게 싫었기 때문이다.

하지만 이제 데이트는 어려울 것 같았다. 마치 몇 년간 치과를 가지 않다가 다시 가려면 어려운 것처럼. 어디가 얼마나 썩었고 비용은 얼마나 들 것이며 충치가 있는지 없는지 걱정이 되듯 데이트를 잘할 수 있을지 걱정스러웠다. 몇 번 데이트 앱에 프로필을 올리려고 시도하다가 때려치웠다. 자신을 뭐라고 소개해야 할지, 어떤 사람을 찾는다고 해야 할지 고민하다가 진이 다 빠졌다. 가지지 못한 것을 찾다가 결국 실망하느

다락방에서 남편들이 내려와

니 차라리 가진 것에 만족하는 게 더 낫다고 자신을 다독였다.

하지만 마이클, 아이언, 로한, 제이슨 그리고 열두 명의 데이비드. 강렬한 남편들을 이렇게나 많이 겪었으면 결혼도 아니고 데이튼데 상대적으로 쉬워야 하지 않을까?

토비와 엘레나는 이미 임자가 있는 몸들이라서 최신 데이트 앱을 잘 몰랐지만, 타즈는 잘 알았다. 토요일, 로렌은 집 근처 공원으로 향했다.

"정말 괜찮아?" 타즈가 물었다. "한 달 전만 해도 버스에서 울었잖아. 집이 비면 무섭다고 우리 집 소파에서 잤고, 2시간 반이나 아기 코끼리 영상을 보던 애가."

"괜찮아. 아무렇지도 않아." 타즈가 말한 일들은 로렌이 다른 생을 살 때 일어났다. 눈물을 흘린 기억은 없었다. 로렌은 누군가와 헤어지고 나서 그 사람을 잊으려면 그 사람과 만난 시간의 절반이 걸린다던 보하이의 말을 떠올렸다. 아모스와의 첫 번째 관계는 몇 년 전에 끝났고, 두 번째는 겨우 20초였다. 그러니 정말 아무렇지 않았다.

타즈가 한숨을 쉬었다. "좋아. 일단 클로즈업 사진이랑 멀리서 찍은 사진이 필요해. 그리고 취미 생활을 하는 모습, 친구들이랑 파티를 즐기는 모습도 있어야 해. 그래야 친구가 있다는 걸 보여줄 수 있거든. 아모스를 잘라낸 사진은 절대 안 돼. 그건 데이트를 할 생각이 없다는 거랑 똑같아."

로렌이 포즈를 잡고 타즈가 사진을 찍었다. "좋아. 이제 코트를 벗고 클로즈업 사진을 찍자. 그래야 같은 날 찍은 것처럼 보이지 않지." 타즈가 각도를 잡기 위해 바위 위에 올라가 휴대폰을 쳐드는 동안 로렌은 아래쪽 인도에 서있다가 자전거 벨소리에 화들짝 놀라 폴짝 뛰어올랐다.

타즈의 집으로 갔다. 타즈가 로렌에게 자신의 시퀸 장식 드레스를 입혔다. 드레스가 너무 커서 서류 집게로 뒤쪽을 집었다. 그러곤 편하게 벽에 기대 자세를 잡았다.

"음." 타즈가 사진을 몇 장 보여주며 말했다. "지금 벽이 너무 집처럼 나온다. 바깥 복도로 나가서 찍어보자. 그러면 바처럼 보일 것 같아." 로렌은 어두운 계단의 콘크리트 벽에 기대어 섰다. USB로 작동하는 클럽 조명을 노트북에 꽂아 위층으로 이어지는 계단 위에 올려놓았다.

"마셔! 좋아. 웃어. 아니, 빨대는 빼고, 여유로운 척해 봐. 왼쪽 보고! 오른쪽 보고!"

파란 셔츠를 입은 남자가 계단을 내려왔다. "재미있는 시간 보내요, 아가씨들."

"네. 고맙습니다!" 로렌의 시선이 남자의 발걸음을 쫓았다. 저 남자는 어떨까? 저 남자와 데이트를 한다면?

사진들이 다 우스꽝스러웠다. 타즈와 로렌은 사진을 자르고 색 보정을 하면서 전체적으로 손을 봤다. 그런 다음 계정을 만들고 소개글을 썼다. **안녕하세요. 데이트를 하고 싶어 이곳에 왔습니다.**

"가짜 같아." 타즈가 말했다.

로렌이 **저는 가짜가 아닙니다.** 라고 덧붙였다.

"하긴 어차피 아무도 소개글을 읽지 않아." 타즈가 말했다.

다락방에서 남편들이 내려와

둘은 화면을 내리며 남자들을 훑어보기 시작했다. "넌 어떤 타입이 좋아?" 타즈가 물었다.

예전에 보하이와 포스트잇에 이상형을 써가며 자신만의 리스트를 만들었다. 이런저런 검색도 많이 했고, 수많은 남자와 결혼도 했다. 나는 어떤 타입을 좋아할까? 타즈는 얼마나 긴 리스트를 가졌을까? 하지만 지금은 남편을 찾는 게 아니다. 그냥 좋은 남자와 시간을 보내고 싶을 뿐이다. "취미가 있는 사람. 예를 들어 코바늘뜨기에 빠져있거나 큰 테이블에 자기가 색칠한 산과 작은 용 모형들을 올려놓고 게임을 하거나, 아니면 얼음을 조각하거나 뭐 그런."

로렌은 취미를 가진 남편이 좋았다. 취미가 있으면 같이 할 일이 생기고, 누가 누군지 기억하기도 좋았다. TV나 보던 열두 명의 남편은 한데 섞여 누가 누군지 구분이 되지 않았고 비디오 게임을 하던 스무 명의 남편은 하나로 기억됐다. 하지만 조각하는 남편은 잊을 수가 없었다. 로렌은 남편이 무언가에 관심을 가지거나 무언가에 집중해서 눈을 가늘게 뜨거나 입술을 깨물어가며 몸을 앞으로 숙여 몰두할 때가 좋았다.

타즈가 한숨을 쉬며 말한다. "니가 〈워해머〉에 취미가 있는 사람을 좋아할 수도 있지. 하지만 데이팅 앱에 올리는 프로필에까지 〈워해머〉 얘기를 할 정도로 푹 빠진 사람은 싫을걸."

"나는 좋아하는 게 있는 사람이 좋아. 자기 시간을 즐길 줄 아는 사람을 원해." 그것은 로렌의 이상형 목록 중에 아주 작은 부분에 불과했다. 그래도 데이트 상대를 찾기에는 좋은 출발점이 될 것 같았다.

타즈가 로렌의 휴대폰을 가져가더니 2킬로미터쯤 떨어진 곳에 사는 키 큰 남자를 골라줬다. (로렌이 '집에서 직접 맥주를 만들어 마실 것 같아'라고 말한 남자였다.) 그리고 좀 더 가까운 곳에 사는 키가 작은 남자도 골라줬다. 그 남자는 프로필에 책 제본에 대해 언급했다. 로렌은 키가 큰 맥주 양조업자에게 메시지를 보냈다. 그러고는 타즈에게 그만 찾으라고 말했다.

"좋아. 하지만 한 남자만 고집하면 안 돼." 타즈가 로렌을 대신해 책 제본남에게도 메시지를 보냈다. 메시지를 읽었다는 표시가 떴는데 답장이 없었다.

"왜 답장이 없지?"

"남자들은 일단 모든 여자들의 프로필에 관심 표시를 해. 정작 매치가 된 다음에는 이것저것 따지면서 까다롭게 굴고."

로렌은 자신이 이런 시스템에 불평할 입장은 못 된다고 생각했다.

"아, 그리고 너무 오래 메시지만 주고받지는 마. 직접 만나보거나 그게 아니라면 아예 무시해 버려."

마음에 들었다. 로렌은 진지한 관계를 원하지 않았다. 그런 거라면 남편으로 충분했다. 정말 말 그대로 데이트가 하고 싶었다. 펍에서 만나 상대를 확인하고 웃고 떠들며 음식을 먹고 각자 계산을 하고 둘 사이에 불꽃이 튀는지 알아보고 싶었다. "알았어." 로렌은 맥주 제조남과 목요일 오후 늦게 만나 한잔하기로 약속을 잡았다.

나 데이트 나가. 보하이에게 문자를 보냈다.

　　　　　　　　　　　　　　다락방에서 남편들이 내려와

미쳐버리겠어. 아내가 불륜남이랑 살림을 차렸어. 그런데 데이트 나가서 당신을 어떻게 소개할 거야? 서로 마음에 드는지 아닌지 결정해야 하잖아?

상상에 맡길게. 이번 생의 자신에게 헤어롤러가 있는지, 만약 있다면 찾아서 사용하는 게 좋을지 고민에 빠졌다.

33

세인트팽크라스 근처에 있는 바는 지나치게 평범해서 심지어 바에 앉아있는데도 바 이름을 계속 잊어버렸다. 데이트는 조금도 흥미롭지 않았다. 식사가 아니라서 다행이라는 생각까지 들었다. 로렌은 화장실로 가 데이트 앱을 켜고 몇몇 다른 남자들에게 관심의 표시를 보냈다.

다음 데이트 역시 지루하기 짝이 없었다. 하지만 책 제본남에게서 나중에 연락이 와서 하게 된 세 번째 데이트에서는 그 불꽃이라는 것을 느꼈다. 로렌은 남편이 아니라 데이트라고 계속 되뇌었다. 데이트는 가볍고 수수께끼 같으며 사람을 들뜨게 한다. 작별 인사를 하는데 책 제본남이 그녀의 팔에 손을 올려놓았다. 그 순간 심장이 쿵 했다. 불꽃이 펑 하고 일었다. 불꽃이었다! 하지만 책 제본남은 이후 문자를 보내지도, 로

다락방에서 남편들이 내려와

렌이 보낸 문자에 답장을 하지도 않았다. 기분이 몹시 나빴다.

"다음." 타즈가 말했다.

로렌은 꽤 많은 데이트를 나갔다.

그녀는 남편들을 겪으면서 사람을 평가하지 말자고 다짐했다. 어쩌면 삶의 가능성에 대한 폭넓은 시각 덕분에 남자들과 자기 자신, 세상에 대해 온갖 새로운 발견을 하게 되지 않을까? 하는 마음이었달까. 실제로는 남편들 덕분에 상대방을 빠르게 평가하게 됐고, 고쳐야 할 태도라고 생각했다.

다음엔 자신이 얼마나 열정적인 페미니스트인지 보여주고 싶어 안달난 마른 체형에 콧수염을 기른 남자가 나왔다. 로렌은 몇 분 일찍 카페에 도착했다. 그 남자는 그녀보다 먼저 도착해 시몬 드 보부아르의 책을 읽고 있었다. 물론 읽어본 적이 없어서 확신은 못 하지만, 로렌은 남자들이 시몬 드 보부아르의 책을 읽어야 한다고 생각했다. 하지만 아무리 그래도 가벼운 만남을 위해 누군가를 기다리는 카페에서, 굳이 모든 사람에게 다 보이도록, 그것도 하드커버로 된 책을 들고 있을 것까진 없었다.

그와 헤어지고 집에 돌아와 보하이에게 문자를 보냈다. **데이트 상대를 기다리며 읽기에 좋은 책이 뭐라고 생각해?**

책이라니이이이이. 보하이에게서 답장이 왔다. **바로 꺼져버리라고 해. 책 읽는 사람, 절대 안 돼! 게임보이 아니면 꺼지세요.**

그날 밤 로렌은 토비, 마리암과 저녁 식사를 했다. "데이팅 앱? 나 그런 거 하면 정말 잘할 것 같은데." 마리암이 말했다.

"글쎄." 토비가 대답했다.

"당연하지. 내가 하면 잘할걸. 한번 해볼까?" 마리암이 로렌의 휴대폰을 가져갔다. 짝이 있는 사람이 이런 걸 더 좋아한다. 그들은 그저 게임을 하듯 사람들의 얼굴을 훑어보고 상상에 빠지고 싶어 한다.

그래서 타즈와 이야기하는 게 낫다. 타즈는 데이트를 남의 일인 양, 잠깐 즐기고 마는 가벼운 경험이라고 여기지 않는다.

로렌과 타즈는 미술관에서 열린 스피드 데이팅의 밤에 참석했다. 모르는 사람과 짝을 지어 다양한 미션을 수행하는데, 생각보다 쉽지 않았다. 어떤 미션에서는 남편으로 한 번 만났던 것 같은 남자와 6분 동안 대화 없이 손으로 그림을 그렸다. 그다음 미션에서는 어떤 남자가 로렌과 타즈를 그리는 동안 가만히 앉아있어야 했다. 남자가 그린 로렌의 초상화는 못 봐줄 만큼 엉망이었다. 타즈는 자신의 초상화에 인종차별적인 요소가 있고, 심지어 자신과 전혀 상관없는 인종적 특징을 그렸다고 말했다. 결국 두 사람은 점토로 상대방의 모형을 만드는 다음 미션이 시작되기 전에 미술관을 빠져나와 근처 술집으로 갔다.

로렌은 집으로 돌아와 다음 데이트 상대를 찾아봤다. 하지만 생각했던 것처럼 간단하지 않았다. 여전히 혼자 지내는 보하이에게 문자로 불만을 토로했다. 그리고 아직 싱글일 것 같은 펠릭스와 여자친구가 있을 때도 있고 없을 때도 있는 카터를 찾아봤다. 요즘 카터의 SNS엔 건강하고 매력적인 미국 여성과 겉으로 보기에 완벽해 보이는 삶을 찍은 수백 장의 사진이 올라오지 않았다. 제이슨은 런던으로 돌아왔고 아내가 쌍

다락방에서 남편들이 내려와

둥이를 낳은 것 같았다. 한 번은 마이클이 데이팅 앱에 뜨길래 운명인가 싶어 관심 표시를 보냈지만 연결되지 않았다. 됐다 그래! 로렌은 자신의 사진을 눈을 가늘게 뜨고 쳐다봤다. 도대체 뭐가 문제인지 궁금했다. 당신은 나와 두 번이나 결혼했잖아. 당신은 당신이 무엇을 원하는지조차 모르잖아.

로렌이 불평을 늘어놓자 타즈가 말했다. "이건 할 게 못 돼. 나 어제 앱을 지워버렸어. 이제 자연스럽게 만나야겠어. 못 만나면 그냥 안 만나려고. 그 대신 동물을 키우든가 하지 뭐. 남자의 자리를 토끼로 채울 생각이야."

"그러지 마. 데이트 시간이 돌아왔어. 내 앱에 수염 난 교수가 떴어. 너 수염 난 교수 좋아하잖아."

"난 토끼가 좋아. 너도 쉬고 싶으면 얘기해." 타즈가 말했다. "우리 둘이 독신 생활을 즐겨보자. 같이 놀러도 다니고, 어린 애들 흉도 보고, 할 일도 하고."

"무슨 일? 나는 할 일이 없는데."

타즈가 고개를 흔들었다. "거실 페인트칠을 마무리하고 가구를 다시 놓는 건 어때?"

그러고 보니 가구를 꺼내 놓은 지 벌써 몇 주가 지났다. 하지만 지금 이대로가 좋았다. 정겨운 식물이 가구들 사이에서 가끔 시든 잎을 떨구고 새로운 잎을 틔우는 것도 좋았고, 커피 테이블을 소파 바로 옆에 꽉 끼워놓아서 그 사이로 들어갔다 나왔다 하는 것도 재미있었다. 무엇보다 사람과 타협하고 맞춰야 할 필요가 없어서 좋았다. 그래서 데이트가 만족스럽지 않아도 괜찮았다.

남들이 보기엔 한심해 보일지 몰라도 이런 생활이 좋았다.

아무렇지도 않게 소파에 기어 올라가 전 남편들을 검색했다. 카터가 정말 다른 남편들보다 더 나았을까? 그저 떠나보내고 싶지 않았던 유일한 남편이라서 그리워하는 건 아닐까? 후회의 감정이 다른 남편들에게도 드는지 찾아봤다. 제임스, 로한, 아모스: 후회 없음. 마이클, 보하이: 별로 후회 없음. 펠릭스: 후회 없음. 펠릭스의 저택은 구글 지도에서 흐릿하게 처리돼 있었다. 하지만 몇 년 전 부동산 중개인이 내놓은 매물 사진에서 확인할 수 있었다. 저택을 보니 아주 약간 후회가 되는 것 같기도 했다.

휴가가 필요했다. 병가도 내지 않고 매일 출근했다. 힘이 들었다. 거기다 데이팅 앱을 세 개나 깔고 낯선 남자들을 만났다. 이번 주의 처음 두 데이트는 아주 끔찍했다. 실망스러웠고 시간이 아까웠다. 타즈가 노르웨이로 여행을 다녀오자고 했다. 좋은 생각이었다. 하지만 시골에 가서 일주일 정도 쉬고 오는 게 더 나을 것 같았다.

펠릭스 집 근처에 있는 코티지를 예약했다. 그곳을 예약한 건 어디까지나 그곳이 좋아서지 데이트가 실망스러워서라든가 한때 남편이었던 사람과 그 사람의 재력이 그리워서가 아니라고 스스로 되뇌었다. 시골 마을에서의 사흘, 설렜다.

다락방에서 남편들이 내려와

코티지는 사진에서 본 것보다 작았다. 문을 열자 웰컴 메시지와 그저 그런 화이트 와인이 한 병 있었다.

어떤 목적이나 이유가 있어서 이곳에 온 게 아니라고 스스로 상기했다. 커피 테이블 위에 있던 동네 산책길 안내 책자가 추천한 길을 따라 한참을 걸었다. 그러다가 우연히 펠릭스의 집 앞을 지나가게 됐다. 의도한 게 아니었다. 별생각 없이 뒷문으로 들어갔다. 정원이 잘 있나 보고 싶었다. 정원은 다른 모습이었다. 별로였다. CCTV를 피해 정원을 삥 둘러 온실 쪽으로 갔다. 펠릭스에게 조금 사악한 면이 있지만 그래도 나쁜 사람은 아니다. 감옥에도 다녀왔지만 딱 한 번이었고, 사람들에게 직접적으로 피해를 줘서가 아니라 회사 경영에 있어 아주 사소한 범죄를 저질렀기 때문이었다.

로렌은 심신이 지친 상태였다. 집에 돌아가면 거실 한가운데 가구들이 쌓여있다. 해야 할 일이 매일매일 생겨났다. 물론 그것이 일상이다. 하지만 최근 그녀는 그런 일상에서 멀어져 있었다. 직접 공과금을 내고, 쓰레기를 버리고, 요리를 하고, 쇼핑을 하고, 청소를 하고, 물건을 떨어트리면 작은 것 하나까지 주워야 하고, 종이를 철해야 한다. 누구도 그녀를 위해 일해주지 않는다. 그녀의 커다란 식물이 일주일 동안 잎을 다섯 개나 떨구었지만, 새잎은 돋아나지 않았고 보하이도 못 본 지 오래였다. 더군다나 엘레나가 데이트가 어떻게 돼가는지 자꾸만 물었다. 그런 의도는 아니겠지만 어쩐지 참견처럼 느껴졌다. 심지어 토비조차 큰 프로젝트를 맡아서 몹시 바빴다. 어쩌면 이 저택에 살면서 형광 노란색 피아노나 배우고 경제적으로 여유를 누리며 느긋하게 사는 편이 훨씬 나았을지도 모른다는 생각이 들었다.

처음 이곳에 왔을 때처럼 잡초를 뽑았다. 하나, 둘, 셋. 잡초를 뽑아 손에 들었다. 누군가 물으면 정원사라고 말할 생각이었다. 온실로 가까이 걸어가 유리문으로 안을 들여다보는데 잡초들이 손가락을 찔렀다.

놀랍게도 예전 그대로였다.

이 집의 인테리어가 조금은 자신의 작품이 아닐까 생각했다. 돈이 있어도 형편없는 아이디어로 어마어마한 예산을 제대로 활용하지 못한 것 같았다. 적어도 그녀의 피난처였던 온실만큼은 상당 부분 그녀의 결정으로 만들어졌으리라 생각했다.

심지어 황동 분무기조차 그대로 있었다. 물론 그것도 그녀의 것은 아니었다.

비밀번호를 눌러봐도 의미가 없을 거라고 생각했다. 작동하지 않을 것이다. 괜히 눌렀다가 오작동 신호가 펠릭스에게 전달될 수도 있다. 이제 그만 이곳을 나가야 한다. 하지만 어차피 나갈 건데 눌러본다고 손해 볼 건 없을 것 같았다. 295324498. *여기 오삼. 이사하고 사고팔아.* 삑삑 소리가 날 줄 알았는데 웬걸, 문이 열렸다.

출입문 비밀번호까지 그대로인 걸 보니 그녀는 이 집에 아무런 존재감이 없었던 모양이다. 기분이 좋지 않았다.

문을 열었다.

카메라 위치를 떠올렸다. 온실에 하나가 있었던 것은 확실했다. 안으

다락방에서 남편들이 내려와

로 두 걸음 걸어 들어가 황동 분무기를 집어 들어 가방에 넣고 밖으로 나와 문을 닫았다. 별생각이 없었다. 이 집은 한때 자신의 집이었다. 분무기 하나쯤은 가질 자격이 있다고 생각했다.

밖으로 나와 과수원을 지나 수영장 옆을 지났다. 수영장 비밀번호도 알았지만 나갈 수 있을 때 나가야 했다. 뒷문으로 향했다.

뒷문에 거의 도착했을 때 목소리가 들렸다. 황급히 벽 뒤로 피해 이제 막 피기 시작한 라일락 나무 아래에 숨었다. 목소리가 점점 가까워졌다. 목소리가 가볍고 높은 것으로 보아 펠릭스는 아니었다.

살며시 일어나 벽 위로 얼굴을 빼꼼 내밀었다. 마이키, 아니 바든이라고 해야 하나. 아무튼 그녀의 의붓아들과 다른 아이 하나가 보였다. 마이키는 공기총을 들고 있었다.

"정말 너희 아빠가 다람쥐를 쏴도 된다고 했어?" 다른 아이가 물었다. "우리 엄마한테 말하면 다시는 너희 집에 못 오게 할걸."

"그럼 말하지 마. 우리 아빠가 그러는데 다람쥐는 외래종이고 해로운 존재래. 내가 한 마리 죽일 때마다 1000달러씩 준다고 했어."

거짓말이었다. 하지만 마이키에게 친구가 생긴 건 다행스러운 일이었다.

아이들이 가고 나서야 젖은 잔디에서 몸을 일으켰다. 거의 한 시간이 걸려 코티지로 돌아왔다. 해가 몇 분 간격으로 나왔다 들어갔다를 반복했다. 바람 덕분에 옷이 예상보다 빨리 말랐다. 남은 시간은 코티지 주변을 돌아다니다가 커피를 마셨다. 결국엔 심심해서 데이팅 앱을 열어 근처에서 만날 수 있는 사람을 찾아봤다. 펠릭스는 앱에 보이지 않았다.

며칠 후 집에 돌아왔다. 100달러짜리 분무기로 식물에게 물을 주며 말했다. "친구야, 이거 비싼 거야. 그러니까 잘 자라야 해."

다시 카터를 찾아봤다. 아직 싱글인 것 같았다. 왠지 모르게 좋은 징조처럼 느껴졌다. 그동안 여러 생에서 그의 옆에는 항상 누군가가 있었다. 그가 사람을 좋아하고 누군가를 사랑하면 그 감정이 얼굴에 바로 드러나기 때문일 것이다. 그런데 자신이 혼자인 생에 그 역시 혼자였다.

로렌은 다시 데이팅 앱을 켜 관심 표시를 보냈다. 하지만 매치가 되지 않거나 매치가 돼도 상대방이 답장을 하지 않았다. 또다시 화가 났다.

"로렌, 어디라도 가자." 화요일 오후 타즈가 퇴근 후 로렌의 집에 들렀다. "노르웨이가 아니어도 돼. 어디라도 가자."

어디라도. 카터가 정말 존재한다면? 우리가 함께하게 된다면 어떻게 될까?

미국에 갈 경제적 여유가 없었다. 하지만 다시 생을 리셋하면 될 것이다. 그러니 그냥 가버려도… 되지 않을까? 가서 카터를 만나 함께할 수 있다면, 뜻대로 되지 않을 수도 있겠지만, 그래도 확인해 보는 게 더 나을 것 같았다. 그러면 적어도 카터와 다시 시작할 수 있는지 아니면 정리를 해야 하는지 결정할 수 있을 것이다.

마지막 남은 휴가를 신청했다. 상사가 탐탁지 않아 하겠지만, 그건 나

다락방에서 남편들이 내려와

중 문제다. 로렌은 앞뒤 생각하지 않고 신용카드로 덴버행 비행기표를 샀다. 덴버가 콜로라도에 있다는 것 말곤 아는 게 하나도 없었다. 그것도 처음엔 동쪽에 있는 작은 주 가운데 하나라고 생각했다. 하지만 나중에 알고 보니 그녀가 생각했던 데는 콜로라도가 아니라 코네티컷이었다. 검색하다가 웨스트 버지니아를 노래한 존 덴버는 정작 덴버에 살지 않고 콜로라도에 살았다는 사실도 알게 됐다. 뭐가 뭔지 헛갈렸다.

어쨌든 콜로라도는 중부에 있는 큰 정사각형 모양의 주 가운데 하나였다.

"맙소사. 정말이야? 덴버라고? 재미로 간다고?" 나탈리가 물었다.

"세일을 하는데 엄청 싸대." 로렌은 연습한 대로 읊었다. "미술관에서 좋은 전시회도 볼 수 있고."

"잘 생각했어." 아델이 말했다.

"거대 무스가 공격할 때 어떻게 대처해야 하는지 동영상을 보내 줄게." 나탈리가 말했다.

그곳이 뉴욕이나 시카고, LA였다면, 아니면 호수가 있거나 세쿼이어나 레드우드처럼 미국을 상징하는 거대한 나무들이 있는 곳이었다면 자신을 속일 수 있었을 것이다. 재미 삼아 가는 건데 그곳에 우연히 카터가 사는 거라고, 그 지역에 간 김에 전 남편이 잘 지내나 만나볼 수도 있겠지만 할 일이 너무 많아서 만날 수 있을지 모르겠다고, 미술관도 가고 레스토랑도 가고 건축물도 구경하고 자연경관도 감상하고 스파도 받고 휴식도 취해야 한다고 스스로를 속일 수 있었을 것이다.

하지만 그곳은 덴버였다.

전 남편과 관련 없는 방문 목적을 찾았다. 산이 있다. 1년에 300일이
나 날씨가 쨍쨍하다. 호수도 있긴 하다. 별 볼일 없는 런던의 맥주 제조
문화와 별반 다를 거 없어 보이는 맥주 제조 문화도 있었다. "나는 로키
산맥이 보고 싶었어!" 로렌이 크게 소리쳤다. 누군가가 할 법한 말처럼
들렸다.

아무도 로렌을 비난하지 않았다. 하지만 타즈가 노르웨이에 가자고
했을 때는 들은 척도 않다가 자기 혼자 다른 곳, 그것도 훨씬 더 멀고 돈
도 더 많이 드는 산을 간다고 해서 기분이 상한 것 같았다. 호주에 있는
보하이에게는 자신이 덴버에 간다고 말하지 않았다. 괜히 잠 못 자고 신
경 쓸 것 같았다.

여전히 바람난 와이프와 있어? 문자를 보냈다.

**응. 와이프가 그 남자랑 산대. 그래서 이 집을 팔아야 해. 그런데 근처
에 끝내주는 타코 가게가 문을 열었어. 그래서 당분간 이곳에 있으려고.**

그리고 일주일 뒤, 이제는 부동산 중개업자가 된, 미국식으로 공인
중개사로 일하고 있는 카터에게 메일을 보냈다.

**올해 말 이사를 계획하고 있습니다. 그래서 일주일 동안 덴버를 방문할
예정입니다. 그동안 집을 몇 군데 둘러보고 싶습니다.** 메일을 고쳐 쓰고
또 고쳐 썼다. 아무리 못해도 열다섯 번은 고쳐 쓴 것 같았다. 보내기 버
튼을 누르는데 속이 울렁거렸다. 답장을 기다리는 내내 속이 좋지 않았
다. 메일을 보내고 6시간 만에 답장이 왔다. **어떤 집을 찾으시는지 말씀**

해 주세요. 일주일 내내 중간중간 속이 울렁거렸다. 비행기를 타고 공항에 내려 다시 비행기를 갈아탔다. 마침내 덴버에 도착했다.

34

공항을 나서면 머리 위로 산들이 솟아있을 줄 알았다. 하지만 도시가 눈앞에 펼쳐졌다. 낮게 펼쳐진 도시, 넓은 도로, 낯선 느낌의 햇빛. 1년에 햇빛이 없는 날이 65일이라는데 그날 중 하루에 도착했다. 나쁘지 않았다. 괜찮았다.

로렌이 여기에서 원하는 건 오직 카터를 한 번 보는 것뿐이었으니까. 아니, 두 번.

어쩌면 그들 사이에 아무 일도 일어나지 않을지도 모른다. 그렇다면 그들의 관계가 다른 좋았던 관계와 다를 바 없다고 생각하면 될 것이다. 카터는 운명이 아니라고, 남편들은 모두 운명을 찾아가는 여정의 일부라고 생각할 것이다. 그리고 런던으로 돌아가 자신에게 주어진 삶을 살

다락방에서 남편들이 내려와

아가면 된다.

만약 특별한 무언가가 느껴진다면 그 느낌을 믿고 어떻게 할지 계획을 세울 것이다. 바로 카터에게 정착할 수도 있다. 하지만 그것이 유일한 선택지는 아니다. 집으로 돌아가 더 많은 남편들을 만나보거나, 이혼할 다른 남편을 찾아보면서 천천히, 더 신중하게 진행할 수도 있다. 아니면 카터가 남편으로 나올 때까지 500번, 1000번, 5000번 남편을 바꿀 수도 있다. 안 될 것도 없지 않은가? 만약 두 사람이 운명이라면 분명 한 번 더 남편으로 나타날 것이다. 그녀가 남편을 바꾸는 데 하루에 두 시간을 쓴다면, 평균 잡아 1분에 한 명씩 바꾼다면, 하루에 120명, 몇 달이면 만 명의 남편을 만날 수 있다. 사람들이 적어도 하루에 2시간씩 TV를 본다고 가정하면 그렇게까지 불합리한 시간 투자는 아니다.

하지만 먼저 알아야 한다. 카터를 만나야 한다. 인사를 건네고 미소를 지으며 서로를 바라볼 때 어떤 느낌이 드는지 확인해야 한다.

그래야 남는 시간에 즐거운 휴가를 보낼 수 있다. 자연을 감상하고, 도시를 둘러볼 수 있을 것이다. 로렌이 머물 호텔은 기차역에서 가까웠다. 사실 이유는 모르겠지만 미국에 기차가 있을 거라곤 생각해 본 적이 없어서 한편으론 놀랍고 또 한편으론 마음이 놓였다. 버스를 타면 길을 잃을 가능성이 크지만, 기차는 그렇지 않았다.

금요일에 카터의 사무실에서 만나기로 약속을 잡았다. 수요일 오후 늦게 호텔에 도착했다. 가방을 풀어 옷을 걸고, 여행용 어댑터를 코드에 꽂으며 가져오길 잘했다고 스스로를 칭찬했다. 그러곤 샤워를 했다. 언제 전 남편을 마주칠지 모른다. 머리를 말리고 시차에 적응하기 위해 밖으로 나갔다.

근처 바에 들렀다. 그 바에서 영국과 덴버의 수제 맥주집 차이 두 가지를 알아냈다. 하나는 미국 사람들은 꼬실 생각이 없어도 다른 사람에게 말을 건넨다는 거고, 다른 하나는 맥주에 상당히 많은 알코올이 들어 있어서 자신도 모르게 대화를 나누게 된다는 거다.

라이언과 타일러라는 커플과 대화를 나눴다. 기분이 좋았다. 라이언, 타일러. 진짜 미국스러운 이름들이었다. "라이언! 타일러! 필름에 나오는 이름이잖아요!" 나는 대놓고 외국인 티를 냈다. 맥주가 들어가지 않았더라면 '무비'라고 말했을 텐데 아쉬웠다.

"무비에서 로렌이라는 이름은 본 적 없는 것 같은데." 라이언이 모음을 길게 빼며 느릿느릿하게 말했다. 원래 말투가 느린가? 아니면 일부러 느리게 말하는 건가? 카터만큼 잘 생기지는 않았지만, 카터와 비슷한 표정, 비슷한 태도를 보였다. 그렇다면 카터가 덴버 출신이라서 카터를 사랑했던 걸까?

라이언이 토요일에 열릴 파티에 로렌을 초대했다. 모닥불도 피우고 스모어도 먹으며 틀림없이 즐거운 파티가 될 거라고 했다. 스모어라니, 실제로 스모어를 만들고 스모어라는 단어를 말하다니 믿기지 않았다. 진즉에 덴버에 왔어야 했다.

"그럴게요." 로렌이 전화번호를 주며 초대에 응했다. 정말 잘된 일이다. 금요일에 카터를 만나서 마음이 통하면 함께 파티에 갈 수 있다. 카

다락방에서 남편들이 내려와

터는 로렌이 덴버에 오자마자 친구를 사귀었다는 사실에 놀라워할 것이다. 둘은 함께 정말 즐거운 시간을 보낼 것이다. 정말 멋진 바, 멋진 도시가 아닐 수 없다.

시차고 뭐고 숙취 때문에 오전 8시 15분에 눈이 떠졌다.

상태가 별로라 아직은 카터를 마주치고 싶지 않았다. 카터의 사무실 맞은편에 있는 식당에 갔다. 창가 자리가 나올 때까지 밖에서 기다리다가 자리가 나자마자 식당 안으로 뛰어 들어갔다. 창가 자리를 차지하고 앉아 멀리서 카터가 나타나는지 지켜봤다.

이건 스토킹이 아니다. 그저 둘러보는 것이다.

12시 53분, 점심을 먹으러 가는지 카터가 도로 반대편에서 휴대폰을 보며 걸어갔다. 엘레나의 결혼식 때처럼 양복을 입고 있었다. 카터다. 나의 남편.

카터가 맞을까? 시간이 좀 흘렀고 이곳 덴버에는 그와 비슷하게 생긴 남자들이 많다. 그런데 그가 검지로 보행자 신호등 버튼을 눌렀다. 저 행동, 카터가 분명했다.

카터를 뒤쫓아 갈 생각은 없었다. 다른 건 둘째 치고 집을 보러 간다면 차를 타고 나갈 것이다.

카터를 따라나서는 대신 나중에 누군가 여행이 얼마나 즐거웠는지 물어보면 이야깃거리가 필요하겠다 싶어 덴버에서 꼭 해야 할 열 가지를 정해 보기로 했다.

근처에 있는 미술관 건물은 엄청난 크기에 뾰족뾰족하게 튀어나온 것이 뭔가 위협적으로 보였다. 입장료를 내야 했고 콜로라도 시민이 아닌 경우에는 추가 비용을 지불해야 했다. 미술관 안으로 들어가 전시관을 돌며 그림을 감상했다. 초상화들이 특히 별로였다. 온통 남자들 얼굴뿐이라서 마치 데이팅 앱을 다시 훑어보는 기분이었다.

마침 전에 펠릭스가 사다준 엠앤엠즈 프레첼을 파는 가게를 발견했다. 저녁 시간에 호텔 방에서 미국 넷플릭스를 보며 프레첼을 세 봉지나 먹었다. 타즈에게 산을 찍은 사진과 함께 **노르웨이의 산과 비교해 봐♡** 라고 문자를 보내놓고 답장이 오지 않아서 한 시간을 전전긍긍했다. 그런데 생각해 보니 영국은 지금 한밤중이었다. 로렌은 모든 게 다 잘되고 있다고 스스로를 다독였다.

아침에 일어나 머리를 감고 말린 뒤 화장을 했다. 하지만 다시 세수를 하고 화장을 좀 더 자연스럽게 했다. 청바지에 셔츠, 오버사이즈 재킷을 입고 발목까지 오는 부츠를 신었다. 옷차림이 마치 카우보이 같았다. 그녀는 〈틴에이지 드림〉을 틀고 몸을 까딱까딱 움직이며 방 안을 살금살금 뛰어다녔다. 그러다가 커피도 마시고 혼자 웃기도 했다. 앞으로 어떻게 될까?

카터의 사무실로 들어가 직원에게 자신의 이름을 말했다. 사무실 뒤편에 있던 카터가 뒤를 돌아봤다. 둘의 눈이 마주쳤다.

남편이 있는 상태에서 전 남편을 만난 게 이번이 처음은 아니었다. 펠릭스의 집에서 제이슨을 만난 적도 있고, 남편이 이전 남편의 일란성 쌍둥이 형제인 덕분에 저녁 파티가 아주 흥미로웠던 적도 있다.

카터가 로렌을 보자 환하게 웃었다. 놀랍게도 진심에서 우러난 미소였다. 그가 사무실을 성큼성큼 가로질러 세 걸음 만에 그녀에게 다가와 악수를 청했다. "어서 오세요." 카터의 손가락이 로렌의 손가락에 닿았다.

"안녕. 아니 안녕하세요."

"잠시만요." 카터가 윙윙거리는 프린터기 쪽으로 가더니 인쇄된 종이 뭉치를 꺼내 클립으로 묶었다.

그들은 유리벽으로 된 사무실로 들어가 앉았다. "덴버! 여긴 어떻게 오셨나요?" 그가 물었다.

"아, 일 때문에요."

"그러시군요. 재직 증명서와 신분을 증명할 수 있는 뻔한 서류들이 여러 장 필요해요. 메일로 목록을 보내드릴 테니 시간 나실 때 준비해 주세요. 예산은 어느 정도로 생각하세요?"

"음." 한 번도 집을 계약해 본 적이 없다. 나탈리와 집을 상속받고 그 집에 그대로 살았기 때문에 집을 고를 때 어떻게 해야 하는지 아는 게 없었다. 하지만 검색은 해서 왔다. "제가 살고 있는 런던 집이 50만 달러로 거래되더라고요." 카터가 거래하는 집들의 가격 범위에 맞추기 위해 가격을 훨씬 높게 책정해서 말했다.

"집을 소유하고 계신가요?"

"네." 거짓말이었다. 아모스는 집에 대한 권리가 없지만 절반은 나탈리 몫이다.

"혼자 사시고요?"

"네." 로렌이 미소를 지어 보였다. "친구들이 놀러 왔을 때 자고 갈 수 있는 여분의 방이 하나 있으면 좋겠어요."

"런던에서 덴버로 이사 온다는 가정하에 지금 예산으로 충분할 것 같습니다." 카터가 창문 쪽을 가리켰다. "주택보다는 아파트를 생각하고 계신다고 했죠?"

"네." 딱딱한 덴버의 흙에서 식물을 기르려고 애쓰지 않을 것이다. 멋진 바에 가서 친구들과 웃고 떠들고 해마다 여름이면 호수로 드라이브를 나갈 것이다. 이 얼마나 환상적인 삶인가!

"네. 충분히 가능할 것 같습니다. 어떤 지역을 선호하세요? 저도 런던에서 1년 동안 있었어요."

"오, 멋지네요." 로렌이 놀란 척하며 차분하게 말했다.

"그래서 런던 지역을 좀 알아요. 생각해 둔 것이나 관심 있는 것들을 말씀해 주시면 반영해 보겠습니다."

런던에서 그에게 느꼈던 감정을 덴버에서도 느낄 수 있을까? 어쩌면 런던이었기 때문에 그의 차분한 자신감과 신선함에 매력을 느꼈을지도 모른다. 이곳엔 카터와 비슷한 남자들이 넘쳐난다. 그런데도 그녀는 카터에게 끌렸다.

"저는 노우드 정션에 살아요. 런던의 남동쪽이죠. 크리스털 팰리스 근처라고 하면 아실까요? 조금 더 바깥쪽이긴 하지만."

"크리스털 팰리스! 전 런던 외곽 지역의 지명들이 참 좋아요." 그가 손짓을 크게 하며 말했다. "마치 〈반지의 제왕〉에 나오는 이름 같아요!"

로렌이 환하게 웃으며 대답했다. "하지만 저는 이런 중심부에 살고 싶어요. 뭐랄까, 버몬지 비슷한 느낌이 나는 곳이랄까? 아주 중심은 아니지만 작은 미술관이나 커피숍, 바 같은 곳들이 있는 동네요. 이런 게 바로 런던을 벗어나서 얻을 수 있는 거죠. 작은 도시는 접근성이 좋잖아요." 그녀는 스스로를 설득하기 시작했다. **덴버로 이사 올 수 있을까? 직장은? 구할 수 있지 않을까?**

"네. 집 구할 때 좋은 참고가 될…."

"공원 근처였으면 좋겠어요." 로렌은 자연이 좋았다. 자연을 좋아하는 사람이 될 수 있다고 생각했다.

"고려할 점들이 많군요. 다 좋네요." 그가 몇몇 사진과 아파트를 쭉 훑다가 한 작은 집을 가리키며 근처에 커피숍이 있고 바로 옆에 루프톱 바가 몇 개 있다고 이야기했다.

"루프톱 바 좋은데요." 바깥에서 시간을 보낼 수 있다니! 카터가 다른 아파트들도 보여줬다. 그때마다 좋다고 했다. 카터가 중간에 멈추는 집이 있으면 그녀가 선택하기를 바라는 집이라고 생각해서 "그것도 좋아요"라고 말했다.

"보는 눈이 있네요. 이곳에 얼마나 머물 예정이신가요? 화요일에 집을 보러 갈까요?"

화요일 밤에 떠날 예정이라서 가능하긴 했지만, 그렇게 되면 둘이 함께할 기회가 한 번뿐이었다. 마음을 나누기엔 시간이 너무 촉박했다.

"월요일은 안 될까요? 아니면 오늘 오후도 괜찮은데."

"그건 어려울 것 같습니다."

"그렇군요. 그럼 화요일로 하죠. 잘 골라주실 거라고 믿어요."

한두 시간. 로맨스가 싹트기에 그 정도 시간으로 충분할 것이다.

"주말에 뭐 재미있는 계획은 있나요?" 그가 서류와 태블릿을 정리하며 물었다.

금요일 오후에 주고받는 평범한 질문이었다. 그 이상도 그 이하도 아니었다. 만에 하나 그게 아니라면? "네. 친구들이 호숫가에서 모닥불 파티를 한대요."

"와, 멋진걸요."

스스로 으쓱해졌다. "나에게는 친구가 있어요. 여긴 온 지 이틀 만에 새 친구를 사귀었다고요"라고 말하는 기분이었다. 자신이 사교적이고 호감 가는 스타일이며 나와 결혼하면 즐거울 거라고 말하는 것 같았다. 둘은 한 때 부부였고 어쩌면 다시 부부가 될지도 모른다. 그러곤 식물에 물을 줄 때 자동으로 분무기를 잡듯 깊게 생각하지 않고 물었다.

"같이 갈래요?"

"아." 그가 당황한 듯했다. 하지만 이내 친근한 미소를 지었다. 직업상 웃었을 수도 있었지만, 진심이 담긴 미소 같았다. 그녀는 알 수 있었다. 그녀의 남편이었으니까. "안 될 것 같습니다. 친구 생일 파티가 있어요. 아까 말했던 그 루프톱 바 중 한 곳에서요. 즐거운 시간 보내세요."

다락방에서 남편들이 내려와

"네. 재미있을 것 같아요. 화요일도 기대할게요."

"화요일엔 제 동료인 라우타로가 함께 갈 거예요. 저는 다른 지역에 일정이 있어서요. 하지만 잘 말해 놓겠습니다. 라우타로가 잘 안내해 드릴 거예요. 즐거운 모닥불 파티 보내세요." 그러곤 잘 가라는 표시로 서류 파일을 들어 보였다.

이런, 젠장!

35

먼저 일의 우선순위를 정하기로 했다. 싱글인 데다 평생의 동반자일지 모르는 카터가 바로 옆에 있는데 바에서 만난 두 명의 낯선 사람과 모닥불 앞에 앉아 노닥거릴 순 없었다.

더군다나 화요일에 일면식도 없는 남자와 관심도 없는 집을 구경하러 가느라 2시간씩 차 안에 처박힐 생각은 추호도 없었다.

엘레나에게 문자를 보냈다. **산은 멋진데 쓸데없이 많아.**

보하이에게도 문자를 보냈다. **덴버에 가본 적 있어?**

휴가 기간 동안 로렌의 식물에 물을 주기로 한 토비에게도 보냈다. 아, 다육이도 아직 살아있기는 하지만 크게 돌봄이 필요하진 않았다. **별일 없지? 걔네 혹시 죽었어?**

다락방에서 남편들이 내려와

잘 살아있어. 토비에게서 커다란 식물 사진과 함께 답장이 왔다. **올라온 김에 가구를 원래대로 옮겨 놓을까? 별로 힘든 일도 아닌데.**

거실에는 아직도 가구들이 작은 피라미드처럼 쌓여있었다. 토비가 신경 써주는 건 고맙지만 상관없었다. 호텔 침대에 벌러덩 드러누워 휴대폰을 엎어두고 천장을 가만히 쳐다보다가 창문으로 시선을 돌렸다.

순간 자리를 박차고 벌떡 일어났다.

아직 나흘이 남았다.

내일 밤 카터가 어디에 있을지 알아내야 한다. 루프톱 바 중에 하나라고 했다. 이 정도 크기의 도시에 루프톱 바가 몇 개나 있을까?

그 바를 찾는다면 정말 멋진 우연이 될 것이다. 두 사람이 운명인지 아닌지 확실하게 확인할 수 있다.

어쩌면 내 옷차림이 캐주얼해서 그랬을 수도 있다. 런던에 있을 때 카터는 날 사랑했다. 심지어 신부 들러리 드레스를 입은 모습도 사랑했다. 다른 사람처럼 보이려고 애쓰지 말았어야 했다. 최고로 멋지게, 말 따윈 모르는 매력적인 도시 여자처럼 입었어야 했다.

다음 날 마이너스 통장을 탈탈 털어 드레스를 샀다. 보트넥에 허리가 잘록하게 들어간, 엉덩이 부분이 착 달라붙는 초록색 드레스였다. 아주 예뻤다. 런던에서 방금 온 사람이 입을 만한 그런 드레스였다. 그리고 세포라에 들러 속눈썹 고대기를 사고 매장에 설치된 장치를 이용해 피부톤에 맞는 립스틱을 골랐다.

그러곤 커피를 한 잔 사서 공원으로 갔다. 데이지꽃을 하나 꺾어 꽃잎을 하나씩 떼어냈다. 예전에 제이슨이 가르쳐 준 대로 듣고 싶은 말부터 시작했다. *그는 나를 사랑한다, 그는 나를 사랑하지 않는다.* 하지만 '그는 나를 사랑하지 않는다'로 끝이 났다. 원하던 대답이 아니었다. 꽃잎이 꼭 홀수란 법은 없으니까. 데이지꽃은 꿀을 만들어 벌을 유인하고 벌은 꽃가루를 묻혀 다른 꽃에 옮긴다. 그런 방식으로 번식을 하는 데이지꽃이 사랑에 대해 뭘 알겠는가?

지도를 펼쳐놓고 카터가 갈 만한 루프톱 바를 표시했다. 루프톱 형태의 바를 깐깐하게 추려내니 최소 일곱 개 정도가 나왔다.

그중에 카터의 SNS에서 본 것 같은 익숙한 곳을 다시 추려냈다.

첫 번째 바는 사람이 거의 없고 지나치게 화려했다. 두 번째 바는 사람이 너무 많아 발 디딜 틈이 없었다. 카터와 비슷하게 생긴 남자들 틈바구니에서 카터를 알아보지 못하면 어떡하나 걱정했지만, 그곳에도 카터는 없었다. 세 번째 바에 들어갔다. 카터인 줄 알고 다가갔지만, 아니었다. 그런데 뒤를 도는 순간 저만치 카터가 보였다.

카운터에 가서 맥주를 주문했다. 의자가 미끄러운 탓에 몸에 딱 맞는 드레스를 입고 앉기가 불편했다. 날씨가 빠르게 추워졌다. 재킷을 입고 싶었지만, 많은 돈을 들인 드레스라 재킷으로 가릴 순 없었다. 추워도 꾹 참기로 했다. 오는 길에 공원 근처 서점에서 산 《레미제라블》을 꺼냈다. 그 책이 그나마 인상적으로 보일 만한 유일한 선택지였다. 책에 조금도 집중할 수 없었지만, 책을 읽으며 요즘 세상에 대해 고민하는 척하다가 이따금 주변을 둘러봤다.

다락방에서 남편들이 내려와

미국에 도착한 첫날 밤 미국인들이 친절하다는 것을 알았다. 분명 누군가가 말을 걸어올 것이다. 로렌은 카터가 앉은 테이블 쪽을 계속 지켜보며 그 무리 중 누군가가 음료를 주문하러 일어날 때를 기다렸다. 그때 마침 크로쉐 상의를 입은 여자가 카운터 쪽으로 다가왔다.

"옷이 참 예쁘네요." 로렌이 말했다.

"아, 감사해요. 언니가 짜준 거예요." 여자가 대답했다.

"정말 예뻐요. 직접 짰단 말이죠?" 여자는 대답이 없었다. 로렌이 말을 이어갔다. "런던 사람들은 뜨개질을 하지 않아요."

"와, 정말요?" 여자가 바텐더에게 음료를 주문했다. 여러 가지 음료를 주문했지만, 로렌에게 주어진 시간은 몇 분밖에 되지 않았다.

"저는 일주일 동안 이곳에 머물러요. 다들 덴버의 바에 꼭 가봐야 한다고 하길래 와봤어요."

"그래요? 콜로라도 밖 사람들이 덴버에 대해 얘기하는 줄은 몰랐어요."

"아니에요. 런던 사람들은 이곳의 바 문화가 정말 멋지다고 이야기하는걸요."

"그렇군요."

"게다가 이곳 사람들은 정말 친절한 것 같아요. 런던에서는 낯선 사람에게 말을 안 거는데 이곳 사람들은 혼자 있으면 말을 걸어주더라고요."

"맞아요."

젠장, 이 여자는 눈치 따윈 밥 말아 먹은 것 같았다. 바텐더가 여자가 주문한 마지막 음료를 가져다줬다.

"도와줄까요?" 로렌이 마지막이라는 생각으로 말을 걸었다.

"그래 주시면 감사하죠. 그러지 말고 우리랑 같이 마실래요? 친구 몇몇이 모여 생일 파티를 하고 있거든요."

드디어 듣고 싶었던 말이 여자 입에서 나왔다. 로렌은 정말 뜻밖이라는 듯 말했다. "아, 정말 친절하시네요. 그럼 한 잔만 같이 할게요."

주문한 음료를 다 마셔 물밖에 남지 않았다. 하지만 지금 음료를 다시 주문하면 계획에 차질이 생긴다. 잠깐 가서 인사만 하고 다시 자리로 돌아오면 된다.

물컵과 맥주 두 잔을 들고 크로쉐 상의를 입은 여자를 따라 카터가 있는 테이블로 갔다. 그곳에는 열다섯 명 정도가 있었고 자리보다 사람이 많았지만 괜찮았다. 어차피 서있어야 드레스가 잘 보였다. 로렌은 깜짝 놀랄 준비를 했다.

카터가 뒤를 돌아 그녀를 쳐다봤다. 그녀가 눈을 크게 뜨고 깜짝 놀란 것처럼 입을 딱 벌렸다. "어머, 카터 씨 맞죠?"

그가 그녀를 보더니 인상을 찌푸렸다. "안녕하세요."

카터가 다음 말을 꺼낼 때까지 잠시 기다렸다.

"만나서 반가워요." 그가 덧붙였다.

카터는 로렌을 기억하지 못했다.

아니, 알아보지 못하는 것 같았다. 옷차림과 화장이 달라졌으니 그럴 수도 있었다. 그날은 일 때문에 만났고 실례가 될지 모르니 고객의 외모에 주의를 기울이지 않았을 것이다. "로렌이에요. 어제 만났던" 그녀가 말했다.

"아, 그렇군요!"

"세상에, 어떻게 이런 우연이." 이젠 됐다 싶었다.

"네. 모닥불 파티 뭐 그런 데 간다고 하지 않았나요?"

"그랬죠. 그건 내일이에요."

"아는 사이야?" 크로쉐를 입은 여자가 말했다. "조금 전에 카운터에서 만났는데, 우연히 뜨개질 얘기를 했거든. 근데 너네 런던에서는 뜨개질 안 하는 거 알았어?"

"정말이에요!" 로렌이 말했다. "좀 전에 친구랑 잠깐 술을 마셨거든요." 카터에게 친구가 있다는 사실을 알리는 게 중요했다. "그런데 친구가 갑자기 일이 생겼다고 가버려서 저는 잠시 책이나 읽고 있었어요." 《레미제라블》을 가리키려고 했지만, 카운터에 놓고 왔다. 로렌이 테이블에 모인 사람들을 향해 그럴싸한 미소를 지어 보였다.

"그렇군요." 카터가 말했다. "덴버의 밤 문화를 즐겨보세요." 그러곤 고개를 돌려 다른 사람과 이야기를 나누었다.

"난 티아예요." 크로쉐를 입은 여자가 말했다. "이쪽은 메이지, 오늘의 주인공이죠. 그리고 이쪽은 멜로우예요."

"만나서 반가워요." 로렌이 말했다.

밤이 깊어갔다. 로렌은 카터가 좋아하던 것들을 이야기하며 카터와 몇 차례 더 이야기를 나누었다. 그는 말과 티라미수를 좋아했다. 그리고 무엇보다 로렌을 좋아했다. 닭을 쫓아다녔던 이야기도 했지만, 카터는 도통 관심을 보이지 않았다.

맥주 덕분인지 몸이 따뜻해졌다. 초록색 드레스는 훌륭했다. 티아는 친절하고 다정하게 런던과 로렌이 하는 일, 그리고 이사 문제에 대해 이 것저것 질문해 줬다. 하지만 로렌은 제대로 답을 하지 못했다.

모임이 끝나갈 무렵 마지막 남은 용기를 쥐어짰다. 티아가 다른 데로 가자고 했지만, 카터는 합류할 것 같지 않았다. 그래서 그녀도 거절했다. "만나서 반가웠어요." 그녀가 티아에게 큰 목소리로 말했다. "런던에 오게 되면 알려줘요. 숙소가 필요하면 우리 집에 와서 지내도 되고요. 방이 하나 남거든요." 방이 남는다는 말이 덴버 사람들에게는 대수롭 지 않게 들리겠지만 적어도 환영한다는 의미는 전달할 수 있을 것이다. "단, 제가 이사하기 전에요." 거짓말이 들통날까 싶어 서둘러 덧붙였다.

"좋아요." 티아가 말했다. "호텔까지 혼자 갈 수 있겠어요?"

"그럼요." 이런 신생 도시들은 도로가 격자로 설계돼서 길을 잃을 염 려가 없었다.

"그래요, 잘 가요."

로렌이 카터의 팔에 손을 올리며 작별 인사를 했다.

"저기, 잠깐만 얘기 좀 할래요?" 카터가 말했다.

그럼요! 당연히 할 수 있고 말고요. 드디어 그 순간이 왔다. 기다리고 기다리던 순간. 로렌과 카터는 일행을 먼저 보냈다.

"저기." 카터가 낮은 목소리로 말했다. "난처하게 만들 생각은 없어요. 만약 제가 오해하는 거라면 미안해요. 당신이 여기까지 온 게 우연이 아

다락방에서 남편들이 내려와

닌 것 같아서요."

"음." 운명을 테스트하는 것이 우연과 같다고 할 수 있을까?

"우연이든 아니든 상관없어요. 기분 나쁘게 듣지 마세요. 아무래도 다른 부동산 중개인을 찾는 게 좋겠어요."

"아."

"조심히 가요." 그렇게 말하는 와중에도 그의 얼굴은 정말 멋졌다.

로렌은 《레미제라블》 책도 챙기지 않고 호텔로 향했다. 두 블록을 걷고 난 후에야 재킷도 두고 온 걸 알았다. 하지만 화가 치밀어 올라 몸에서 열이 났다. 기분 나쁘게 듣지 말라고? 그렇다면 그런 말을 하지 말았어야 하는 거 아닐까? 두 번, 딱 두 번 만나고 자기를 따라다닌다고 생각하다니 정말 오만하기 짝이 없었다. 그가 생각하는 그런 의도가 아니었다. 그저 우리가 운명인지 아닌지 알아보고 싶었을 뿐이다. 이제 알았다. 고맙게도 둘은 운명이 아니었다. 나쁜 새끼! 사실 우연이라면 우연일 수도 있었다. 덴버가 뭐 그리 대단한 곳도 아니고, 술을 마실 만한 좋은 바가 그렇게 많지도 않았다.

호텔로 돌아와 물 온도를 최대한 높여 뜨거운 물에 몸을 녹였다. 세수를 하고 또 했다. 마법의 다락방으로 생을 재설정하면 좋겠지만, 지금으로선 이게 그녀가 할 수 있는 최선의 방법이었다.

호텔 와이파이가 연결되자 알림이 떴다. 카터에게 보낸 메일과 그에게 온 메일들은 모두 삭제했다. 그리고 그날 저녁에 받은 문자들을 확인했다. 타즈는 화가 풀렸는지 더 이상 접속하지 않겠다던 데이팅 앱에 들어가 한 남자를 캡처해 보내왔다. **나 말고 너한테 맞을 것 같아.** 보하이에게서 온 답장도 있었다. **ㅋㅋ 나 약혼했어.** 하지만 보하이가 보낸 문자를 생각할 여력이 없었다. 아모스에게서 쓸데없이 격식을 차린 문자가 왔다.

안녕. 잘 지내지? 서류 처리를 어떻게 할지 알고 싶어서 연락했어. 깜짝 놀랄 만한 소식인데 잠시 뉴질랜드에 가서 살게 됐어. 일단 이혼서류를 작성하고 절차를 마무리 짓는 게 좋을 것 같아.

아모스가 보낸 문자를 다시 읽었다.

휴대폰이 바로 이어서 깜박였다. **커피 한잔할래? 이번 주말에 시간 괜찮아?**

휴대폰을 내려놓았다. 지금으로선 아모스에게 답장할 기력도 없었다. 아침에 답장하려고 생각하니 그곳은 이미 아침이었다. 로렌이 답장을 하지 않자 아모스는 오해를 하는 것 같았다. 휴대폰이 또 울렸다. **갑작스러운 거 알아.**

휴대폰을 창가에 놓인 불편하기 짝이 없는 안락의자로 집어 던졌다. 휴대폰이 의자에 맞고 튕겨 나와 바닥에 떨어지며 또다시 진동했다. **직접 만나서 말했어야 하는데, 미안.** 어이가 없었다. 착각도 유분수지, 어떻게 내가 자기 때문에 화가 났다고 생각할 수 있단 말인가. 아모스는 로렌이 화가 난 다섯 가지 이유 축에도 들지 않았다. 뉴질랜드로 가든 명왕성으로 가든 하등 관심 없었다.

다만 그렇게 되면 이번 생에 갇히게 된다. 운명적인 상대를 만나지 못

다락방에서 남편들이 내려와

한 세상, 적어도 두 명의 남편을 스토킹한 세상, 모아둔 돈도 없이 마이너스 통장까지 탈탈 털어버린 세상, 거실 벽을 반만 칠한 세상, 카터가 예의를 갖춰 자신을 쫓아다니지 말라며 내친 세상에 말이다.

이번 생을 탈출하려면 아모스를 다락방으로 보내는 것밖에는 방법이 없다.

아모스에게 답장을 보냈다. **커피 괜찮네. 미안한데 여기가 좀 시끄러워. 내가 지금 덴버의 바에 있거든!! 며칠 안에 돌아갈 거야. 그때 만나서 얘기해.** 입가가 일그러지고 팔이 부들부들 떨렸지만, 문자에 느낌표를 하나 더 추가한 뒤 전송 버튼을 눌렀다.

그리고 휴대폰에 충전기를 꽂아 뒤집어 놓고 잠을 청했다.

36

다음 날 아침, 재킷을 가지러 바에 갔다. 바텐더가 분실물 함에 있던 책을 꺼내며 물었다.

"이것도 당신 건가요?" 바텐더가 《레미제라블》을 들어 보였다.

"아니요." 덴버에서 해야 할 열 가지, 이젠 필요 없었다. 식물원 가기, 동물원 가기는 개나 줘버리라지.

런던으로 돌아가서 무엇을 어떻게 해야 할지 고민이었다. 원래는 아모스를 집으로 불러 다락방으로 보낼 생각이었지만, 아모스가 카페에서 만나자고 고집을 피웠다. 로렌이 집에서 보자고 밀어붙였지만, 아모스가 고집을 꺾지 않았다. 밖에서 마시는 게 더 좋을 것 같아. 그래야 서로 **예의를 지킬 수 있을 테니까.**

또 싸움이 시작됐다. 헤어지는 마당에 뭘 그렇게까지 조심하려는 걸까? 그냥 벌어질 일들을 자연스럽게 받아들이면 안 될까?

아모스의 거절에 마음속에 눌러둔 다른 감정들까지 기어올라왔다. 카터, 스윙어, 데이팅 앱. 데이트나 결혼할 남자들은 세상에 널렸지만, 어떻게 접근해야 할지 알 수가 없었다.

하지만 나에겐 안전장치가 있다. 정말 원할 때 남편을 바꿀 수 있다.

그런데 아모스가 뉴질랜드에 가면 남편을 바꿀 수가 없다.

그렇게 둘 순 없었다. 문자를 주고받고, 어색하게 첫 데이트를 하고, 실망하고, 이제 그런 과정에 질려버렸다. 더 이상 그렇게 하고 싶지 않았다. 이제 남편을 찾아 그에게 정착할 것이다. 아니면 친구들과 보내는 편안한 일상에 정착할 것이다. 이제 다시는 데이트 같은 건 나가지 않을 생각이었다. 차라리 소파에 앉아 주어진 삶을 받아들이며 평생을 보낼 것이다. 이제 그만 평생의 반려자를 만나고 싶었다.

일단 아모스가 협조하도록 만들어야 한다. 아모스는 협조와는 거리가 먼 사람이라서 말처럼 쉽지 않을 것이다. 하지만 온갖 남편들을 겪으며 배운 게 있다. 내가 할 수 있다는 것

집으로 돌아왔다. 비행 후 찾아오는 피곤 때문인지 시차 때문인지 상태가 썩 좋지 않았다. 사다리를 확인하고 미리 내려놓았다.

일요일에 아모스를 만나기로 했다. 어떻게 하면 아모스를 다락방으로 보낼 수 있을지 생각했다. 술을 먹일까도 했지만, 카페에서 만나기로

해서 그건 어려웠다. 그때 마약쟁이 남편의 친구 패지가 떠올랐다. 패지가 어디에 사는지 기억나지 않았다. 패지를 검색해 보니 웹사이트를 이용해 마케팅 컨설팅 사업을 홍보하고 있었고 그 사이트에 정확한 주소가 있었다. 마약상이 주소를 공개하다니 참 허술해 보였지만, 마약 거래는 취미인가 보다 했다.

회색 레깅스에 큼지막한 짙은 파란색 점퍼를 입었다. 점퍼가 울이라서 어딘가에 올이 걸릴 것도 같았다. 하지만 이번 생에서 패지는 로렌을 만난 적이 없다. 따라서 그녀를 의심할 수가 없다. 더군다나 아무리 마약을 취미로 거래한다고 하더라도 마약을 도둑맞았다고 신고할 수는 없을 것이다.

패지의 집에 들어가기는 쉬웠다. 패지의 집 주소에 자신의 이름으로 가짜 전기 요금 청구서를 만들어 그 집에 사는 척하면 된다. 목요일에 사무실에서 가짜 요금 청구서를 인쇄하고 금요일에 병가를 냈다. 휴가가 끝나자마자 병가를 내면 상사가 좋아할 리 없겠지만 어차피 곧 이번 생을 떠날 거라서 상관없었다. 패지가 나갈 때까지 집 밖에서 5시간을 잔뜩 긴장하며 기다렸다. 열쇠 수리공은 여기 사는 게 맞냐고 확인조차 하지 않았다. 가짜 전기 요금 청구서는 어디에도 쓸 데가 없었다.

안으로 들어가 아이스크림 통을 열고 그 안에 가득 든 작은 봉지들을 꺼내 락앤락 통에 담아 나왔다. 개들이 모두 마약 냄새를 맡는지 아니면 경찰견들만 그런 능력이 있는지 알 수 없어서 집으로 돌아오는 기차에

다락방에서 남편들이 내려와

서 누군가 개를 데리고 들어오면 다른 칸으로 옮겼다.

일요일 오후 3시 30분까지 작은 봉투에 든 것의 효과를 확인해야 한다.

술이 의심을 덜 사겠지만 아모스가 빨리 마무리 짓자며 계속해서 집도, 술집도 거부했다. 결국 로렌이 가진 것으로 해결할 수밖에 없었다. 아모스를 노우드 정선으로 오도록 설득하는 데도 애를 먹었다.

서류를 마무리 짓고 싶다고 한 건 당신이잖아. 적어도 여기까진 와야 하는 거 아니야? 아모스에게 문자를 보냈다.

이렇게 책임을 전가할까 봐 밖에서 만나자고 한 거야. 어쨌든 알겠어. 그쪽으로 갈게. 그리고 최소한의 예의는 서로 지켰으면 좋겠어.

나도 예의를 지키고 싶어. 그 말이 비꼬는 것처럼 들릴 것 같아 덧붙였다. **비꼬려는 게 아니야. 우리 둘 다 예의를 지키자고 말하는 거야.**

약속 시간보다 5분 일찍 카페에 도착해 커피 두 잔을 주문했다. 그리고 아모스의 커피에 가루약을 넣고 저었다. 집에서 해보니 커피잔 바닥에 가루가 좀 보였지만 아모스는 설탕 두 스푼을 넣을 거라서 크게 문제될 게 없었다. 혹시나 해서 아주 살짝 마셔봤다. 맛의 차이가 느껴지지 않았다.

"왔어?" 아모스가 들어오자 인사를 건넸다. "커피 주문해 놨어."

"안녕. 고마워. 덴버에 다녀왔다고? 좋았겠네."

과거에 하이킹, 산, 미국을 싫어했던 걸 생각하면 아모스는 지금 예의를 차리기 위해 정말 애쓰고 있었다. 로렌이 환하게 웃어 보였다. "응, 좀 쉬고 싶었는데 싼 비행기표가 있길래 이때다 싶어 갔다 왔지. 사람들도 친절하고 풍경도 아름다웠어." 말하고 보니 충동적으로 여행을 다녀온 것 같아 스스로 꽤 멋져 보였다.

뉴질랜드에 비하면 대수롭지 않을 수 있겠지만.

"뉴질랜드로 간다고?"

"응. 그때 이후로 늘 다시 가보고 싶었어."

"자연 속에서 보낸 우리의 신혼여행 말하는 거야?" 로렌은 미리 사진을 찾아봤다.

생각해 보니 충동적인 여행이 멋지게 들리기보다 극적인 변화가 필요해 발버둥 치는 사람처럼 보일 것도 같았다. 다른 나라에서도 여전히 혼자고, 더 행복하지도 않더라는 사실만 알게 됐으니. 아모스도 그럴 것이다. 어쩌면 혼자가 아닐 수도 있다. 갑자기 뉴질랜드로 간다는 걸 보니… 여자가 있는 건지도 모른다.

그러거나 말거나 내가 상관할 바가 아니다. 한 시간 후면 그마저도 다 없던 일이 될 것이다.

"어디로 가는데?" 로렌이 물었다.

"웰링턴."

"우와!" 아모스와 오래 있을 필요가 없어서 그런지 놀란 척, 감탄하는 척하기가 훨씬 수월했다. 고개를 끄덕이며 웃어넘길 수 있었다. "멋지다. 왜 서류를 빨리 정리하고 싶은지 알겠네. 잘 생각했어."

다락방에서 남편들이 내려와

"그리고, 난 런던이 싫어." 아모스가 말했다.

원래의 생에서 아모스는 베를린으로 갔다가 바로 돌아왔다. "그랬구나."

그들은 웰링턴의 매력에 대해 10분 남짓 이야기를 이어갔다. 약이 효과가 있는지 없는지 알 수가 없었다. "커피 한 잔 더 할래?"

"그럴까? 내가 사 올게." 아모스가 자리에서 일어나려고 했다.

"아니야. 힘들게 여기까지 왔는데 커피 정도는 내가 사야지."

첫 번째 약이 효과가 없을 때를 대비해 다른 약을 준비했다. 커피를 주문하고 약을 넣고 서둘러 저었다. "설탕은 내가 넣었어." 그녀가 컵을 내려놓으며 말했다.

"고마워!" 아모스는 기분이 좋아 보였다. 로렌이 그의 말에 맞장구를 쳐줘서 기쁜 걸까? 아니면 첫 번째 커피에 든 약이 효과를 내기 시작한 걸까?

둘은 5분 동안 서류 작업을 마무리 짓게 돼 다행이라고 말했다. 서서히 효과가 나타나기 시작했다. "여기 좀 덥지 않아?" 로렌이 슬쩍 물었다.

"응! 더워!"

"밖에 나가서 바람 좀 쐴까? 자세한 건 걸으면서 얘기하자. 그러다가 다른 카페에 들어가서 서류 작업을 마무리 지어도 되고."

"그래! 그러자!"

둘은 길을 따라 걸었다. 아모스가 뉴질랜드는 와인도 맛있고, 산도 멋진데 런던은 자신에게 맞지 않는다며 다시 뉴질랜드 이야기를 꺼냈다.

"맞아. 맞아. 그곳에 가면 행복할 거야."

"런던이 나쁘다는 건 아니야." 그가 너그럽고 크게 손짓하며 말했다. 그 손짓에는 최악의 피시앤칩스 가게, 물웅덩이, 죽은 비둘기 사체, 문이 열린 걸 한 번도 본 적이 없는 카펫 가게, 5월이 다 돼가도록 앙상한 나뭇가지도 괜찮다는 아량이 포함됐다.

"사과주스 좀 마실래?" 로렌이 보드카를 섞어 미리 준비해 둔 사과주스 병을 가방에서 꺼내 건네줬다.

"응! 사과주스 좋지. 넌 괜찮아? 나는 기분이 좀 그래."

"좀 앉을래? 아니면 집으로 갈까? 모퉁이만 돌면 되는데."

"으으윽, 그게 좋을까?"

"응, 그러는 게 좋겠어. 아래층에 사는 마리암 알지? 가서 어디가 이상한지 좀 봐달라고 하자. 아, 그리고 당신이 입던 재킷이 아직 집에 있어. 뉴질랜드에서 하이킹할 때 입으면 좋을 것 같은데. 회색 재킷 기억나? 비싸게 주고 산 건데." 아모스가 정신이 말짱했다고 해도 지난 7년을 떠올리며 자기에게 하이킹할 때 좋은 회색 재킷이 있는지까진 기억하지 못할 것이다.

집 앞에 도착하자 아모스가 계단을 쳐다봤다.

"올라가서 편하게 앉아 물을 좀 마시는 게 좋을 것 같아. 내가 택시를 불러줄게."

그가 주머니를 뒤지며 휴대폰을 찾았다. 하지만 로렌이 이미 주머니에서 빼놓았다. "케이티. 케이티한테 내가 어디 있는지 알려줘야 해." 아모스가 말했다.

케이티! 케이티가 있었다. 로렌이 휴대폰을 그의 앞에 들이밀었다. "여기. 케이티한테 문자 왔어." 이제 아모스를 절대 혼자 두어선 안 된다.

"왜 그렇게 못되게 굴었어?" 그가 인상을 찌푸리며 말했다.

"맞아. 미안해. 지금도 난 못됐어. 우리가 부부였을 때도 못됐었어. 그래서 헤어지는 거야. 전부 다 내 탓이야. 넌 훨씬 더 행복해질 거야. 케이티는 절대 못되게 굴지 않을 거야. 그건 그렇고, 집에 가기 전에 올라가서 휴대폰이랑 재킷은 챙겨가."

"몸이 너무 안 좋아. 마리암을 불러 줘." 그가 몸을 앞으로 숙이더니 계단에다 토를 했다. 토사물이 카펫 속으로 스며들고 계단 가장자리에 고이더니 계단을 타고 흘러내렸다. 너무 더러웠다. 남편의 토사물을 깨끗이 치우는 가장 좋은 방법은 토사물이 없는 세상으로 바꾸는 것이다.

"마리암에게 연락했으니까 5분만 기다리면 올 거야." 아무래도 보드카가 문제인 것 같았다.

복도에 올라오자 아모스가 벽에 기댔다. 사다리를 미리 내려놓길 잘했다. 로렌이 주방으로 들어가 물을 가져왔다.

"내 휴대폰… 휴대폰이 어디 있지?"

"회색 재킷을 꺼내오면 줄게. 다락방에 올라가서 재킷을 꺼내와. 그러면 마리암이 와서 당신을 봐줄 거야."

상태가 몹시 안 좋아 보였다. 전 남편의 친구라는 패지가 아이스크림 통에 숨겨둔, 라벨도 없이 비닐봉지 안에 넣어둔 그 약을 훔쳐다 먹이는 게 아니었다.

"빨리 사다리로 올라가. 재킷 생각나지?"

"알았어." 그가 물 한 컵을 다 마시고 똑바로 섰다. 다행이었다. 그가 빈 물컵을 그녀에게 주고 벽을 짚으며 사다리 쪽으로 걸어갔다. 그러곤 위를 올려다봤다.

"당신이 좀… 가져다주면 안 돼?" 아모스가 물었다.

"그건 어려워. 내가 발목을 삐었거든." 로렌이 그의 손을 잡아 사다리 위에 올려놓았다.

"알았어." 그가 천천히 바닥에 주저앉았다. 그러더니 사다리를 잡고 있던 손을 놓고 바닥에 드러누웠다.

망할. "괜찮아. 숨을 깊게 쉬어봐. 정신 바짝 차리고." 여기서 포기할 순 없었다. 지난 며칠간 로렌은 다양한 불법을 저질렀다. 아모스는 지금 다른 생으로 들어갈 상태가 아니었다. 하지만 아모스를 저 위에 올려놓기만 하면 된다. 심부름 센터도 범죄를 도와주진 않을 것이다. 친구에게 시체 운반을 부탁하면 된다고들 하겠지만, 누가 나를 위해 그렇게 해줄까? 솔직히 이 상황을 이해해 줄 사람은 보하이뿐이었다.

"벽지." 아모스가 바닥에 누워 반쯤 칠하다가 만 거실 벽을 보며 말했다. 로렌은 어떻게 해야 할지 몰라 당황스러웠다.

보하이에게 전화를 걸었다.

삐삐. 국제전화 연결음이 울렸다. "보하이." 로렌이 말했다.

"어, 안녕. 급한 일이야? 왜냐하면—."

다락방에서 남편들이 내려와

"급해. 미안해. 남편한테 마약을 먹였어. 지금 반쯤 정신이 나갔어. 다락방에 올라가게 해야 하는데 못하겠어."

보하이는 잠시 아무 말이 없었다.

"그렇구나. 음, 그런데 내가 약혼을 했어."

"알아. 말했잖아."

"그게 아니라, 내 말은 진짜로 약혼했다고. 누군가를 만났어."

"당신은 유부남이잖아. 그런데 어떻게 약혼을 해?"

"그게, 지난번에 말했지만 와이프가 바람을 피웠어. 상대 남자도 자기 아내를 버리고 둘이 같이 살아. 그래서 그냥 혼자만의 시간을 즐기고 있었거든. 그런데 말이야, 누군가를 만났어. 진짜로."

"당신이 만난 사람이 500명이야. 그러지 말고 나 좀 도와줘. 그 빌어먹을 누군가는 다음에 만나면 되잖아."

"그래, 그렇지, 그래야 공평하지. 알겠어. 생각해 볼게. 그런데 내가 지금 휴가 중이야. 집에 돌아가려면 차로 3시간이 걸려. 그런 다음 런던이 나올 때까지 벽장을 계속 들어갔다 나왔다 해야 하고, 더군다나 당신의 집까지 가려면 적어도 한 시간은 더 걸릴 거야. 젠장, 로렌, 반쯤 정신이 없다고? 그렇다면 4시간까지 못 버텨. 구급차를 불러야 해."

"남편이 지금 여기 있어. 바로 옆에. 지금 다락방에 넣지 않으면 평생 못 넣을 거야. 그리고 마약은 어떻게 설명해? 내가 자기를 죽이려고 했다고 생각하면 어떡해? 제발 부탁이야. 방법이 없을까?"

"생각 중이야. 정말이야. 나도 돕고 싶어."

"그렇다면 도와줘. 나는 마이클을 정말 좋아했어. 그런데도 씨발, 당신이 남편의 말을 엿들어서 곤경에 처했을 때 도와줬다고."

"알아. 안다고. 하지만 로렌, 나는 이 사람이 정말 좋아. 진짜로 좋아해. 그래서 떠나고 싶지 않아. 생각 좀 해볼게."

더 이상 이야기해 봤자 달라질 게 없었다. "알았어. 남편이 눈을 떴어." 아모스는 눈을 뜨지 않았다. "남편이 정신을 차렸어."

"끊지 말─."

"끝나고 연락할게. 구급차는 부르지 마."

로렌이 전화를 끊었다. 보하이가 다시 전화를 걸어왔지만 받지 않았다. 물론 진짜 집에서 3시간 거리일 수도 있지만, 처음부터 "집에서 멀리 있어"라고 하지 않고 "약혼했어"라고 말한 게 의심스러웠다. 보하이의 말이 사실이든 거짓이든 이제 혼자 힘으로 해결해야 했다. 로렌은 컵에 물을 다시 채워 손가락으로 아모스의 얼굴에 물을 튀겼다. 그런 다음 쪼그려 앉아 그를 흔들었다.

"당신 휴대폰이 다락방에 있어. 전화 오나 봐. 소리가 울려."

"왜? 뭐라고?"

"키티. 키티가 전화했어."

"키티?"

"케이티." 이름을 알았지만, 일부러 심술을 부렸다. "케이티가 계속 전화해. 중요한 일인가 봐. 급한 일일지도 몰라."

아모스가 일어나 앉으려다가 다시 주저앉았다. "당신이 좀 가져다줘.

다락방에서 남편들이 내려와

내 휴대폰."

"안 된다니까. 발목을 삐었다니까—." 그녀가 설명하려다 말고 멈췄다. 어차피 설명해 봤자 알아들을 수 있는 상태가 아니었다.

"자주 전화해." 아모스가 말했다. "항상 전화해. 전화하는 게 좋은가봐. 케이티는 아마도, 그냥, 심심해서."

"빨리, 아모스." 로렌이 말했다. "전화 받을 수 있잖아."

아모스가 남편이 아니었던 생에서 엘레나의 결혼식이 열리던 날, 크림을 싫어하는 자신을 위해 크림이 적은 케이크로 바꿔주었던 일이 떠올랐다. 물론 고마웠지만, 조금은 소름이 끼쳤다. 로렌을 잘 안다고 소리 없이 행동으로 드러냈기 때문이다. 그것도 그녀의 남편 앞에서.

일상의 작은 일에도 얼마나 까다롭고 어렵게 굴었던가! 노우드 정선으로 오게 만드는 건 또 얼마나 힘들었던가! 로렌은 아모스를 조금도 좋아하지 않는다. 사랑하지 않는다. 화가 났다. 내키지 않는데 신경이 쓰인다. 그 어떤 못된 남편들도 아모스만큼 그녀를 화나게 하지는 못할 것였다. 그와 나눈 시간, 분노, 우스갯소리, 이제 끝이라는 여러 감정이 뒤섞였다. 좋은 감정은 아니지만, 어찌 보면 그것마저도 그에 대한 감정이었다.

마지막으로 다시 한번 아모스를 설득했다.

로렌은 사다리를 타고 다락방 안으로 기어들었다. 입구 쪽으로 머리를 내밀고 바닥에 누운 아모스를 내려다보며 소리쳤다. "아모스, 아모스." 로렌의 머리 위로 빛이 번쩍거렸다. 그 빛이 공기 중에서 정전기를 일으키며 탁탁, 지지직 소리를 냈다. "도와줘. 제발 나 좀 도와줘. 나 여기 갇혔어."

아모스가 눈을 뜨더니 그녀를 올려다보며 눈만 끔뻑거렸다. 오래전 그를 처음 만났던 때가 떠올랐다. 그때 로렌은 바에 가고 싶지 않았던 터라 한쪽 구석에 뚱한 채 있었고 아모스도 그 구석에 있었다.

"제발 도와줘." 아모스가 지금 올라오지 않는다면 모든 게 끝이다. 눈물이 흘렀다. 흐르는 눈물에 아모스도, 복도도, 그리고 그녀의 미래도 뿌옇게 흐려졌다. 그때 딸깍 소리가 났다. 그녀가 전구를 쳐다봤다. 전구 불빛이 다시 한번 번쩍하더니 펑 하고 터졌다. 그녀는 재빨리 고개를 돌렸다. 다락방 바닥에 유리 조각들이 산산이 흩어졌다.

아모스가 올라와 주기만을 바랐다. "제발 도와줘." 마음을 다잡고 부서진 유리 조각 위에 한 손을 세게 내려치며 소리를 질렀다. 생각했던 것보다 훨씬 아팠다. 다친 손을 아모스가 볼 수 있도록 다락방 밖으로 내밀었다. "나 다쳤어, 아모스." 사실이었다. "제발, 당신이 올라와 줘야 해. 여기 뭔가 이상해." 윙윙, 다락방 전체에 전기가 흐르는 소리가 났다. 피도 흐르고 눈물도 많이 흘러서 아래쪽에서 무슨 일이 일어나고 있는지 잘 보이지 않았다. 하지만 움직임이 느껴졌다. 아모스가 드디어, 정말 드디어 몸을 일으켜 앉더니 자리에서 일어났다. 그가 고개를 들어 다락방을 올려다봤다. 그의 얼굴이 바로 아래에 있었다.

"로렌?"

"나 여기 있어. 제발 나 좀 도와줘."

아모스가 한 계단 한 계단 사다리를 올랐다.

로렌은 아모스가 다락방 안으로 들어올 수 있도록 뒤로 누워 공간을 확보했다. 그리고 눈을 감았다. 속이 메스꺼웠다. 그의 머리가 나타나고 이어서 몸이 보였다. 아모스가 다락방 안으로 기어들어 왔다. 로렌이 그를 올려다보며 말했다. "고마워. 그리고 미안해. 정말 미안해."

그녀는 후다닥 몸을 굴려 재빨리 다락방 문을 빠져나왔다. 손에 유리 조각이 박힌 채 사다리를 내려와 힘겹게 복도에 쪼그려 앉았다. 그러곤 다락방을 올려다봤다. 아직 아모스의 한쪽 발이 보였다. 그가 밖으로 나오기 전에 얼른 올라가서 그를 다락방 안으로 밀어 넣어야 했다. 만에 하나 다락방이 작동하지 않으면 어떡하지? 고개를 돌렸다. 하지만 참을 수가 없었다. 다시 다락방을 올려다봤다. 그리고.

다락방의 마법이 시작됐다.

아모스의 발이 사라졌다.

손에 느껴지던 통증도, 쿵쾅거리던 마음속 공포도.

눈을 감았다.

드디어 해냈다. 해내고 말았다. 혼자만의 시간도 이제 끝이다. '뉴질랜드', '이혼', '마약', 검색어들이 기록에서 사라졌다. 카터는 바까지 자신을 쫓아온 영국 여자를 잊었을 것이고, 아모스는 어디 먼 곳에서 잘 지낼 것이다. 모든 것이 다시 괜찮아졌다.

어떤 남편이 내려오든 중요치 않았다. 어차피 다시 올려보낼 테니까. 바닥에 누웠다. 남편은 아침에 확인하기로 했다. 지금은 아무것도 신경 쓰고 싶지 않았다.

휴대폰이 울렸다. 보하이였다. 전화를 받아 해결됐다고만 하고 끊어버렸다. 그러곤 다시 눈을 감았다.

다락방에서 남편들이 내려와

37

　아모스를 보내고 맞은 남편과 일주일을 보냈다. 둘 사이가 좋지 않아 집 안에 긴장감이 감돌았다. 물론 로렌은 개의치 않았다. 남편은 신경이 날카로웠지만, 로렌은 새롭고 희망찬 기운을 느꼈다. 그녀는 최소한의 말만 했다. 자기가 먹을 것은 자기가 만들어 먹었다. 어떤 날은 같이 자고 또 어떤 날은 남편이 성질을 내며 빈방에 가서 잤다. 상관없었다.

　집은 원래대로 돌아갔다. 쌓아놓은 가구도 없고, 반쯤 칠하다가 만 벽도 없었다. 하지만 거대한 식물 친구가 그리웠다. 통장에 돈이 다시 채워졌다. 그래서 남편이 온 두 번째 날 화원에 가서 다시 그 식물을 샀다. 출근도 하지 않았다. 병가도 내지 않았다. 사무실에서 전화가 와도 받지 않았다.

주말엔 혼자 바람을 쐬러 나갔다. 덴버나 펠릭스가 사는 동네가 아니라 바다가 있는 곳으로 갔다. 바람이 많이 부는 모래사장을 걷고 싶었다. 하지만 사람들로 북적이는 중저가 호텔에서 〈가십걸〉의 두 시즌을 다시 봤다.

보하이에게 전화를 걸었다. 로렌이 있는 곳은 저녁이지만 그가 있는 곳은 아침이었다.

"아직도 약혼한 상태야?"

"당황스럽지?" 보하이가 자신이 얼마나 행복한지 이야기했다.

"잘됐네."

"남편은 다락방에 어떻게 넣었어?"

"피와 눈물을 흘려서?"

"와, 대단해."

"힘들었어. 다시는 그런 짓 안 할 거야."

203번째 남편은 금발에 각진 얼굴이었다. 집은 거의 텅 빈 거나 마찬가지였고, 벽지는 임대 부동산에서 많이 사용되는 부드러운 크림색이었다. 아마도 이 집을 세놓고 다른 곳으로 옮기기 전에 잠시 거주 중인 것 같았다. 로렌은 목폴라를 입은 남자를 위해 집주인이 될 생각도, 무한히 공급되는 남편들을 포기할 생각도 없었다. 204번째 남편을 맞았다. 그들은 엄청난 빚에 허덕였다. 청구서를 충당할 요량으로 빈방을 남편 친구에게 세를 놓았다. 그동안 온갖 사람과 같이 살아봤기에 그런 것쯤은 상관없었다. 남편은 퇴근 후에 친구의 오토바이로 배달 일을 했고 로렌은 웹사이트 사용 후 피드백을 제공하는 일을 했다. 204번째 남편이 마음에 들었다. 그래서 그 상황을 견뎌내며 자신이 가벼운 사람이 아니라는 것을 증명해 보이고 싶었다. 심지어 나탈리가 식료품을 한가득 들고 밤에 불쑥 찾아와 "우리가 휴가를 가는 바람에 이걸 처리할 데가 없어"라고 말하며 음식을 놓고 가기도 했다. 평소의 나탈리라면 재활용품 가게에서 발견한 물건들을 어떻게 다시 재활용할 수 있는지 기사를 검색해서 보냈을 것이다. 그런 나탈리가 아무런 조언도 하지 않을 정도라면 상황이 얼마나 어려운지 알 수 있었다. 그런데 그 빚이 한심하게도 결혼식 때문이라는 것을 알고 한시름 놓았다. 물론 결혼식에 대한 기억은 없었다. 그리고 그 빚을 갚으려고 노력해야 할 의무도 없다고 느꼈다. 그래서 미련 없이 남편을 돌려보냈다.

205번째 남편은 코털을 다듬지 않아 돌려보냈다.

206번째 남편은 소파에 앉아 혼자 TV를 보면서도 작은 챙이 달린 모자를 쓰고 있어서 돌려보냈다.

207번째 남편은 중요한 회의가 있는데 깨끗한 셔츠가 없다고 화를 냈다. 그럴 수 있다. 그들은 집안일을 공평하게 분담했고 세탁은 로렌의 몫이었는데 그녀가 자신이 맡은 일을 소홀히 한 것이니까. 하지만 돌려보냈다.

성격이 까칠한 남편들, 외모가 마음에 들지 않는 남편들, 매력이 없는 남편들, 그리고 너무 매력적인 남편도 분명 문제가 있을 거라고 생각해 돌려보냈다.

확실히 데이팅 앱보다 재미있었다.

한 번은 인터넷 방송에서 큰 인기를 끄는 남편을 만났다. 그는 10대들을 대상으로 게임 방송을 했고 놀랍게도 수입이 꽤 좋았다. 그는 방송 전에 결혼반지를 뺐는데 특별히 여자들의 마음을 사로잡기 위해서가 아니라 자신이 시청자들보다 나이가 많다는 것이 알려지는 게 도움이 되지 않기 때문이었다. 그는 MZ세대가 쓰는 말을 배워야 했다. 그런데 평소에도 그 말들을 써가며 사람을 비꼬는 듯 말하는 습관이 있었다. 돌려보냈다.

로렌은 남편을 찾는 문제에 진지했다. 남편을 찾는 일에 몰입했다. 자신이 바라는 남편이 아니라는 걸 알면서도 괜찮은 척 연기하는 건 의미가 없다고 생각했다.

"내가 *자기의* 정원에서 잡초를 뽑아줄게." 한 남편은 별거 아닌 말을 뭔가 다른 의미로 들리게 말하곤 했다. 그런 말투가 꼴 보기 싫었다. 섹시하지도 않고 웃기지도 않은 말장난을 끊임없이 해댔다. "내가 *자기의* 부리토를 주문해 줄게." "내가 *자기의* 달걀을 삶아줄게." "내가 *자기의* 아이스크림을 꺼내 줄게." 로렌은 사다리를 내리며 생각했다. '내가 *자기를* 다락방으로 보내줄게.'

다음 남편은 로렌이 무슨 말을 할 때마다 의심스러운 듯 출처를 대라며 그녀를 몰아붙였다.

다음 남편은 로렌이 책 읽는 것을 좋아하지 않았다. 책만 보면 얼굴을

다락방에서 남편들이 내려와

들이밀고 진지한 눈빛을 발사하며 말했다. "내가 당신의 책이야. 나만 읽으면 돼." 장난이었지만 책을 못 읽게 하니 그저 장난으로만 받아들일 수가 없었다. 이번 생에 로렌은 고가의 전자책 단말기를 가지고 있었다. 남편은 가끔 전자책 단말기를 잡고 있던 로렌의 손을 가져다가 자신에게 올려놓고 이렇게 말했다. "나는 방수 기능도 있고 터치 기능도 훌륭해." 코털 남편보다는 별로였지만, 출처를 대라는 남편보다는 나쁘지 않았다.

다음 남편은 자신의 대변 상태를 매번 문자로 보냈다. **오늘 아침엔 너무 커서 미친, 죽는 줄 알았어.**

다음 남편은 빈 컵을 입으로 옮겼다. 컵을 입에 물고 흡입력을 이용해 치웠는데 그럴 때마다 스트레스였다.

다음 남편은 등장하자마자 커피를 내려주길래 마음에 들었다. 그런데 우유를 넣은 커피를 건네면서 발음을 이상하게 해서 다른 나라 말처럼 들리게 했다. "우유르 너은 커피르을 드릴게요우." 마음에 들지 않았다. 하지만 바로 돌려보내면 커피까지 사라질 터였다. 그래서 커피를 들고 마당으로 나갔다.

토비가 마당에서 잡초를 뽑고 있었다.

"뭐해?" 로렌이 담장 너머로 아는 척을 했다. "꽃을 새로 심을 거야?"

"아니, 그냥 보는 거야. 집주인이 조만간 들러서 우리가 벽을 망가뜨리진 않았는지, 테두리 안쪽까지 청소를 잘하는지 확인할 겸 사진을 찍는데."

토비를 잠시 지켜보다가 커피를 다 마시고 2층으로 올라와 남편을 돌려보냈다. 다음 남편이 왔을 때 토비는 로렌의 집 거실에서 비스킷을 먹고 있었다. 주방 창문으로 마당을 내려다보니 잡초가 무성했다. 토비는 다시 잡초를 뽑아야 했다.

다음 남편은 자신의 남성적 에너지와 현대 사회를 살아가는 남자들의 분노에 대해 이야기했다.

다음 남편은 바닥에 누워 로렌이 지나갈 때마다 그녀의 발목을 잡아당겼다.

다음 남편은 알고 보니 온라인에서 10대들을 괴롭히고 있었다. 청소년들이 조언을 구하는 글을 찾아내선 '그건 네 잘못이야. 반성해라. 네가 못생기고 뚱뚱해서 사랑을 못 받는 거야. 네가 이상해서 부모가 이혼한 거고, 동생이 아픈 것도 너 때문이야'라고 메일을 보냈다. 그런 그가 오프라인에서는 토요일 아침마다 아내에게 팬케이크를 만들어 주는 착하고 성실한 배우자였다.

로렌은 그의 이중생활을 이해할 수 없었다. 누군가에게 조언을 구하고 싶었지만, 아모스 사건 이후로 보하이와 아직 어색한 상태였다. 결국 엘레나에게 전화를 걸었다.

칵테일 바에서 만나 남편의 이야기를 털어놓았다. "세상에. 그거 범죄 아니니? 신고해야 하는 거 아니야? 정말 네 남편인 거 확실해? 아닐 수도 있잖아."

"확실해." 로렌은 대수롭지 않은 척했다. 하지만 사실 적잖이 충격을

다락방에서 남편들이 내려와

받았다.

"어떡해. 속상해라. 마실 것 좀 더 가져올게." 자신이 해야 할 고민을 엘레나에게 떠넘긴 건 아닌가 싶었다. 하지만 칵테일은 곧 마시지 않은 게 될 것이다.

집으로 돌아와 남편을 보내버렸다. 새로운 생을 맞아 인터넷에서 전 남편이 쓴 여러 댓글을 찾아내 캡처한 다음 그의 업무용 이메일 계정으로 **당신이 한 짓인 거 다 알아. 그만두지 않으면 모두에게 알릴 거야**라고 익명으로 메시지를 보냈다. 이 행동이 어떤 결과를 가져올지는 알 수 없었다. 좋은 쪽이든 나쁜 쪽이든 다시 남편을 바꾸면 메시지는 사라질 것이다.

다음 남편은 아침에 일어나더니 사람을 깨운답시고 로렌 위에 올라타 분무기로 그녀 얼굴에 물을 뿌렸다. 그 분무기는 로렌이 정원용품점에서 직접 산 플라스틱 분무기였다. 로렌은 놀라서 버둥거리다가 소리를 질렀다. 하지만 곧 이 남편과는 평소에도 이랬겠구나 싶어 흥분을 가라앉힌 뒤 웃음으로 화를 감추려고 애썼다.

"와, 당신이 싫어할 줄 알았어. 앞으로 더 자주 해야겠는걸." 남편이 말했다.

세상에, 평소에 하던 행동이 아니었다. 돌려보냈다.

38

6월이 코앞이었다. 그 얘긴 로렌의 생일이자 첫 번째 남편과의 결혼 기념일이 다가오고 있다는 말이다.

파티를 열까 싶었다. 그동안 남편들 때문에 정신이 없어 친구들과 소원해졌다. 왓츠앱을 통해 만난 친구들은 얼굴은 알지만 실제로 만나지 못한 친구들도 있었다.

일주일밖에 남지 않아 시간이 촉박했지만 쉽게 해결했다. 진지한 남편만 고집하던 입장을 버리고 날짜를 확인해 가며 남편을 바꾸고, 바꾸고, 또 바꿨다. 그렇게 여덟 번을 바꿔 금발 머리의 아일랜드 사람 핀탄을 만났다. 처음엔 별로라고 생각했다. 하지만 모든 걸 다 가질 순 없다. 로렌은 일요일 점심으로 펍에 스무 명을 예약했다. 스무 명! 친구들이 모이기에 딱 좋은 숫자다. 로렌, 생일 축하해!

타즈가 너무 그리웠다. 아모스와 이혼을 준비하는 동안 늘 옆에 있어 준 친구. 하지만 모르는 사람에게 무턱대고 '너와 내가 다른 생에서 정말 좋은 친구 사이였어. 그러니까 우리 친구하자'고 메일을 보낼 순 없었다. 그렇다고 타즈가 일하는 가구점에 휴식 시간 직전에 들어가 무작정 친한 척할 수도 없었다. 두 번 시도해 봤다. 두 번째는 일이 잘되는 것도 같았다. 타즈와 의자에 대해 이런저런 농담을 나누었다. 그래서 나중에 다시 와서 의자를 구매하면서 생일 파티에 초대해 볼까 생각했다. 하지만 대화가 끝나는 순간 타즈가 동료에게 눈알을 굴리는 모습을 보고 말았다. 로렌은 타즈가 어떤 때 그런 표정을 짓는지 알았다. 타즈는 자기 친구였으니까. 사람들이란. 덴버의 바에서 카터에게 거절당해 창피했던 기억이 떠올랐다. 당장 핀탄을 돌려보내 굴욕스러운 순간을 지우고 싶은 걸 꾹 참고 가구점을 나왔다.

타즈는 얻지 못했지만, 식물 친구를 얻었다. 남편이 괜찮다 싶으면 식물을 샀다. 식물은 여름이라 더 빨리 자라서 더 크고 무거웠다. 핀탄에게 식물이 로렌 자신에게 주는 생일 선물이라고 말했다. 핀탄은 짜증이 난 것처럼 보였지만 상관없었다. 어차피 그는 곧 떠날 테니까.

생일 당일인 목요일에는 핀탄과 함께 동네에 새로 생긴 레스토랑에 가서 타파스에 맥주를 마셨다. 집에 돌아오자 핀탄은 들기도 불편한 엄청 큰 상자를 건넸다. 과일 건조기였다. 당사자가 사달라고 하지 않고서야 생일 선물로 주기에 적합한 물건은 아니었다. 이번 생에 자신은 과일을 말려서 먹는 사람인 모양이었다. 과일 바구니에서 상태가 썩 안 좋은 사과를 꺼내 얇게 썰었다. 그러곤 사과 조각을 건조기에 하나씩 하나씩 놓다가 결국 먹어버렸다.

"이미 마른 걸 말리면 어떻게 될까?" 핀탄이 말린 살구를 건조기에 넣었다. 로렌은 나름 괜찮은 생일을 보냈다.

일요일, 45분을 걸어서 생일 파티가 열릴 펍으로 갔다. 길 아래쪽에 위치한 펍은 가깝지도 않고 고급스러운 곳도 아니었다. 하지만 로스트 요리를 잘하는 곳이었다.

나탈리와 아델이 조카들을 데리고 제일 먼저 도착했다. 아이들을 돌보는 게 힘들 때마다 다른 생으로 도망쳤더니 어느새 두 아이는 훌쩍 자라있었다. "세상에, 볼살 통통한 것 좀 봐." 로렌이 마그다를 안고 볼살을 꼬집었다. 이번 생에서는 열심히 봐준 덕분인지 마그다가 로렌을 알아보고 까르르 웃고 트림도 하고 흔들흔들 서있다가 기저귀 찬 엉덩이로 자리에 주저앉기도 하고 눈을 크게 뜨고 깜빡거리기도 하면서 요맘때 아이들이 보여주는 온갖 행동을 했다. 아델이 손을 흔들어 보라고 하자 손도 흔들었다. 멈추지 않고 계속 흔들더니 바닥을 주먹으로 힘차게 내려치기에 이르렀다. 카일럽은 뱅글뱅글 돌다가 가라테 동작을 보여주겠다며 발차기를 날렸다.

"실내에선 안 돼." 나탈리가 카일럽에게 말했다. 그러곤 책장을 넘기는 마그다를 쳐다봤다. 마그다는 아직 두 살도 채 되지 않았다. 한 살짜리 아기가 책을 읽을 순 없다. 마그다는 몸을 책 쪽으로 기대더니 점점 가까이 다가가 으르렁거리는 사자의 얼굴을 혀로 핥았다. 그러곤 입을 크게 벌려 사자를 깨물어 버렸다. 종이가 찢어지며 마그다의 작은 치아 사이로 구겨져 들어갔다.

"안 돼. 마그다, 안 돼. 점심 먼저 먹자. 책으로 배를 채우면 안 돼요."

로렌은 더 좋은 이모가 돼야겠다고, 더 괜찮은 동생이 돼야겠다고 결심했다. 나탈리를 만나서 좋았다. 나탈리는 초록색과 파란색 바탕에 핑크색과 빨간색 물방울무늬가 들어간 실크 스카프를 선물했다. 그리고 나탈리답게 '열네 가지 스카프 매는 법'을 출력해 왔다. 군이 설명서까지 필요하진 않은데 말이다. 어쨌든 물방울 패턴이 예뻤다. 순간 그 스카프를 가질 수 없겠다고 생각하니 마음이 좋지 않았다.

토비와 마리암이 다음으로 도착했다. 그다음엔 로렌이 모르는 필이라는 남자가 왔고, 필립과 테스라는 커플도 왔다. 필과 필립은 '필 브로!'라고 외치며 서로 하이파이브를 했다. 그다음으로 직장 동료인 자라와 그녀의 남자친구가 왔다. 그리고 어떻게 된 일인지 두 번이나 남편으로 나타났던 마이클이 아이를 데리고 나타났다. 로렌은 기쁘면서도 당황스러웠다. 화장실에 가서 휴대폰으로 검색해 보니 핀탄을 만나기 전 마이클을 잠깐 만났고, 헤어지고 나서도 친구로 지내는 중이었다. 헤어진 남자친구와 친구로 지내다니, 한 번도 해본 적 없는 일이었다.

엘레나와 롭 부부도 오고 헤이스팅스에서 올라온 패리스와 노에미도 왔다. 아이 셋을 포함해 열여섯 명이 짝이 맞지 않는 테이블에 앉아 로스트와 베지 버거를 먹고 술을 마셨다. 아이들은 밖에 나가서 놀다가 들어왔다. 처음 보는 사람도 있었지만, 정말 좋은 사람들과 보낸 좋은 시간이었다. 엘레나가 일어나더니 카운터 쪽으로 갔다. 그러곤 테이블로 돌아오면서 다들 조용히 하라고 했다. 그러자 직원이 촛불이 켜진 케이크와 폭죽을 들고 나왔다. 친구들이 로렌을 위해 생일 축하 노래를 불러줬다.

"너무너무 행복한 오후였어." 집으로 돌아와 소파에 누워 말했다.

"그치?" 핀탄이 말했다. 남편의 이름을 다시 한번 떠올렸다.

핀탄이 떠나면 오늘의 추억은 나를 제외한 모든 사람들에게서 사라질 것이다. 필과 필립스, 그들의 하이파이브도 다신 볼 수 없을 것이다. 카일럽은 새로 배운 발차기를 보여준 것을 기억하지 못할 것이다. 엘레나에게 생일 케이크 정말 고맙다고, 어디서 샀냐고 문자를 보낼 수도 없을 것이다. 펍을 지날 때마다 나는 오늘을 추억하겠지만 다른 사람들은 나와 함께한 이 시간을 기억하지 못할 것이다.

이제 곧 6월이다. 남편이 나타나기 시작한 것도 1년이 다 돼간다. 1년이라는 시간을 기억해 줄 사람도, 함께 나눌 사람도 없이 보냈다. 엘레나의 결혼식 때 카터와 찍었던 흐릿한 사진을 떠올렸다. 카터를 다시 원해서가 아니다. 사진은 사라지고 없지만 작게나마 누군가와 시간을 공유했다는 사실에 기뻤다.

"괜찮아?" 핀탄이 물었다.

"응." 로렌이 눈을 떴다.

다락방에서 남편들이 내려와

"나이를 한 살 더 먹어서 우울해?"

뜻밖의 질문에 그녀가 실소를 터트렸다. "그런가 봐."

"생일이 원래 그런 거지 뭐. 두 번 말린 살구 먹어볼래? 바로 기분이 좋아질 거야."

말린 살구를 받아 들었다. 딱딱하고 맛도 별로여서 살구맛 나는 돌을 먹는 것 같았다. 결국 손가락에 쥐고 빨아 먹었다.

핀탄이 매력적으로 느껴지지 않아서 못내 아쉬웠다. 데이트 때로 돌아갔다고 상상하며 새로운 시선으로 그를 보려고 해봤다. 이번 생에 분명 핀탄에게 호감이 있었을 것이다. 그랬으니 결혼까지 했겠지. 그 호감이 마음속 어딘가에 꼭꼭 숨어있을지도 모른다. 깔끔한 헤어스타일도 좋고, 생일 파티에서 입은 셔츠 차림도 멋있었고, 각진 코도 마음에 들었다. 그런데도 아무런 감정이 들지 않다니 이런 남편을 만나는 것도 드문 일이었다. 몸을 기울여 그의 어깨에 손을 올려봤다. 전혀, 아무런 느낌이 들지 않았다.

이제 그 어떤 남자에게도 매력을 느끼지 못하게 된 게 아닐까? 그렇지 않았다. 펍에서 마이클과 필 브로 중 한 명과 있었을 때 잠깐이지만 감정의 작은 불꽃이 일었다. 하지만 핀탄은 아니었다. 곧 그런 남편을 만날 것이다. 곧 함께할 누군가를 찾을 것이다. 곧 나의 휴대폰을 하룻밤 사이 사라지지 않을 사진으로 채울 것이다. 곧 우리가 함께한 일들이 기억나냐고 물을 수 있을 것이다. 남편도, 나도 기억할 수 있을 것이다.

39

핀탄이 가고 생일을 축하해 달라는 남편이 왔다.

"잊었어? 자기, 내 생일 잊은 거야?" 그가 물었다.

로렌이 한숨을 쉬며 말했다. "아니야. 진정해. 깜짝 놀라게 해주려고 그랬지. 다락방에 가봐."

다음 남편은 괜찮아 보였다. 그런데 남편이 마트에 다녀온 후에 물었다. "당신, 토비와 마리암이 이사하는 거 알았어?"

"그게 무슨 말이야?"

"집 앞에 큼지막한 임대 표지판을 세워놨던데."

아래층으로 내려가 토비에게 어떻게 된 일이냐고 물었다. "내가 말했잖아. 생각 안 나? 집주인이 거실에 침대를 놓고 월세를 500달러 더 받

다락방에서 남편들이 내려와

을 생각이래."

말도 안 되는 소리였다. "그래서 이사 간다고?"

"응." 토비가 담담하게 말했다. "멀리는 못 가. 마리암 직장 때문에."

내가 없어도 시간은 흘렀다. 한 남편과 다른 남편 사이에, 한 생과 다른 생 사이에 같은 것이 거의 없었다. 토비와 마리암은 내가 이곳을 집이라고 느끼는 몇 안 되는 이유 가운데 하나였다. 두 사람은 완전하지 않은 사람도 서로를 좋아하고 행복하게 살아갈 수 있다는 사실을 보여주는 존재였다.

"아직 몇 달 남았어. 그나마 시간을 넉넉하게 줘서 다행이지 뭐야."

남편을 돌려보내고 바로 부동산 사이트에 들어갔다. 토비의 집은 거실 없이 방 세 개로 매물이 올라와 있었다. 사이트에 올라온 사진은 누가 찍었는지 모르겠지만 복도에 두 개의 의자를 놓아 복도가 마치 독립된 작고 아담한 휴식 공간처럼 보였다. 작은 주방, 어딘가 어색한 복도, 그리고 복도에 놓인 두 개의 의자.

또다시 남편을 돌려보내고 세상을 리셋했지만, 상황은 달라지지 않았다. 다시. 또다시.

"새 이웃도 좋을 수 있어." 조만간 사라질 남편이 말했다. "집주인을 탓할 순 없어. 한 달에 500달러를 더 받을 수 있는데 그걸 마다할 이유는 없잖아. 내가 집주인이라면 우리 집까지 사서 마당에 건물을 지을 거야. 그러면 집을 몇 채나 더 지을 수 있어."

그를 돌려보냈다. 그리고 다음 남편도, 그다음 남편도 돌려보냈다. 한 번은 임대 표지판이 사라졌길래 희망을 품었다. 하지만 알고 보니 남편이 장난삼아 표지판을 뽑아 쓰레기통에 버린 것이었다. 그 행동은 마음에 들었지만 그런다고 문제가 해결되는 것은 아니었다.

어쩔 수 없이 상황을 받아들이기로 했다. 토비와 마리암은 멀리 가지 않고 길 건너나 언덕 아래쪽으로 이사할 것이다. 마리암은 의사니까 벌이가 좋고, 가까운 곳에 이사할 집을 찾을 수 있을 것이다. 게다가 아직 몇 달 후의 일이다. 그때까지 평생을 함께할 남편을 찾아야 한다. 평생의 반려자를 찾는다면 그들 부부가 이사를 하더라도 지금처럼 힘들진 않을 것이다.

여전히 새로 남편이 등장하면 형식상 포스트잇에 적어둔 기준에 따라 남편을 평가했지만, 그 기준을 늘 신뢰하진 않았다. 가령 흥미로운 취미를 가진 사람을 원했지만, 양봉가가 나타났을 땐 본능적으로 양봉은 아니라고 결론 내렸다. 그 사람의 좋은 점만 보일 정도로 좋아할 수 있는 사람을 찾고 싶었다. 기준은 그때 정해질 거라고 생각했다.

다음에 만난 남편은 마음에 들었다. 남편이 나타난 날 저녁, 남편과 그의 친구를 만나러 나갔다. 그날 밤, 그리고 다음 날, 그리고 예상치 못하게 일주일을 지내며 그에게 마음이 끌렸다. 자신도 모르는 사이에 그의 친구들을 여럿 만났고, 함께 영화도 봤다. 남편이 직장에서 스트레스를 받은 날이면 남편을 걱정하며 그의 기분이 나아지기를 바랐다.

남편의 이름은 아담이었다. 그는 밖에선 자신감 넘치고 활달한 성격이었지만 집에선 살짝 예민하고 스트레스를 받는 모습을 보였다. 로렌

　　　　　　　　다락방에서 남편들이 내려와

이 좋아하는 두 가지 상반된 모습, 대담하면서도 섬세한 모습을 동시에 가지고 있었다. 그런 상반된 모습은 그녀만 볼 수 있었다. 로렌은 그가 기념일인지도 모르는 기념일에 그와 함께하고 싶었다. 운 좋게 이틀 후가 결혼기념일이었다. 두 사람은 저녁 식사를 하러 밖으로 나갔고 아담의 제안에 따라 결혼기념일을 축하하며 건배를 했다. 하지만 로렌은 마음속으로 다락방을 위해 축배를 들었다.

아담이 직장에서 정직을 당했다고 고백하며 몇 가지 부적절한 행동에 대한 조사가 진행 중인데 어디까지나 오해고 금방 해결될 것이라고 둘러댔을 때에는 몹시 분노했다. 로렌은 결과가 나올 때까지 기다리고 싶지 않았다. 남편을 다락방으로 올려 보내고 그 뒤에다 대고 "속이 다 시원하다!"라고 소리쳤다.

"뭐라고?" 다음 남편이 사다리를 내려오며 물었다.

다음 세 명의 남편은 문제를 발견하는 즉시 바로 올려보냈다. 그래서 한 명은 사다리를 내려오기도 전에 올라가야 했다. 아담은 3주나 머물렀고 결혼기념일까지 같이 보냈는데 그런 나의 신뢰를 무너뜨리다니 화가 치밀어 올랐다. 수염을 과하게 기른 남편, 바로 올려 보냈다. 내 은행 계좌가 마이너스일 때도 올려 보냈다.

당신이 행복하다니 기뻐. 남편들이 하나같이 별로야. 보하이에게 문자를 보냈다. 그때 다락방에서 달그락거리는 소리가 들렸다.

보하이의 답장을 기다리는데 다음 남편이 사다리를 내려오다가 그만

401

미끄러지고 말았다.

순식간에 일어난 일이었다. 발, 다리가 보이기 시작하는가 싶더니 순식간에 몸이 공중으로 붕 떴다가 사다리의 경사면을 따라 미끄러지며 바닥에 떨어졌다. 그가 소리를 질렀다.

로렌은 그 모습을 멍하니 쳐다봤다.

그가 몸을 일으켜 세우려고 했다. 조금 일어나는가 싶더니 이내 다시 바닥으로 곤두박질쳤다. 그러더니 숨을 헐떡이며 사다리 발판을 움켜잡았다.

괜찮을까? 구급차를 불러야 할까? 로렌은 과거에 응급처치 과정을 수료한 적이 있다. 하지만 그건 원래 생에서의 일이다. 지금 생에서도 그 과정을 수료했는지 확실치 않았다. 위험 요소 확인 및 제거, 반응 확인, 기도 확보, 호흡 확인. 위험 요소는 없었고 반응도 있었다. 하지만 환자가 의식이 있을 때 무엇을 해야 하는지 기억나지 않았다.

"빌어먹을!" 그가 숨을 몰아쉬며 말했다. "젠장, 괜찮겠지." 그가 거칠게 숨을 몰아쉬며 사다리를 잡고 천천히 힘겹게 일어나 조심스럽게 손을 놓았다. "괜찮은 것 같아." 그가 다시 사다리를 잡고 발을 내려다보며 발가락을 움직였다.

"다행이야." 로렌이 말했다.

"그런데." 남편의 시선이 아래로 향했다. 그의 바지에 진한 얼룩이 생겼다. 바지에 실례를 한 것이다. 좋은 징조로 보이지 않았다.

"놀라서 그런 거야?" 그녀가 물었다.

다락방에서 남편들이 내려와

"아마도."

그가 다치지 않았다면 다시 다락방에 올려 보냈을 텐데 지금 다시 올라가라고 할 수는 없는 상황이었다. "마리암이 집에 있는지 보고 올게. 당신은… 앉아있어야 하나?"

"아무래도." 그가 서서히 몸을 낮췄다.

마침 집에 있던 마리암이 토비와 함께 바로 올라왔다. 마리암이 남편 옆에 쪼그리고 앉더니 숨을 깊게 들이쉬고 내쉬라고 했다. 그러곤 만져도 괜찮냐고 물은 뒤 그의 손을 잡았다. 이런 건 마리암의 전문 분야다. 토비는 자신이 아무런 도움을 줄 수 없다고 생각했는지 차를 끓여 오겠다고 했다.

"과도하게 움직이려고 하지 마." 마리암이 말했다. "어디가 부러졌는지 찾아야 해. 치료가 필요해. 가만히 있어."

토비가 한 손엔 차가 담긴 컵, 다른 한 손엔 스푼을 들고 주방에서 나와 컵을 내밀었다. 하지만 마리암도 남편도 차에는 관심이 없었다. "좋아. 숨을 들이쉬어."

하는 수 없이 로렌이 컵을 받아들며 말했다. "고마워."

"그래, 고마워." 토비가 말했다.

"구급차를 부르자. 병원에 가서 확인해야 해." 마리암이 목소리를 높여 말했다. "토비, 전화 좀 걸어줘. 스피커폰으로."

토비가 스푼을 들고 어쩔 줄 몰라 하자 로렌이 스푼을 받아들었다. 토비가 휴대폰을 꺼내 전화를 걸었다.

"안녕하세요." 전화가 연결되자 마리암이 말했다. "상황을 설명하자면 저는 의사고 제 친구가 사고를 당했어요. 성인 남성이 다락방에서 내려오다가 사다리에서 미끄러졌고 방광 조절 능력을 상실했습니다." 로렌이 남편의 청바지에 묻은 짙은 얼룩을 다시 쳐다봤다. "통증이 심하고 골절 가능성이 보입니다." 마리암이 로렌은 알아듣지 못하는 몇몇 단어들을 섞어가며 무엇이 문제고 어떻게 처리해야 하는지 설명했다. "네. 움직이지 않게 지켜보고 있습니다. 아니요. 여기는 2층이고 계단이 좁고 가파릅니다."

만약 누군가 마리암이 좋은 의사냐고 물었더라면 로렌은 그렇다고 대답했을 것이다. 하지만 마리암이 실제로 위기 상황에서 얼마나 효율적으로 움직이고, 집중하고, 주변 사람들의 도움을 끌어내는지는 알지 못했다.

구급차가 빠르게 도착했다. 아마도 마리암의 전문적인 전화 통화 덕분일 것이다. 남편이 들것에 실려 아래층으로 내려갔다. 마리암이 따라나섰다. "보호자신가요?" 구급대원이 마리암에게 물었다. 로렌은 마음속으로 '그 사람 남편은 더 잘생겼어요. 하긴 사다리에서 떨어져 고통스러워하며 누워있는데 잘생겨 보이기는 어렵죠.'라고 대답했다.

"아니요. 저는 아래층에 사는 이웃이에요." 마리암이 로렌에게 물었다. "로렌, 네가 구급차를 타고 갈래? 아니면 내가 타고 가고 네가 따로 병원으로 올래?"

"네가 타고 가. 그게 좋을 것 같아."

"괜찮을 거야." 마리암이 로렌을 안심시켰다. 로렌이 구급차 뒤쪽에 실린 남편을 바라봤다. 이만하길 다행이었다.

구급차가 출발했다. "우버를 부를게." 토비가 말했다.

"응. 그런데 잠깐만 숨 좀 돌리고, 아까 그 차라도 한 잔 마셔야겠어. 잠시 시간이 좀 필요해."

차가 미지근했다. 하지만 일단 한 모금 마셨다. 사다리는 원래 자리에서 살짝 벗어나 있었고 사다리를 올리고 내리는 부분이 틀어져 있었다.

이게 무슨 날벼락이란 말인가?

"새로 끓여 올까?" 토비가 물었다.

"응?"

토비가 컵을 가리켰다.

"괜찮아. 그냥 마실게."

토비가 안절부절못했다. "앉아. 얼마나 놀랐겠어. 마리암이 치료 잘 받을 수 있도록 도와줄 거야." 정작 진정할 사람은 토비였다. 그런데도 토비는 로렌을 달래주려고 애썼다.

"그래." 로렌은 자신이 얼마나 놀랐는지 생각해 봤다.

확실히 겁이 나기도 했고 놀라기도 했다. 하지만 불안한가? 아니면 남편이 걱정되는가?

차를 한 모금 마셨다. 병원에 가야 했다. 거실을 바라봤다. 벽이며 천장이 노란색이었다. 그리고 거실엔 간신히 들어간 커다란 L자형 소파가 있었다. 식물 친구가 사라진 자리에는 비슷한 크기의 선인장 모양 장식품이 환하게 빛나며 낯설기만 한 집을 더 낯설게 만들었다. 슬리퍼를 내려다봤다. 밖에 나갔다 와서 그런지 더러웠다. 그 자리에서 슬리퍼를 벗었다. 그러자 발밑으로 카펫의 뽀송뽀송한 털이 느껴졌다. 양말을 신어야 할 것 같았다.

토비가 초조하게 기다렸다.

"주방에 가서 보온병 좀 찾아줄래? 아마 찬장에 있을 거야." 로렌이 컵을 건네며 말했다. 사실 이번 생에 집에 보온병이 있는지 없는지 모른다. 다만 몇 분 동안이라도 토비의 신경을 딴 데로 돌리고 싶었다. 양말을 신으러 침실로 갔다. 소파가 거실을 점령했듯 공간에 비해 큰 침대가 침실을 점령했고, 침대 위에는 베개가 높이 쌓여있었다. 복도에는 신발장이 있고 그 위에는 신발들이 있었다.

남편의 지갑, 충전기, 거실에 펼쳐진 책. "텀블러밖에 못 찾겠어." 토비가 텀블러를 들어 보이며 말했다.

"그거면 돼." 바지를 찾았다. "이제 택시를 불러 줘." 쇼핑백에 바지와 속옷, 셔츠를 담았다. 싹 다 갈아입고 싶을 것이다.

"4분 안에 도착한대. 정말 이거 그냥 마실 거야?" 그녀가 주방으로 들어가자 토비가 물었다. 그러곤 깔때기를 꺼내 컵에 있던 차를 텀블러에 부었다. "다 식었어."

"괜찮아." 로렌은 들은 척 만 척했다. 칫솔을 챙겨야 했다. 하지만 어느 것이 남편 것일까? 칫솔은 정말 끝나지 않는 숙제다.

차라리 발목 잡아당기기를 좋아했던 남편을 보내지 말았어야 했다.

다락방에서 남편들이 내려와

40

택시를 타고 오는 내내 토비가 로렌을 안심시켰다. 그녀는 위로가 필요치 않았다. 그럼에도 불구하고 토비의 그런 노력이 싫지는 않았다. 솔직히 한 손에는 빈 머그잔을, 다른 한 손에는 텀블러를 들고 누군가를 위로하기란 쉽지 않은 일이다.

병원에 도착해서 접수대로 갔다. "제 남편이 구급차로 실려 왔어요. 다락방에서 내려오다가 떨어졌거든요." 로렌이 말했다.

"남편분 이름이 어떻게 되죠?"

맙소사! "잠시만요." 그녀가 허둥대며 지갑을 찾았다.

"잭 애프론이에요." 옆에 있던 토비가 남편의 이름을 말했지만 믿을 수가 없었다.

로렌이 지갑을 열었다. 이런!

"배우 이름이랑 철자가 달라요." 토비가 그녀가 꺼낸 직불 카드를 보면서 덧붙였다. "잭이 아니고 젝이고, 에가 아니고 애에요, 젝 애프론."

"네. 지금 진료 중이에요. 잠시 앉아 계세요. 곧 들어갈 수 있을 거예요." 접수대의 여자가 말했다.

"차 줄까?" 토비가 텀블러를 건넸다. 차가 미적지근했다.

"고마워. 그만 가봐. 난 괜찮아. 그리고 젝도 괜찮을 거야."

"같이 있어줄게."

식어버린 차를 마신 후 화장실로 들어가 빠르게 검색했지만, 젝 애프론을 검색하기가 쉽지 않았다. 아무리 젝 애프론이라고 입력해도 자꾸만 배우 잭 에프론으로 인식했다. 잭 에프론을 검색하면서 맞춤법을 틀리는 사람들 때문일 것이다.

대기실 분위기는 지루하고 끔찍했다. 걱정하는 가족들. 숨죽여 우는 남자. 검고 긴 머리의 10대 여자애는 무릎에 팔을 얹고 거기에 얼굴을 처박고 있었다. 통화하는 사람도 있었다. "아니야, 괜찮아. 괜찮을 거야. 그냥 몇 바늘만 꿰매면 돼."

토비가 대기실 안을 왔다 갔다 하더니 구석으로 돌아나가 과일 젤리 한 봉지를 가져왔다. 그러곤 봉지를 뜯어 젤리를 색깔별로 분류했다.

"괜찮아?" 로렌이 물었다. 토비가 빨간색 젤리부터 먹기 시작했다.

"응. 마리암이 그러는데 괜찮을 거래."

로렌이 봐온 산만한 마리암과 실제 의사로서 마리암의 모습을 연결

다락방에서 남편들이 내려와

해 보려고 했다. 남편을 계속 바꾸다 보면 로렌도 그런 특별한 직업을 가진 생을 만날 수 있을까 궁금했다. 의사, 과학자, 도시의 기아 문제를 해결하는 정치인이 되는 그런 생을 만날 수 있을까?

토비가 오렌지색 젤리를 먹을 때 병원 유니폼을 입은 사람이 문에서 로렌을 불렀다. "잭 애프론 씨 보호자분 계세요?"

토비가 젤리를 봉지에 쓸어 담았다. 토비와 함께 문 쪽으로 갔다. "이쪽으로 오세요. 응급실에서 척추 부상병동으로 옮겼습니다."

척추? 로렌은 자신이 과학자가 돼 사과 껍질로 효율성이 높은 태양광 패널을 만드는 상상을 하고 있었기에 척추 부상은 생각지도 못했다.

"골절은 됐지만 심각한 정도는 아닙니다." 안내하던 여자가 말했다. "척추 부상이라는 말에 놀라셨겠지만 상태가 생각만큼 나쁘진 않습니다. 내일 아침 수술을 받고 1~2주 정도 입원해야 할 거예요. 뼈가 부서지거나 조각난 게 아니라서 완전하게 회복될 거고요."

1~2주라니! 병원에서 나오는 데만 2주를 기다려야 한다니!

"지금은 진통제 맞고 잠드셨어요. 들어가서도 깨우지 마세요."

"네." 당황한 내색을 비추지 않으려고 애썼다. "그럼 지금은 들어가지 않는 게 더 나을 것 같아요. 집에 갔다가 아침에 다시 와도 될까요?"

"그럼요. 그게 더 나을 것 같네요." 여자가 로렌을 안심시키려는 듯 미소를 지어 보였다.

토비, 마리암과 함께 택시를 타고 집에 돌아오니 거의 두 시가 다 됐다. 토비가 차를 마시겠냐고 물었다. 고맙게도 마리암이 나서서 그냥 자게 두자며 차를 끓이고 싶으면 자기나 한 잔 끓여 달라고 했다.

복도에는 사다리가 제자리를 벗어난 채 틀어져 있었다. 사다리를 밀어봤지만 좀처럼 접히지 않았다.

로렌이 침대 한가운데 드러누웠다. 방 크기에 비해 너무 컸다. 보하이와는 여전히 어색했다. 하지만 보하이 말고는 어디 말할 데가 없었다. 그곳은 정오쯤 됐을 것 같아 보하이에게 문자를 보냈다.

남편 이름이 젝 애프론이래. 이름이 중요한 게 아니겠지만 그의 부상은 생각하고 싶지 않았다.

세상에, 잭 에프론이랑 닮았어?

전혀. 백인에 갈색 머리이긴 해. 병원에 있어. 그래서 최상의 모습은 아닐 거야.

뭐라고!!!! 또 남편한테 마약을 먹인 거야? 로즈, 우리 그 문제에 대해 얘기했잖아.

다락방에서 내려오다가 떨어졌어.

!!! 남편은 괜찮아?

모르겠어. 남편은 괜찮을까? 로렌은 이 문제에 대해 좀 더 생각해 봤다. 도통 잠이 오지 않아 뒤척이다가 잠이 들었다.

젝은 인기쟁이였다. 입원한 열흘 동안 젝의 친구들과 로렌의 친구들이 다녀갔다. 그의 어머니도 와서 머리를 쓰다듬어 주고 갔다. 침대 한쪽에는 초콜릿 상자가 쌓였고 로렌의 엄마는 가슴에 하트가 있고 그 안에 '해피 이스터'라고 새겨진 엄청 큰 노란색 테디베어 인형을 보냈다. 나탈리가 와서 마그다를 침대로 들어 올리자 마그다가 애원하는 듯 손을 흔들며 젝의 이름을 더듬더듬 말했다. 젝은 일반 병실로 옮겨졌다. 다른 환자들에게 방해가 될 정도로 끊임없이 손님이 찾아왔고 의료진들과 초콜릿을 나눠 먹기도 했다. 척추에 심각한 손상을 입은 많은 환자들이 자살 시도를 한다는데 젝은 그럴 위험은 없어 보였다. 로렌은 병실로 들어갈 때마다 자살 같은 생각을 하지 않으려고 애썼다.

의사가 찾아와 젝의 상태를 설명해 줬다. 로렌은 아내답게 젝의 손을 잡아줄까 하다가 그냥 의사가 하는 말을 받아 적었다.

회사에서 며칠간 휴가를 줬다. 젝을 좋아하는 직장 동료들이 젝에게 가져가면 좋을 것들을 알려주며 언제 면회를 가도 되냐고 물었다. 자라는 자신의 엄마가 챘다는 모자를 건네며 말했다. "병원이 추울까 봐."

"지금은 여름인데."

"에어컨 바람이 셀 수도 있어요."

이해가 되지 않았다. 젝이 좋은 사람처럼 보이긴 하지만 아무리 그래도 관심이 지나친 것 같았다.

남편은 좀 어때? 보하이에게서 문자가 왔다. 심지어 보하이마저도 그를 걱정했다. 짜증이 올라와 휴대폰을 닫아버렸다.

로렌이 보기에 젝은 내면 세계가 없는 사람 같았다. 어쩌면 진통제의 영향일지도 모르지만. 젝은 눈을 깜빡이며 병실을 둘러보다가 사람들과 눈이 마주치면 즐거워했다. 로렌이 무언가를 가져다주면 신났다가 또 금방 싫증을 냈다. 자극에 빠르게 반응했고 다친 척추에 대해서도 당황스러우리만치 해맑았다. "괜찮대!"

젝의 가족들 역시 밝고 긍정적이었다. 하지만 재미는 없었다.

열흘이 지나 퇴원했다. 젝은 역시 재미가 없었다. 큰 소파에 누워 소변통에 소변을 보고 미안한 기색으로 로렌에게 소변통을 건네면 그녀가 받아 비웠다. 적어도 몇 주 동안은 가능한 한 벽에 등을 기대고 있어야 했기 때문에 고개를 돌리지 않고도 TV를 볼 수 있도록 토비가 그의 머리 위에 아이패드를 설치해 줬다.

젝이 왜 이렇게 사랑을 받는지 도무지 알 수가 없었다. 그는 로렌이 만들어 준 샌드위치를 먹으며 팟캐스트를 듣는, 아무런 존재감이 느껴지지 않는 사람이었다. 그녀가 출근하는 날에는 문을 열어두었다. 그러면 토비가 올라와 젝의 상태를 확인하고 점심을 먹으며 말동무가 돼줬다. 로렌이 할 일을 대신해 주는 토비에게 고마워야 했지만 마음 깊은 곳에서 짜증이 밀려왔다. 젝이 집에 오고 며칠 후 나탈리가 카일럽을 데리고 왔다. 카일럽은 평소와 다르게 살짝 긴장한 채 말이 없었다. 카일럽이 손수 만든 카드에 '빨리 나으세요'라고 써서 젝에게 줬다. 카드에 그림을 그리고 그림마다 크게 '젝 이모부'라고 써놓았다. 열기구를 타는 젝, 코끼리를 타는 젝, 빨강 망토를 입고 하늘을 나는 젝. 그것으로도 모자라 나탈리는 외상을 입고 회복 중인 사람들을 어떻게 돌봐줘야 하는지, 회복과 뼈 건강을 돕기 위해 어떤 요리를 해줘야 하는지 일장 연설을 늘어놓았다.

퇴원하고 첫 주는 매일 밤 면으로 된 수건으로 그를 닦아줬다. 남자

다락방에서 남편들이 내려와

의 몸을 닦다니 처음 해보는 일이었다. 먼저 방수 등받이를 닦고, 수건을 바꾼 뒤 성기를 조심스럽게 들어 올리고 사타구니와 엉덩이 주변을 닦았다. 어느 날 밤 그의 성기가 꿈틀하고 발기하는가 싶더니 이내 가라앉았다.

"아무래도 이게 필요한가 봐. 응?" 로렌이 그의 성기를 가리키며 자위 동작을 흉내 냈다.

"아니. 아직은 아닌 것 같아. 물어봐 줘서 고마워."

젝은 무척이나 고마워했다. 끊임없이 "고마워, 사랑해. 당신이 이렇게까지 해주다니. 도대체 어떻게 하다가 떨어진 건지 모르겠어. 난 바본가봐"라고 말했다.

하루 정도는 짜증을 내거나 화를 내기를 바랐다. 하지만 젝은 로렌의 보살핌에 애처로울 만큼 고마워했고 끊임없이 그녀에게 밖에 나가서 즐거운 시간을 보내라고 했다. 무엇보다 짜증 나는 일은 손님들이 끊이지 않아 계속해서 커피를 내리고 비스킷을 준비해야 한다는 거였다. 냉장고엔 그들이 가져온 정성 어린 라자냐가 들어갈 자리를 만들어야 하고, 선반이 넘쳐나도록 받은 꽃 때문에 화병으로 쓸 맥주잔이나 잼 병을 찾아야 했다.

사다리를 고치기 위해 사람을 불렀다. 그런데 그 사람조차 거실에 놓인 안락의자에 앉아 남편과 대화를 나누고 나중에 몸이 다 나으면 하라고 스트레칭을 가르쳐 줬다. 그래도 이제 사다리는 제대로 올라가고 내려갔다. 로렌이 사다리를 내려 곧장 다락방으로 올라갔다. 이제 더 이상

중간에 멈추거나 하지 않았다. 손을 들어 전구가 여전히 지직직 소리를 내는지 확인했다.

***

잭은 오디오북을 듣거나 낮잠을 잤다. 그리고 가끔 방금 본 시트콤을 다시 보며 "다시 보면 마음이 편해"라고 말했다.

시간이 지나자 잭 에프론의 모든 영화를 차례대로 보기 시작했다. "잭 에프론 영화는 한 번도 본 적 없었거든. 그런데 이제 볼 때가 된 것 같아서. 이 장면이 정말 끝내줘." 그가 정지된 화면을 가리켰다. 〈하이 스쿨 뮤지컬 2〉의 중반쯤 나오는 야구장에서 춤추는 장면이었다. 잭은 강력 진통제인 코데인을 복용했다. 앞으로 석 달은 더 복용해야 했다. 하지만 그렇게 두지 않을 것이다. 다락방에 올라갈 수 있을 만큼 움직이기만 하면 바로 올려 보낼 생각이다.

잭이 나쁜 남편이라서가 아니다. 바지에 실수만 하지 않았더라면 충분히 귀여운 인상이었다. 친구도 많고 가족들도 화목해 보였다. 잭이 다친 덕분에 토비와 마리암을 더 자주 보게 됐지만, 사실 그들은 잭의 재미없는 농담에 웃어주고 이사가 어떻게 진행되는지 보고하기보다 그 시간에 짐을 하나라도 더 싸야 했다. 어느 날 오후 토비가 잭에게 말했다. "괜찮은 곳을 찾았어. 병원까지 거리가 여기 반밖에 안 돼. 집도 괜찮아. 이 집이랑도 가까워." 그들이 안심시킬 사람은 잭이 아니라 나여야 했다.

다락방에서 남편들이 내려와

토비가 가까이 살며 가끔 들러 인사할 사람도 나여야 했다.

평소 같으면 멀다고 남쪽으론 잘 오지 않는 엘레나마저 아몬드 비스킷을 한 쟁반 들고 찾아왔다. "기차에서 죽는 줄 알았잖아. 들고 오는 건 문제가 아닌데 한 개만 먹어봐도 되냐고 농담을 하질 않나, 들어준다고 하질 않나, 모자라지 않겠냐고 하질 않나 사람들이 죄다 한마디씩 거드는 거야. 진짜 사우스 런던은 별로라니까. 북쪽 사람들은 아무한테나 말을 걸지 않는다고."

"비스킷을 먹고 싶으면 척추 정도는 부러뜨려야 한다고 말하지 그랬어?" 남편이 말했다.

"그래, 맞아! 그렇게 말해 줄걸."

젝은 로렌이 좋아하는 스타일이 아니다. 키가 크고 마른 타입도 아니고 작고 단단한 타입도 아니다. 자신감 넘치거나 예민한 타입도 아니고 심지어 독특한 취미가 있는 것도 아니다. 그녀는 점차 거실을 젝과 친구들에게 넘겨주고 침실에서 대부분의 시간을 보냈다. 열흘간은 로렌이 소변통을 비웠지만, 마침내 젝이 자리에서 일어나 조금씩 움직일 수 있게 되면서 자기가 비우겠다고 했다. 하지만 말만 그렇게 해놓고 소파 아래에 숨겨놓았다가 이틀이 지나 꽉 차서 어쩔 수 없게 되면 로렌이 비웠다. 그러면 젝은 그제야 미안하다고 했다.

로렌은 거의 매일 출근했다. 그리고 혼자만의 시간을 갖기 위해 다들 퇴근한 5시 이후에 사무실에 남았다. 가끔은 엘레나네 동네까지 가서 오래된 화물 컨테이너에서 하는 댄스 수업을 듣기도 했다. 그러다가 엘레나가 젝의 안부를 묻거나 롭이 젝이 좋아할 것 같다며 책을 건네면 속이 부글부글하는 걸 꾹 참았다.

"이번 주만 벌써 세 번째야." 엘레나가 말했다. "차라리 이사를 해. 할머니가 주신 집이라고 해서 평생 노우드 정션에 살 필요는 없잖아. 우리 아랫집이 매물로 나왔어. 잘 생각해 봐. 빅토리아 라인 주변에 산다고 생각해 보라고. 게다가 지상철로 리버풀 스트리트까지 15분이면 돼!"

외곽지역에 사는 사람들이 주로 하는 말이다. 외곽지역에 사는 사람들은 시내로 들어가는 여러 가지 방법을 늘어놓는다. "런던 브릿지까지 직행을 타면 12분이야." 로렌이 말했다. 노우드 정션에 사는 사람들이 으레 하는 말이었다.

리버풀 스트리트나 런던 브릿지 모두 도심 중심부로 들어가기에 편리하다고들 하지만 역에서 로렌의 집까지 가는 길은 여간 불편한 게 아니다. 엘레나의 제안을 생각해 봤다. 집을 팔면 남편이 계속 바뀌는 삶에서 벗어날 수 있을 것이다. 하지만 남편에게 마약을 먹여 예전 집에 무단침입하게 될지도 모를 일이다.

집을 팔면 젝을 돌려보낼 수가 없다.

지금껏 남편을 만날 때마다 한 가지를 찾으려고 노력했다. 내가 사랑하고 나를 사랑하는 사람. 하지만 젝과 함께일 땐 소변통이나 나를 뿐이었다. 그런데도 죄책감은 사그라지지 않았다. 이 상황이 모두 자신의 잘못 같았다.

다락방에서 남편들이 내려와

41

한 가지 분명한 사실은 젝이 서서히 회복돼 조금씩 집 안에서 움직이기 시작했다는 것이다. 그런데 다치면서 겉으로 보이는 것보다 마음의 충격이 훨씬 더 컸던 모양이다.

젝은 겁을 먹었다.

그래서 다락방에 올라가고 싶어 하지 않았다.

다른 때 같았으면 다락방에 물이 샌다든지, 아니면 사다리 끝에서 다쳤다고 거짓말을 하며 울면서 도움을 청했을 것이다. 하지만 젝은 토비, 마리암과 아주 친하게 지내다 보니 그들에게 연락할 게 뻔했고, 그들은 친구를 돕겠다는 열정으로 달려올 것이다. 친구는 내가 먼저였다. 그들이 도와야 할 사람은 나였다! 어쩌다 보니 젝은 길 건너에 사는 가족과도 친구가 됐고, 계속해서 우리 집 쓰레기 수거통을 빌리는 세 집 건너 사는 남자와도 친하게 지냈다. 마리암과 토비가 이사를 간다고 해도 그들에게 도움을 요청할 게 뻔했다.

결국 기다리는 수밖에 방법이 없었다. 양심상 아모스에게 했던 짓을 또다시 할 순 없었다. 더군다나 젝은 강력한 진통제를 복용한다.

보하이가 몇 주 동안 런던에 머물게 됐다. 아직은 법적으로 다른 사람과 결혼한 상태여서 아내가 아닌 여자친구와 함께 왔다. 여자친구의 이름은 로렐이었다. 그 이름을 듣는 순간 뭔가 기분이 묘했다.

"로렌." 처음 만난 날 로렐이 말했다. "나는 왠지 당신이 친숙해요, 커피를 주문할 때면 바리스타들이 매번 내 컵에 로렌이라고 적거든요." 그 농담은 재미있지도, 거슬리지도 않았다. 어쩌면 그런 애매모호한 면 때문에 두 사람이 잘 어울리는 건가 싶었다.

네 사람은 흐린 날씨에 마당에 앉아있었다. "둘은 어떻게 아는 사이야?" 젝이 물었다. 젝은 이제 막 밖으로 나오기 시작했다. 마당에 나와 가만히 서있거나 길 끝까지 걸어갔다가 돌아오곤 했다. 여전히 보조기를 찼고 계단을 오르내릴 때는 아주 천천히 조심조심 걸었다.

"내가 예전에 런던에 살았어. 그때 같이 살던 사람을 통해서 로렌을 알게 됐어."

로렐은 세련된 사람이었다. 오후 내내 휴대폰을 한 번도 들여다보지 않고 헤어스타일도 아주 깔끔했다. 말을 할 때도 "음"이나 "어", "아니 뭐" 같은 말 없이 신중하고 완벽하게 한 문장으로 말했다. 로렐 역시 젝

다락방에서 남편들이 내려와

과 친해졌다.

"이번 남편은 정말 괜찮아 보이는데." 비스킷과 차를 더 가지러 주방으로 들어가는데 보하이가 따라 들어오며 말했다. "내 말은, 좀 재미는 없긴 한데. 그런 사람 좋아하잖아, 안 그래?"

"당신 여자친구도 괜찮아 보여." 말은 그렇게 했지만 로렌은 확신이 없었다.

"맞아. 정말 괜찮아. 결혼식을 성대하게 하려고. 당신도 올 거지? 당신이 축사를 해주면 좋을 것 같아. 지금 당장은 아니고 나중에. 일단 이혼부터 해야 하니까 아마도 내년 여름 끝 무렵이 되지 않을까 싶어. 시드니에서 할 것 같아. 당신은 박쥐 때문에 싫겠다."

"저기." 로렌이 접시에 비스킷을 담으며 말했다. "로렐이 괜찮은 사람인 건 알겠어. 그런데 600명의 파트너와 비교했을 때 그 정도로 멋진 사람이야? 이혼까지 하고 처음부터 새롭게 시작할 만큼?"

보하이가 어깨를 으쓱했다. "나도 잘 모르겠어. 어쩌면 그럴 수도 있지 않을까? 수많은 배우자 가운데 하나쯤은 최고가 있어야 하잖아. 그게 로렐인 거지." 그가 달라진 벽장을 들여다봤다. "네 새 남편과 이 벽장을 보니 기분이 이상하네. 나는 내 예전 집으로 돌아가지 못할 텐데."

"진짜 이유가 뭐야?" 두 사람은 많은 시간을 들여 포스트잇을 작성했었다. 그런데 이렇게 갑자기 아내도 아닌 누군가와 정착하려 한다니.

보하이가 대답을 하려고 입을 열었다. "좋아. 그게… 당신도 알겠지만. 남편들을 만나면서 그런 적 있었을 거야. 당신을 행복하게 만들고,

당신이 운이 좋은 사람이라고 느끼게 만드는 그런 사람."

"예를 들면? 구체적으로 어떤 거?"

"로렐 같은 경우에는, 음. 세 가지가 있어. 첫 번째는 음악 취향이 최악이라는 거야. 아주 끔찍해. 그게 왜 매력적인지는 나도 모르겠어. 어쨌든 그래. 잭도 그랬어. 한번은 집에 왔는데 잭이 유튜브에서 1970년대 광고 음악을 듣고 있지 뭐야. 어쩌면 남들 신경 안 쓰고 자신이 좋아하는 걸 즐기는 모습에서 매력을 느끼는 건지도? 정말 잘 모르겠어."

"이상한 음악 취향. 그다음은?"

"음, 두 번째는 로렐이 펜싱을 해. 당신이 펜싱 잘하는 사람을 본 적이 있는지 모르겠지만, 경기가 끝나면 헬멧을 벗어. 머리는 헝클어진 채 숨을 헐떡이는 모습이 매력적이라고나 할까? 그게, 음, 솔직히 공공장소에서 그런 행동을 하면 안 될 것 같단 말이지."

보하이는 포스트잇에 이상적 배우자의 조건으로 취미에 관한 것은 언급도 하지 않았었다.

"그리고 마지막으로, 로렐은 내가 나쁜 생각을 하면 알아차려. 말하지 않아도 알아."

"내가 장담하는데 당신이 벽장에서 나와서 그녀의 삶으로 들어갔다면 이렇게까지 열정적이진 않았을 거야. 당신이 그렇다고 생각하니까 그런 거지."

"그럴지도 모르지. 어쨌든 잘되고 있잖아, 안 그래?"

로렌이 고개를 저으며 자신이 한 말을 바로잡으려고 했다. "미안해.

내가 지금 바보 같은 소리를 했지?"

"모르겠어. 그런 것 같기도 하고."

일단 말을 꺼냈으니 마무리를 지어야 했다. 지난번 아모스 일로 도움을 요청했을 때 보하이가 휴가 중이라고 말했지만, 사실은 자신이 있는 세상, 다시 말해 로렐을 떠나고 싶지 않았던 거라는 생각을 떨칠 수가 없었다. "그때 정말 집에서 3시간 거리에 있었어?" 로렐이 물었다. "내가 도와달라고 전화했을 때 말이야. 거짓말이었대도 괜찮아."

"아, 당신이 그 남자를 다락방에 올려보내려고 했을 때? 응, 그랬어. 해변에 있었어. 당신이 의심하는 건 당연해." 보하이가 창밖으로 마당을 내려다봤다. 마당에는 로렐과 젝이 여전히 이야기를 나누고 있었다. "변명할 생각은 없어. 로렐을 만난 지 얼마 안 된 데다가 그녀를 많이 좋아하던 때였어."

잠시 침묵이 흘렀다. "당신이 '누군가'를 찾아서 기뻐. 이제 우리도 나갈까? 와인이라도 마시는 건 어때?" 로렌이 말했다.

"음, 그게. 이런 말 하긴 좀 이르지만. 에라 모르겠다, 로렐이 마시지 않으면 나도 마시지 않겠다고 약속했어. 그리고—."

"정말? 진짜?"

보하이가 뭔가 쑥스럽지만 뿌듯한 듯 활짝 웃었다. "그게, 있잖아. 일부러 그렇게 하자 계획한 건 아니고, 그냥 어쩌다 보니 해보자 뭐 그렇게 된 거야."

"보하이! 그 말은 이제 아내가 지겹다고 옷장으로 뛰어 들어가 런던에 커피 한잔하러 오는 일은 없을 거란 말이잖아." 로렌은 아직도 보하이가 이렇게 정착한다는 사실이 믿기지 않았다.

"상관없어. 로렐은 엄청난 부자야. 그녀와 그녀의 전 남편이 가상현실을 이용해 특정 냄새를 재현해 내는 헬멧을 개발했어. 성공할 거라곤 기대하지 않았대. 그리고 그 회사를 구글에 팔았어. 우리 런던에 올 때 비즈니스 클래스 타고 왔어. 앞으로 자주 올게."

"우와. 그럼 옷장은 없애버렸어?"

"옷장이라기보다 이불장 같았어. 거기서 기어 나오느라 얼마나 힘들었다고. 사실 아직도 집에 있어. 하지만 집에 돌아가면 바로 부숴버릴 거야. 만약 우리 아이가 숨바꼭질을 하다가 거기 들어가서 다른 부모님을 만나면 어떡해. 어린애가 생기면 그런 위험을 감수할 필요가 없다고 생각해. 우리가 헤어진다면 모를까."

"그런 일은 없을 거야. 뭐야, 아주 행복해 죽네, 죽어."

"내가 당신 많이 아끼는 거 알지?" 보하이가 로렌을 꼭 안으며 말했다.

드디어 젝과 같은 침대에 누웠다. 젝이 손을 내밀었다.

로렌은 소변통을 비우고, 누워서 먹을 수 있는 샌드위치를 만들고, 그를 위해 거실을 내어주고, 땀에 젖은 몸을 닦아줬다. 부부가 오래 같이 살다 보면 어느 한쪽이 다른 한쪽을 위해 이런 일을 하게 되겠지만 적어도 신혼부부가 할 일은 아니었다. 그녀는 몸이 아플 때 누군가 옆에서 간호해 주는 것보다 혼자 있는 게 더 좋았다. 하지만 젝은 그렇지 않았다.

젝은 순진하고 타인을 신뢰하며 도움과 관심을 받는 것이 아픈 사람의 당연한 권리라고 생각했다.

그가 척추를 다쳤다. 그것도 로렌이 만든 세상에서 다락방을 내려오다가.

의사 말로는 척추를 다치는 바람에 키가 1센티 줄었다고 했다. 어느 날 아침, 젝이 진지한 얼굴로 물었다. "내가 당신 발목까지밖에 오지 않는 작은 사람이라면 그래도 나를 사랑할 거야?"

"지금만큼 당신을 사랑할 거야." 거짓말이었다. 로렌은 사람들이 사랑에 대해 절대 거짓말을 하지 않는다는 생각을 버린 지 오래였다. 지금껏 많은 남편들에게 거짓으로 사랑을 이야기했다. 한 명 더 추가된다고 달라질 것은 없었다.

젝이 고맙다는 듯 그녀를 보며 미소 지었다.

"이제 다락방도 다시 올라가고 말도 다시 타야지. 안 그러면 평생 못하게 될지도 몰라."

"음, 그런데 지금은 조심해야 할 것 같아. 조금 더 회복되면 해볼게. 정말이야!"

젝이 회사의 배려로 재택업무를 시작했다. 그는 마치 로렌의 공간을 차지하고는 움직이지 않는 착하고 온순한 카피바라 같았다. 영상에서 보면 사람들이 카피바라의 몸 위에 물건을 올려두는 것처럼 로렌도 젝 위에 그가 늘 먹는 음식이나, 리모컨, 책을 올려놓았다. 그러면 젝은 몇 분간 그대로 두었다가 커피 테이블로 옮겼다. 커피 테이블 위에는 그것 말고도 물건들이 가득 쌓여있었고 로렌이 하루에 한 번 그 위를 치웠다.

"당신을 많이 사랑해." 젝이 로렌을 지그시 바라보며 말했다.

로렌이 그의 어깨를 톡톡 두드리며 대답했다. "당신은 지금 강한 진통제를 먹고 있어. 거기다가 잭 에프론의 〈17 어게인〉을 네 번이나 봤다고."

"당신이 내 아내라서 정말 좋아." 그가 말했다.

로렌이 젝을 사랑했다면 모든 게 수월했을 것이다. 그는 자신이 사다리에서 떨어진 게 그녀 때문이라는 사실을 모른다. 그에게 로렌은 매우 헌신적인 아내였다.

하지만 로렌은 이 어리숙하고 행복에 겨워하는 남편에게 끌리지 않았다.

그녀가 다락방을 다시 언급했다.

"나는 다락방에 가고 싶지 않아." 젝이 말했다.

"급하게 생각하지 마. 방금 읽었는데 다친 곳을 다시 가보는 게 심리적으로 좋다고 하더라고."

"다음 주쯤에 해볼게."

다음 주가 되자 로렌이 사다리를 내렸다. 사다리를 손봐서 이제 부드럽게 잘 내려오는데도 습관적으로 왼쪽으로 당긴 다음 잡아당겼다. 그녀는 위아래 속옷을 맞춰 입고 최대한 유혹적인 목소리로 그를 불렀다.

"자기야, 우리 같이 다락방에 올라가서 둘만의 시간을 가져보자."

"다락방에서?"

"다락방이 어둡잖아. 그리고 뭔가 신비스러운 분위기도 나고."

"나는 아직 좀 그래. 그냥 영화나 보면 어떨까?"

젠장. "그래." 로렌은 반쯤 벌거벗은 채 복도에 서서 말했다. "신경 쓰지 마. 당신이 올라가고 싶을 때 올라가."

엘레나에게 조언을 구할까 싶어 고민을 털어놓았다. 물론 젝이 다락방에 올라가야 하는 진짜 이유는 말할 수 없었다.

"평생 다락방에 올라가지 않으려고 하면 어떡하지? 다락방이 앞으로 쓸모없는 공간이 되면 어떡해?"

"글쎄. 돈을 많이 벌어서 다락방을 침실로 만드는 거야."

맙소사! 상상만으로도 끔찍했다. 그렇게 되면 그를 절대로 보낼 수가 없다.

토비와 마리암은 이제 거의 짐을 다 싼 상태였다. 그들이 나가고 텅 빈 건물에 껍데기 같은 남자와 남겨진다고 생각하니 참을 수가 없었다. 번쩍이는 다락방 불빛 아래 물을 한 양동이 퍼다가 사다리 아래로 들이 붓고 집을 나갔다. 하지만 젝은 천장에 생긴 물 자국과 바닥에 고인 물을 발견하고 수리공을 불렀다. 그러자 수리공은 고개를 갸웃하며 자신도 이유를 모르겠다고 말했다.

"여보, 어떻게 말해야 할지 모르겠는데. 저기, 다락방에 물 말이야, 자기가 그랬어? 수리공이 그러는데 누가 위에서 물을 부은 것 같다는데."

"아니, 그게 무슨 말이야? 무슨 물?"

"내가 말했잖아. 천장에서 물이 떨어진다고."

"내가 왜 그런 짓을 하겠어."

"그냥 당신이 내가 다락방에 올라가길 바라는 것 같다는 생각이 들어서. 내 생각엔 당신이 상담이 필요하지 않을까 싶어. 내가 떨어지는 걸 봐서 그게 트라우마가 됐을지도 모르잖아. 당신이 나를 위해 애써주는 거 정말 고맙게 생각해."

"난 괜찮아. 그리고 당신이 다락방에 가든 안 가든 상관없어."

"알겠어. 당신이 그렇다면야."

이 빌어먹을 남편 같으니라고.

고양이가 갇혔다고 해보는 건 어때? 보하이가 제안했다. **작고 귀여운 고양이가 다락방에 갇혔는데 고양이를 꺼내게 좀 도와달라고 해보는 거야.** 하지만 물이 쏟아졌을 때처럼 젝은 누군가에게 도움을 요청할 게 뻔했다.

좀 더 확실한 방법이 필요했다.

42

다음 날 회사에 병가를 내고 기차표를 산 뒤 펠릭스의 집으로 향했다. 역에서 펠릭스의 집까지는 걸어서 한 시간 거리지만, 머리를 맑게 하기에 안성맞춤이었다.

계획이 있었다. 그리고 그 계획을 실행에 옮길 셈이다.

펠릭스의 집에 도착해 뒷문으로 들어갔다. 수영장을 지나 붉은색 벽을 따라 과수원 쪽으로 갔다. 마음 한편엔 온실 비밀번호가 맞지 않아 다른 방법을 찾게 되기를 바라는 마음도 있었다. '여기 오삼. 이사하고 사고팔아.' 295324498. 딸깍, 문이 열렸다.

빠르게 움직여야 했다. 지난번처럼 두 걸음 만에 들어갔다 나올 수도 없을뿐더러 누군가 카메라로 지켜보고 있을지도 모를 일이다.

전과는 다르게 배치된 온실을 통과해 달라진 게임방으로 올라갔다. 배치가 달라진 것을 보니 현재 펠릭스의 아내가 그녀에 비해 자신의 존재를 강하게 드러내고 있는 게 틀림없었다.

지금 나는 좋은 일을 하는 것이다. 젝은 아직도 등이 아프다고 호소한다. 그뿐만이 아니다. 키가 줄었다고 슬퍼한다. 나는 젝을 원래대로 되돌려주려는 것이다.

바튼의 방으로 들어갔다. 옷장을 열고 그 안을 살폈다. 책상도 살펴봤지만, 총알 상자만 있었다. 침대 발치에 있는 상자를 열었다. 찾았다. 공기총! 담을 만한 것이 보이지 않았다. 베갯잇을 벗겨 그 안에 공기총을 밀어 넣었다. 하지만 총구 끝이 밖으로 살짝 삐져나왔다.

아무리 가짜라고 해도 큰 총을 들고 있으니 기분이 이상했다.

이제 가능한 한 빨리 계단을 내려가야 했다. 그런데 총이 너무 눈에 띄었다. 밖으로 나오자마자 정원용 창고에서 갈퀴를 꺼내 총과 함께 묶었다. 하지만 눈에 더 띌 것 같아 갈퀴를 내려놓았다.

헬스장이 보였다. 그곳에 총을 숨기기에 적합한 게 있을지도 모른다. 비밀번호를 입력하고 첫 번째 방으로 들어갔다. 배드민턴 라켓 가방이 보였다. 라켓을 꺼내고 그 안에 공기총을 밀어 넣었다.

그런 다음 목욕 가운을 가져와 튀어나온 부분을 감쌌다. 그때 소리가 들렸다.

그녀가 고개를 들었다.

수영장 문이 열리고 검은 머리를 뒤로 올려 묶은 여자가 비키니를 입

다락방에서 남편들이 내려와

고 들어왔다.

이 집의 새 주인일 것이다. "세탁물 수거 중이에요." 로렌이 말했다.

"세탁물 수거는 화요일이잖아요." 비키니를 입은 여자가 아주 차분하게 말했다.

로렌은 뒤를 돌아 달리기 시작했다. 후다닥 문을 열고 길을 따라 앞만 보고 있는 힘을 다해 달렸다. 뒤따라오는 소리가 들리지 않았다. 위험을 무릅쓰고 뒤를 살짝 돌아봤다. 아무도 없었다. 여자가 펠릭스나, 경찰, 아니면 보안 회사에 전화를 했을 것이다. 비키니를 입은 여자가 그녀를 쫓아와 공기총을 빼앗아 갈 가능성은 없었다. 이제 주변과 출입문, 마을을 신경 써야 했다. 뒷문에서 방향을 틀어 담장 쪽으로 갔다. 넝쿨을 타고 올라갈 수 있는 벽을 찾았다. 들고 있던 라켓 가방을 담장 너머로 던지고 넝쿨을 잡고 올라가기 시작했다. 중간에 한두 번 정도 미끄러졌지만 할만했다. 맞은편으로 뛰어내리려고 보니 생각보다 높았다. 하지만 주저 없이 뛰어내렸다. 그러다 발이 바닥에 떨어지면서 발목이 꺾였다. 순간 숨이 멎는 것 같았다. 뒤이어 통증이 몰려왔다. 상황이 좋지 않았다.

일단 중요한 것부터 확인했다. 공기총과 공기총을 감싼 목욕 가운. 그거면 됐다.

입구까지 계단이 휘어져 있었다. 입구를 나가면 들판이 나온다. 들판 쪽은 펠릭스의 집에서 보이지 않을 것이다. 담장 벽을 짚고 걸어가면 된다. 하지만 들판에는 소가 아니라 양이 있었다. 그렇다면 상황은 더 나빠질 수도 있다.

입구만 나가도 괜찮을 것 같았다. 반대편 쪽에 잠시 앉아 한숨 돌릴 수 있을 것이다. 목욕 가운 끈을 발목에 묶어 임시 지지대로 삼았다. 기차 시간을 확인하려고 휴대폰을 꺼내려는데ㅡ.

이런. 휴대폰이 없었다.

빌어먹을. 헬스장에 떨어뜨린 모양이다. 여자가 휴대폰을 발견해 경찰에 넘기면 경찰이 잠금을 해제해서 내 이름을 알아낼 것이다.

그렇다면 서둘러야 한다.

기차역까지 걸었다. 빨리 걸을 수가 없었다. 힘들고 고통스러웠다. 마을 변두리에 있는 주택가에 도착했다. 누군가 자신을 찾고 있을 경우를 대비해 머리를 풀고 재킷을 벗었다. 기차역에 도착해 맨 끝에 있는 벤치로 가서 앉았다. 잘못된 선택이었다. 기차가 다른 쪽 끝에서 멈추는 바람에 플랫폼을 따라 공기총이 든 라켓 가방으로 아픈 발을 지지해 가며 절뚝절뚝 서둘러 걸었다.

기차를 타고 가는 내내 불안에 떨었다. 하필이면 완행열차라서 리틀 타핑턴, 퍼블스 같은 처음 듣는 역도 정차했다. 서식스 관할 경찰이 올지 아니면 노우드 정선 관할 경찰이 올지 궁금했다. 하지만 휴대폰이 없으니 체포 과정이 어떻게 되는지 검색할 수가 없었다.

드디어 노우드 정선역에 도착했다. 펠릭스 집에 가 있는 사이 런던에 비가 내렸는지 바닥이 젖고 길이 미끄러웠다. 표를 휴대폰 케이스에 끼워놓았던 터라 역을 나갈 수가 없었다. 결국 다른 사람이 나갈 때를 기다렸다가 그 뒤에 붙어 느리게 움직이는 큰 출입문이 닫히기 전에 서둘러

다락방에서 남편들이 내려와

빠져나왔다. 흥분하지 않고 차분히 움직였다. 이제 끝이 보였다.

집에 도착했다.

계단을 천천히 올라갔다. "여보!" 계단을 거의 다 올라갈 때쯤 젝을 불렀다.

"일찍 왔네." 젝이 말했다.

"응. 사무실이 정전돼서 일찍 퇴근했어." 그녀는 욕실로 들어가 공기총이 든 라켓 가방을 문 뒤에 세워놓고 노트북을 가지러 거실로 갔다.

"목욕 좀 하려고." 젝이 일하는 방을 쳐다보며 말했다. "화장실 쓸 거면 먼저 써."

"난 괜찮아. 급하면 저번에 쓰던 소변통에 하면 돼."

한시라도 빨리 젝을 보내고 싶었다.

욕실 문을 잠그고 물을 틀었다. 욕조에 발을 담그고 50대 남자가 설명하는 공기총 장전법 영상을 틀었다. 공기총이 나무로 된 구식 총이길 바랐다. 그러면 덜 낯설 것 같았다. 하지만 검정색과 초록색의 전술용 손잡이와 지지대를 갖춘 최신식 총이었다. 총을 올렸다 내렸다 해보고 방아쇠 부근에 손가락도 대보며 조심스럽게 만져봤다. 그냥 만지는 것만으로도 몸이 움찔했다. 비키니를 입은 여자가 휴대폰을 발견했을까, 혹시 누군가가 물어볼 게 있다며 초인종을 누르지는 않을까 걱정됐다.

영상을 두 번이나 돌려보고 나니 욕조에 물이 넘쳤다. 망설이면 안 된다는 걸 알지만 잠시 시간을 갖고 싶었다. 아주 잠시만. 옷을 벗고 욕조로 들어가 천천히 몸을 담갔다. 뜨거운 물이 그녀의 몸을 감싸 안았다.

2분 정도 누웠다가 욕조에서 나와 옷을 입었다. 미처 갈아입을 옷을 챙기지 못해서 벗어둔 옷을 다시 입었다. 옷에서 양 냄새가 났지만 그렇다고 알몸으로 총을 들고 나갈 순 없었다.

총이 너무 길고 너무 회색이라서 만지고 싶지 않았다. 보하이에게 문자를 보내 괜찮다고, 잘못된 행동이 아니라는 말을 듣고 싶었다. 하지만 보하이는 자신의 이런 행동을 도덕적으로 지지해 주지 않을 것이다.

"다 돼가?" 문밖에서 소리가 들렸다.

"응." 그녀가 대답했다.

바로 지금이다. 총을 목욕 가운으로 감싼 뒤 문을 열었다. 젝을 향해 미소를 지어 보이자 그가 미소로 답했다. 목욕 가운에 싸인 총을 들고 가능한 한 발목에 무리가 가지 않게 천천히 밖으로 나왔다. 그러자 젝이 욕실로 들어가 문을 닫았다.

복도를 따라 걸어가서 사다리를 내리고 공기총을 감싼 목욕 가운을 벗겼다. 그러곤 거실 입구로 가서 사다리 쪽이 보이게 자리를 잡았다. 맞은편에 욕실 문이 있고 그 뒤로 계단이 보였다. 젝이 달려들지 못하게 해야 했다. 다행히 문간에 기대면 안정적으로 설 수 있었다.

간단하게 끝날 것이다. 지난 며칠 동안 계획을 세우면서 공기총 안내 규칙에 대해 수도 없이 읽었다. 그리고 지금 그 규칙을 어기려고 하고 있다. 젝이 바로 옆에 있지만 않다면 크게 다칠 염려는 없었다. 몇 미터 안 되지만 거실 입구 쪽이 안전거리도 확보되고 복도 전체를 한눈에 볼 수 있어 좋았다. 이제 만반의 준비가 끝났다. 전술적으로 완벽했다.

욕실 문이 열리고 젝이 나왔다. 그녀를 발견하고 잠시 멈칫하더니 눈살을 찌푸렸다.

"거기 서." 로렌이 말했다.

"우와, 물총이 어마어마하게 크네. 어디서 났어?" 젝이 주방으로 걸어갔다. 사정거리에서 벗어났다.

그녀는 문간에 기댄 채 자세를 고쳐 잡고 그가 나올 때를 기다렸다. 잠시 후 젝이 콜라를 들고 주방에서 나왔다.

"이건 물총이 아니라 총이야. 하지만 놀라진 마. 하라는 대로만 하면 쏘지 않아. 다락방에 올라가. 내가 원하는 건 그것뿐이야."

"그거 내려놔. 장난 그만해. 하나도 재미없어." 젝이 말했다.

제발, 젝. 다락방으로 올라가란 말이야. "장난하는 거 아니야. 미안해. 정말 미안한데 잠시 후면 모든 게 다 해결될 거야."

"로렌, 그러지 말고 그 총 내려놔."

장난이 아니라는 걸 보여줘야 했다. 위험한 행동인 것도 알았다. 만약 남편이 그녀에게 총을 겨누며 다락방으로 올라가라고 한다면 공포에 떨며 하라는 대로 했을 것이다. 하지만 젝은 너무나도 평온했고, 너무나도 태평했다. 아직도 진통제에 취해있었다. 총에는 두 개의 총알이 들었다. 총알 하나를 협박용으로 발사하면 그가 다락방으로 올라갈 것이다.

"좋아. 뒤로 물러나. 자, 잘 봐." 그녀가 차분하게 말했다. 젝에게 향했던 총구를 돌려 방아쇠를 당겼다. 방아쇠를 얼마나 세게 당겨야 할지 몰랐다. 하지만 고민이 끝나기도 전에 펑 소리가 났다. 소리는 생각보다 크지 않았다. 하지만 순식간에 총알이 튀어 나가 벽에 걸린 유리 액자에 맞았고 그 바람에 유리가 깨졌다. 젠장, 생각보다 더 위험했다. 지금 하려는 일이 끔찍한 생각인지도 모른다.

하지만 되돌리기엔 너무 늦었다. 그녀가 총구를 돌리자 젝이 공포에 질린 얼굴로 그녀를 바라봤다. "제발 다락방에 올라가. 당신이 다락방에만 올라가면 이 총을 내려놓을 거야. 그리고 경찰을 부를게. 약속해."

"로렌, 로렌." 그가 손을 앞으로 뻗으며 말했다. "이건 미친 짓이야. 제발 쏘지 마."

일이 커져버렸다. 이대로 가다간 오히려 역효과만 날 것이다. "진짜 총이 아니야." 처음부터 말했어야 했다. 젝을 공포에 떨게 할 필요는 없었다. 협박만으로도 충분했다.

"당신이, 당신이 방금 총을 쐈잖아!"

"이건 공기총이야. 그냥 공기총이라고. 하지만 맞으면 아플 거야. 더군다나 당신은 척추를 다쳤어. 그러니까 맞으면 안 돼. 당신에게 총을 쏘고 싶지 않아. 그러니까 다락방에 올라가. 그러면 총을 내려놓을게. 약속해."

그때 소리가 들렸다. 계단 아래쪽 문에서 나는 소리였다.

젝이 양손을 치켜든 채 그녀를 쳐다보며 말했다. "토비일 거야. 냉장고 청소를 했는데 식물성 소시지와 파스타 소스가 있다고 필요하냐고 묻더라고. 그래서 가져다 달라고 했어. 이제 총을 내려놔. 토비가 간 다음에 같이 얘기해 보자. 응?"

화가 치밀었다. 최악의 상황이었다. 토비는 나의 친구다. 그런 토비가 지금 내 끔찍한 남편에게 음식을 가져다주며 내 계획을 망치려 한다. 토비는 젝에게 친절을 베풀지 않고는 하루도 참을 수 없는 걸까? 토비는 왜 이리 오지랖을 떠는 걸까? "돌아가." 그녀가 계단을 올라온 토비에게 소리쳤다. 토비가 내려진 사다리, 총을 든 그녀, 두 손을 치켜든 젝을 보고도 대수롭지 않다는 듯 눈살을 찌푸렸다. 마치 거실에서 왜 이런 장난을 치고 있냐는 듯한 표정이었다.

로렌은 두 사람 모두 시야에 들어오도록 뒤로 물러났다.

그녀의 발이 바닥에 뭉쳐있던 목욕 가운을 밟고 삐끗했다.

그 바람에 넘어지고 말았다.

등 쪽으로 나가떨어지면서 공기총이 발사되고 총알이 그녀의 발 사이를 스쳐 지나갔다. 총알이 지나가면서 아직 축축한 그녀의 엄지발가락을 스쳤고 순식간에 피가 아치형을 그리며 앞뒤로 튀어 올랐다. 그녀가 재빨리 몸을 일으켜 무릎으로 몸을 지탱하고 앉아 총을 다시 들어 올렸다. 젝과 토비는 남은 총알이 없다는 걸 알지 못한다. 그들이 소리를 질렀다. 누군가가 그 소리를 들었을 것이다. 젠장.

로렌이 고개를 들었다. 젝은 그 어느 때보다 창백했고 토비는 계단 쪽으로 물러나 있었다. 락앤락 통이 떨어지면서 그 안에 든 토마토 소스가 카펫에 여기저기 튀었고, 냉동 소시지가 바닥에 나뒹굴었다. 토비가 허벅지 위쪽을 손으로 움켜쥐고 있었다. 손가락 사이로 피가 흘러내렸다. 처음엔 그 피가 자신의 발가락에서 나온 건 줄 알았다. 피가 복도를 가로질러 흘렀다. 토비가 고개를 들었다. 그의 얼굴을 보는 순간 알았다. 피는 자신의 발가락에서 나오는 게 아니었다.

"날 쐈어." 토비가 한쪽 다리로 벽에 기대며 말했다.

"진짜 총알이 아니야." 토비의 얼굴, 피투성이가 된 토비의 손가락. 로렌은 총구가 흔들리지 않게 총을 단단히 잡으려고 애썼다.

이젠 방법은 한 가지뿐이다. 언제나 그랬듯 단 한 가지 방법.

"로렌. 네가 날 쐈어. 내 다리를. 네가 날 쐈어. 이게 무슨, 로렌, 제발, 로렌, 총을 내려놔. 무슨 일인지 모르겠지만, 방법을 찾을 수 있어. 차 한 잔하면서 말로 해결하자."

"그럴 거야. 총을 내려놓을 거야. 젝이 다락방에만 올라가면 바로 내려놓을 거야." 그녀는 다시 한번 마음을 진정시키고 문간에 무릎을 꿇은 채 젝과 토비를 쳐다봤다.

젝은 울고 있었다. 잠시 후면 괜찮아질 것이다. 로렌도 눈물을 흘렸다. 코밑에 콧물이 고이고 뜨거운 눈물이 얼굴을 타고 흐르다 어느새 차갑게 식었다.

"말로 해. 다락방에서 가져와야 할 게 있으면 내가 가져다줄게. 내가 가져올 수 있어. 그러니까 로렌, 제발."

발가락에 통증이 느껴졌다. 토비의 다리, 젝의 창백한 얼굴과 반쯤 벌어진 입.

"안 돼. 젝, 제발. 약속할게. 당신이 다락방에만 올라가면 모든 게 다 해결돼. 지금 당장 다락방에 올라가 줘. 응? 내가, 내가 이렇게 총을 내려

놓을 거야. 당신이 다락방에 올라가는 동안 총을 바닥에 내려놓고 있을
게. 응?'

젝이 주저하며 걸음을 옮겼다.

"그래. 잘하고 있어. 당신은 할 수 있어. 발판에 한 손을 올려놔. 좋아.
그리고 다른 손으로 다음 칸을 잡아."

로렌은 젝이 다락방으로 올라갈 수 있는 공간을 만들기 위해 무릎을
질질 끌며 뒤로 물러섰다. 손에 총을 들고 있었지만, 총구는 바닥을 향하
게 했다. 제발 이 방법이 통하길, 제발, 제발 통하길.

젝이 사다리를 올라갔다.

머리가 다락방 안으로 들어갔다.

그다음 몸이.

그리고 다리가.

로렌은 더 이상 기다릴 수 없어 몸을 돌렸다. 갑자기 무언가가 후다닥
움직였다. 토비였다. 토비가 비틀거리며 그녀를 향해 달려들었다. 이런
등신 머저리 같으니라고, 차를 주는 대신 총을 뺏기로 결정하다니! 하지
만 다행히도 때는 이미 늦었다. 젝의 발이 사라졌다. 이제 0.5초면 된다.
토비가 로렌을 향해 달려들자 그녀가 본능적으로 총을 위로 치켜들어
크게 원을 그리며 휘둘렀다. 잠깐이면 된다. 이내 그녀가 곤봉을 내리치
듯 총을 바닥으로 내려치며 뒤로 넘어졌다. 그러곤 바닥에 나가떨어졌
다. 손에 아무것도 들지 않은 채.

남편이 바뀌었다.

43

됐다.

이젠 됐다. 발가락이 다시 멀쩡해졌다. 몸은 카펫에 누워있고 다리는 몸 아래 깔려있지만, 발가락과 발목은 괜찮았다. 통증이 순식간에 멈췄고 손에는 아무것도 없었다. 펠릭스 집에서 가져온 목욕 가운 뭉치도, 겁에 질린 얼굴로 피에 젖은 발로 절뚝대며 그녀를 향해 달려오던 토비도 보이지 않았다. 다락방에서 들려오던 흐느껴 우는 소리도 더 이상 들리지 않았다. 그저 무엇을 하는지 다락방에서 왔다 갔다 하는 평범한 남편의 발걸음 소리만 들릴 뿐이었다. 평범한 남편의 발걸음 소리만.

다락방의 마법이 통했다.

신선한 공기가 필요했다. 아드레날린, 극심한 공포, 온갖 화학물질이

다락방에서 남편들이 내려와

그녀의 몸속을 빠져나갔다가 새로운 생이 시작되면서 다시 차오르기 시작했다. 이 느낌을 알았다. 전에도 그랬다. 메마른 얼굴에 눈물이 왈칵 쏟아지기 시작했다. 손과 무릎으로 기어가는데 구역질이 올라왔다. 허여멀건 토사물이 쏟아졌다. 카펫이 무슨 죄라고! 몸을 일으켜 세운 뒤 복도를 가로질러 계단을 내려가 집 옆마당으로 뛰어갔다. 두 개의 플라스틱 의자가 보였다. 그중 하나에 몸을 기대고 속을 비워냈다. 메스껍고 어지러웠다. 그때 그녀를 부르는 소리에 고개를 들었다.

토비였다.

"안녕." 토비가 기분 좋게 인사를 건넸다. 또다시 구역질이 났다. 하지만 아무것도 나오지 않았다. "괜찮아?"

"아니, 별로야." 로렌이 고개를 흔들었다. 머리를 맑게 하려고 숨을 들이쉬었다. 그러곤 고개를 들어 토비를 쳐다봤다. 그의 얼굴엔 어처구니없이 자신을 향해 달려들던 모습도, 허벅지에서 떨어지던 피도, 그 어떤 흔적도 찾아볼 수 없었다.

총에 맞으면 토비가 어떻게 행동하는지 그녀는 안다. 하지만 정작 토비는 모른다. 기분이 묘했다.

"차 한잔할래?" 토비가 물었다. "주전자는 마지막에 포장하려고 아직 남겨뒀지." 로렌이 의자 옆 젖은 잔디에 주저앉았다. 웃음이 터져 나왔다. 그리고 이내 눈물이 흘렀다. 그녀가 눈물을 닦으며 말했다.

"그래, 그러자. 차 한 잔 줘."

빈 컵을 들고 잔디에 누웠다. 그때 누군가 다가오는 소리가 들렸다.

누군가 가까이 다가오더니 그녀를 내려다봤다.

익숙한 얼굴이 눈앞에 있었다.

"안녕, 아모스."

"뭐해? 문은 활짝 열어놓고."

"미안."

"토했어? 아니면 그냥 나온 거야? 가스레인지 위에 스프를 올려놨다고 했잖아."

그래, 맞다. 아모스가 만든 렌틸콩이 들어간 호박 수프. 점심에 그걸 먹은 모양이었다. 카펫 위에 오렌지빛 노란 토사물이 말해 줬다. "또 스프를 만드는 거야? 당신은 계피를 너무 많이 넣어."

"그래서 문을 활짝 열어 놓은 거야? 가스불도 안 끄고?"

싸울 힘이 없었다. "깜빡했어. 미안해. 10분 안에 올라가려고 했어." 햇살이 나타나 그녀와 젖은 잔디를 비추었다. 비둘기 한 마리가 무게를 감당하지 못해 휘청이는 나뭇가지에 앉았다. 신발도 신지 않은 맨발이 시리고 축축했다. 몸이 조금 떨리는 것도 같았다. 하지만 발가락은 온전했다.

아모스가 눈살을 찌푸렸다. "토한 건 당신이고 치우는 건 나야?"

"내가 치울게. 10분만. 부탁이야."

그가 로렌을 노려봤다.

"제발." 그녀가 다시 한번 부탁했다.

다락방에서 남편들이 내려와

"네 토사물 옆에서 스프를 먹으라는 말이야?"

"그러든가."

이럴 때 어떻게 해야 하는지 아모스는 모르는 것 같았다.

"제발 나 좀 내버려 둬."

잠시 후 아모스가 집으로 들어갔다.

로렌은 다시 혼자가 됐다.

나뭇잎 몇 개가 노란색과 갈색으로 변하기 시작했다. 가을이 오고 있었다. 초록초록하던 나뭇잎이 끝자락부터 물들기 시작하고 햇살 속에 선선한 기운이 느껴졌다. 여름이 끝나간다. 또 한 번의 여름이. 아담과 펍에 갔고, 젝을 간호했고, 남편을 너무 좋아하는 친구들 때문에 화가 났고, 이웃을 공기총으로 쐈다. 그렇게 몇 달을 지냈고 날씨는 다시 서늘해졌다. 그리고 그녀는 아모스와 결혼했다.

이제 멈춰야 한다.

보하이나 나탈리, 엘레나에게 전화를 하든가, 아니면 메모라도 하려고 주머니에 손을 넣었지만 휴대폰이 없었다. 집 안에 있겠지 싶었다. 서식스에 있는 펠릭스의 집 수영장에 떨구진 않았을 것이다. 주머니에는 휴대폰 대신 도서관 카드, 스틱 설탕 한 봉지, 그리고 스탬프를 반쯤 채운 처음 보는 카페의 적립카드가 있었다.

많은 남편을 만나 여러 생을 살았다. 나빴던 적도 있지만 대부분이 좋았다. 어쩌면 반드시 찾아야 할 단 하나뿐인 최선의 길이란 없는지도 모른다.

마당이 엉망이었다. 무성하게 자란 잡초 위로 들쭉날쭉한 꽃잎을 가진 노란색 꽃 한 무더기가 눈에 띄었다. 엉금엉금 기어가 꽃들을 살펴보다가 어느 한 꽃에서 멈췄다. 생각을 너무 많이 하다 보면 아무것도 할 수 없게 된다. 가장 크고 가장 밝은색 꽃을 골라 줄기 부분을 손톱으로 찍어 눌러 꺾었다.

그러곤 꽃잎 하나를 떼어냈다. *한 번 더.*

또 하나를 떼어냈다. *여기서 그만*

언제까지 다락방만 믿을 순 없었다. 남편을 계속 바꿔가며 살 수도 없었다. 소중한 사람들과 함께 보낸 시간을 며칠 뒤 깡그리 지워버리는 짓을 계속할 순 없었다. 이제 결정을 내려야 했다. 그녀 앞에 두 가지 선택지가 있다.

여기서 모든 것을 끝내는 것이다. 집에 올라가 아모스와 헤어지는 것이다. 어쩌면 만족보다 후회가 남을지도 모른다. 하지만 그도, 자신도 이겨낼 수 있을 것이다. 다락방에 올라가 아모스의 물건을 꺼내 주고 이혼서류에 도장을 찍고 나머지 일들을 처리하고 나의 삶을 살아가면 된다. 어떤 일이 일어나든 다락방의 도움 없이 스스로 헤쳐 나갈 수 있다고 믿는 것이다.

아니면 한 번 더 운명의 판을 돌리는 것이다.

남편들은 나를 선택했고 내가 선택한 사람들이다. 다음에 누가 나오든 내가 사랑할 수 있는 사람일 것이다. 그 사람과 원하던 삶을 살 수 있을 것이다.

다락방에서 남편들이 내려와

나탈리와 조카들이 다 괜찮은지, 친구들과도 잘 연락하는지, 직업은 그녀에게 맞는지, 감당할 수 없을 만큼의 빚은 없는지, 싸구려 질감의 깃털 벽지로 도배된 벽은 없는지 확인할 것이다. 확인 절차가 끝나면 누가 다락방에서 내려오든 내가 가진 모든 희망과 관심을 끌어모아 그를 맞이할 것이다. 이제 포스트잇에 연연하지 않을 것이다. 괜찮은 결정을 내렸다고 믿고 움직일 것이다.

또다시 하나를 떼어냈다.

한 번 더, 여기서 그만, 한 번 더.

순간 멈칫했다. 처음에 꽃잎을 뗄 때 '한 번 더'로 시작했다. 그 말은 그녀가 '한 번 더'로 끝나길 바란다는 것이다.

제이슨이 말했다. 듣고 싶은 말로 시작하라고.

바라는 게 있다면 바라는 대로 하는 게 맞다. 꽃이 내린 결정을 따르는 척해선 안 된다. 이젠 더 이상 그 어떤 속임수도, 회피도 해선 안 된다. 마음을 속여서도 안 된다.

자리에서 일어났다. 머리가 핑 돌았다. 옷이 젖어 등에 달라붙었다. 마당을 돌아나가며 떼다 만 꽃을 주머니에 찔러 넣었다. 계단을 올라갔다. 토비의 피와 토마스 소스가 엎질러졌던 카펫을 보자 순간 멈칫했다. 하지만 신발을 신고, 가방과 휴대폰을 챙겼다. 남편이 바뀌면 없어질지도 모를 일이지만 가지고 있다고 해서 손해 볼 건 없는 물건들이었다.

아모스가 그녀의 토사물을 치웠다. 그렇게 못돼먹지는 않았다는 생각에 잠시나마 그에게 마음이 갔다. 그때 아모스가 소파에 앉아 고개를

443

치켜들고 말했다. "주방에 레시피 책 펼쳐놨어."

"뭐?"

"호박 수프 말이야. 내가 확인해 봤는데 레시피에 나온 대로 시나몬을 아주 정확히 넣었어."

"그래, 알았어. 내가 입맛이 달라졌나 봐."

방을 나서려다가 잠깐 멈춰서서 아모스에게 말했다. "아모스, 내가 토한 거 치워줘서 고마워. 당신이 만든 수프는 별로지만 당신이 맛있으면 됐어. 당신이 나랑 살기보다 앨턴 타워에 가고 싶어 했다는 거 알아. 그래도 우리 집에 들어와 살아줘서 고마워."

"그게 무슨? 당신이 어떻게—."

"내 말이 도움이 될진 모르겠지만, 그리고 당신이 내 말을 기억할 수 있을지도 모르겠지만 말이야. 뉴질랜드로 가는 게 어떨지 생각해 봐."

"우린 여기 살잖아. 당신은 베를린도 가기 싫어했고."

"맞아. 하지만 당신은 베를린을 그렇게 좋아하지 않았을 거야. 장담하건대 6개월도 못 살고 런던으로 돌아왔을걸. 하지만 뉴질랜드는 다를 거야."

"체온 좀 재볼래? 당신 지금 좀—."

로렌은 멈추지 않고 계속 이어갔다. "케이티라는 사람이 있어. 그 부분에 대해선 잘은 모르지만. 어쨌든 당신이랑 맞는 사람인 것 같아. 나는 아니야. 나는 낮잠 좀 자려고. 다락방에 가보면 담요가 있는데 좀 가져다줄 수 있어?"

다락방에서 남편들이 내려와

아모스가 도대체 무슨 말을 하는지 모르겠다는 얼굴로 투덜거리며 담요를 가지러 다락방으로 올라갔다.

아모스가 다락방에 올라가는 사이 로렌은 밖으로 달려 나갔다. 새로운 남편이 내려오는 걸 보지 않을 생각이다. 그를 평가하지 않을 생각이다. 새 남편을 자신이 정한 여러 기준에 맞춰 비교하기 시작하면 그녀의 인생은 또다시 감정의 롤러코스터를 탈 게 뻔했다. 여기서 이틀, 저기서 이틀, 친구들과 함께했던 모든 추억을 잊어버리고, 새로운 남편, 새로운 대안을 기다릴 게 뻔했다. 새 남편이 내려오기 전에 대문을 열고 나가 큰 길로 걸어 내려가 신호등이 바뀌기도 전에 길을 건너 펍으로 들어갔다.

새 남편이 혹시라도 지나갈까 봐 가게 안쪽에 앉아 휴대폰을 열었다. 새 남편이 보내는 문자는 늘 **우유 좀 사다 줘**나 **5분 정도 늦을 것 같아. 미안** 같은 거였다. 로렌은 새 남편을 빠르게 검색했다. 프로필 사진에는 비둘기가 있었고 이름은 샘이었다. 샘이 새 남편이다.

그녀가 샘에게 문자를 보냈다. **언니가 급한 일이 생겼다고 조카들 좀 봐달래. 서너 시간 후에 갈게.**

벌써 마음이 흔들리기 시작했다. 열 명 정도 만나보고 결정해도 되지 않을까? 샘과 몇 시간 정도 보내보고 결정해도 되지 않을까?

하지만 그럴 수 없다. 이런 마음이 드는 것조차 자신이 내린 결정에 책임질 줄 아는 자기 통제력이 없다는 증거였다. 이제까지 느낀 죄책감, 카펫에 떨어진 나의 피와 토비의 피, 흐느껴 울던 젝의 얼굴, 간발의 차이로 젝을 다락방에 올려보낸 상황을 떠올렸다. 이제 행동해야 한다. 오늘 다락방을 닫지 않으면 평생 닫지 못할 것이다.

맥주를 홀짝이며 기본적인 것들을 검색했다. 이번에도 구청에서 일했다. 솔직히 더 나쁜 직업일 수도 있는데 다행이었다. 연금도 있고 사람들을 돕는 일이다. 게다가 5시만 되면 다들 퇴근한다. 토비와 마리암이 그룹 채팅방에 가져가지 않을 물건의 사진을 올렸다. **에어프라이어 필요 없어?** 비둘기 프로필 사진의 남편이 대답했다. **우리 걸 가져가면 우리가 그걸 가질게.**

보하이의 번호가 지난 몇 달간 바뀌지 않았다. 하지만 번호를 외우지 못했고 이번 휴대폰에는 번호가 저장돼 있지 않았다. 어차피 지금은 잘 시간이고 자신의 삶에 조언해 줄 수 있을 것 같지도 않았다. 그래도 일단 메일을 보내 놓았다. 그리고 이유는 모르겠지만, 화면에 호주의 게 종류 중에는 바다수세미를 모자처럼 쓰기 좋아하는 종이 있다는 기사가 열려 있길래 그 기사도 링크를 걸어 보냈다. **내가 왜 이런 기사를 읽고 있었는지는 모르겠지만 혹시나 해서 보내. 일어나면 연락해. 해줄 얘기가 있어.**

엘레나가 가장 최근에 보낸 문자는 **치~즈 12개, 로렌. 치즈 12개!**였다. 화면을 계속 뒤로 넘겼다. 1년 넘게 뒤로 넘기자 엘레나가 보낸 둘의 사진이 있었다. 엘레나의 결혼 축하 모임 날에 같이 찍은 사진이었다. 사진 밑에는 아직도 기억나는 문구가 적혀있었다. **우리가 너무 예뻐서 어떡하지?** 사실 특별히 잘 나온 사진은 아니었다. 사진을 복사해 다시 엘레나에게 보냈다. **우리 귀여웠지?**

몇 분 후 답장이 왔다. **기가 막힌데!** 엘레나가 또 다른 사진을 보내왔

다락방에서 남편들이 내려와

다. 사진 속 두 사람은 버거 트럭 앞에 줄을 서있었다. 로렌은 반짝이는 새퀸 재킷을 입고 있었다. 아마도 자신의 결혼 축하 모임 날 찍은 사진이 거나 아니면 둘이 놀러 나갔다가 찍은 사진일 것이다. 사진 속 두 사람은 즐거워 보였다.

맥주가 거의 그대로였다. 다시 한 모금 마시고 나탈리에게 전화를 걸었다. 이미 휴대폰에서 남편의 무릎에 앉은 카일럽과 마그다의 사진을 봤다. 카일럽이 환하게 웃고 마그다는 귀여운 울 모자를 쓰고 노려보고 있었다. 로렌은 마음의 준비를 마쳤다.

"왜?" 나탈리가 전화를 받자마자 물었다. "무슨 일 있어?"

"아니. 별일 없어. 잠깐 통화할 수 있어?"

"그게, 지금 마트라서."

"그렇구나. 금방 끊을게. 아델은 잘 지내?"

"뭐? 잘 지내. 왜?"

"아니. 언니, 단도직입적으로 물을게. 나 잘 사는 것 같아? 언니가 보기에 내 삶에서 딱 하나를 바꾼다면 어떤 걸 바꾸는 게 좋을까?"

잠시 침묵이 흘렀다. "지난번에 내가 말할 때는 들은 척도 안 하더니."

"지금 듣고 싶어."

"음. 로렌, 너도 알다시피 나는 네가 승진을 해야 한다고 생각해. 하지만 이제 와서 내 의견을 묻다니 좀 늦은 감이 있지. 그래서 뭐라고 말해 줘야 할지 잘 모르겠어. 내가 보낸 정리 정돈 링크는 봤니? 그 사이트에서는 5분 안에 할 수 있는 일들을 메일로 보내주거든. 매일 5분만 투자

해도 괜찮더라. 그 사이트를 한두 달만 이용해도 만족스러울 거야. 일단 정리가 되면 유지하는 건 쉽거든."

"알았어. 확인해 볼게."

"그리고 내 생각엔 샘이 만드는 그 음료들이 실제로 너에게 좋을 것 같진 않아. 적어도 너의 치아 건강엔 말이야. 그거 그냥 식초랑 설탕이잖아. 건강 검진을 받아봐. 그래야 마시고 싶은 걸 마실 수 있지."

"고마워, 언니. 그리고 또?"

"맙소사. 로렌, 내가 지금 냉동 파라타를 찾아야 해. 그리고 얼른 계산을 마치고 집에 가야 해. 널 도와주고 싶은데 타이밍이 안 좋아. 이따 밤에 통화할까?"

"알겠어, 언니. 파라타 잘 찾아."

의자에 기대어 앉아 맥주를 한 모금 더 마셨다. 샘이 어떤 사람이든 나는 샘을 선택했고 샘도 나를 선택했다. 결국 둘은 함께하게 됐다. 어쩌면 잘못된 선택일 수도 있다. 하지만 지금 밖으로 나가서 낯선 사람을 만나고 그 사람을 천천히 알아간다고 해서 그것이 잘못된 결정이 아니라고 할 수 있을까? 지난 한 해 동안 내가 남자를 평가하는 탁월한 능력이 있단 걸 깨달았으면 모를까. 지금 이 남자를 보내고 다른 남자를 선택한다고 해서 그게 더 나은 판단이라고 말할 수 있을까?

내가 남편을 선택했다. 아직 만나보지는 않았지만 내가 그를 선택한 것이다.

만약 내가 선택한 남편이 나와 맞지 않는다면 이제 옛날 방식대로 벗

다락방에서 남편들이 내려와

어날 것이다. 여러 달에 걸쳐 진행되는 지긋지긋하고 어마어마한 서류 더미들, 사랑이라 여기며 집착한 꽃병이 깨지고 그 앞에 무너지는 사랑의 서약으로.

집으로 돌아와 뒷마당으로 가서 토비와 마리암의 주방 창문 바로 앞쪽에 숨었다. 2층에서는 보이지 않을 것이다. 땅이 젖어있었다. 펍에 있는 동안 비가 온 모양이었다.

소리가 났다. 그녀 뒤에서 토비가 주방 창문을 열었다. "로렌, 괜찮―."

"괜찮아. 정말이야. 차는 필요 없어." 얼마 전에 토비를 총으로 쏜 주제에 토비에게 짜증을 냈다.

"아, 그래. 어차피 주전자가 이삿짐에 들어가 있어서 차를 끓일 수도 없어."

"미안해. 난 괜찮아. 사실, 저기 말이야." 일생일대의 결정을 뒷마당에 숨어서 하다니 정말 폼이 안 살았다. 하지만 토비는 그녀가 남편들에 대해 처음 이야기를 꺼냈던 사람이다. 그리고 더 알아볼 마지막 기회다. "너랑 마리암은 잘 지내? 오늘이 아니라 대체로 말이야. 물론 이사 준비로 힘들겠지만."

"웅? 그렇지 뭐."

"그래. 다행이네. 마리암이 스윙어가 될 것 같은 그런 조짐은 없어?"

토비가 얼굴을 찡그렸다.

"미안해. 신경 쓰지 마. 내가 괜한 걸 물었지? 네가 행복하기만 하면 돼. 한 가지만 더." 샘은 취미가 있어? 샘은 수염이 있어? 샘이 매일 하는 행동 중에 가장 짜증 나는 게 뭐야? 말투는 어때? 가장 보기 흉한 티셔츠는 어떤 거야? 나는 샘을 언제 만났어? 누가 먼저 프러포즈했어? 처음 같이 춤을 출 때 어떤 노래를 골랐어? 물어보고 싶은 게 많았다.

"나랑 샘이랑, 너희 부부처럼 잘 지내는 것 같아?"

"내 눈엔 그래 보여."

"그래. 고마워. 확인하고 싶었어."

토비가 로렌을 쳐다봤다. "그게… 다야?"

"응. 이사 잘해. 보고 싶을 거야. 내 이웃이 돼줘서 고마워."

"멀리 가는 것도 아닌데 뭐." 그가 창문을 닫았다.

이제 남편을 집 밖으로 불러내야 한다. 남편에게 문자를 보냈다. **정말 미안한데 마트 문 닫기 전에 베이킹파우더 좀 사다 주면 안 될까? 꼭 필요해서 그래.**

마지막 테스트다. 남편이 싫다고 할 수도 있고 문자를 못 본 척할 수도 있다. 가겠다고 해놓고 가지 않을 수도 있다. 모두 가능한 행동들이다. 하지만 남편이 이 셋 중 하나를 선택한다면 계획을 실행에 옮길 수가 없다.

로렌은 건물 끝으로 움직여 옆집과 그녀의 집 사이에 난 좁은 틈으로 들어갔다. 쓰레기통 너머로 거리 아래쪽이 내려다보였다. 비 냄새와 음식 쓰레기 냄새가 진동했다.

빠르게 답장이 왔다. **알았어.**

10분쯤 지났을까 대문이 열리는 소리가 났다. 남편이 나가는 모습을 보지 않으려고 했지만 참을 수가 없었다. 청바지에 재킷을 입고 한 손에는 가방을 들고 있었다. 얼핏 봐도 머리카락은 짙은 색이었다. 자신의 남편이었다.

남편이 길 아래쪽으로 내려갈 때까지 기다렸다. 그런 다음 집 쪽으로 걸어갔다.

문 앞에 서서 잠시 망설였다. 그러곤 문을 열고 2층을 올려다봤다.

카펫이 깔린 계단. 복도. 이번에는 밝은 초록색이었다. 대담한 선택이었다.

주방으로 들어갔다. 살짝 어지럽혀진 정도였다. 빈방으로 들어갔다. 접이식 소파와 긴 책상이 있었다. 침실로 들어갔다. 거울에 자신의 모습이 보였다. 적당한 머리 길이, 늘 있던 이마 위 주름, 흉터가 될 것 같지 않은 턱에 난 뾰루지.

집 안이 깔끔하진 않았다. 그렇다고 엉망도 아니었다. 그녀의 거대한 식물이 거실에 있었다. 놀랍게도 이번 생에서도 사다 놓은 모양이었다. 여러 생을 살면서 여러 번 사들인 식물, 어차피 살 거면서 매번 살까 말까 한참 고민했고, 결국 끙끙대며 힘겹게 집으로 가져왔던 식물. 그런데 이번 생엔 힘들게 옮길 필요가 없었다.

놀라웠다. 하지만 타이밍이 좋지 않았다.

"안녕, 친구." 로렌이 제멋대로 튀어나온 잎사귀를 만지며 말했다. "이런 일을 겪게 해서 미안해."

　시간이 많지 않았다. 서랍과 찬장을 열고 중요해 보이는 것들을 챙겼다. 여권, 노트북, 남편의 것으로 보이는 또 다른 노트북, 카드와 사진이 담긴 상자. 물건들을 복도에 놓인 테이블 위에 올려놓았다. 다시 한번 집 안을 빠르게 훑었다. 그러곤 몇 가지를 더 집어 들며 생각했다. 무엇이 중요하고 무엇이 중요하지 않은지 누가 안단 말인가?'코번트리: 즐거움의 도시라고 쓰인 처음 보는 머그잔을 챙기고 빈방에서 접이식 파일을 챙기다가 보니 남편의 필체로 보이는 글씨가 보였다. 도통 뭐라고 쓴지 몰라 한참을 들여다본 후에야 그게 '서류'라는 걸 알았다. 이번 남편이 악필이라는 사실을 하나 더 알게 됐다. 예뻐서라기보다 추억이 깃들어 있을 것 같은 올빼미 모양의 쿠션, 식기 건조대에 있던 정말 못생긴 접시 몇 개, 커피 테이블 위에 있던 귀퉁이가 접힌 소설책 한 권을 챙겼다.

　작은 선인장과 물건들을 담을 수 있는 큼지막한 마트용 가방 두 개를 준비했다. 마지막으로 냉장고를 열었다. 냉장고 도어칸에는 허브와 과일이 든 빨간색, 보라색, 핑크색 병이 줄지어 있었다. 이 병들이 나탈리가 말한 식초 음료인 것 같았다. 그 가운데 하나를 집어 들었다.

　물건들을 테이블 위에 올려놓았다. 이제 들고 달리기만 하면 된다.

　사다리를 내렸다.

　다락방으로 올라갔다.

　그녀가 들어가자 머리 위 전구가 따뜻한 불빛을 내뿜기 시작했다.

　안으로 더 들어가서 다리를 밖으로 빼고 입구에 자리를 잡고 앉았다.

시원한 공기가 다락방 밖에 매달린 다리에 닿았다. 마치 펠릭스의 수영장에 앉아있는 기분이었다. 다락방은 어두웠다. 하지만 곧 눈이 어둠에 적응했고 다락방 전구가 조금씩 불빛을 뿜어내서 선반과 상자, 의자, 쌓아둔 커튼, 장식용 반짝이, 가방들의 형체가 서서히 눈에 들어왔다.

다리를 올리고 뒤로 드러누워 천장을 바라봤다.

윙윙 지지직. 소리가 들리기 시작했다. 한쪽 구석에 놓여있던 얼키설키 엉겨 붙은 꼬마전구들이 반짝였다. 핑크색, 빨간색, 노란색, 초록색, 파란색 불빛이 켜졌다 꺼졌다를 반복했다.

고개를 돌렸다. 여름 내내 처박아 둔 히터가 위윙 소리를 내더니 갑자기 멈췄다.

이번이 마지막이다. 이제 다신 다락방에 올 일이 없을 것이다. 자리에서 일어났다. 이제 누구도 이곳에 올 일이 없을 것이다. 어린 시절 숨바꼭질하던 이곳, 나탈리가 무서운 이야기를 들려주던 이곳. 할머니가 돌아가시고 나탈리와 할머니의 유품을 정리해 구석에 가져다 놓으며 나중에 처리하자고 해놓고 그후로 한 번도 쳐다보지 않았고, 5년인가 6년 전 여름 비닐봉투에 담아 이곳에 처박아 두었던 겨울 코트는 나방의 먹잇감이 됐다. 그리고 수많은 남편을 사소한 핑곗거리를 만들어 이곳에 올려 보냈다.

상자를 열어 보며 생각에 잠겼다.

할머니가 살아계셨을 때부터 쭉 이곳에 있었을, 시계가 달린 작은 라디오에 불이 들어오더니 탁탁 소리와 함께 0시를 알렸다. 또 다른 상자

안에서는 선풍기가 돌아갔다. 처음엔 천천히 그리고 점점 속도가 빨라지자 날개에 쌓여있던 먼지가 흩날렸다. 히터가 다시 돌아갔다. 이번에는 꺼지지 않았다.

선반 뒤편 바닥에서 오래된 컴퓨터 모니터를 발견했다. 모니터 화면에 핑크색과 초록색 지그재그 선이 나타났다 사라졌다를 반복했다. 그러곤 희한한 모양의 회색 사각형들이 화면에서 쏟아져 내리더니 이내 윙윙 소리를 내며 파란색과 노란색으로 바뀌었다.

꼬마전구들이 펑 소리를 내며 하나씩 터지기 시작했다. 전구가 와그작 깨지며 꺼졌다. 그러더니 전선이 빛을 뿜어내며 녹아내렸다. 선반 위에 있던 불꽃놀이 상자에서 불꽃이 일었고 그 열로 인해 투명한 플라스틱 상자가 녹아내렸다. 이윽고 불꽃놀이가 시작됐다.

메케한 냄새가 풍겨왔다.

다 타는 데 얼마나 오래 걸릴지는 알 수 없었다. 하지만 계획대로 되고 있었다. 다락방이 마지막으로 제 할 일을 했다.

샘이 베이킹파우더를 집어 들었다. 그리고 오렌지 주스와 할인율이 큰 연어 한 팩, 킷캣 초콜릿도 같이 담아 무인 계산대 줄에 서서 휴대폰을 들여다봤다.

마트 맞은편에 빵집이 새로 생겼다. '이게 빵이야!' 큼지막한 간판이 눈에 확 들어왔다. 가게 이름은 별로였지만 가게가 문을 닫는 것보단 여는 게 보기 좋았다. 마트에 들어가기 전에 들렀으면 잠시 앉아 커피를 마실 수 있었을 텐데 아쉬웠다. 지금은 얼른 가서 연어를 냉장고에 넣어야 했다. 결국 브라우니와 로렌이 좋아하는 시나몬 롤만 사서 나왔다.

문을 닫은 카펫 상점을 지나고 버스 정류장을 지났다. 죽어버린 나무도 지났다.

새들이 지나가는 차들을 이기겠다고 시끄럽게 울어댔고 기차가 끼익 소리를 내며 지나갔다. 술집 밖에는 사람들의 이야기 소리가 커졌다 잦아들었다 했고 트럭이 빵 소리를 내며 후진했다. 소방차 한 대가 사이렌을 울리며 지나갔다. 주유소 앞에서는 아이들이 시끄럽게 떠들었다.

길 끝까지 올라가 코너를 돌자 갑자기 연기가 피어올랐다. 몇몇 집에 굴뚝이 있지만, 아직 불을 피울 정도로 춥진 않았다. 그렇다고 바비큐 냄새는 아니었다. 짙은 잿빛 연기가 희뿌연 하늘로 자욱하게 피어올랐다. 도로가 꺾이는 지점에서 조금 떨어진 곳에 소방차 한 대가 보였다. 비상등이 연기 속에서 디스코텍의 조명처럼 번쩍거렸다. 연기가 어디에서 나는지 바로 알 수는 없었지만, 집 쪽이었다. 걸음을 재촉했다. 우리 집에 불이 났을 리가 없다. 별일 아닐 것이다. 쓰레기통에서 불이 났거나 누가 마당에 쌓아둔 퇴비 더미를 태우는 게 분명했다. 하지만 한 걸음 한 걸음 가까이 다가갈수록 연기가 우리 집 지붕에서 피어오르는 게 확실해졌다. 물이 아치형을 그리며 지붕 위에 뿌려졌다. 우리 집 지붕이 불타고 있었다.

밝은 오렌지색 불길이 선명히 보였다.

그리고 연기, 앞이 보이지 않을 정도로 연기가 자욱했다.

"무슨 일이에요?" 그는 눈앞의 광경을 믿을 수 없다는 듯이 소리쳤다. "도대체 어떻게 된 거예요?"

"뒤로 물러나세요." 소방관이 말했다. "뒤로 물러나 주세요."

도로 맞은편에선 아이들이 담벼락에 줄지어 서서 불구경을 했고 큰 아이들은 촬영을 했다. 어른들은 진입로에 서서 욕을 하다가, 집을 쳐다 보다가, 기침을 했다. 새들은 냄새 때문에 화가 나있었다.

로렌이 집에 있진 않겠지? 집을 비운 지 얼마 되지 않았다. 그 안에 그 녀가 집에 들어갔을 리가 없다. 분명 나탈리의 집에서 조카들을 돌보고 있을 것이다. 휴대폰을 꺼내 전화를 걸었다.

그가 3시간 반을 걸려 조립한 옷걸이, 날씨가 추워지면 덮으려고 얼 마 전에 다락방에서 꺼낸 엄마가 로렌을 위해 직접 짠 담요, 덴마크 마트 에서 받은 마트 로고가 적힌 검은색과 노란색의 쇼핑백, 내 노트북, 로렌 의 노트북, 여권···. 젠장! 주위는 소란스럽고 연기는 일정한 형태를 유 지한 채 계속 피어올랐다.

로렌이 전화를 받지 않았다.

그는 뒤로 물러나 소방차에 가려 보이지 않던 이삿짐 트럭 쪽으로 갔 다. 토비가 상자 더미 옆에 서서 건물을 바라보고 있었다. "불이 났어." 토비가 말했다.

"응." 로렌에게 다시 전화를 걸었다. 신호음이 울릴 때마다 스멀스멀 올라오는 걱정을 애써 눌렀다. 카일럽이 전화를 가지고 놀다가 내팽개 치고 비디오를 볼 수도 있고, 마그다가 쓰레기통에 버렸을 수도 있다. 아 니면 휴대폰을 두고 아이들과 놀이터에 갔을 수도 있다. 괜찮을 것이다. 별일 없을 것이다.

아니, 괜찮지 않았다. 집이 불타고 있다. 파인애플 모양의 물병. 2년 동안 갖고 싶어 했지만, 너무 비싸서 살 수 없었던, 그래서 그런 모양의 물병은 필요 없다고 마음을 비웠는데 로렌이 결혼 선물로 사준 물병. 더군다나 도자기로 된 물병이었다. 어쩌면 불에 타지 않고 살아남을 수도 있다. 도자기는 높은 온도에서 구워지니까 견딜 수 있지 않을까?

그런데 왜 불이 난 거지? 가스레인지를 켜두고 나왔나? 충전 중인 배터리가 폭발했나? 이게 전부 내 탓인가? 내가 한 짓이란 말인가?

"혹시 왜 불이 났는지 알아?" 샘이 토비에게 물었다.

"다락방에서 불길이 시작됐대." 토비의 목소리가 떨렸다.

"이런 빌어먹을. 조금 전에 다락방에 올라갔었는데." 하지만 담요만 가지고 내려왔다. 담요를 가져오다가 불이 나는 일도 있단 말인가? '마리암은 괜찮지?' 샘이 물었다.

"응. 마리암은 이사 갈 집에 있어."

로렌에게 다시 전화를 걸었다. 받지 않았다. 다시 걸었다. 이번에는 음성 메시지를 남겼다. 음성 메시지를 남긴 건 2015년 이후로 처음인 것 같았다. "여보, 어디야? 이 메시지 듣자마자 전화 좀 해줘. 저기, 집에 불이 났어. 당신 혹시 집에 있었던 건 아니지?" 목소리에 생각만큼 확신이 느껴지지 않았다.

"아. 로렌이 여기 어딘가에 있었는데."

"그게 무슨 말이야? 로렌은 나탈리네 집에 갔어." 로렌이 근처에 있다고? 집에 있었다고?

"아니야. 로렌은 저쪽 어딘가에 있어." 토비가 손짓으로 어딘가를 가리켰다. "로렌은 집에 있었어. 화재경보기가 울려서 소방차를 불렀다고

　　　　　　　　　다락방에서 남편들이 내려와

했어."

순간 숨통이 트이는 것 같더니 다시 꽉 막혔다. 연기 때문에 숨쉬기가 어려웠다. 샘은 움직이는 소방차를 돌아 끔찍하게 자욱한 연기 속을 뚫고 로렌을 찾았다. 그녀가 보였다. 무슨 이유에선지 반짝이는 새퀸 재킷을 입고 도로 쪽으로 다리를 쭉 뻗은 채 보도블록에 앉아있었다. 그 옆에는 물건이 넘치도록 담긴 쇼핑백 두 개가 있었고 배수로에는 샘만큼이나 키가 큰 식물이 놓여있었다.

"젠장!" 샘이 로렌에게 달려갔다. "로렌!"

그녀가 멍한 얼굴로 그를 올려다봤다. "안녕." 로렌이 잠시 뜸을 들이다가 입을 열었다. "샘."

"나는 당신이 나탈리네 집에 있는 줄 알았어." 샘이 배수로에 무릎을 꿇고 그녀를 와락 껴안았다.

"갔다 왔어." 로렌은 반쯤 정신이 나간 얼굴이었다.

"괜찮아? 소방대원이나 뭐 그런 사람들이 당신 상태를 확인했어? 안에 있었으면 연기를 마셨을 거 아니야?" 로렌은 돌봄받는 걸 싫어한다. 하지만 화재 현장에 있었으니 소방대원 중 누구라도 그녀를 살폈어야 했다.

"괜찮아. 진짜 난 괜찮아. 화재 경보를 울릴 수 있어서 천만다행이지 뭐야." 로렌이 샘을 빤히 바라보더니 뭔가를 확인하려는 듯 그의 뺨에 손을 대고, 코를 만지고, 머리카락 사이로 손을 넣어 부드럽게 잡아당기고, 머플러를 한 번 더 살짝 잡아당겼다.

"상황이 심각한 것 같아. 나는, 다락방만 탈 줄 알았는데 집도 많이 탈 것 같아. 불이 원래 그렇잖아. 당신도 알지? 우리도 이제 이사를 하라는 거 아닐까, 안 그래? 월섬스토우로 갈까? 아니면 시드니나 베를린? 보르도도 좋다던데."

샘이 어색하게 쪼그려 앉은 자세에서 벗어나 그녀 옆에 앉아 집을 바라봤다. 보도블록의 거친 질감이 바지를 통해 피부에 느껴졌다. 아마 이게 유일한 바지일 것이다. 갈아입을 옷도 없다. 이게 전부였다. 졸지에 노숙자가 됐다.

"얼른 나오기나 하지, 저런 걸 뭐 하러?" 서류, 보험증서, 노트북, 그가 로렌이 가져온 물건들을 쳐다봤다. 불이 난 와중에 허둥지둥 뛰어다니며 물건들을 챙기지 말고 얼른 뛰쳐나왔어야 했지만, 한편으론 그나마 저 물건들이라도 가지고 나와서 다행이라는 마음이 들었고, 또 한편으론 저것들이 우리가 가진 전부라고 생각하니 속이 상했다.

온갖 생각들이 꼬리에 꼬리를 물고 이어졌다.

"나탈리가 알면 난리 나겠네." 샘이 말했다.

"젠장, 그렇겠지? 언니는 그러고도 남아. 그 생각은 미처 못했네."

그녀가 샘의 어깨에 머리를 기댔다. 샘은 이 상황을 어떻게든 받아들이려고 애쓰고 있었다. 그는 할 수 있는 것부터 하기로 했다. 좀 전에 장 본 물건들이 생각났다. 오늘 연어는 물 건너갔다.

샘이 비닐봉투에서 빵을 꺼냈다. "시나몬 롤 먹을래?"

"오, 고마워." 로렌이 빵을 받아들고 울기 시작했다. 커다란 눈물방울이 뺨을 타고 흘러냈다. 가슴이 들썩거리고 기침까지 해가며 엉엉 소리 내어 울었다. 샘이 그녀를 안으며 말했다. "시나몬 롤에 콧물 떨어뜨리면 안 돼. 그리고 저런 건 그냥 물건일 뿐이야. 그 와중에 어떻게 이 크고 못생긴 화분은 꺼내왔대? 우리가 가진 것 중에 제일 중요한 거잖아."

"여권도 챙겼어." 그녀가 코를 훌쩍이며 말했다. "노트북도 챙기고 '코벤트리: 즐거움의 도시'라고 쓰인 머그잔도 챙겼어. 당신이 필요할 것 같아서."

"잘했어."

그녀의 훌쩍임이 잦아들었다. 샘은 더 이상 괜찮은 척하기가 힘들었다. 호흡이 불안정해졌다. 하나밖에 없는 재킷이 젖든 말든 인도에 드러누워 하늘을 쳐다봤다. 눈물이 나올 것 같았다. "젠장, 우리 집이 불타고 있다니 믿을 수가 없어."

그녀도 옆에 누웠다. 로렌이 샘의 손을 잡았다. 축축했다. 그의 손인지, 그녀의 손인지, 아니면 둘 다인지.

"비가 다시 내리기 시작하나 봐." 로렌이 말했다. "다행이네."

그녀는 늘 빗방울을 먼저 느낀다. 샘이 돌아누워 배수로 위에 앉은 까치를 바라봤다.

"젠장." 샘이 자질구레한 물건들을 떠올리며 말했다. "칫솔, 휴대폰 충전기, 웨딩드레스, 내가 당신을 이겼던 스크래블 점수표."

로렌이 웃음을 터트렸다. "맞아. 정말 엉망진창이네."

도로의 소음, 물소리, 토비의 목소리, 주유소에 있던 아이들이 놀라서, 무서워서, 신나서 떠드는 소리가 들렸다.

"고급 식재료 가게에서 산 복숭아 잼." 샘은 심지어 그 잼을 그다지 좋아하지도 않았다. 하지만 잼을 개봉한 지 얼마 안 됐다. "가비가 싫어하겠어."

그 말에 샘은 로렌의 표정이 딱딱하게 굳는 걸 눈치챘다. "가비." 로렌이 말했다.

샘은 주방에 나타난 까마귀를 아는 척하지 말았어야 했다. 하지만 커피를 내리는 내내 새가 주방 창문에 날아와 성가시게 창문을 두드리는데 건포도를 주지 않곤 배길 수가 없었다.

"괜찮을 거야." 샘이 그녀를 안심시키려고 했다. "이제 그 대신 벌레를 먹으러 가겠지. 오히려 가비에게 잘된 일일 거야." 그렇게 말했지만 아무도 없는 다 타버린 창문에 날아와 톡톡톡 창문을 두드리는 작은 까마귀 한 마리가 계속 생각났다. 더군다나 얼마 전에 건포도를 새로 개봉했다. 그가 독립할 때 동생들이 돈을 모아 저가 생활용품 매장에서 그릇을 사줬는데 그 그릇에 건포도를 담아두었다. 사실 바보 같은 까마귀가 주방 창문에 나타나기 전까지는 그 그릇을 사용할 일이 없었다.

샘이 눈을 감았다. 눈을 감아도 온갖 소리들, 외침들, 물소리, 타는 소리는 막을 수가 없었다. 몸의 구석구석을 느꼈다. 발가락, 종아리, 무릎의 삼각형 부분, 재킷을 뚫고 서서히 축축해지는 셔츠에 들러붙은 등, 그리고 옆에 누운 로렌 어쩌면 상황이 더 나빠질지도 모른다.

냄새. 이 냄새가 그들이 소유한 모든 것이 불타는 냄새라니 받아들이

　　　　　　　　　　　다락방에서 남편들이 내려와

기가 힘들었다.

손이 축축하고 더러워서 얼굴을 닦아낼 수가 없었다. "당신이 괜찮아서 정말 다행이야. 전화를 안 받아서 얼마나 걱정했는지 몰라." 샘이 말했다.

"응." 그녀는 아직 울고 있었다. "미안해. 나도 내가 이럴 줄은 몰랐어. 사실 휴대폰을 집에 두고 나왔어. 이게 있는데 휴대폰이 필요해?" 그녀가 잠시 일어나 앉더니 가방에서 무언가를 꺼냈다. "당신에겐 파인애플 물병이 있다고."

"내 물병!" 로렌이 물병을 흔들자 샘이 일어나 앉아 물병을 잡았다. 그녀가 물병을 구해줬다. 그녀가 구했다.

"그래서… 좋아?" 샘이 물병을 쇼핑백 속에 다시 고이 집어넣자 로렌이 또다시 웃음을 터트렸다. 그러곤 옆으로 다가가 그를 껴안았다. 샘이 가방에서 손수건을 꺼내 얼굴을 닦고 그녀에게 건넸다.

집이 눈앞에서 불타고 있다. 샘은 그 광경을 보고 싶지 않아 다시 누웠다. 그녀가 몸을 돌려 잠시 샘을 바라봤다. 그러곤 샘의 무릎을 꼬집고 같이 따라 누웠다.

로렌이 샘의 옆에 누워 물었다. "다락방이 불타도 우리가 부부인 게 좋아, 아니면 다락방이 그대로고 우리가 서로 만난 적도 없고 당신 물건도 그대로인 게 좋아?"

"무슨 질문이 그래?"

"그냥 만약에."

"우리가 부부고, 다락방도 불타지 않은 그런 세상에 살면 안 될까?" 샘 위로 연기가 공중을 가르며 피어올랐다. 연기와 구름이 한데 뒤섞여 어느 것이 연기고 구름인지 구분이 되지 않았다.

그녀가 샘의 손을 꼭 잡았다. "어이없는 소리처럼 들리겠지만 둘 다 가질 순 없어."

잠시 후 샘이 입을 열었다. "그럼, 지금 이 상황을 선택할게." 둘은 보도블록 위에 가만히 누워있었다.

"다행이야. 우리에게 서로가 있어서."

다락방에서 남편들이 내려와

감사의 말

저는 책 마지막에 있는 감사의 말을 읽을 때마다 '책 한 권을 만드는데 이렇게까지 많은 사람이 필요할까'라고 생각해 왔습니다.

하지만 직접 책을 써보니 제 생각이 틀렸음을 알게 됐습니다. 책 한권이 만들어지기까지 정말 많은 사람의 노력이 필요했습니다.

시간 순서에 따라 고마운 마음을 전하고자 합니다. 먼저 실제로 글을쓸 수 있게 이끌어 준 우리 작업팀, 카호 아베, 헬렌 쿼크, 채드 토프라크, 그리고 2021년 업무팀 직원들과 피드백을 해준 게임퓨브 회원들, 감사합니다. 그리고 제 소설을 처음 읽어주고 피드백을 준 로완 히사요 부캐넌과 그녀가 이끄는 시타-릿 클래스 여러분, 첫 장을 읽고 여러분이 보여준 따뜻한 격려가 이 작품을 완성하는 데 큰 힘이 됐습니다.

이 작품 초안의 상당 부분을 썼던 아들레이드에 있는 카페들, 특히 '인 닷'과 (사실 카페 이름이 '인닷'인지 '인 '인지 모르겠지만, 머핀이 정말 맛있어요) '세인트 루이스' 하이드 파크 지점 직원분들께 감사의 인사를 전합니다.

작품을 먼저 읽고 피드백을 제공해 준 독자분들, 검수부터 아이디어 제안, 그리고 줄거리 정리까지 열의를 가지고 도와주셔서 감사합니다. 카트리나 벨, 브이 버켄햄, 케리 램버스는 작품의 분량이 지금보다 2만 단어나 더 길고 결말도 세 가지였을 때 조언을 아끼지 않았습니다. 가브 리엘 드 라 푸엔테, 조쉬 핸들리, 할리마 하산, 하르짓 만더, 케이시 미다 우, 징화 치안, 소피 샘슨도 함께 참여해 주었습니다. 로렌의 집과 젝의 등 부상에 모티브를 제공해 준 소피와 조쉬, 고맙고 미안합니다.

영국에 있는 제 훌륭한 매니저 베로니크 배스터는 결말이 여러 개인 긴 초안을 보냈을 때 더 좋은 버전이 나올 수 있도록 친절하고 따뜻하게 설명해 주었습니다. 그리고 사라 랭햄, 니키 룬드, 롤라 올루톨라, 래이 니 깁슨을 비롯한 데이비드 하이엄 어소시에이츠 직원들, 앨리스 하우, 마르고 비알레론, 일라리아 알바니, 리안 케인을 비롯한 번역팀 직원들, 모두 모두 감사합니다. 그리고 미국 유타 에이전시에 있는 멋진 그레인 폭스와 매디슨에게도 감사의 인사를 전합니다.

작품의 많은 약점과 모순, 말이 되지 않는 부분들, 어울리지 않는 농 담들을 응원의 말과 함께 아주 정확하게 꼬집어 준 훌륭한 편집자 베키 하디, 리 부드로, 멜라니 투티노, 감사합니다. 일 처리가 확실하고 신뢰 가 가는 제작자 레아 볼턴, 일각고래가 뿔이 아닌 상아를 가졌다는 걸 아는 것에서 비롯해 많은 분야에 박학다식한 교정 편집자 카렌 휘틀록, 애나 레드맨 에일워드, 아시아 초우드리, 제스 디처, 토드 도티, 줄리 어틀, 카트리나 노딘, 마야 파시크, 가브리엘라 콰트로미니와 챗토, 더블데이, 그리고 더블데이 캐나다에 계신 많은 분들께 감사드립니다.

만나진 못했지만 남은 작업을 담당해 줄 표지 디자이너, 번역가, 교정자들과 추천사를 작성해 주실 분들께도 고마운 마음을 전합니다.

친구와 가족, EW 슬랙팀과, 2014년 데뷔 작가들의 슬랙팀, 모두 감사합니다. 어린 시절 집에서 30분 거리에 있는 도서관이란 도서관은 모두 데려가 주었던 어머니, 작품이 거의 완성돼 갈 때쯤 매일 밤 한 챕터씩 소리 내 읽어주고 갈등 장면을 더 긴장감 있게 만들어야 한다고 조언해 준 테리, 몇몇 앱에서 프로필을 넘기며 제게 몇 가지 선택지를 보여주고 불평했던 모든 친구들, 눈이 마주칠 때 잠깐이나마 친구가 되는 상상을 하게 해준 모든 낯선 이들에게도 감사의 인사를 전합니다.

다락방에서 남편들이 내려와

초판 1쇄 발행 2024년 9월 20일 | 초판 2쇄 발행 2024년 11월 5일

지은이 홀리 그라마치오 | 옮긴이 김은영

펴낸이 신광수
CS본부장 강윤구 | 출판개발실장 위귀영 | 디자인실장 손현지
단행본팀 김혜연, 조기준, 조문채, 정혜리
출판디자인팀 최진아, 당승근 | 저작권 김마이, 이아람
출판사업팀 이용복, 민현기, 우광일, 김선영, 이강원, 신지애, 허성배, 정유, 정슬기, 박세화, 정재욱,
　　　　　김종민, 정영묵, 전지현
CS지원팀 강승훈, 봉대중, 이주연, 이형배, 이우성, 전효정, 장현우, 정보길
영업관리파트 홍주희, 이은비, 정은정

펴낸곳 (주)미래엔 | 등록 1950년 11월 1일(제16-67호)
주소 06532 서울시 서초구 신반포로 321
미래엔 고객센터 1800-8890
팩스 (02)541-8249 | 이메일 bookfolio@mirae-n.com
홈페이지 www.mirae-n.com

ISBN 979-11-6841-902-5 (03840)